EISMORD

Giles Blunt

EISMORD

Thriller

Aus dem Englischen von
Anke und Eberhard Kreutzer

Weltbild

Die englische Originalausgabe erschien 2010 unter dem Titel
»*Crime Machine*« bei Random House, Canada.

Besuchen Sie uns im Internet:
www.weltbild.de

Genehmigte Lizenzausgabe für Verlagsgruppe Weltbild GmbH,
Steinerne Furt, 86167 Augsburg

Übersetzung: Anke und Eberhard Kreutzer
Umschlaggestaltung: *zeichenpool, München
Umschlagmotiv: www.shutterstock.com
(© Ben Heys, © formiktopus, © Vladislav Gajic)
Gesamtherstellung: CPI Moravia Books s.r.o., Pohorelice
Printed in the EU
ISBN 978-3-86800-887-6

2015 2014 2013 2012
Die letzte Jahreszahl gibt die aktuelle Lizenzausgabe an.

Für Janna

1

Es ist eher unwahrscheinlich, dass sich eine Stadt nicht nur als Tor zum Norden, sondern auch als Tor zur Haute Cuisine empfiehlt, und bis vor kurzem wäre das bei Algonquin Bay ziemlich abwegig erschienen, es sei denn, man speiste Donuts oder *Poutine* – eine Spezialität aus Fritten, Frischkäse und Bratensoße. Schon so manchen verwegenen Restaurantbesitzer hatte der Versuch, dreihundertvierzig Kilometer nördlich von Toronto frischen Atlantiklachs oder gar eine essbare Tomate zu servieren, in den Ruin getrieben. Doch sie gaben nicht auf, und in diesem Jahr wetteiferten mindestens drei Tempel – zwei Steakhäuser und ein Bistro Champlain – um die Gunst des Gourmets.

Das Bistro Champlain lag dabei eindeutig vorn, was zum Teil der Kreativität des Kochs Jerry Wing geschuldet war, wobei es durchaus auch von der Lage auf der anderen Seite der Autobahn, gegenüber einem erstklassigen Skigebiet namens Highlands, profitierte. Hatten die Highlands Zulauf, dann ging es auch dem Bistro Champlain gut – und im Moment lief es dank der Winterpelzauktion blendend. Aus aller Welt waren die Einkäufer über Algonquin Bay hergefallen, um auf Hunderttausende von Pelzen zu bieten, die einmal in den Geschäften von Manhattan über Moskau bis Peking landen würden. Auch wenn es im Restaurant wie gewohnt vornehm zurückhaltend zuging, so herrschte in der Küche einige Stunden lang Chaos.

Es war schon fast zehn Uhr, und Sam Doucette hatte die hoffentlich letzte Bestellung für diesen Abend angerichtet: Wildbret mit Süßkartoffelpüree und Rotweinsoße. Die Stoßzeit war vorbei, der Lärmpegel vom Scheppern der Bratpfannen, Töpfe und Auflaufformen endlich unter die Schmerzgrenze gesunken. Jerry war bereits heimgegangen, und Sam schickte ein Stoßgebet zum Himmel, dass der Geschäftsführer Ken nicht noch irgendeinem Spätankömmling mit Bärenhunger einen Platz anwies. Kochen hatte sie von ihrer Mutter gelernt, und die Arbeit im Champlain war eigentlich als Teilzeitjob gedacht, um davon ihre Kunstkurse am Algonquin College zu bestreiten, doch an den letzten Abenden hatte sie die Arbeit von zwei Köchen gestemmt, nachdem man einen ihrer Kollegen beim Verlassen des Geländes mit zwei Schinken im Rucksack erwischt und auf der Stelle gefeuert hatte. Außer Ali und Jeff waren die Kellner bereits nach Hause gegangen, und Sam konnte es kaum abwarten, auch endlich wegzukommen.

Sie stellte einen Fuß auf den Boden eines umgestülpten Gewürzgurkeneimers und wischte sich mit dem Ärmel ihres Kochkittels den Schweiß von der Stirn. Würde Randall sie anrufen? Falls ja, umso besser. Falls nicht… darüber dachte sie lieber nicht nach. Wenn man verliebt war, fand sie gerade heraus, schwebte man nicht etwa ununterbrochen auf Wolken, sondern war ständig Angst und Zweifeln ausgesetzt. Deshalb wandte sie sich lieber Loreena Moon zu, der Heldin eines Comicromans, den sie einfach so zum Vergnügen gerade zeichnete und schrieb. Zumindest redete sie sich ein, die Sache sei nur so zum Spaß, denn sie wollte sich nicht in den Traum hineinsteigern, den Comic auch verkaufen zu können. Andererseits spielte sie mit dem Gedanken, daraus eine Serie zu machen. So hatte sie bereits stapelweise Bilder gezeichnet und einige Szenen geschrieben. Aus irgendeinem Grund hatte Sam von der imaginären Loreena Moon eine klarere Vorstellung im Kopf als von irgendetwas in ihrem realen Leben – mit Ausnahme von Randall und seinen leidenschaftlichen Küssen.

Loreena Moon war cool, abgehoben, selbstbewusst – das genaue Gegenteil von Sam. Wenn sie sich durch das Dickicht der Stadt bewegte, umwölkte Argwohn ihre Stirn. Sie trug ein Messer in einer fransenbesetzten Scheide an der Hüfte, einen Köcher mit Pfeilen über der Schulter und einen kleinen Bogen auf dem Rücken. Sie war stets empört, die Rächerin der Entrechteten, der Beistand der Hilflosen und Verzagten.

Loreena blickte nie zurück und verliebte sich grundsätzlich nicht. Sie war genau wie Sam achtzehn Jahre alt, lebte jedoch weder im Reservat noch in Algonquin Bay. Sam war sich noch nicht sicher, wo Loreena Moon lebte. Es konnte unmöglich ein Haus oder eine Wohnung sein; mit Rechnungen oder anderen banalen Pflichten gab sich Loreena nicht ab. Allenfalls konnte Sam sich vorstellen, dass sie in Hotels übernachtete und in keinem häufiger als ein Mal.

Die Wanduhr schlug zehn, und Champlains Küche hatte damit geschlossen. Als das Handy in der Brusttasche ihres Kittels klingelte, machte ihr Herz vor Freude einen Satz. Auf dem Display erschien der Name *Randall Wishart.*

»Wir haben ein Nest«, sagte sie. »Bitte sag mir, dass wir ein Nest haben. Ich hab dich so vermisst.«

»Ich dich auch«, sagte Randall. »Komm zum Haus an der Island Road. Wann kannst du da sein?«

»Hier bin ich so weit fertig. Ich muss nur noch alles für die Leute von der Mittagsschicht vorbereiten.«

»Parke ein Stück weiter weg«, sagte er. »Und pass auf, dass dich keiner sieht.«

Sam schaltete die Fritteuse, die Backöfen und Kochfelder aus. Die Arbeitsplatten und Schneidebretter hatte sie bereits abgewischt. Ihr Boss McCoy streckte den Kopf zur Tür herein und gab ihr mit dem erhobenen Daumen Zeichen, Feierabend zu machen.

In einer der Vorratskammern hinter der Küche zog sie sich um. Der weiße Kittel landete ebenso wie die lächerliche Pepitahose in der Wäschetonne. Loreena trug nie etwas anderes als schwarze Jeans zum Tanktop oder auch zu einem schwarzen T-Shirt, vielleicht mit einem Katzenlogo oder einem Blitz darauf. Sam war von der Hitze am Herd so verschwitzt, dass sie sich mühsam in ihre Jeans zwängen musste. Sie zog den weichen, roten Pulli an, den Randall besonders mochte, hängte sich die Jacke über den Arm und gelangte zur Hintertür hinaus auf den Parkplatz.

Es war eine erfrischend kalte Dezembernacht, ohne die eisigen Temperaturen, die einem gewöhnlich ab Januar das Gesicht taub froren. Loreena Moon wäre jetzt auf ihre Kawasaki gesprungen, doch Sam stieg sehr behutsam in ihren 96er Civic. Man musste die Tür beim Öffnen leicht anheben, damit sich die Angel nicht verschob und das Ding sich nicht mehr schließen ließ.

Das Anwesen an der Island Road lag draußen am Trout Lake und nahm die ganze Spitze einer Landzunge ein. Während hier im Sommer Leute in ihren Booten vorbeikamen oder mit dem Wagen zwischen ihren Cottages hin und her fuhren, herrschte um diese Jahreszeit Totenstille. Trotzdem öffnete Randall die Tür so wie immer, indem er sich dahinterstellte, damit er nicht von einem zufällig vorbeikommenden Passanten zu sehen war. Er trug immer noch eines der dunklen Sportjacketts, die ihm bei der Arbeit am angenehmsten waren, die Krawatte dagegen hatte er abgelegt, und als er Sam kommen sah, strahlte er wie ein junger Shootingstar bei der Oscarverleihung. Kaum war Sam im Haus, nahm er sie in die Arme und drückte sie an sich.

»Drei volle Tage«, sagte Sam. »Ich dachte, ich werde verrückt.«

»Hat dich jemand gesehen?«

»Nee.«

»Wo steht dein Wagen?«

»An der Abzweigung zum Wasserkraftwerk, die du mir gezeigt hast.«

Bei diesem Haus handelte es sich um einen Bungalow, sehr offen gestaltet, mit einer Menge lackiertem Holz. Zu hübsch für Loreena, doch Sam war es recht. Sie wünschte sich, die Eigentümer kämen nie zurück. Sie zog die Stiefel aus und hängte ihre Jacke in der Eingangshalle auf. Randall umarmte sie noch einmal. Er knipste das Licht in der Diele aus, dann gingen sie ins Schlafzimmer, schlüpften aus ihren Kleidern, und Sam legte ihre Sachen auf einen Holzstuhl neben dem Wandschrank.

»Jane haben schönen Körper«, sagte Randall.

»Ich wünschte, ich könnte duschen. Ich bin völlig verschwitzt.«

»Ich mögen verschwitzt.«

Sie legten sich auf die blaue Decke, die Randall immer mitbrachte und auf dem jeweiligen Bett, das sie benutzten, ausbreitete. Er hatte sie stets in seinem Auto, und Sam fragte sich manchmal, wie er dies seiner Frau erklärte. Er streckte sich nackt aus und verschränkte die Hände hinter dem Kopf, sodass sein Bizeps vortrat. Sam liebte seinen Körper. Liebte ihn mit einer Leidenschaft, wie man wohl nichts auf dieser Welt lieben sollte. Sie hatte immer geglaubt, Liebe hätte etwas mit Vereinigung, Verschmelzung der Seelen zu tun, und bevor sie mit Randall Wishart schlief, hatte sie nie mit der Möglichkeit gerechnet, dass man nach dem Körper eines anderen Menschen vollkommen verrückt sein konnte.

Sam setzte sich Randall rittlings auf die Brust und hielt seine Arme fest. Ihre Hände hoben sich dunkel von seiner weißen Haut ab. »Ich muss unablässig an dich denken«, sagte sie.

»Geht mir genauso.«

»Nein, ich meine, wirklich, einfach ohne Unterbrechung.«

»Wenn ich so wie du zeichnen könnte, wärst du mein einziges Modell.«

Sam berührte ihn an der Wange. Randall war immer glatt rasiert und trug grundsätzlich keinen Dreitagebart. Als Makler hätte er das unprofessionell gefunden.

»Ich denke an deine Stimme«, sagte sie und streichelte seinen Hals. »Manchmal höre ich sie sogar im Schlaf.«

»Tatsächlich? Und was sage ich?«

»Das verrate ich dir nicht.« Sie legte sich die Hände aufs Gesicht.

»Komm schon, was sage ich? Ich weiß, was ich sage.« Er befreite sich aus ihrem Griff, legte sie auf den Rücken und flüsterte ihr eine Reihe unerhörter Befehle ins Ohr, während er an ihrem Ohrläppchen knabberte. Wie gewöhnlich war dies der Auftakt zu ihrem Liebesspiel, bis sie sich wild ineinander verknäuelten. Selbst nach sechs Monaten war Sam auch diesmal wieder vollkommen außer Atem und durcheinander. Randall fand immer genau die richtige Art der Berührung, den passenden Zeitpunkt, um ihre Lust ins nahezu Grenzenlose zu steigern.

Lag es nur daran, dass er älter war? Oder hatte er eine Art natürliche Begabung? Oder lag es vielleicht – ach, wenn es doch bitte, bitte so wäre – daran, dass er sie wirklich von ganzem Herzen liebte? Im Handumdrehen ein Orgasmus Windstärke zehn.

Keuchend und lachend rollte er sich von ihr herunter. »Das ist es. Ich schwör's dir. Das war er. Ich werde nie wieder einen brauchen. Das war's für alle Zeiten.«

Sam lachte. »Sollte als olympische Disziplin eingeführt werden. Der Hundert-Meter-Orgasmus.«

»Synchronisierte Orgasmen.«

Auch wenn sie lachten, fühlte sich Sam schon jetzt, wie jedes Mal danach, bedrückt. Traurig darüber, dass Randall zu seiner Frau nach Hause gehen würde. Traurig, weil sie selbst zu ihrer Mutter und ihrem kleinen Bruder, zu ihren selbstverliebten Kunstlehrern in Algonquin zurückkehren würde. Die meisten ihrer Freunde hatten die Stadt verlassen, um an weiter entfernten Universitäten zu studieren. Ihr Dad war bei einem seiner winterlichen Campingausflüge entweder zur Jagd oder auch nur, um die Einsamkeit zu genießen, unterwegs. Sie drehte sich auf die Seite und berührte Randall an der Schulter.

»Können wir vielleicht mal irgendwo hinfahren?«, fragte sie. »Wenigstens für ein paar Tage?«

»Wäre schön, oder?«

»Können wir? Einfach nur mal nach Toronto oder Montreal oder, was weiß ich, sonst irgendwohin? Wenigstens über Nacht?«

»Würde ich liebend gerne, Sam, aber ich kann nicht. Was soll ich Laura erzählen?«

»Erzähl ihr, du hättest eine schöne indianische Prinzessin gefunden, die dich unglaublich glücklich macht.«

»Käme bestimmt toll an.«

»Dann denk dir eben was aus.«

»Das kann ich nicht, Sam. Ich bin ein lausiger Lügner, und Laura würde es in einer Sekunde begreifen.« Er schnippte mit den Fingern.

Wie jedes Mal, wenn sie über ein Leben außerhalb eines leer stehenden Hauses sprach, in dem sie sich gerade getroffen hatten, wurde Randall angespannt. Sie wusste, dass sie den Mund halten sollte, doch sie konnte sich nicht beherrschen.

»Hast du nicht auch Lust, irgendwo anders mit mir Zeit zu verbringen? Vielleicht irgendwo draußen? Oder was weiß ich – in einem Café, einem Buchladen –, irgendwo, wo wir einfach ganz normale Menschen sein können?«

»Sam, Laura und ich sind schon lange zusammen. Ich kann sie nicht von heute auf morgen verlassen, und, wie gesagt, ich bin ein lausiger Lügner.«

»Na ja, darüber sollte ich mich vermutlich freuen.« Sam hob die Hand und strich ihm über die Augenbrauen. Er gab einen leisen wohligen Laut von sich und war im nächsten Moment eingeschlafen.

Er schlief hinterher immer ein, tief und fest, wie mit Valium vollgepumpt. Das dauerte fünf bis zehn Minuten, in denen Sam sich über sein anderes Leben, sein reales Leben Gedanken machte. Laura Wishart war hübsch und intelligent – Sam hatte im Internet nachgesehen –, der Inbegriff einer erfolgreichen Blondine, irgend so eine Finanzexpertin. Sie musste von Anfang an betucht gewesen sein, denn ihrem Vater gehörte Carnwright Real Estate, die Maklerfirma, bei der Randall beschäftigt war. Sam war sich nicht sicher, wieso Randall mit seiner Frau unglücklich war. Er sprach kaum von ihr, sondern hatte lediglich einmal erwähnt, dass sie nie mehr Sex miteinander hatten.

Sie versuchte, an Loreena Moon zu denken. Loreena war frei, immer auf der Pirsch. Loreena war cool und unnahbar. Sie war wie Pootkin, Sams schwarze Katze, die in ihrem Wohnviertel herumstreunte und manchmal nach Hause kam, manchmal nicht. Sie hatte Loreena Pootkins grüne Augen gegeben – die einzigen Farbtupfer in ihrer monochromen Kunst. Sie wusste nicht, ob man bei einem richtigen Buch mit einem einzigen Farbtupfer arbeiten konnte, doch ihr gefiel's.

Ihre Heldin sollte im Prinzip zu den Guten gehören – das heißt, immer den Schwächeren helfen und dafür sorgen, dass die Bösen ihre gerechte Strafe bekamen. Andererseits sollte sie sich nicht von kleinlichen Verhaltensregeln einengen lassen. An diesem Wochenende hatte sie Bilder von Loreena gezeichnet, auf denen sie Sachen mitgehen ließ. Sie ermittelte gegen einen reichen Industriellen, der unter dem Verdacht stand, das Trinkwasser für mehrere Reservate zu vergiften, und während sie in einer seiner prächtigen Villen herumschnüffelte, steckte sie mehrere Wertgegenstände ein. Sam gefiel der Gedanke, dass Loreena so wenig Moral kannte wie Pootkin, war sich allerdings nicht ganz sicher, ob sie das mit ihrer Hilfe für die Schwachen in Einklang bringen konnte. Sie liebte Pootkin, allerdings nicht, weil die Katze irgendwelche Anzeichen von Altruismus an den Tag gelegt hätte.

Randall wachte auf und nahm seine Armbanduhr vom Nachttisch. »Himmel, ich muss los. Angeblich bin ich bei Troy und sehe das Spiel an. Den größten Teil hab ich tatsächlich gesehen.«

»Du solltest dich erkundigen, wie es ausgegangen ist, bevor du nach Hause kommst.«

»Ruf ich auf dem Handy ab. Nicht, dass Laura sich dafür interessieren würde.«

Sie zogen sich an, und Randall faltete die blaue Decke zusammen. In der Eingangsdiele schlüpften sie in ihre Stiefel und Mäntel. Randall knipste das Licht aus. Er sprach so leise, als fürchtete er, es stünden draußen Leute und horchten an der Tür. »Lass mir zwei Minuten Vorsprung, ja?«

»Ist gut.«

»Und schließ die Tür richtig ab. Das Schloss scheint irgendwie kaputt zu sein – in dem Haus klemmt es an allen Ecken und Enden.«

Er gab ihr einen kurzen Abschiedskuss, sagte, er könne es bis zum nächsten Mal kaum abwarten, und war verschwunden. Ein Schwall kalte Luft, der Geruch nach nassen Kiefern. Das Geräusch, als er den Gang einlegte. Es sollte nicht so wehtun, sagte sie sich. Du bist ein großes Mädchen. Theoretisch. Allerdings keine Loreena mit Katzenherz, so viel stand fest. Durch das Türfenster schaute sie seinen Rücklichtern nach, bis sie zwischen den Bäumen verschwanden. Es war eine lange Fahrt in die Stadt zurück und von dort aus weiter ins Reservat; sie ging besser noch mal aufs Klo, bevor sie sich auf die Socken machte. Sie wischte die Stiefelsohlen auf der Fußmatte ab, bis sie sicher war, auf dem Holzboden keine Wasserspuren zu hinterlassen.

Als sie aus dem Bad kam, hörte sie einen Schlüssel in der Eingangstür. Die Stimme eines Mannes. Nicht Randall. Stapfende, schwere Schuhe und andere Stimmen, die antworteten.

Sam trat ins Schlafzimmer. Falls das die Eigentümer sind, überlegte sie, oder sogar ein anderer Makler, der dieses Haus Interessenten zeigt, bin ich am Arsch; Randall auch. Doch die Eigentümer konnten noch nicht wieder zurück sein, und wieso sollte ein Makler jemandem so spät am Abend eine Immobilie zeigen? Das ergab keinen Sinn. Die Klospülung lief noch, und sie hoffte inständig, dass sie verstummte.

Stimmen und Schritte im Haus. Licht in der Diele.

Sam legte sich auf den Boden und rollte sich unters Bett. Kein seriöser Mensch, dachte sie unwillkürlich, bringt sich in so eine Lage.

Einige Minuten lang war es still, dann wurde die Stimme des Mannes lauter, und die Schritte kamen in ihre Richtung. Dumpfes Tappen von Leuten auf Socken. Hieß das etwa, dass sie bleiben würden?

Die Stimme des Mannes aus dem Flur. »Hat ein hübsches Badezimmer. Kein Luxus, aber hier zahlt man vor allem für die Lage. Die Ruhe.«

Im Schlafzimmer ging das Licht an, und Sam hielt die Luft an.

»Das Elternschlafzimmer hat eine anständige Größe. Offensichtlich für ein großes Doppelbett ausgelegt. Reichlich Einbauschränke. Die Farbe wird man vielleicht ändern.«

Das Geräusch von Schiebetüren.

Die Stimme einer Frau mit irgendeinem Akzent. »Wann, sagen Sie, wurde es gebaut?«

»Anfang der Sechziger.«

»So neu. Sieht älter aus, der Stil.«

Die Schiebetüren gingen zu.

»Es hat Charme«, sagte der Mann aus größerer Nähe. »Kein Haus von der Stange.« Er durchquerte das Zimmer, Gardinen wurden zurückgezogen. »Der Garten grenzt direkt an den See, im Winter fahren Sie Schneemobil, im Sommer Kanu, Wasserski, oder was Sie so mögen. Der Blick ist das Einzigartige an diesem Haus. Sie müssen es sich unbedingt noch mal bei Tageslicht ansehen, direkt am

Wasser, an der Spitze der Landzunge – Bilderbuch, anders kann man das wirklich nicht nennen. Ziemlich einmalig. Hat noch zwei Schlafzimmer.«

»Nur ein Bad?« Eine andere Männerstimme. Auch mit ausländischem Akzent.

»Ja, Sir. Man kauft es vielleicht nicht als ersten Wohnsitz, aber als Wochenendhaus im Norden? So ein Angebot können Sie lange suchen.«

Ihre Schritte tappten in den Flur, das Licht ging aus.

»Sehen Sie sich die anderen Zimmer an«, sagte der Mann, »danach hab ich noch einen kleinen Seelenwärmer für uns.«

Sam wechselte die Stellung unter dem Bett. Sie hörte den Mann und die Frau in der Diele in einer Fremdsprache reden. Wie lange brauchten die, um sich einen kleinen Bungalow anzusehen? *Geht,* flehte sie. *Nun geht schon!*

Schritte wieder Richtung Küche oder Wohnzimmer, jedenfalls nicht mehr in der Diele. Die Leute gingen immer noch nicht, aber sie konnte sie zumindest nicht mehr hören.

Sie versuchte, ruhig durchzuatmen und sich zu beruhigen. Sicher gingen sie bald. Vielleicht in ein paar Minuten.

Aus dem Wohnzimmer Gläserklirren. Lachen. Sam betete, dass sie nicht vorhatten, für den Rest der Nacht zu einem Saufgelage zu bleiben.

Sie wartete und dachte an das Fenster. Der Bungalow hatte einen offenen Grundriss, sodass man unmöglich bis zur Haustür kam, ohne entdeckt zu werden. Die Gartentür hatte sie nicht gesehen, aber sie musste irgendwo in der Nähe der Küche sein. Also durchs Fenster.

Gibt es in dieser Situation irgendeinen Grund zur Dankbarkeit?, fragte sie sich. Einen einzigen kleinen Umstand, der die sprichwörtliche »dankbare Grundeinstellung« rechtfertigte, die ihr Vater ihr ständig nahelegte? Denn sonst würde ihre Angst noch ganz andere Formen annehmen.

Ein Schuss.

Sam stieß mit dem Kopf gegen die Matratzenfeder. Ihr Vater hatte ihr mit neun Jahren das Schießen beigebracht. Es gab für sie nicht den Hauch eines Zweifels, dass gerade jemand einen Schuss abgefeuert hatte.

Noch ein Schuss.

Ein Mann stieß einen Schrei aus, so wie jemand brüllt, wenn seine Mannschaft gerade einen Treffer gelandet hat.

Falls man sich im Wald verirrt, hatte ihr Vater ihr eingebleut – denn schließlich verirrt sich jeder mal im Wald, sogar Indianer –, ist zunächst einmal ganz entscheidend, was man *nicht* tut. Man gerät *nicht* in Panik. Die bringt einen schneller um als jeder Wolf, schneller als jeder Bär. Panik ist die häufigste Todesursache, die der Mensch kennt. Man muss sie erkennen und beim Namen nennen und dann in einem kleinen Safe verschließen, wo niemand herankam, nicht mal du selbst, verstanden?

Keine Panik, schärfte sie sich ein. Vielleicht wurde da gerade ja niemand erschossen. Sie waren dabei, ein Haus zu besichtigen – wieso sollte irgendjemand einen anderen erschießen? Vielleicht schießt jemand aus irgendeinem Grund mit Platzpatronen. Vielleicht haben sie gekokst oder so und sind nicht ganz dicht. Nur keine Panik!

Sie versuchte, ihren Atem, ihren Puls wieder zu normalisieren. Niemand weiß, dass ich hier bin. Egal, was da vor sich geht, es ist sicher bald vorbei. Die hauen ab, ich haue ab. Das Leben geht ganz normal weiter, und niemand ist tot. Ich zumindest nicht.

Das alles konnte ihre Herzfrequenz nicht beruhigen. Das Blut hämmerte ihr in den Ohren.

Langsam kroch sie unter dem Bett hervor. Es gab zwei nebeneinander gelegene Fenster, eines davon mit eingebauter Klimaanlage. Draußen glänzte der Schnee im Mondlicht. Sie drehte den Griff am anderen Fenster und versuchte, es hochzuschieben. Es bewegte sich nicht. Ihr Herz raste noch schneller. Nur mit größter Mühe konnte sie einen Schrei unterdrücken.

Das ist Panik, dachte sie. An den Griffen zerren, um die bewegliche Scheibe hochzuschieben, obwohl sich nichts bewegt. Dabei die ganze Zeit der Gedanke: Du bist in Panik, kriech wieder unters Bett.

Den Stuhl packen, obwohl du bis jetzt noch nicht das leiseste Geräusch verursacht hast.

Wenn du das jetzt machst, gibt es kein Zurück. Es gibt keine zweite Chance. Du solltest unters Bett zurückkriechen.

Sie schwang den Stuhl mit aller Kraft und warf sich mit ihrem ganzen Körpergewicht in die Bewegung. Der Lärm war erschreckend.

Sie schob ein Knie über die innere Fensterbank auf den schmaleren Sims draußen. Dann stützte sie sich auf, sodass sich ihr an mehreren Stellen zugleich scharfe Glaskanten in die Handflächen schnitten. Sie stieß sich ab, hörte, wie ihr Mantel riss, und schlug mit Knien und Händen hart auf den Boden auf. Im selben Moment rappelte sie sich hoch und rannte los. Sie sah dort, wo die Kugeln in den Boden trafen, den Schnee aufspritzen, bevor sie den ersten Knall registrierte.

Während sie den Schutz der dunklen Bäume suchte, war ihr bewusst, dass ihre frischen Fußspuren auf dem unberührten Weiß danach schrien, sie zu erschießen. Sie ließ sich hinter einem Granitfelsen fallen und blickte zurück. Jemand hatte im Schlafzimmer Licht gemacht, doch im

Fenster war kein Schatten zu sehen. Denk nach, befahl sie sich. Links der platingraue See, dessen hauchdünne Eisschicht allenfalls eine Katze trug. Es gibt nur zwei Routen zum Wagen zurück – je eine links und rechts von der Einfahrt, und dann die Straße. Er hat mich hier entlanglaufen sehen. Er wird jeden Moment aus dieser Haustür stürmen und in meine Richtung kommen, und selbst wenn er mich im Dunkeln nicht erkennen kann, wird er mich hören, und dann bin ich tot, und ich will ganz bestimmt nicht sterben.

Das offene Gelände zwischen ihr und dem Haus erschien ihr wie der bedrohlichste Ort auf Erden. Sie verließ den Schutz der Felsen und kehrte quer über diese Lichtung zum Haus zurück, hielt sich dann möglichst dicht an dessen Gartenfront, um auf dieser Seite im Wald zu verschwinden. Sie konnte nur den einen Gedanken fassen, aus Leibeskräften zu laufen. Ich bin schnell, sprach sie sich Mut zu, aber ich bin nicht Loreena Moon und ganz bestimmt nicht schneller als Kugeln. Noch wichtiger als das Tempo war es, sich lautlos zu bewegen.

Sie versuchte, sich all die Regeln ins Gedächtnis zu rufen, die sie beim Jagdunterricht von ihrem Vater gelernt hatte. Sich unentdeckt an seine Beute anschleichen. Vorzugsweise auf felsigem Boden oder in dessen Nähe laufen. Sein Gewicht reduzieren, indem man dicht am Stamm den Halt von Ästen sucht. Ach ja – nicht auf kleine Zweige treten. Tolles Indianereinmaleins, Dad! Darauf wäre ich nie gekommen. Ein guter Jäger zu sein war nicht ganz dasselbe, wie als Beute am Leben zu bleiben.

Als sie die Vorderseite des Bungalows ein gutes Stück hinter sich gelassen hatte, duckte sie sich in eine Gruppe von Kiefern und horchte. Sie sah die Einfahrt, hörte, wie der Mann auf der anderen Seite geräuschvoll durch den

Wald lief. Fragte sich, wie blöd der Kerl war. Wie lange würde er brauchen, bis er merkte, dass es da drüben in der dünnen Schicht Neuschnee, die in dieser Nacht gefallen war, keine Spuren gab. Dann würde er entweder warten oder umkehren und hinter dem Haus ihre Fährte entdecken.

Jetzt kam er aus dem Wald und drehte sich langsam im Kreis, um sich den Schnee genauer anzusehen. Sam griff in ihrer Tasche nach dem Handy. Nicht da. Sie klopfte die anderen Taschen ab. Der Mann lief mit schussbereitem Gewehr zum Haus zurück. Sam sprintete wieder los. Wenige Sekunden später konnte sie zwischen den Bäumen hindurch die Straße erkennen. Ihr Wagen wartete ein Stück weiter Richtung Stadt. Um nicht die ungeschützte Einfahrt überqueren zu müssen, blieb ihr keine andere Wahl, als einen großen Bogen zu schlagen und auf der anderen Straßenseite durch den Wald, der sich dort eine steile Böschung hochzog, zu pirschen und die offene Straße zu meiden.

Der Mann kam durchs Gestrüpp hinter ihr hergestürmt. Sam bog Richtung Straße ab und rannte um ihr Leben. Falls er sie sah, hätte er Mühe, anzulegen und zu zielen, und bis er die Straße erreichte, säße sie schon im Wagen. Etwas sirrte an ihrem Gesicht vorbei, und der Knall, der augenblicklich folgte, beantwortete alle ihre Fragen. Sie erreichte die Zufahrt zum Kraftwerk und ihr fünfzehn Meter weiter geparktes Auto.

Falls er es bis zur Straße geschafft hat, sagt ihm das Geräusch, wenn ich mit dem Ding da losfahre, wo ich bin.

Sie ließ die Scheinwerfer ausgeschaltet. Der Honda zündete gleich beim ersten Versuch. Auf der Zufahrt ging sie es langsam an; auf der leichten Steigung hätten die abgefahrenen Reifen nicht gegriffen. Noch während sie die

Island Road hinaufkroch, sah sie ihn kommen. Sie gab Gas. Auch wenn hinten die Räder durchdrehten, gelangte sie auf die Straße. Es war eine Qual, den Fuß vom Gas zu nehmen, andererseits die einzige Chance, dass die Reifen griffen. Eine Kugel traf ins Heck, und der Mann schrie, während sie ihn im Rückspiegel hinter ihr herrennen sah.

Die Reifen griffen, und sie gab langsam mehr Gas, während sie versuchte, sich auf ihrem Sitz möglichst klein zu machen. Eine zweite Kugel schlug in den Kofferraum ein. Sie fuhr um eine Kurve und bekam schon etwas besser Luft. Er konnte sie weder treffen noch zu Fuß mit ihr Schritt halten. Logisch wäre jetzt für ihn, in diesen Wagen zu steigen, den sie im Schatten der Einfahrt gesehen hatte, und wie der Terminator hinter ihr herzujagen. Immerhin hatte sie ihm voraus, dass sie die Island Road mit ihren teils üblen Serpentinen kannte, und außerdem konnte er nicht wissen, ob sie Richtung Stadt oder weiter nach Norden fuhr.

Ein entgegenkommendes Fahrzeug hupte laut und blinkte. Sie machte die Scheinwerfer an und drückte weiter aufs Gaspedal, sodass der Honda in den Kurven ins Schleudern geriet. Im Rückspiegel war bislang noch nichts, auch wenn man natürlich immer nur bis zur letzten Kurve sehen konnte. Vor ihr lag rechts die Chinook Tavern und dahinter der Highway. Für einen Donnerstagabend war der Parkplatz der Chinook ziemlich voll besetzt. Draußen standen einige Leute herum und beugten sich über ihre Zigaretten. Ein Kerl wollte gerade mit seiner Harley auf die Straße einbiegen – keine Chance. Sie raste vorbei und ignorierte das Halteschild an der Kreuzung. Er brüllte ihr seine Wut hinterher.

Dann endlich in der Ferne die breite, gerade Straße und die Lichter der Stadt. Sie tastete noch einmal in ihren Taschen nach ihrem Handy. Eindeutig nicht da. Sie musste es bei dem Sprung verloren haben. Der Mond schien auf die weiße Fläche des Trout Lake, die Straße selbst lag im tiefen Schatten der Bäume und der Berge. Das Tempolimit betrug achtzig Kilometer, doch ihr Tacho zeigte hundertzwanzig an. Schneller ging es bei den Kurven nicht. Natürlich war das hier eine richtige Radarfalle. Die Cops kontrollierten diesen Streckenabschnitt mit Vorliebe, um Betrunkene zu kassieren, die vom Chinook aus in Schlangenlinien in die Stadt zurückfuhren.

Das Lenkrad war blutverklebt. Ihr tat das Knie weh, und zwar so, dass es nicht so schnell wieder aufhören würde. Das Blut hatte ihre Jeans fast bis zum Saum hinunter getränkt. Musste vermutlich genäht werden. Du hast mehr als ein Problem am Hals, sagte sie, und wenn du eine Idee hast, wie du da wieder herauskommst, lass hören – und zwar, bevor unser Mörder beschließt, Jagd auf dich zu machen.

2

Als Sam nach Hause kam, parkte sie den Wagen in der Garage und sah sich den Schaden am Heck an. Das linke Blinklicht war zersplittert, und im Kofferraum gab es ein Einschussloch. Sieben, acht Zentimeter höher, und ihr Gehirn wäre quer über die Windschutzscheibe gespritzt.

Sie ging ins Haus und zog sich im Dunkeln Mantel und Stiefel aus. Ihre Mutter ließ nachts immer die Schlafzimmertür geöffnet. Sam musste leise die Diele durchqueren, um ins Bad zu kommen. Das rechte Bein ihrer Jeans war unterhalb der Schnittwunde im Knie steif vom Blut. Sie öffnete den Wandschrank über dem Waschbecken und fand ein Fläschchen Tylenol mit Codein, das von einer Zahnextraktion übrig geblieben war. Sie ließ zwei Tabletten auf die hohle Hand fallen und schluckte sie mit Wasser aus dem Hahn.

Ihre linke Hand hatte einen tiefen, fünf Zentimeter langen Schnitt am Ballen. Die Wunde blutete nicht mehr besonders stark. Im Schrank neben der Toilette fand sie Mull und Heftpflaster sowie einen alten Waschlappen und Franzbranntwein. Ihre Oberschenkel zitterten heftig, als sie in die Badewanne stieg. Sie schlüpfte halb aus der Jeans und setzte sich auf den Wannenrand.

Sie atmete ein paar Mal tief ein und aus, hielt die Luft an und löste die Jeans von der Wunde am Knie. Die Tränen brannten ihr in den Augen, und sie schluchzte, auch wenn es ihr gelang, keinen Laut von sich zu geben. Sie zog die

Jeans ganz herunter und rollte sie auf. Aus dem Knie quoll Blut. Sie ließ Wasser darüberlaufen und sah zu, wie es rot bis rosa in den Ausguss lief. Sie wusch sich den klaffenden Schnitt mit Seife und Wasser aus und tupfte ihn anschließend mit dem alten Waschlappen trocken. Der Alkohol war kalt und brannte, doch es fühlte sich sauber an.

Die Wunde im Knie musste genäht werden, aber das war nicht möglich. Wenn sie zur Notaufnahme fuhr, war eine Erklärung fällig, und es war durchaus möglich, dass sie dort jemandem begegnete, der angeschossen war oder der geschossen hatte.

Sie trocknete sich die Füße ab, kehrte zum Wäscheschrank zurück und wühlte so lange darin herum, bis sie eine Packung Kotex-Binden fand, die ihre Mutter vor ein paar Jahren gekauft hatte, ohne die medizinischen Gründe dafür mit ihren Kindern zu erörtern. Sam klebte sich eine davon mit Pflaster fest aufs Knie.

Es war mühsam, die hinterlassene Schweinerei zu beseitigen, während sie jeden Moment damit rechnete, dass ihre Mutter anklopfte, doch es blieb still. Sam knipste das Licht im Badezimmer aus, hinkte an dem Zimmer ihres Bruders vorbei in ihr eigenes und zog die Tür hinter sich zu. Ihre aufgerollte Jeans und die Packung Binden versteckte sie unter dem Bett. Sie schaltete die Nachttischlampe ein und setzte sich, indem sie das linke Bein gerade hielt, auf die Bettkante. Pootkin hatte sich am Fußende eingerollt. Die Katze hob den schwarzen Kopf, blinzelte und schlief wieder ein.

Die Oberseite ihres improvisierten Verbands färbte sich bereits rot. Die Wunde würde sich jedes Mal öffnen, wenn Sam das Knie anwinkelte.

Das Codein zeigte schon Wirkung, und das Zittern ließ nach. Für eine Prognose, wie groß die Probleme waren, in die sie sich hineingeritten hatte, war vermutlich ein ganzer Haufen Wissenschaftler nötig. Falls unser Mann mit der Knarre mein Kennzeichen gesehen hat, kann ich gute Nacht sagen. Aber es war dunkel, er lag weit zurück und hat versucht, mich zu treffen; vielleicht hat er das Kennzeichen nicht gesehen. Wenn man auf Leute schießt, hat man wahrscheinlich keinen Blick für Nummernschilder.

Außerdem weißt du nicht mal, jedenfalls nicht mit Gewissheit, ob der Mann im Haus überhaupt auf jemanden geschossen hat. Klar doch – und wieso hat er dann versucht, *dich* aus dem Weg zu räumen? Sams Schlafzimmer war winzig. Sie konnte vom Bett aus ihren Schreibtisch berühren. Sie nahm ihren Laptop, fuhr ihn hoch und überprüfte ein paar neue Webpages wie ABdaily.com und algonquinlode.com. Natürlich war es noch zu früh. Sie brachten Beiträge zur Pelzauktion und zum Winterkarneval, aber nichts über eine Schießerei.

Sie sah auf ihren Wecker und dachte an Randall. Wenn du jetzt bei ihm anrufst, seine Frau aufweckst, ihn überrumpelst, kannst du ihn gleich vergessen. Frühestens konnte sie sich am Morgen nach acht Uhr bei ihm melden. Er hatte gesagt, seine Frau sei jeden Tag von acht bis sechs im Büro. Randall musste dagegen erst um zehn los.

Das Scheinwerferlicht eines vorbeifahrenden Autos strich über ihre Schlafzimmerwand, und sie hielt die Luft an, bis es vorüber war. Sie knipste das Licht aus und schob die Katze zur Seite, um sich hinlegen zu können. Ihr Knie pochte. Als sie die Augen schloss, war sie wieder im Haus am Trout Lake, sprang auf den verschneiten Boden, rannte durch den Wald. Wie hoch ist die Wahrscheinlichkeit, dass er das Handy findet? Er rennt mit einer Knarre durch die Dunkelheit – hat er da einen Blick für einen kleinen Gegenstand, der halb im Schnee begraben ist?

Sie öffnete erneut ihren Laptop, legte sich auf die Seite und suchte im Internet nach Ratschlägen, was man am besten machte, wenn man sein Handy verloren hatte. Es gab Modelle, die man mit seinem Computer synchronisieren konnte, was einem ermöglichte, sämtliche Informationen zu löschen, sobald der Dieb versuchte, damit ins Internet zu gelangen. Sams Handy verfügte nicht über solche technischen Finessen. Sie hatte nicht einmal ein Passwort eingerichtet. Nur die Ruhe, Sam, er hat es nicht gefunden. Folglich findet es vermutlich die Polizei.

Endlich entfaltete das Codein seine volle Wirkung. Sie versuchte, sich zurechtzulegen, was sie der Polizei sagen sollte, konnte aber keinen klaren Gedanken fassen.

Als Sam am nächsten Morgen aufwachte, hatte sie ihren Laptop noch neben sich auf dem Bett. Auf ihrem Wecker war es 8:30 Uhr. Ihre Mutter und ihr Bruder mussten wohl schon gegangen sein. Sie rief Randall auf dem Festnetztelefon an. Er schien nicht begeistert zu sein, dass sie am Apparat war, doch sie ignorierte ihn und rückte mit der ganzen Geschichte heraus.

»Randall, ich hatte noch nie im Leben solche Angst. Bis gestern hab ich nicht mal gewusst, was Angst bedeutet. Ich hab wirklich geglaubt, dass ich sterbe, und ich bin mir ziemlich sicher, dass es in diesem Haus Tote gibt.«

»Aber du hast nicht selbst gesehen, wie er jemanden erschossen hat.«

»Nein, doch er war hinter *mir* her und hat versucht, *mich* umzubringen, und wieso sollte er das wohl tun, wenn er nicht gerade *diese Leute* erschossen hätte?«

»Ich will damit nur sagen, dass du keinen Mord zu melden hast. Allenfalls könntest du bezeugen, du hättest Schüsse gehört.«

»Und dass so ein Mistkerl versucht hat, mich umzubringen. Ich hab Einschusslöcher in meinem Wagen.«

»Und du sagst, er hat sich als Immobilienmakler ausgegeben? Er hat versucht, ihnen das Haus zu verkaufen?«

»Er hat ihnen das Badezimmer gezeigt und von der Aussicht gefaselt.«

»Das ist völlig absurd. Ich hab dieses Haus im Alleinauftrag.«

»Ich wollte die Polizei anrufen, sobald ich nach Hause komme, aber ich wollte dich nicht in Schwierigkeiten bringen.«

»Moment mal, Sam. Du kannst der Polizei nicht erzählen, dass ich da draußen war. Ist dir klar, was das für mich bedeuten würde? Wie soll ich Larry erklären, was ich mitten in der Nacht mit einer Indianerin da draußen in dem Haus zu suchen hatte?«

Larry war Lawrence Carnwright, Eigentümer und Betreiber von Carnwright Real Estate.

»Indianerin?«

»First Nations. Halt dich da raus, Sam. Sonst geht nicht nur meine Ehe, sondern auch meine Karriere den Bach runter.«

»Ich kann doch nicht einfach den Mund halten. Stell dir vor, da draußen ist jemand verwundet? Der verblutet langsam? Was wäre ich dann für ein Mensch?«

»Du wärst einfach nur vernünftig. Jemand, der unter Beschuss einen kühlen Kopf behält. Buchstäblich. Falls der Kerl jemanden umgebracht hat, dann ist derjenige tot, und du kannst auch nichts mehr daran ändern, Sam. Aber du musst bei der Sache auch mal an meine Situation denken. Wie willst du erklären, dass du in diesem Haus warst? Woher wüsstest du überhaupt von dem Haus, ohne mich ins Spiel zu bringen? Und wenn sie erst mal meinen

Namen kennen, bin ich erledigt. Der Schaden wäre irreparabel.«

Sam dachte darüber nach. Sie strich sich mit den Fingern durchs Haar und stieß auf V-förmige Kiefernnadeln. »Ich könnte anonym anrufen. Aus einer Telefonzelle.«

»Um ihnen was zu sagen, Sam?«

»Ich war in der Nähe und hab Schüsse gehört und dachte, ich sollte das besser melden.«

»Und du meinst, die fahren zehn Stunden später da raus, nur für den Fall, dass an der Spitze der Island Road immer noch jemand herumballern könnte? Auf solche Informationen reagieren die gar nicht. Du müsstest denen sagen, was du mir erzählt hast – du hättest Leute gehört, und dann wären Schüsse gefallen, und du seist dir ziemlich sicher, dass sie tot sind. Dann fahren die hinaus. Bei der einsamen Lage des Anwesens wissen sie dann auch gleich, dass du in Wahrheit *im* Haus warst, und dann drehen und wenden sie jedes klitzekleine Indiz so lange hin und her, bis sie dich ausfindig gemacht haben. Sie werden unsere Fingerabdrücke finden, sie werden Gott weiß was alles da draußen finden. Du kannst das nicht machen, Sam.«

»Ich hab kein Vorstrafenregister und du auch nicht – mit den Fingerabdrücken können die nichts anfangen.«

»Oh, mein Gott.«

»Was ist?«

»Wenn es da draußen tatsächlich einen Mord gegeben hat, werden sie mich sowieso befragen. Ich hab einen Schlüssel zu dem Haus. Ich sag ja, Sam, ich bin kein guter Lügner.«

»Du könntest ihnen die Wahrheit erzählen. Du warst an einem anderen Tag da draußen. Aus irgendeinem Grund wolltest du nach dem Rechten sehen, und das war's – du hast nichts Verdächtiges bemerkt. Und das ist die Wahrheit, also hast du keinen Grund, nervös zu sein. Du brauchst mich nicht zu erwähnen.«

»Sam, melde dich nicht bei der Polizei. Lass diesen Anruf. Ich darf da nicht reingezogen werden. Und du auch nicht. Ich muss los. Ich muss nachdenken. Bitte unternimm nichts, Sam.«

»Ich hab mein Handy verloren. Was ist, wenn *er* das hat? Wenn er mein Kennzeichen gesehen hat? Was ist, wenn er denkt, ich kann ihn identifizieren, und er ist hinter mir her?«

»Wenn er dich unbedingt in die Finger kriegen wollte, hätte er es gestern Nacht versucht. Er hätte dich mit dem Wagen verfolgen können, richtig? Hat er aber nicht. Weil er weiß, dass du überhaupt nichts identifizieren kannst.«

»Was ist, wenn er versucht, mich zu töten, einfach nur, um auf Nummer sicher zu gehen? Hab ich das wirklich gerade gesagt? Die Sache ist ernst, Randall.«

»Ich muss los. Ruf mich nicht an. Wenn die Polizei anfängt, Anrufnachweise zu überprüfen, ist die Hölle los. Und wir sehen uns besser eine Weile nicht.«

»Nein, sag das nicht.«

»Nur als Vorsichtsmaßnahme – wir wollen doch das, was wir haben, nicht aufs Spiel setzen? Das, was wir miteinander haben, ist zu kostbar, um es aufs Spiel zu setzen, oder?«

»Ja.«

»Also gut. Ich ruf dich bald an.«

»Ich liebe dich, Randall. Ich muss dich sehen.«

»Ich dich auch. So sehr. Ich muss los.«

3

Nach dem Abendessen saß John Cardinal am Küchentisch und merkte erst nach einer Weile, dass er die ganze Zeit sein eigenes Spiegelbild im Fenster angestarrt hatte. Er stand auf, schaltete das Licht aus und setzte sich wieder. Sein Gebäude mit Eigentumswohnungen befand sich an einem Hang mit Blick über die nördliche Bucht des Lake Nipissing, und nachdem das Licht aus war, nahm die Oberfläche des gefrorenen Sees in der Scheibe Gestalt an. Der Dreiviertelmond war so hell, dass er fast alle Sterne überstrahlte und einen breiten, schmutzig weißen Pfad quer durch den Schnee bis zu Cardinals Fenster erleuchtete. Die Baumkronen, die das Ufer säumten, wiegten sich in der Brise, auch wenn er sie durch die Doppelverglasung nicht hören konnte.

Die Mahlzeiten waren immer noch ein wunder Punkt. In den ersten sechs Monaten nach Catherines Tod hatte Cardinal vor dem Fernseher gegessen. Er sah nicht gerne fern, aber es war immer noch besser, als ständig nur auf den leeren Platz zu starren, auf dem Catherine gesessen und ihm von ihren Studenten oder ihrem letzten Fotoprojekt erzählt hatte. Irgendwann wurde es ihm unerträglich, und so bot er das kleine Haus am Trout Lake – das Haus, in dem er fast zwanzig Jahre lang mit Catherine und ihrer gemeinsamen Tochter gelebt hatte – zum Verkauf an. Irgendwie war er zu dem Schluss gekommen, dass er an dieser Bruchstelle in seinem Leben besser in einer Wohnung leben sollte. Eine Wohnung passte nicht im Mindesten zu Catherine. Genau genommen auch nicht zu Cardinal. Als er in jungen Jahren in Toronto lebte, hätte er sich vielleicht als Stadtmensch eingestuft, doch jetzt nicht mehr. Jetzt war er einfach nur ein Mann, dessen Frau gestorben war und der in dem, was von seinem Leben noch übrig war, keinen großen Sinn erkennen konnte.

Er schaltete das Licht wieder ein und griff nach der obersten Mappe auf einem ganzen Stapel alter stockfleckiger, verfärbter Akten. Unter dem Gummiband, das den obersten Schnellhefter zusammenhielt, steckte eine Notiz des Chief mit der Mahnung an die Kripo, sich bei der Aufklärung alter ungelöster Fälle ordentlich ins Zeug zu legen. Es ging doch nichts über die Lösung eines alten, rätselhaften Verbrechens und das erhebende Gefühl, einen Täter, der allzu lange auf freiem Fuß gewesen war, vor Gericht zu bringen und das Vertrauen der Bürger in ihre örtliche Polizei wiederherzustellen. Insbesondere waren sie angehalten, alle Technologien, Datenbanken und Verfahrensweisen auszuschöpfen, die zum Zeitpunkt der ursprünglichen Ermittlungen noch nicht zur Verfügung standen. Wenn Chief R. J. Kendall bei seinen Mitarbeitern Begeisterung entfachen wollte, hielt er flammende Sonntagsreden. *Wir müssen uns als Besucher aus der Zukunft begreifen, die eine Zeitreise in die Vergangenheit machen, um ihren ratlosen Kollegen von damals zu Hilfe zu eilen.*

R. J. besaß die Gabe des Politikers, eine Maßnahme, die ihm aufgezwungen worden war, als persönliche Herzensangelegenheit, als Ausdruck seines Gutmenschentums zu verkaufen. In diesem Fall war der zündende Funke ein landesweiter kriminalstatistischer Bericht über die Aufklärungsquoten der verschiedenen örtlichen Behörden. Gewöhnlich erfassten solche Erhebungen nur größere Städte ab einer Einwohnerzahl von über einhunderttausend. Dieses Jahr hingegen hatte ein Bürokrat, der mit seiner Zeit nichts Besseres anzufangen wusste, einen Vergleich zwischen kleineren Städten vorgelegt, und obwohl man eine Reihe triftiger Gründe anführen konnte, weshalb diese Ergebnisse nicht besonders aussagekräftig waren, konnte dies Chief Kendalls Entrüstung über den Skandal, dass die Polizei von Algonquin Bay nur knapp über dem Durchschnitt eingestuft worden war, kaum beschwichtigen. Auch wenn der Chief es nicht ausdrücklich erwähnte, rieb er sich, wie Cardinal sehr wohl wusste, vor allem daran wund, dass Parry Sound und Sudbury, zwei an Größe, demografischer Zusammensetzung und geografischer Lage vergleichbare Städte, bei dem Vierzig-Jahres-Mittelwert weit besser abschnitten. Sie machten neben diesen Gemeinden keine gute Figur, und sogar *The Globe and Mail* hatte über das seltsame Phänomen berichtet.

Folglich lag der Fall Scriver mit einem Gesamtgewicht von zwanzig Pfund auf Cardinals Küchentisch. District Superintendent Chouinard hatte die sechs Detectives ihrer Abteilung je drei ungelöste Fälle aus einem Hut ziehen lassen, und Cardinal hatte Oldham (mutmaßlicher, doch nicht bewiesener Mord durch Ehegatten), Sloane (vermisster Achtjähriger, mutmaßlicher Unglücksfall) sowie Scriver erwischt. Als dieser letzte Name vorgelesen wurde, hatten Cardinals Kollegen sich nicht die geringste Mühe gegeben, ein Feixen zu unterdrücken.

Delorme dagegen hatte Lonnie Laird, ein vermisstes junges Mädchen, erwischt, das aller Wahrscheinlichkeit nach dem Serienmörder Laurence Knapschaeffer zum Opfer gefallen war, auch wenn dafür bis dato die Beweise fehlten. Es kostete Delorme genau eine Fahrt nach Penetanguishene zur Anstalt für geistesgestörte Straftäter und eine fünfundvierzigminütige Befragung, um Knapschaeffer ein schriftliches Geständnis zu entlocken. Vielleicht war der Erfolg ihren hervorragenden Ermittlerfähigkeiten gedankt, vielleicht aber auch – wie Ian McLeod mutmaßte – der Tatsache, dass Knapschaeffer noch nie zuvor die ungeteilte Aufmerksamkeit einer so attraktiven Frau vergönnt gewesen war.

Scriver war der älteste ungelöste Fall in der Geschichte der Kripo Algonquin Bay, die sich zusammen mit den Kollegen von der OPP, der Provinzpolizei Ontario, immer wieder die Zähne daran ausgebissen hatte. Schon bei Cardinals Dienstantritt lag der Fall Jahre zurück. Inzwischen waren sämtliche Beamten, die damals daran gearbeitet hatten, entweder längst pensioniert oder verstorben.

Um den 15. Juli 1970 herum hatte die Familie Scriver mutmaßlich in ihrem kleinen Boot mit Außenbordmotor ihr Cottage am Trout Lake verlassen und war nie zurückgekehrt. Die Cottagetür war nicht abgeschlossen. Die Reste des Abendessens standen noch auf dem Tisch. Keinerlei Anzeichen von Gewalteinwirkung.

Die Vermissten: Walt Scriver, fünfundvierzig, ein wissenschaftlicher Mitarbeiter im Amt für Land- und Forstwirtschaft (wie das Naturschutzamt damals noch hieß). Seine Frau Jenny Scriver, dreiundvierzig, Hausfrau und Teilzeitlehrerin. Ihr achtzehnjähriger Sohn Martin, der von seinem Ferienjob bei der Rotwildzählung übers Wochenende nach Hause gekommen war. Alle, wie es aussah, bei einem Unfall ertrunken.

Cardinal schrieb in großen Buchstaben auf seinen Block *Gelöst: Entführung durch Außerirdische.*

Es klingelte an der Wohnungstür, und Cardinal ging zur Gegensprechanlage, um Lise Delorme hereinzulassen. Zu den unvorhergesehenen Vorteilen seines Wohnungswechsels gehörte es, dass jetzt nur fünf Fußminuten zwischen ihm und Lise Delorme, seiner Lieblingskollegin, lagen. Bei seinem Einzug war Delorme vorbeigekommen und hatte ihm dabei geholfen, Teppiche zu entrollen und Gardinen aufzuhängen. Einfach nur aus Freundlichkeit, nahm Cardinal an, sie hätte dasselbe für jeden anderen getan.

Da stand sie nun – eine DVD in der einen Hand, eine riesige Dose Popcorn in der anderen, burschikos in Flanellhemd und Jeans in seiner Tür. Eine Frau, die so wenig nach einer Polizistin aussah, musste man erst mal finden.

»*Monster*«, sagte sie und hielt die DVD hoch. Auf der Hülle prangten überdimensionale Insekten. »Oder meinst du, das erinnert zu sehr an die Arbeit?«

Cardinal legte die DVD ein und hantierte ein paar Minuten an der Fernbedienung herum, die nie zwei Mal nacheinander funktionierte.

»Mann, ist das schwül hier drinnen«, sagte Delorme. »Haben die immer noch nicht deine Ventilation repariert?«

»Erinnere mich bloß nicht daran. Dieser Wohnungskauf war vielleicht einer der dümmsten Fehler meines Lebens.«

Delorme warf einen Blick auf den Aktenstapel. »Hey, gratuliere. Wie ich sehe, hast du Scriver gelöst.«

»Sicher. War eigentlich ganz einfach.«

Cardinal in seinem Fernsehsessel, Delorme auf der Couch. Er hielt immer eine Steppdecke zusammengefaltet über der Rückenlehne bereit, weil Delorme schnell fror – diese riesigen Flachglasfenster mit Blick über den See. Delorme war irgendwo zwischen dreißig und vierzig, von feurigem Temperament und mit einer einnehmenden Figur. Mehr als ein Mal hatte Cardinal den Drang verspürt, über den kleinen Tisch zu greifen, der sie beide trennte, und sie zu berühren, doch er hatte der Versuchung widerstanden. Diese Freundschaft zwischen ihnen hatte sich einfach ergeben, und schon bald fühlte es sich so an, als wäre es schon immer so gewesen und würde für immer so sein.

Sie erzählte ihm gerade von einem Jäger, den man nach zwei mühseligen Rasterfahndungen in der Nähe des Reservats am Nipissing gefunden hatte – mit ein paar Frostbeulen, aber sonst wohlauf. Zwei oder drei Mal im Jahr verirrten sich Jäger und zehrten an den Ressourcen der Polizei, ganz zu schweigen von der Geduld derjenigen, die nach ihnen suchen mussten. »Was stimmt mit diesen Leuten nicht?«, fragte sie. »Haben die noch nie was von GPS gehört?«

»Eine Menge Machos bilden sich was darauf ein, so etwas nicht nötig zu haben. Wie läuft's mit Shane?« Für die Dauer der FBI-Warnung und des Vorspanns schaltete Cardinal den Ton aus.

Delorme zog sich die Decke um die Schultern und achtete darauf, nicht ihre Schüssel mit Popcorn umzustoßen. »Wir waren Mittwochabend essen. Lief so ganz nett.«

»Klingt nicht gerade überschwänglich.«

Delorme zuckte die Achseln und stopfte sich eine Handvoll Popcorn aus der Schale in den Mund. »Bin ich auch nicht.«

»Wahrscheinlich redet ihr viel über den Beruf.«

Delorme verzog das Gesicht. »Ehrlich gesagt, halte ich Shane für keinen so tollen Anwalt. Scheint nicht allzu viele Freisprüche rauszuschlagen.«

»Das liegt an der unheimlichen Kompetenz der örtlichen Polizei.«

»Wenn ich das nur glauben könnte.«

»Na ja, irgendwas muss er ja haben, sonst gingest du nicht ständig mit ihm aus.« Es verblüffte Cardinal, dass er mit Delorme über ihr Liebesleben reden konnte. Noch vor einem Jahr wäre das undenkbar gewesen, doch jetzt erschien es selbstverständlich.

»Shane ist jemand, mit dem man mal essen geht«, sagte Delorme. »Oder ins Kino. Nicht viel mehr.«

»Ein bisschen dürftig, findest du nicht?«

»Sagt der Richtige. Du gehst überhaupt nicht aus. Du scheinst es nicht mal in Erwägung zu ziehen.«

Cardinal drückte auf die Fernbedienung, und der MGM-Löwe brüllte.

Die ersten paar Minuten des Films waren selbst für Cardinal, der eigentlich keine Science-Fiction-Filme mochte, amüsant. Der pummelige Freund der Hauptfigur war gerade von einem äußerst schleimigen Tentakel von der Bildfläche gerissen worden, als das Telefon klingelte.

Sie fuhren zum Trout Lake hinaus. Am gefrorenen Ufer, dem Umweltschutzamt und dem Yachthafen vorbei. Sie ließen die Madonna Road hinter sich, in der Cardinal mit Catherine und ihrer Tochter gelebt hatte. Noch ein paar Kilometer, und sie bogen hinter der Chinook Tavern, einer Raststätte auf der linken Seite, nach rechts in die Island Road ab. In den Bergen mit den unzähligen Kurven drückte Delorme nicht aufs Gaspedal. Keiner von beiden sagte ein Wort, als hielten sie die Luft an.

Die Island Road hieß so, weil an ihrem Ende lediglich ein einziges Haus steht und dahinter nur noch das Wasser des derzeit zugefrorenen Trout Lake kommt. Vor dieser Landzunge, etwa einen Kilometer entfernt und wie das Tüpfelchen auf dem i, liegt eine hübsche Insel.

Weiße Birken schossen als endlose Palisadenwand vorbei; der Mond schimmerte auf Blautannen und Zedern. Mulmig wäre vielleicht zu viel gesagt, doch als Delorme an der Einfahrt zum letzten Haus vor dem gelben Absperrband hielt, schwante Cardinal nichts Gutes. Das war normal, wenn man an den Tatort eines Mordes kam, doch das allein war es nicht. Delorme sah blass und grimmig aus, zweifellos aus dem gleichen Grund wie er.

Sie stiegen aus und nickten dem jungen Polizisten zu, der direkt hinter dem gelben Band wartete. Er stellte sich als Police Constable Rankin vor und deutete mit seiner Taschenlampe in die Richtung links neben der Einfahrt. »Das da sind meine Spuren«, sagte er. »PC Gifford ist am Haus. Ich bin hierher zurückgelaufen und dachte mir, ich nehme besser eine Route, wo sonst noch keiner entlanggekommen ist.«

»Wo steht Ihr Streifenwagen?«

Er zeigte mit einem dicken Fausthandschuh die kurvige Einfahrt entlang.

Sie waren direkt über Reifenspuren gefahren, die sich später als wichtig erweisen konnten, doch Cardinal nahm es ihnen nicht übel. Schließlich hatten sie nicht gewusst, was für eine Situation sie vorfinden würden.

Er duckte sich unter dem Band hindurch und folgte dem Lichtstrahl seiner Taschenlampe Richtung Haus. Delorme hielt sich direkt hinter ihm, um die Reifenspuren nicht noch mehr zu beschädigen. Die Abdrücke warfen tiefe Schatten im Schnee.

Die Einfahrt war lang – genau genommen eine Straße für sich. Und sie war so kurvig und hügelig, dass sie das Haus am See erst hinter der letzten Anhöhe sehen konnten. Es war zusammen mit den Bäumen und der gefrorenen Wasserfläche vom Mondlicht überflutet.

Cardinal hatte das Haus noch nie von dieser Seite aus gesehen, auch wenn er es schon oft bei einer Bootsfahrt vom See aus bewundert hatte. Hier an der Spitze der

Landzunge, welche die Four Mile Bay vom Hauptteil des Trout Lake trennte, mussten die Eigentümer zweifellos einen spektakulären Blick genießen. Bei dem Haus handelte es sich um einen lang gestreckten, niedrigen Bungalow, der aus Klinker und Stein sowie reichlich Zedernholz errichtet war. Er wusste nicht, wer dort lebte, sondern nur, dass die Besitzer ein leuchtend rotes Kanu besaßen, das den ganzen Sommer über am Landesteg angebunden war. Cardinal blieb stehen, Delorme ebenfalls. Sie sah ihn durch ihre Atemwolke mit einem fragenden Blick an.

»Woran denkst du als Erstes, wenn du das hier siehst?« Cardinal machte eine ausladende Bewegung, die den Wald, den See und die Insel einschloss.

»Abgeschiedenheit.«

»Geht mir genauso«, sagte er und setzte seinen Weg fort. Bei jedem Schritt knirschte der Schnee.

Eine junge Polizistin, die vor dem Haus stand, hob ihre Taschenlampe, um zu sehen, mit wem sie es zu tun hatte. Cardinal kannte sie flüchtig vom Revier.

»Police Constable Gifford«, sagte sie. »Ich weiß, wer Sie beide sind.«

Cardinal zeigte auf die verwischten Fußspuren vor der Eingangstür. »Ich hoffe, da sind keine von Ihnen dabei.«

»Nein, aber da drüben.« Sie wies auf Abdrücke unter dem Fenster. »Ich wollte sehen, ob es Überlebende gibt. Ich dachte, ich sollte reingehen – das Schloss zur Gartentür ist aufgehebelt, und ein Fenster ist zerbrochen –, aber der Staff Sergeant meinte, lieber nicht, wir sollten auf Sie warten, und das hab ich auch getan.«

»Wer hat es gemeldet?«

»Ein paar Jungs, die am Ufer entlanggelaufen sind. Sie schwören, sie hätten weder das Schloss noch das Fenster aufgebrochen, und ich glaube ihnen.«

»Eine Wanderung im Stockdunkeln?«, hakte Delorme nach.

»Ich weiß. Die sind so um die dreizehn, die Eltern übers Wochenende verreist, und der ältere Bruder ist vermutlich der denkbar schlechteste Babysitter.« Sie nannte die Namen der Jungen und eine Adresse in der Water Road am anderen Ufer, Richtung Stadt zurück. »Ich hab sie in den Streifenwagen gesetzt.«

Delorme lief zum Fenster an der Vorderseite des Hauses und hielt ihre Taschenlampe an die Scheibe.

»Tief Luft holen, bevor Sie sich das antun«, sagte Gifford. »So was hab ich noch nie gesehen.«

Delorme trat vom Fenster zurück und drehte sich um.

Cardinal folgte ihrem Beispiel und leuchtete ebenfalls mit der Taschenlampe hinein. Die Leichen befanden sich im rückwärtigen Teil des Hauses, auf diese Entfernung kaum mehr als Silhouetten. »Himmel«, sagte er und machte einen Schritt nach hinten.

Er begab sich, gefolgt von Delorme, zur Gartenseite des Hauses.

»Wir hätten den Wagen wahrscheinlich an der Straße stehen lassen sollen«, sagte Gifford. »Aber nach der spärlichen Information hätte es alles Mögliche sein können, von einem Fehlalarm aus Spaß bis zur Geiselnahme. Hab allerdings versucht, nicht darüberzufahren.« Sie wies auf die Reifenspuren zwischen dem Haus und der Streife. »Die waren schon da.«

»Zwei Fahrzeuge«, sagte Cardinal. »Und deutliche Spuren.«

»Soll ich mit Ihnen reinkommen?«

»Wir brauchen Sie hier. Bitte sorgen Sie dafür, dass niemand auf die Eingangsstufen tritt«, antwortete Cardinal.

Sandy und Doug waren dreizehn und vierzehn Jahre alt. Beste Freunde. Normalerweise würde man annehmen, dass sie von dem, was sie gesehen hatten, traumatisiert sein mussten, doch Cardinal wusste, dass sie ihm mit strahlenden Augen entgegenblicken würden. Er und Delorme nahmen jeder getrennt ihre Zeugenaussagen auf, wobei die einzige Schwierigkeit darin bestand, ihren Redeschwall zu bremsen. Sie waren an der Südseite der Halbinsel gelaufen, nicht auf dem Eis, sondern am Ufer. Sie hatten keinen Unfug geplant, sondern nur eine kleine Wanderung am Wasser entlang. Doch dann hatte die Neugier gesiegt, und sie kamen auf die Idee, heimlich in die Fenster des Hauses an der Spitze der Landzunge zu spähen.

Kaum hatten die Jungen einen Blick durchs Fenster an der Rückseite geworfen und »wie die Reiher gekotzt«, hatten sie die Polizei verständigt. Die Constables Gifford und Rankin waren eingetroffen, hatten durchs Fenster gesehen und sie aufgefordert, im Wagen zu warten.

Cardinal richtete seine Taschenlampe auf die Fußstapfen, die vom See zum Haus führten, und diejenigen in die umgekehrte Richtung. »Waren hier schon irgendwelche Spuren, bevor ihr zum Haus raufgegangen seid?«

Die Jungen sahen einander an und schüttelten den Kopf.

»Die Gartentür ist aufgehebelt, und ein Fenster ist aufgebrochen«, sagte Cardinal. »Habt ihr davon irgendwas mitbekommen?«

Wieder schüttelten sie den Kopf.

Nach ein paar letzten Fragen gab Cardinal ihnen seine Visitenkarte. »Habt ihr schon irgendjemandem davon erzählt?«

»Nee«, sagte der Jüngere.

»Gut. Verkneift es euch bis morgen früh – wir wollen vermeiden, dass die Bösen etwas davon mitkriegen, bevor es in den Nachrichten kommt. Ihr habt euch richtig verhalten, als ihr die Sache gemeldet habt. Wartet im Wagen, und wir lassen euch von jemandem nach Hause fahren.«

Die Jungen sahen sich enttäuscht an. »Wir würden eigentlich ganz gerne bleiben und den Leuten von der Spusi zugucken, falls es Ihnen nichts ausmacht«, schlug der Ältere vor.

»Tut mir leid. Ich kann am Tatort kein unnötiges Personal gebrauchen.«

»Die *Ersten* am Tatort«, korrigierte der Jüngere. »Wir sind wichtige Zeugen!«

»Da hast du recht, Detective, falls es zum Prozess kommt. Aber jetzt müsst ihr euch verziehen.«

Während er und Delorme sich zur Gartenseite des Hauses umdrehten, sagte Cardinal: »Jemand sollte es hier hinten weitläufig absperren, damit uns nicht noch mehr Spusi-Fans in die Quere kommen.«

Die zwei Kriminaltechniker trafen ein und kämpften sich ebenso wie Cardinal und Delorme in Papieranzüge mit Gummisohlen, die dafür sorgten, dass sie möglichst wenig auf den Tatort einwirkten. Bunny-Anzüge nannten sie die Dinger.

»In einer Hinsicht haben wir schon mal Glück«, sagte Cardinal. »Wir haben gute Fußspuren, die noch nicht zugeschneit sind. Bevor wir reingehen, machen wir erst mal Fotos und Videos von sämtlichen Spuren an der Eingangstür, den Seiten und der Rückfront des Hauses. Wenn wir uns das später ansehen, sollten wir hundertprozentig sicher sein, was schon da war und was nicht.«

Paul Arsenault, der Leiter der Spurensicherung, schaltete seine Videokamera ein, während er sprach, und sein Kollege Bob Collingwood forderte die zwei jungen Zeugen auf, noch einmal aus dem Streifenwagen zu steigen und frische Fußspuren zu machen, die er unter hellem Licht fotografierte. Die Jungen kamen der Aufforderung in feierlichem Ernst nach.

Als sie bis zur Gartentür alles abgelichtet hatten, ging Cardinal, gefolgt von Delorme und dem Gerichtsmediziner, hinein.

»Die Heizung ist ausgeschaltet«, sagte Cardinal. »Eigentümer würden sie runterdrehen, aber nicht ausschalten – beim ersten harten Frost platzen die Rohre.«

Die Toten, es waren zwei, saßen einander gegenüber, als hätte der Kegel des Mondlichts sie mitten im Gespräch in einer Momentaufnahme eingefangen. Cardinal merkte, wie sich ihm die Nackenhaare aufstellten. Er knipste die Lampen an und trat näher an die Leichen heran, um erst die eine, dann die andere zu betrachten. Eine männlich, eine weiblich, beide abscheulich verkürzt, beide in schöne Pelzmäntel gehüllt, eine in Zobel, eine in Nerz.

»Zunächst einmal«, sagte Cardinal, »haben wir eine Sperrfrist.« Er zeigte auf den Messergriff, der dem toten Mann aus dem Rücken ragte. »Behalten wir das Messer vorerst für uns.«

Gedämpftes Gemurmel im Raum. Collingwood machte ein paar Nahaufnahmen. Arsenault war noch draußen, um dort weiter Indizien festzuhalten.

Cardinal suchte in der Tasche des Mannes nach Ausweispapieren, Delorme bei der Frau. Nichts.

»Kein Mensch hat so leere Taschen«, sagte Cardinal. »Keine Schlüssel, kein Kleingeld, keine Quittungen.« Er kniete sich hin, um den Opfern die Lederhandschuhe von ihren Händen zu ziehen. Die Hautfarbe erinnerte an Tiefkühltruthahn. Er vermied es, einen von ihnen oberhalb der Schulter anzusehen, da, wo ihre Gesichter hingehörten. »Wer ist das?«, fragte Cardinal in den Raum hinein. »Kennt die jemand?«

»Ruth und Joseph Schumacher.« Die Bemerkung kam von Neil Dunbar. In seiner Kapuze und dem Overall wirkte er, als er durch die Küche hereinkam, irgendwie plump. »Ich hab sie im Telefonbuch im Straßenverzeichnis nachgeschlagen, bevor ich in den Wagen gesprungen bin. Denen gehört das Haus seit zwanzig Jahren.«

»Besagt noch lange nicht, dass sie es sind«, erwiderte Cardinal. Dunbar war neu im Dezernat, er war jung und das, was ihr Vorgesetzter »selbstmotiviert« zu nennen pflegte.

Cardinal trat an ein rustikales Kiefernbüfett, auf dem jede Menge gerahmte Fotos standen, darunter auch ein Bild von einem Paar, das im Sommer vor dem Haus stand.

»Die Frau auf dem Foto trägt einen einfachen Ehering, genau wie der Mann. Die beiden hier«, sagte Cardinal und zeigte auf die vier toten Hände, »sind ein wenig fleischiger, finden Sie nicht?«

Dunbar kam näher und inspizierte die Hände. »Schließt aber nicht aus, dass sie es sind.«

»Und dann die Haut der Frau. Diese Person hier ist erheblich jünger als die Frau auf dem Bild.« Er zeigte auf ihre Füße. »Der Mann trägt Schuhe. Wieso sie nicht?«

»Hat sie an der Haustür ausgezogen«, sagte Delorme. »Sie trug teure Lederstiefel, er zweifarbige Halbschuhe. Ich würde sagen, das hier sind nicht die Leute, die zur Hintertür eingebrochen sind.«

»Was meinst du, was seine Wingtips gekostet haben? Dreihundert? Mehr? Offensichtlich kein Polizist.«

Der Gerichtsmediziner Dr. Beasley war in zehn Minuten fertig. Er schrieb etwas auf ein Formular, riss das oberste Blatt ab und reichte es Cardinal. »Vorläufiger Befund: Verbrechen. Sie werden alles brauchen, was Toronto zu bieten hat.«

»Das war's schon?«

»Zum Todeseintritt kann ich Ihnen nur sagen, dass es mindestens acht Stunden, weniger als achtundvierzig Stunden her ist. Sie müssen sie auf einen Autopsietisch in Toronto legen, um den Zeitpunkt weiter eingrenzen zu können. Der Messerstich im Rücken erfolgte post mortem, das Trauma am Hals ebenfalls.«

»So schnell hab ich noch keinen Gerichtsmediziner gehen sehen«, stellte Delorme fest, als er draußen war.

»Wahrscheinlich hat ihm die Atmosphäre nicht behagt«, sagte Cardinal.

Delorme wandte sich den Projektilen zu – vielleicht unbewusst, um den beiden entmenschlichten Gestalten den Rücken zukehren zu können. Hinter dem Mann steckte ein Geschoss in der Wand, ein anderes fand sich unter dem Büfett. Sie beschriftete Etiketten, die sie von den Technikern fotografieren ließ.

Collingwood untersuchte die Leichen und befasste sich gerade wie ein Affe, der seinen Partner laust, mit den Pelzmänteln.

Cardinal konzentrierte sich unterdessen auf den Tisch, um in der Art, wie er gedeckt war, irgendeinen Sinn zu erkennen. Drei Wodkagläser. Eine Flasche Stolichnaja.

»Den Einschusswinkeln nach«, sagte Delorme, »sieht es so aus, als hätte jemand sie erschossen, der da drüben saß.« Sie zeigte auf einen Stuhl, der vom Tisch zurückgezogen war.

»Bis jetzt wissen wir noch nicht mit Bestimmtheit, ob sie erschossen wurden«, sagte Cardinal. »Aber da das Übrige post mortem ist – sicher, spricht einiges dafür. Er schießt zuerst auf den Mann, möglicherweise direkt ins

Gesicht, und das Projektil landet in der Wand hinter ihm. Dann schießt er auf die Frau, vielleicht in die Schläfe, die Kugel tritt hier aus und fällt auf den Boden. Dann greift er zur Axt.«

Cardinal warf einen kurzen Blick durch das Wohnzimmer und stellte fest, dass es sauber und ordentlich war. Auf hochglanzpolierten Dielen lief er durch den Flur; bei jedem Schritt quietschten seine Gummischuhe und raschelte sein Overall. Zwei von den Schlafzimmern schienen nicht nur unberührt, sondern auch nur spärlich möbliert zu sein, als wären sie unbewohnt. Viele Häuser in der Gegend standen im Winter leer, weil die Eigentümer noch einen zweiten Wohnsitz in der Stadt besaßen. Er warf einen kurzen Blick ins Bad und zuletzt ins Elternschlafzimmer.

Er stand, die Arme vor der Brust verschränkt, in der Tür. Bei einem Fenster war die ganze Scheibe eingeschlagen – von innen, nicht von außen, der Stuhl, der dazu gedient hatte, lag noch auf dem Boden. Keine weiteren Anzeichen von Gewalteinwirkung. Das Bett war gemacht, doch als Cardinal die Tagesdecke an einer Ecke hochhob, fand er darunter nur einen Matratzenschoner. Der begehbare Kleiderschrank war praktisch leer, ebenso die Schubladen der Kommode. Nirgendwo ein Koffer.

Cardinal trat ans Fenster und sah hinaus. Arsenault hatte so viele Scheinwerfer aufgestellt, dass die Szene an ein Filmset erinnerte. Er beugte sich über irgendeinen Gegenstand.

Cardinal fragte ihn, wie es lief. Arsenault stand auf. »Großartig. Ich mache gerade Abdrücke von den Spuren, bevor sie schmelzen.«

»Verraten Sie mir schon die Kurzversion?«

Arsenault deutete auf zwei Fährten, die vom See heraufkamen. »Die sind von den beiden Jungen. Die Abdrücke direkt am Haus – zumindest bis zur Gartentür – sind größtenteils von uns. Ich wette, alle übrigen sind tatrelevant. Dieses Fenster, an dem Sie gerade stehen – jemand ist da rausgeklettert und ziemlich hart aufgeschlagen. Hat sich außerdem übel geschnitten – die linke Hand hat geblutet, und auch das Knie. Ziemlich kleine Person. Ist hier entlang weggelaufen und dann da drüben wieder zurück.«

»Tatsächlich.«

»Ja. Wir haben hier eine ganze Geschichte vor Augen, Hauptsache, wir bekommen sie zusammen, bevor der Schnee schmilzt oder es wieder schneit.«

»Ich schick Collingwood zu Ihnen raus.«

Er kehrte in den Esszimmerbereich zurück. Der Anblick wurde nicht erträglicher. Delorme hielt ihr Notizbuch in die Höhe. »Alles amerikanische Kleideretiketten. Barneys. Bonwit Teller, Lord & Taylor.«

Collingwood, die jüngere Hälfte des Spurensicherungsteams, zupfte gerade mit einer Pinzette irgendetwas Unsichtbares vom Mantel des Mannes.

»Haare?«, fragte Cardinal.

Collingwood nickte. Der Mann sprach nur im äußersten Notfall.

»Arsenault braucht Sie draußen. Er ist auf Gold gestoßen.«

Delorme zog dem toten Mann den Ärmel zurück. »Rolex-Uhren, beide. Pelzmäntel, teure Marken. Ich würde sagen, wir haben es hier mit steinreichen Leuten zu tun. Der Mörder hat ihnen zwar die Brieftaschen abgenommen, aber all das hier nicht angerührt.«

»Vielleicht, um ihre Identifizierung zu erschweren, und nicht, um reich zu werden.« Cardinal sah sich um. »Wo ist Dunbar?«

»Ist losgegangen, um in beiden Richtungen die Nachbarn abzuklappern und zu hören, ob die was beobachtet haben.«

»Das nächste Haus muss zweihundert Meter weit weg sein. Wenn überhaupt jemand da ist. Wohnen ja nicht allzu viele Leute den Winter über in der Gegend. Es ist nicht mal sicher, ob der Schneepflug bis hierher kommt, es sei denn, man beauftragt auf eigene Rechnung eine Firma. Hast du ihm gesagt, er soll die Nachbarn befragen?«

»War seine Idee.«

»Selbstmotiviert«, sagte Cardinal.

»Wollte wahrscheinlich bloß raus hier, genau wie der Gerichtsmediziner. Kann ich ihm nicht mal verübeln.«

»Weiß Gott nicht, nein.«

Cardinal spürte ein seltsames Ziehen in den Gliedern. Nicht von der Kälte – das Haus wärmte sich allmählich auf –, es ging wohl eher von den beiden kopflosen Wesen am Tisch aus.

Cardinal und Delorme schwiegen eine Weile. Cardinal wartete darauf, dass das große Ganze Gestalt annahm, doch im Moment hatte er nur Einzelheiten, die sich nicht zusammenfügten. Er ging in die Eingangsdiele, öffnete die Tür und überprüfte das Schloss von außen. Es hatte Kratzer, was darauf hindeuten konnte, dass es aufgebrochen worden war, doch er konnte nicht sagen, ob es frische Kratzer waren.

Als er ins Wohnzimmer zurückkehrte, sagte Delorme: »Nicht viel Blut. Relativ gesprochen …«

»Relativ gesprochen. Ziemliche Schweinerei rund um die Stühle, auf denen sie sitzen, aber nichts im Vergleich dazu, wenn sie lebendig geköpft worden wären.« Delorme zeigte auf zwei große, kreisrunde Blutflecken, einen in der Nähe der Küchentür, einen auf der anderen Seite des Tischs. »Aber es gibt keine Tropfenspuren, die vom Tisch wegführen, oder von diesen Flecken. Also steckt der Mörder die Köpfe in irgendwas hinein – Plastiktüten oder sonst was –, bevor er geht. Was meintest du vorhin? Als du das Haus sahst und sagtest ›Abgeschiedenheit‹?«

Cardinal zuckte die Achseln und machte ein raschelndes Geräusch. »Dass wir es vermutlich nicht mit einem spontanen Gewaltausbruch zu tun haben.«

»Wir haben eher – ja, was? – das Endresultat eines Plans vor Augen?«

»Das Endresultat eines Plans. Genau.«

Delorme ging in die Küche. Schranktüren klappten auf und zu. Sie kam mit einer kleinen grünen Dose zurück. »Keine Müllbeutel. Nur die hier.« Biomüllbeutel. Die Größenangaben standen am oberen Rand.

»Ein Kopf würde da reinpassen«, sagte Cardinal.

»Schon. Aber die hier sind nicht wirklich dicht. Schon mal deine Biomülltonne von innen gesehen?«

»Ich schau weg, wenn ich kann.«

»Ich glaube, er hat selbst einen Beutel oder sonst irgendeinen Behälter mitgebracht.«

»Sehen Sie, genau aus diesem Grund habe ich Sie schon immer für überaus scharfsinnig gehalten, Sergeant Delorme. Sie denken das Gleiche wie ich.«

Arsenault rief Cardinal auf dem Handy an und bat ihn, zur Straße raufzukommen. »Wir sind an der Zufahrt zu einem Kraftwerk, ungefähr hundert Meter von der Einfahrt entfernt.«

Es war bereits eine Handvoll Reporter da. Sie versuchten, an PC Rankin vorbeizukommen, der seine Absperrung bis zur anderen Seite der Zufahrt ausgeweitet hatte. Im Vorbeigehen brüllten sie Cardinal Fragen entgegen. Er machte ihnen klar, dass es im Moment noch nichts zu berichten gebe.

Unter den hellen Lampen der Spurensicherung glitzerte der Schnee. Weitere Reifenspuren.

»Derjenige, der verduftet ist«, sagte Arsenault. »Wir können seine Spur durch den Wald westlich von der Einfahrt verfolgen. Sobald er auf die Straße rauskommt, ist sie nur noch schwer zu erkennen, aber wir haben Blut – nicht viel, immerhin genug, um zu sehen, dass er es bis zur Straße schafft, dann hier weiterläuft und – ab ins Auto.«

Cardinal und Delorme standen da und betrachteten die Reifenspuren.

»Viel kleineres Auto«, sagte Cardinal, »und fast kein Reifenprofil. Haben wir es mit einem dritten Fahrzeug zu tun?«

»Ausgezeichnet«, sagte Arsenault. »Bei der Spusi könnten Sie Karriere machen. Außerdem haben wir es mit vier Reifen von unterschiedlichem Profil zu tun, was wahrscheinlich darauf schließen lässt, dass es sich um eine alte, ziemlich ramponierte Nuckelpinne handelt.«

»Rücklicht«, sagte Collingwood und hielt ein Stück rotes Plastik hoch.

»Zeig ihnen die Hülsen«, sagte Arsenault.

Collingwood hielt eine Plastiktüte hoch. »Haben wir am oberen Ende der Einfahrt gefunden.«

»Demnach hat es eine Verfolgungsjagd gegeben, die an dem zerbrochenen Fenster beginnt und hier endet?«, fragte Delorme und stemmte die Hände in die Hüften. »Jedenfalls ’ne Menge Material, mit dem sich was anfangen lässt. Haare, Fasern, Ballistik, Fußabdrücke, Reifenprofile …«

»Es kommt vielleicht noch besser«, sagte Arsenault.

»Tatsächlich?«

»Möglicherweise haben wir einen Überlebenden.«

4

Der nächste Tag war ein Samstag, doch Detective Sergeant Chouinard hatte allen das Wochenende gestrichen und stattdessen für den Morgen wie unter der Woche eine Einsatzbesprechung anberaumt. Sie fingen mit einer kurzen Zusammenfassung der kleineren Fälle an. Szelagy arbeitete zusammen mit dem Brandinspektor an einem verdächtigen Feuer, das in einem alten Lagerhaus ausgebrochen war. McLeod war einer Kunstfälschung zugeteilt. Delorme hatte ein paar Raubüberfälle auf dem Tisch.

Chouinard saß am Kopfende des Tischs, machte sich die eine oder andere Notiz und sah unglücklich aus. »Wir haben die Pelzauktion in der Stadt und danach den Winterkarneval. Wir müssen diese Sache zügig hinter uns bringen, und zwar gut. Cardinal leitet die Ermittlungen.«

»Cardinal ist nicht abkömmlich«, sagte McLeod. »Er hat alle Hände voll mit Scriver zu tun.«

»Sehr witzig. Hören Sie, ich mach mir weniger Gedanken wegen des Karnevals als wegen der Pelzauktion. Das ist in der Stadt immer noch eine große Sache, und es wird mit Demonstranten gerechnet und ein Polizeiaufgebot erwartet. Ich hab bereits mit Staff Sergeant Flower gesprochen, die Kollegen in Uniform werden Präsenz zeigen, aber der Chief hat der Firma Fur Harvesters versprochen, dass wir auch dort regelmäßig nach dem Rechten sehen.«

»Harvesters«, wiederholte McLeod, »klingt nach Mähdreschern oder so. Wie wär's mit *Fallensteller*?«

»Die meisten Pelze kommen heutzutage von Farmen. Nur zu Ihrer Information: Hier geht es in Zeiten der Wirtschaftsflaute um Millionenbeträge, da ist ein bisschen Schutz und Dienstleistung wohl nicht unangebracht. Cardinal, wo stehen wir bei Schumacher? Haben wir schon mit einem Mitglied der Familie Kontakt aufgenommen? Die sind nicht die Opfer, richtig?«

»Nein, aber sie scheinen weg zu sein – wir haben gestern Nacht noch in ihrem Stadthaus vorbeigeschaut. Bisher haben wir die Opfer noch nicht identifizieren können, im Augenblick können wir nicht mal spekulieren. Wir haben einiges am Tatort sichergestellt, das die KTU sich gerade vornimmt, unter anderem Blut, Finger- und Fußabdrücke, Reifenspuren, Patronenhülsen, Haare, Fasern.«

Der DS wechselte unbehaglich die Stellung und runzelte die Stirn. »Vielleicht können Sie mir etwas erklären.«

Cardinal sah ihn an.

»Ich dachte, wir hätten zu dem Fall eine Pressesperre vereinbart. Wieso höre ich dann bitte schön heute früh im Radio, wie Detective Dunbar auf CKAT aller Welt erzählt, dass der Kerl ein Messer im Rücken hatte?«

Cardinal sah Dunbar an. »Wieso, zum Teufel, plaudern Sie so was aus? Wie kommen Sie überhaupt dazu, mit den Medien zu reden? Wann war das?«

Dunbar wand sich. »Ich kam gerade von der Befragung der Nachbarschaft zurück. Der Mann hat mich überrumpelt.«

»Ist ja toll. Und wenn demnächst wieder eine Leiche mit einem Messer im Rücken und einen Kopf kürzer auftaucht, wissen wir nicht, ob wir es mit einem Serienmörder oder einem Trittbrettfahrer zu tun haben. Ganz zu schweigen von falschen Geständnissen.«

»Wie gesagt, er hat mich überrumpelt.«

»Der Fall wird viel Wirbel machen, und *ich* bestimme, was die Presse erfährt. Niemand sonst spricht mit denen.«

»Cardinal hat recht«, pflichtete Chouinard bei. »Was haben wir sonst noch?«

»Die Spurensicherung«, sagte Cardinal. »Vielleicht kann uns Arsenault sagen, wie's da weitergeht.«

Arsenault nahm einen Schluck aus einem riesigen Tim-Hortons-Henkelbecher. »Wir stehen Schlange nach einem Pathologen. Seit Freitag hatten sie in Toronto drei Morde, und sie sind unterbesetzt.«

»Zwei Enthauptungen«, entgegnete Chouinard, »und wir stehen Schlange?«

»Dann rufen *Sie* bei denen an – auf meine Meinung geben die nichts. Bisher wissen wir: weibliche Leiche etwa Mitte dreißig, männliche Leiche Mitte bis Ende sechzig.«

Chouinard schüttelte den Kopf. »Verdammt. Wir sollten wirklich eine Informationssperre haben. Wir sind jetzt bereits überall im Radio, der *Lode* bringt es heute Nachmittag auf der Titelseite, und wir hatten schon Anrufe vom *Globe and Mail*, dem *Toronto Star* und den Nachrichtenagenturen. Haben Sie auch nur die leiseste Ahnung, wie groß das rauskommt? Mit Sicherheit werden auch die Medien in den Staaten darüber berichten.«

Dunbar zuckte erneut zurück. »Tut mir leid, DS.«

Arsenault blätterte in seinem Notizbuch. »Fußspuren. Wir haben zwei Mal Größe sechsundvierzig und einmal Größe sechsunddreißig, die Frau.«

»Wo? Im Schnee?«

»Ja. Es war nur eine dünne Schicht, aber wir konnten gute Abdrücke nehmen. Das Gleiche gilt für die Reifenprofile. Wir jagen das alles durch die Datenbanken, aber das kann 'ne Weile dauern.«

»Außerdem suchen wir nach einer dritten Person«,

schaltete sich Cardinal ein. »Jemand ist aus einem Gartenfenster gesprungen und in großer Eile geflüchtet. Hat sich ziemlich übel geschnitten und ist in den Wald gelaufen. Das ist das Nächste, was vorerst strengster Geheimhaltung unterliegt.«

»Kein Wort zu irgendeinem Menschen«, betonte Chouinard, »oder es werden Köpfe rollen.« Er überlegte einen Moment. »Das nehme ich zurück.«

Arsenault nahm den Faden wieder auf. »Den Spuren nach handelt es sich um eine kleine Person, vielleicht eins sechzig bis eins fünfundsechzig, und nicht besonders schwer – maximal sechzig Kilo. Die Fährte – sie ist gerannt – führt in den Wald, gefolgt von einer Spur Größe sechsundvierzig. Ungleich größere, schwerere Person. Wir haben Blut von der zerbrochenen Scheibe, wenn wir also passende DNA in der Datenbank haben, nageln wir den Flüchtigen fest.

Die flüchtige Person schafft es bis zur Straße, wo wir ein paar Neun-Millimeter-Hülsen gefunden haben, demnach hat Größe sechsundvierzig ein paar Schüsse auf den Flüchtigen abgefeuert. Die Spur findet sich dann an einer Zufahrt hundert Meter weiter wieder. Und siehe da, neue Reifenspuren. Darf ich jetzt schlafen gehen?«

»Nein, dürfen Sie nicht«, sagte Chouinard. »Aber das ist verdammt gute Tatortarbeit.«

»Natürlich können wir nicht sagen, in welcher Beziehung der Flüchtige zu den anderen steht«, sagte Cardinal. »Beabsichtigtes Opfer? Mittäter bei einem Szenario, das danebenging? Wir sind noch dabei, uns ein Bild davon zu machen, was sich im Haus abgespielt hat. Für heute steht fast ausschließlich die KTU auf dem Spielplan: Sie präparieren die Fasern, Blutproben und Haare, und ich nehme später alles mit zur Gerichtsmedizin in Toronto. Delorme,

Sie können mitkommen. Bis dahin können Sie die Schumachers aufspüren, während ich mich um die Datenbankanalysen kümmere.«

Delorme fuhr zum Stadthaus der Schumachers an der McGibbon Street. Es handelte sich um ein gutes Wohnviertel mit alten Häusern und kurz geschorenem Rasen. Delorme hatte einiges hinter sich, da einer der Raubüberfälle an Geldautomaten, die sie bearbeitete, direkt bei ihr um die Ecke stattgefunden hatte. Am späten Abend hatte sie gestern ihre Karte in den Briefschlitz der Schumachers gesteckt und dabei festgestellt, dass es rund um das Haus keine Fußspuren gab und auch kein Auto in der Einfahrt stand. Es handelte sich bei dem Anwesen um ein großes, edwardianisches rotes Klinkerhaus, hübsch restauriert und gepflegt. Jetzt stand ein neueres Lexus-Modell in der Einfahrt.

Sie klopfte an die Tür. Es dauerte eine Weile, bis ein Mann öffnete. Er war schätzungsweise fünfundsiebzig Jahre alt und hatte einen schlimmen Sonnenbrand im Gesicht. »Ja? Kann ich Ihnen helfen?«

Delorme stellte sich vor und fragte, ob er Joseph Schumacher sei und ihm das Haus am Ende der Island Road gehöre.

»Ja«, sagte er. »Das bin ich.«

»Waren Sie gestern weg, Sir?«

»Ja, wir waren auf einer Mittelmeerkreuzfahrt. Sind gestern Abend in Toronto eingetroffen. Von da sind wir geflogen und gerade eben reingekommen« – er sah auf die Uhr und dann wieder zu Delorme auf – »vor ungefähr einer halben Stunde.«

»Haben Sie die Karte gefunden, die wir Ihnen in den Briefschlitz gesteckt haben?«

»Hatten noch keine Zeit, nachzusehen. Ich hab einfach alle Post auf den Küchentisch geworfen.«

Auf der Treppe hinter ihm erschien eine Frau. »Was gibt's, Joseph? Wieso stehst du da an der offenen Tür?«

»Diese junge Dame ist von der Polizei. Möchte uns ein paar Fragen stellen. Siehst du, ich hab doch gesagt, wir sollten uns nicht mit den Hells Angels einlassen, aber nein, du musstest ja deinen Kopf durchsetzen.«

»Mr Schumacher, vielleicht könnten wir uns ein paar Minuten setzen. Offenbar haben Sie noch nichts davon gehört, und ich fürchte, ich habe schlechte Neuigkeiten für Sie.«

»Wie meinen Sie das?«, fragte Mrs Schumacher. »Hat es einen Unfall gegeben? Das hat doch nichts mit unserem Sohn zu tun? Oder seiner Familie? Nein, dann hätte uns längst jemand angerufen …«

»Ich glaube nicht, dass es Ihren Sohn betrifft«, sagte Delorme.

»Also, dann kommen Sie doch besser in die Küche.«

Sie gingen hinein und setzten sich alle drei an den Tisch mit Resopalplatte.

»Wer hat alles Schlüssel zu Ihrem Haus am See?«, fragte Delorme.

»Nur wir«, antwortete Mr Schumacher. »Wir haben jeder einen Schlüssel. Soweit ich weiß, sind wir die Einzigen …«

»Ja, wir sind die Einzigen«, sekundierte seine Frau.

»Und haben Sie das Haus in letzter Zeit irgendjemandem zur Verfügung gestellt? Oder vermietet?«

»Nein, wir vermieten es nicht«, sagte Mr Schumacher. »Es geht niemand da raus, außer …«

»Außer, wenn wir da sind«, ergänzte Mrs Schumacher. Sie brachte die Sätze ihres Mannes zu Ende wie bei einem Bühnenstück, das sie zusammen einstudiert hatten.

»Nun, es sind jedenfalls Leute hinausgefahren«, sagte Delorme. »Wir können noch nicht sagen, wann genau, aber in den letzten zwei Tagen waren mindestens drei Menschen in Ihrem Haus. Zwei von ihnen sind jetzt tot.«

Die Schumachers sahen zuerst einander, dann Delorme entgeistert an. »Wollen Sie damit sagen, draußen in unserem Seehaus wären Menschen umgekommen?«

»Ja, Sir.«

Die Schumachers wechselten wieder einen Blick. »Ich weiß nicht, was ich sagen soll«, erwiderte der Mann. »Wir haben – das ist ja – wir führen ein ganz normales Leben. Es gab nie irgendwelche …«

»Zwistigkeiten«, sagte die Frau. »Keinen Streit.«

»Aber Sie müssen uns sagen«, warf Mr Schumacher ein, »wer diese …«

»Leute. Opfer.«

»Das wissen wir nicht«, antwortete Delorme. »Wir hatten gehofft, Sie könnten uns vielleicht weiterhelfen.«

»Aber wir brauchen einen Anhaltspunkt. Wir müssen wissen, wie sie …« Mr Schumacher sah seine Frau an.

»Aussehen«, sagte sie.

»Der Mann ist Ende sechzig. Die Frau etwa Mitte dreißig. Sie trugen beide teure Pelzmäntel.«

»Wir kennen niemanden, auf den das passt«, sagte Mrs Schumacher. »Niemanden, der Pelze besitzt. Sie sagen, auch der Mann trug einen Pelz?«

»Ja, Ma'am, der Mann auch.«

»So jemanden kennen wir nicht. Jedenfalls nicht, dass ich wüsste.«

»Aber Ihr Haus steht zum Verkauf, oder? Es ist ein Schild aufgestellt. Carnwright Realty?«

»Das stimmt«, erklärte Mr Schumacher. »Carnwrights Schwiegersohn hat das für uns übernommen. Randall …«

»Randall Wishart«, ergänzte Mrs Schumacher. »Das ist richtig, Randall haben wir tatsächlich einen Schlüssel gegeben. Ehrlich gesagt, fordern wir zu viel für das Haus – mit Absicht, um ernsthafte Interessenten abzuschrecken. Natürlich weiß Mr Wishart das nicht. Eigentlich versuchen wir, Michael – unseren Sohn – davon zu überzeugen, wieder hierherzuziehen und es zu kaufen. Er lebt in den Staaten, aber er sagt oft, es zöge ihn wieder hierher.«

»Wer weiß außer Mr Wishart und Ihrem Sohn noch, dass das Haus leer steht?«, fragte Delorme.

»Na ja, eigentlich jeder, der mit dem Schneemobil dort vorbeikommt«, sagte Mrs Schumacher.

Für Schneemobile war es in diesem Winter noch zu früh. Das Eis auf dem See war nicht annähernd dick genug.

Dreh- und Angelpunkt des Analysesystems zur Verknüpfung von Gewaltdelikten, in Kanada kurz ViCLAS genannt, ist eine bundesweite Datenbank, die sowohl aufgeklärte wie nicht gelöste Straftaten erfasst und nach dem Modus Operandi sortiert. Da die meisten Mörder nicht daran denken, kleine Kinderreime oder andere Rätselaufgaben am Tatort zu hinterlassen, müssen sich die Ermittler auf Dinge wie die Wahl der Waffe, der Opfer, des Ortes und einige weitere Variablen stützen. Doch bevor der Ermittler oder die Ermittlerin sich von dem System irgendwelche Informationen erhoffen kann, muss er oder sie zunächst ein Formular ausfüllen und darin zahlreiche Fragen zum aktuellen Fall beantworten.

Als es Cardinal leid war, sich damit herumzuschlagen, brach er zu einem kleinen Besuch bei Carnwright Real Estate auf. Die Familie Carnwright war bereits seit drei Generationen im Immobilienmarkt von Algonquin Bay ein einflussreiches Unternehmen. Lawrence Carnwright, die derzeitige Inkarnation dieser geballten Macht, war eine rührige, prominente Persönlichkeit, ein gut aussehender, weißhaariger Herr, der in den Nachrichten zu Wort kam, wenn eine Meinung über die wirtschaftliche Zukunft der Stadt gefragt war. In jüngster Zeit schien seine Tochter in seine Fußstapfen zu treten.

Das Büro befand sich in einem gepflegten Haus an der Woodrow, Ecke Sumner, mit einer beidseitig überdachten Terrasse sowie Flügelfenstern und einem gepflegten Rasen. Es erinnerte an ein Filmset aus einer Fernsehserie über eine glückliche Familie – fehlte nur noch eine Schaukel neben dem Haus. Cardinal war ein paar Mal da gewesen, als Larry Carnwright den Verkauf seines Hauses abwickelte.

Von der Rezeptionistin erfuhr er, dass Randall Wishart das Anwesen der Schumachers betreute. Wishart kam heraus, schüttelte ihm die Hand und führte ihn in ein Büro, in dem schmeichelhafte Fotos von Häusern in Algonquin Bay hingen, die einmal von der Firma Carnwright veräußert worden waren. Da die Firma nur das gehobene Marktsegment betreute, kam auch die Kunst in den Räumlichkeiten nicht zu kurz. Eine gedrungene Inuit-Skulptur, die einen Eisbären darstellte, saß auf einem Bücherregal mit Heftmappen, und ein großes, farbenfrohes Gemälde oder auch ein Druck – Cardinal war sich da nie ganz sicher – nahm eine ganze Wand ein. Darüber hinaus gab es reichlich Fotos von einer blonden Frau mit scharfem Blick – im Skianzug, in einem Liegestuhl am Pool sowie in professionellem Outfit, einem blauen Nadelstreifenkostüm. Sie hatte die erstaunlich blauen Augen der Familie Carnwright geerbt.

»Nehmen Sie Platz«, sagte Wishart und deutete auf einen Stuhl. Er war der konventionelle, gut aussehende Typ, der irgendwie an einen Politiker erinnerte. Jedes Haar war an seinem Platz. »Kommen Sie in einer polizeilichen Angelegenheit oder wegen eines Hauses?«

»Sowohl als auch. Ich habe ein paar Fragen zu dem Haus der Schumachers draußen an der Island Road.«

»Jetzt sagen Sie nicht, dass dort eingebrochen wurde.«

»Wie kommen Sie darauf?«

»Passiert bei Seegrundstücken andauernd – na ja, muss ich Ihnen vermutlich nicht sagen. Gab es einen Einbruch?«

»Haben Sie die Nachricht heute Morgen im Radio nicht gehört?«

»Was für eine Nachricht?«

»Sie sind doch der Makler der Schumachers, richtig?«

»Ich denke schon.«

»Sie sind sich nicht sicher?«

Wishart lächelte. »Na ja, das muss unter uns bleiben, aber die Schumachers sind an einem Verkauf nicht ernsthaft interessiert. Das war mir von Anfang an klar. Ich wollte ein Video von dem Haus machen – das ist Standard bei den Anzeigen im Internet –, aber sie haben es mir nicht gestattet. Ihre Preisvorstellung ist viel zu hoch, und ich hege den Verdacht, dass es in Wahrheit nur ein kleiner Trick ist, um ihre Kinder wieder nach Algonquin Bay zu locken. Hat was mit dem leeren Nest zu tun. Ich hab's aus Gefälligkeit übernommen – sollten sie sich jemals ernsthaft zum Verkauf entschließen, bin ich ihnen liebend gerne behilflich.«

»Waren Sie in letzter Zeit mal draußen?«

Wishart schürzte die Lippen und schüttelte den Kopf. »In letzter Zeit nicht, jedenfalls nicht in den letzten Wochen. Ich fahr wohl besser raus und mach das Schild weg. Lockt offensichtlich Diebe an.«

Der Schlüssel war nicht wichtig – immerhin war die Hintertür des Hauses aufgebrochen worden –, doch Cardinal fragte trotzdem danach.

»Ja, ich habe einen Schlüssel. Am besten gebe ich ihn wohl zurück. Das sind nette alte Herrschaften, aber ob Sie's glauben oder nicht, wir wollen tatsächlich Häuser verkaufen und nicht einfach nur Schilder aufstellen.« Wishart beugte sich nach vorn und öffnete eine Schreibtischschublade. Er suchte ein bisschen herum, bevor er einen Schlüssel herauszog und auf den Schreibtisch legte. »Damit ich nicht vergesse, ihn zurückzugeben.«

»Haben Sie das Haus schon mal Interessenten gezeigt?«

»Keinem Einzigen, auch wenn ich eine Menge Anfragen hatte.«

»Telefonisch? Oder persönlich?«

»Eine Menge Anrufe. Aber die Preisvorstellung hat alle ziemlich schnell verschreckt. Ein paar Leute haben sich auch das Bild draußen auf der Veranda angesehen und sind reingekommen, um sich zu erkundigen. Doch damit war Schluss, sobald ich den Aushang mit dem Preis versehen habe.«

»Waren Ihnen irgendwelche Nachfragen verdächtig?«

»Verdächtig? Wie meinen Sie das? Es kommen ständig Leute und erkundigen sich nach Häusern, die sie sich nicht leisten können.«

»Vielleicht jemand, der einfach nur wissen wollte, ob das Haus derzeit unbewohnt ist? Der sich zum Beispiel nach dem Aufenthaltsort oder den Gewohnheiten der Eigentümer erkundigt hat?«

»Nein, einfach nur Leute, die es schön fänden, ein Haus am Trout Lake zu besitzen. Da gibt es jede Menge.«

»In Ordnung. Fällt Ihnen sonst noch irgendetwas ein, was mir weiterhelfen könnte?«

»Also, nein, ich meine, so ein Einbruch, das kann praktisch jeder gewesen sein.«

»Genauer gesagt, wurden zwei Menschen ermordet und geköpft.«

Wishart verstummte und blinzelte ein paar Mal, ohne den Blick abzuwenden. Als er sich wieder zu Wort meldete, fragte er in ernstem Ton: »Hab ich Sie richtig verstanden?«

»Ja.«

»Mein Gott! Sie sagen, sie wurden … enthauptet?«

»Richtig.«

»Mein Gott«, sagte er wieder. »Aber – suchen Sie dann nach einem Geistesgestörten, irgend so einem Psychopathen?«

»Irgendwie schon.«

»Mein Gott.«

»Nur fürs Protokoll: Mr Wishart, können Sie mir sagen, wo Sie Donnerstagabend waren?«

»Donnerstagabend? Das ist nicht schwierig. Ich war bei einem Freund und hab das Spiel angeschaut. Die Leafs haben natürlich verloren. Troy war am Boden zerstört. Er ist ein glühender Leafs-Fan. Ich meine, mit Haut und Haaren. Gott, ich kann das immer noch nicht glauben.«

»Ich brauche seine Adresse. Privat und Büro.«

»Wie? Ach so, selbstverständlich.«

Wishart gab ihm die Adressen, und Cardinal schrieb sie sich auf. Dann geleitete Wishart ihn, immer noch ein wenig fassungslos, zur Tür.

Cardinal fragte ihn nach dem Acura, der draußen stand.

»Wie bitte?«

»Der schwarze Acura. Ist das Ihrer?«

»Oh. Ja. Wo wir schon über Dinge sprechen, die wir uns nicht leisten können. Gott, ich komm nicht darüber hinweg. Das ist entsetzlich. Lassen Sie es mich wissen, wenn ich irgendwie helfen kann.«

»Können Sie. Wir müssen Sie bitten, ins Revier zu kommen und sich Fingerabdrücke abnehmen zu lassen.«

»Sicher, selbstverständlich. Ich versuche, im Lauf der Woche vorbeizukommen.«

»Heute, Mr Wishart.«

Auf seinem Weg zurück vom Büro machte Cardinal einen kurzen Abstecher in die hiesige Hockeyarena, die Memorial Gardens hieß, auch wenn niemand wusste, im Gedenken an wen oder was. Sie lag nur ein paar Blocks vom Revier entfernt. Cardinal konnte sich nicht erinnern, wann er sich das letzte Mal ein Spiel angesehen hatte, doch obwohl die Imbiss- und Getränkestände um diese Zeit geschlossen waren, hing der Geruch von Popcorn und Karamell in der Luft. Ein Platzwart, der die Eingangshalle wischte, verwies ihn auf das Büro des Sicherheitsdienstes.

Im Wachdienst gibt es eine Menge ehemalige Polizisten oder auch Leute, die eigentlich lieber Polizisten wären. Troy Campbell passte in keine der beiden Gruppen. Der große Mann mit Schultern, die Zentnergewichte tragen konnten, war der ehemalige Captain der Algonquin Bay Trappers, der hiesigen A-Jugend-Hockeymannschaft. Auf einem Foto an der Schlackensteinwand schwang er sich aus dem Tor hoch in die Luft. Er hatte immer noch so blonde Haare wie auf dem Foto, wenn auch – im Gegensatz zu seiner Körperfülle -- ein wenig dünner.

»Was kann ich für Sie tun, Detective? Ich krieg die Polizei gewöhnlich nur zu Gesicht, wenn wir einen Betrunkenen melden müssen, der eine Flasche aufs Eis geworfen hat.« Campbell besaß die unbekümmerte Selbstsicherheit eines Mannes, der weiß, dass er der Größte im Zimmer ist.

»Ich ermittle in einem Schwerverbrechen, und im Moment überprüfe ich gerade ein paar Aussagen und hole Bestätigungen ein.«

»Nichts hier in den Gardens, will ich hoffen.«

»Nein. Aber ich muss wissen, wo Sie am Donnerstagabend waren.«

»Wo *ich* war.«

»Ganz recht.«

»Ich verstehe nicht ganz. Wieso soll ich Ihnen erzählen, wo *ich* war?«

»Müssen Sie nicht. Aber es ist sachdienlich für unsere Ermittlungen, hängt also davon ab, wie sehr Sie uns helfen wollen. Oder auch nicht.«

Campbell lachte. »Tut mir leid. Verstehen Sie mich nicht falsch. Ich bin nur verblüfft. Ich helfe gerne. Donnerstagabend war ich hier. Heimspiel.«

»Sie waren hier.«

»Ja. Nein, warten Sie mal. Donnerstag? Am Donnerstag war ich zu Hause. Hab die Leafs auf TSN gesehen. Krasse Übervorteilung. Haben Sie es auch gesehen?«

»Nehme mal an, die Leafs haben verloren.«

»Es war obszön, anders kann man das nicht nennen. Völlig unmöglich, dass Komisarek den ersten Schlag gelandet hat. Fünf Minuten Strafabzug für das Gerangel, und die stehen nicht mehr eins:null, sondern hängen drei:eins hinterher. Der Schiri, der das gepfiffen hat, war Desrosiers. Ein bisschen voreingenommen? Für jeden außer einem Frankokanadier war doch offensichtlich, dass Laraque angefangen hatte. Ich meine, man braucht sich doch nur die Aufzeichnung anzusehen, verdammt. Ich sag Ihnen, manche glauben, Schiris wüssten nicht, was sie tun, aber die wissen *genau*, was sie tun. Das wissen die ganz *genau*.«

»Haben Sie das Spiel mit jemandem zusammen angeschaut?«

»Ja, Randy Wishart, Kumpel von mir. Fragen Sie ihn. Ich hätte fast meine Bierdose in den Apparat geschmissen, und ich sag Ihnen lieber nicht, was mich die Kiste gekostet hat.«

Cardinal bekam noch ein paar Details zu hören und dankte ihm für seine Hilfe.

»Hey, stehe Ihnen jederzeit zur Verfügung. Ich würde Ihnen gerne Freikarten für die Trappers geben.«

»Danke, aber lieber nicht. Macht mich einfach zu wütend.«

»Wütend?« Campbell furchte die breite Stirn und strich sich mit der Hand über das schüttere Blondhaar. »Sie meinen, wegen all der Rangeleien?«

»Die Schiris – kann ich einfach nicht mit ansehen.«

»Na ja, sicher, aber hier bei uns machen sie höchstens Fehler, weil sie alt oder blind sind. Montreal dagegen ist 'ne regelrechte Verschwörung.«

5

Als Cardinal ins Revier zurückkehrte, waren die Wände unter Fotos verschwunden. Sie waren ans Anschlagbrett, an Regale geheftet und mit Tesafilm an Fensterrahmen geklebt, sodass die ohnehin beengten Räumlichkeiten noch klaustrophobischer wirkten als gewöhnlich. Auf den Bildern waren Fußabdrücke und Reifenspuren in jedem erdenklichen Winkel zu sehen.

Die Abfolge ergab für Cardinal wenig Sinn, bis Paul Arsenault ihm das Ganze erklärte.

»Der frische Schnee verschafft uns einen ziemlich klaren Eindruck davon, wer wer ist«, sagte er. »Wir haben Reifenspuren von zwei Fahrzeugen.« Er zeigte auf ein Foto. »Die hier waren zuerst da. Wir gleichen sie gerade mit den Datenbanken ab, aber vorerst wissen wir, dass es sich um ein Mittelklasseauto handelt, nicht allzu schwer. Das zweite Fahrzeug ist kleiner und leichter, ziemlich neue Profile. Seine Spuren führen über die des anderen Wagens hinüber, mehr können wir hinsichtlich des Zeitablaufs nicht sagen.

Und nun zu den Schuhabdrücken. Auch da ist die erste Zuordnung einfach, weil wir von den Schuhen beider Opfer Abdrücke machen konnten. Die Stiefel der Frau – winziges Dreieck vorn, kleines Quadrat für den Absatz, Größe sechsunddreißig. Die des Mannes sind Halbschuhe Größe sechsundvierzig, beachten Sie den flachen Abdruck. Bei ihren handelt es sich um Manolo Blahniks, bei seinen um Cole Haan – die mussten wir logischerweise nicht nachschlagen, weil sie sich ja noch am Tatort befanden. Haben vom Profil der Halbschuhe des Mannes Fasern genommen, aber Fasern, na ja – das ist für uns eine Nummer zu groß.

Bliebe noch unser Kopfjäger. Dieselbe Größe, aber völlig anderes Schuhwerk. Sehen Sie mal: tiefer Eindruck am Absatz und an den Spitzen. Das hier sind richtig robuste Outdoorschuhe, und ich würde sagen, sie sind ziemlich neu. Das Fabrikat müssten wir eigentlich bald ermittelt haben.«

»Erzähl ihm vom Elternschlafzimmer.« Collingwood meldete sich von seinem Schreibtisch aus, ohne aufzusehen.

»Also, wir haben das aufgebrochene Fenster und das Blut. Und wir haben eindeutige Abdrücke von der Fensterbank und dem Stuhl. Es ist eine andere Blutgruppe als im Wohnzimmer.

Unter dem Bett, noch interessanter. Ansehnliche Staubschicht da drunter, und sehen Sie sich das an. Wir haben das Bett weggeräumt, um die hier zu knipsen. Man sieht, wo jemand seine Hände hatte – nicht die Art von Abdrücken, die jemand hinterlässt, wenn er etwas unter dem Bett vorkramt.«

»Nein, sieht eher so aus, als wäre jemand daruntergekrochen, um sich zu verstecken.«

»Die Handabdrücke an diesem Ende, mit den Innenflächen nach außen. Und hier haben wir das Bein und die Zehe. Ja, wir glauben, dass sich da jemand versteckt hat. Haben auch ein paar Haare oben auf dem Bett gefunden. Einige kurz und braun, ein anderes lang und schwarz. Also, ich hab mit den Schumachers gesprochen – die kamen vorbei, um sich Fingerabdrücke nehmen zu lassen –, deshalb weiß ich, dass diese Haare nichts mit ihnen zu tun haben. Außerdem wissen wir, dass ein paar von den Fingerabdrücken auf den Nachtschränkchen von ihnen stammen und andere nicht. Eine Gruppe passt zu den Abdrücken der Person, die das Fenster aufgebrochen hat, die andere zu Abdrücken, die wir an der Haustür entdeckt haben und nirgendwo sonst – weder an den Gläsern noch am Tisch.«

»Nur dass ich das richtig verstehe«, sagte Cardinal. »Wollen Sie damit sagen, dass wir es inzwischen mit fünf verschiedenen Leuten zu tun haben und nicht nur mit vier?«

»Sieht ganz so aus.«

»Und wir haben alle diese Abdrücke, aber keine Übereinstimmung mit irgendeinem Strafregister?«

»Bis jetzt noch nicht, aber was nicht ist, kann ja noch werden. Bob und ich schlagen uns eher mit dem Problem herum, dass wir zu viel Beweismaterial haben als zu wenig. Wir haben zum Beispiel eine ganze Menge blaue Fasern von der Oberseite des Bettes genommen. Keine große Sache, nur dass wir nirgends blaue Decken gefunden haben – wir haben die Wäscheschränke und die anderen Betten fotografiert. Sehen Sie selbst. Außerdem hab ich die Schumachers gefragt, und sie sagen, sie hätten keine blauen Decken.«

»Ich krieg immer noch die fünf Personen nicht in den Kopf«, sagte Cardinal. »Von denen sich eine unter dem Bett versteckt.«

Wortmeldung Collingwood vom Schreibtisch aus. »Erzähl ihm von dem Splitter.«

Arsenault zeigte auf ein anderes Bild. Ein Stiefelabdruck. Daneben eine starke Vergrößerung. Die kurze dunkle Linie, die im Absatz des ersten Fotos erschien, erwies sich auf dem zweiten Bild als Fragment von irgendetwas. Cardinal beugte sich näher heran.

Als er zurücktrat, stieß er mit Arsenault zusammen, der einen kleinen Plastikbeutel mit dem fraglichen Gegenstand hochhielt. »Das muss auch nach Toronto. Es ist ein Splitter – für uns nicht groß genug, um die Holzsorte zu bestimmen, aber riechen Sie mal dran.« Er hielt den Beutel auf, und Cardinal sog die Luft ein.

»Ist ziemlich schwach. Benzin? Oder auch Öl?«

»Ja, so was in der Art. Wir schätzen, jemand, der in einer Autowerkstatt arbeitet.«

»Tatsächlich? Aber wir haben schließlich nicht alle möglichen Ölflecken am Tatort.«

»Szelagy bearbeitet diese Brandstiftung in dem Lagerhaus – vielleicht hat dieser Kerl hier was damit zu tun. Nicht, dass wir irgendwelche Schuhabdrücke von dort haben.«

»Ich werd's mir durch den Kopf gehen lassen«, sagte Cardinal. »Wir können nicht einfach nach jemandem suchen, der in einer Werkstatt Stiefel getragen hat.«

Laute Stimmen und das Scharren von Mobiliar. Der Lärm einer Auseinandersetzung draußen an der Rezeption.

Cardinal verließ die KTU, um nachzusehen. Delorme war bereits da, außerdem McLeod und Dunbar. Sie sahen zu, wie ein Streifenpolizist mit Mühe einen etwa fünfzigjährigen Mann festhielt, der in Handschellen neben ihm stand.

Der Mann brüllte immer wieder: »Sie verhaften den Falschen, ich bin hier nicht der Verbrecher! Haben Sie auch nur die leiseste Ahnung, was die mit diesen Tieren machen?«

Der Polizist in Uniform ließ sich nicht so leicht aus der

Ruhe bringen. »Benehmen Sie sich wie ein erwachsener Mensch. Sie kommen vor Gericht schon noch zu Wort.«

»Lassen Sie mich los! Sie verhaften den Falschen, verflucht noch mal.« Der Mann drehte sich zur Seite und versetzte dem Beamten einen Tritt.

»So, das war's dann. Sie kommen jetzt sofort in die Zelle.«

Die anderen Uniformierten packten den schreienden Mann und zerrten ihn fort.

»Es ist nicht mal richtiges Blut! Es ist Farbe – simple Farbe, Sie Neandertaler. Haben Sie noch nie was von freier Meinungsäußerung gehört?«

Der Neandertaler zog sich den Parka aus und warf ihn auf einen Stuhl, während er den diensthabenden Sergeant über den Vorgang unterrichtete. Er blickte in die Runde. »Chad Pocklington. Jedes Jahr platzt er in die Pelzauktion hinein und schüttet Farbe über die Autos. Alle Jahre wieder. Schwerer Fall von Noone.«

Dies bezog sich auf ein Graffito, das jahrzehntelang die Herrentoilette der früheren, inzwischen abgerissenen Polizeistation von Algonquin Bay geziert hatte: *Sparky Noone ist voller Scheiße.*

6

Zu den Ärgernissen der Ermittlerarbeit in einer Kleinstadt gehört es, dass es nirgendwo in der Nähe ein Institut für Rechtsmedizin gibt. Fast jeder Mordfall erfordert ständige Dienstreisen nach Toronto, die meist am leitenden Ermittler hängen bleiben, zusammen mit einem zweiten Beamten, damit die Beweiskette nicht hinterher in Zweifel gezogen wird.

Cardinal und Delorme kamen erst nach dem Mittagessen weg. Da es Samstag war, hielt sich der Verkehr in Grenzen, doch in Muskoka gerieten sie in ein Schneetreiben und in der Gegend von Barrie in ein *Whiteout,* das ihnen fast vollständig die Sicht nahm, sodass sie bis zum Forensischen Institut im Zentrum von Toronto über vier Stunden benötigten. Sie brauchten nicht auf eine Autopsie zu warten; es stand immer noch kein Pathologe zur Verfügung, um eine vorzunehmen. Doch es kostete sie über eine Stunde, ihre Beweismittel mit allem bürokratischen Aufwand durch die zentrale Annahmestelle zu schleusen, bevor sie sich auf den Heimweg begaben.

Am späten Abend saß Cardinal am Küchentisch, aß und blätterte währenddessen beiläufig in der Akte »Scriver«. Einige der Dokumente – Faxe auf Thermopapier aus den Achtzigern – waren inzwischen vollständig verblichen. Er stellte sein Geschirr in den Ausguss und schob die umfangreiche Akte wieder in den Karton. Das musste ohnehin ein bisschen warten.

Ein Weilchen setzte er sich in sein schlecht belüftetes Wohnzimmer und sah sich die Late-Night-Shows an, auch wenn er sie weder witzig noch informativ fand. Er schaltete den Fernseher aus und las noch ein bisschen in einem Ratgeber über die Kunst, sich über nichts und niemanden aufzuregen. Delorme hatte ihm das Buch wärmstens ans Herz gelegt, doch Cardinal ging der unerschütterliche Optimismus des Verfassers auf die Nerven, schon deshalb, weil er allzu reichlich von Ausrufungszeichen Gebrauch machte. Was nützte einem der Rat, sich nicht über ungeklärte Fälle oder enthauptete Leichen aufzuregen?

Missmutig und verschwitzt legte er sich schlafen, wachte aber mitten in der Nacht auf. Auf seinem Wecker war es 3:50 Uhr. Nach Catherines Tod war er monatelang stündlich aufgewacht, doch das hier war etwas anderes. In der Dunkelheit hatte er noch Traumfetzen vor Augen. Er hatte gesehen, wie er neben Arsenault im Büro der KTU stand. Sie hatten den Holzsplitter in der Tüte inspiziert und ihn sich unter die Nase gehalten.

»Vielleicht irgendein Lösungsmittel«, hatte Arsenault gesagt.

Dann hatte Cardinal ihm den Beutel abgenommen und selbst daran gerochen. »Ich weiß, was das ist«, sagte er. Und davon wachte er auf.

Er stand auf, ging ins Badezimmer und spritzte sich kaltes Wasser ins Gesicht. Er spielte mit dem Gedanken, Arsenault anzurufen, um ihm seine Idee mitzuteilen, doch dann zögerte er, ihn zu wecken. Er zog sich an, schlüpfte in seine Kodiak-Stiefel sowie seinen North-Face-Parka und verließ das Haus.

Es war nicht mehr ganz so frostig, vielleicht zehn Grad unter null, doch da er noch nicht gefrühstückt hatte, fühlte es sich kälter an. Er richtete das Gebläse auf die Windschutzscheibe, fuhr rückwärts von seinem Stellplatz und durch das Klinkertor, das die Grundstücksgrenze seines Wohngebäudes markierte.

Bis zum Government Dock waren es mit dem Auto nur drei Minuten. Main West, eine Wohngegend mit großen Villen und uralten Bäumen, wirkte verwaist. Nur in einem Haus brannte Licht, in der Einfahrt lief der Motor eines Autos warm und blies eine graue Abgaswolke in die Luft.

Cardinal bog rechts Richtung Lake Nipissing ein. Er parkte in der Nähe des Kais auf dem Bankett, schaltete den Motor ab und stieg aus. Die dünne Schneeschicht war auf dem Holzsteg entweder schon verweht oder geschmolzen. Cardinal blieb einen Moment stehen und sog die Luft ein. Selbst bei minus zehn Grad roch es stark nach Teeröl.

Er konnte nicht sicher sagen, was er hier zu finden glaubte. Sogar im Winter besaß der Steg eine große Anziehungskraft für Jogger, Hundebesitzer, Leute, die den Sonnenuntergang genossen. Gestern Abend hatte es allerdings keinen Sonnenuntergang gegeben. Über dem See und den Inseln und der Stadt hatte sich eine dünne Wolkenschicht gebildet. Das einzige Licht auf dem Landesteg warfen die hohen Straßenlaternen im Abstand von ungefähr zwanzig Metern.

Er lief an der Chippewa Princess vorbei, einem alten Kreuzfahrtschiff, das als Restaurant dauerhaft auf Trockendock lag. Ein Stück weiter lockte ein Souvenirgeschäft, dessen Schatten drei Mal länger war als das Häuschen selbst.

Cardinal lief langsam, den Blick unverwandt auf das Holz zu seinen Füßen gerichtet. Der Steg war alt, an vielen der morschen Latten hatten sich weiche Splitter gelöst. Falls der Mörder vom Trout Lake hier gewesen war, würde Cardinal nicht so leicht die genaue Stelle finden.

Außerdem gab es draußen am Trout Lake einen Yachthafen, den er ebenfalls überprüfen wollte.

Der Bootssteg ragte L-förmig ins Wasser. Als er an den rechten Winkel kam, hob er nicht einmal den Blick. Unter seinen Füßen knirschte Eis am Dock. In den Teergeruch mischte sich der Gestank nach Fisch. Alte Fischhaken, die im hölzernen Geländer verankert waren, schimmerten im Licht. Hier draußen fühlte es sich fünf Grad kälter an.

Als er ungefähr ein Drittel des unteren L-Strichs zurückgelegt hatte, waren ihm immer noch keine beschädigten Stellen im Boden aufgefallen, die leichter als andere splittern würden. Er hob den Blick und entdeckte Menschen am Ende des Stegs. Er brauchte eine Sekunde, bis ihm klar wurde, dass es keine Menschen waren.

Die Köpfe steckten auf der etwa brusthohen Bohlenwand des Stegs. Cardinal näherte sich zuerst dem der Frau. Langes blondes Haar hing über die Wand. Auf der Cardinal zugewandten Seite war es blutverklebt. Links ein kleinkalibriges Einschussloch. Sie war der weiten, dunklen Fläche des Sees zugewandt, als wartete sie darauf, dass ein Geliebter nach langer Abwesenheit durch Nacht und Wind und Schnee zu ihr zurückfand.

Der Kopf des Mannes folgte nicht weit dahinter am Ende des Stegs, das Gesicht nach Osten gerichtet. Die Rückseite des Schädels war von einer Austrittswunde blutig und verformt. Eine Brise zerzauste das graue Haar.

»Mein Gott«, flüsterte Cardinal.

Cardinal hatte die Hände in den Hosentaschen und nahm sie nicht heraus, als er sich über das Ende des Stegs beugte, um sich das Gesicht anzusehen. Mit den geschlossenen Augen und der meditativen Reglosigkeit hätten seine Züge feierliche Ruhe ausgestrahlt, wäre nicht das Einschussloch über der rechten Augenbraue gewesen.

Cardinal lief den gleichen Weg zurück, den er gekommen war, und knöpfte seinen Parka auf, um sein Handy aus der Innentasche zu kramen – nur dort überlebte die Batterie die Kälte. Er wählte Delormes Nummer. Während er sprach, ging er langsam weiter und versuchte, sich zu beruhigen. Dann rief er Chouinard und den Staff Sergeant an. Als Delorme wenige Minuten später eintraf, wartete Cardinal an seinem Wagen auf sie.

»Mach dich auf was gefasst«, sagte er zu ihr. »Es ist noch schlimmer als vorgestern Abend.«

Nachdem sie bei den Köpfen angekommen und Delorme sich die toten Gesichter angesehen hatte, fragte sie: »Was hat dich dazu gebracht, mitten in der Nacht hier rauszukommen?«

»Arsenault hat einen Splitter Holz gefunden, der nach Öl oder Gas roch. Mir ist erst jetzt klar geworden, dass das Teer ist. Diese Leute hier kommen vermutlich von außerhalb, und ich hab überlegt: Was machen Besucher, wenn sie hierherkommen? Sie sehen sich die Kirche an, das Eisenbahnmuseum, das Government Dock. Das ist es auch schon.«

»Also, die Köpfe mussten im Dunkeln hierhergebracht werden, aber dieser Holzsplitter, der steckte im Fußabdruck des Mörders?«

»Ja.«

»Das heißt, er hat vor den Morden eine Sightseeingtour zu diesem Dock gemacht?«

»Sightseeing wohl eher nicht, aber ich nehme an, dass er hier war, ja. Also könnte ihn jemand gesehen haben, selbst wenn niemand da war, als er zurückkam, um seine Trophäen aufzuspießen.«

Delorme deutete auf das Ende des Docks. »Zwischen den Morden und jetzt muss er die Köpfe irgendwo versteckt haben – die können höchstens seit ein paar Stunden hier sein.«

»Und wieso bringt er sie überhaupt hierher? Wieso geht er das Risiko ein, dass ihn dabei jemand beobachtet? Wieso spießt er sie in diesen seltsamen Positionen auf?«

»Wenn man erst mal anfängt, Leuten den Kopf abzuhacken, kommt einem wahrscheinlich kaum noch etwas seltsam vor«, antwortete Delorme. »Aber die Schusswunden – die passen zur Situation am Tatort, stimmt's? Der Mann saß links vom Mörder, die Frau rechts. Der Mörder zieht seine Waffe, erschießt den Mann, bevor der reagieren kann, peng. Dann schießt er die Frau in die Schläfe. Plausibel, oder?«

»Nur für die Reihenfolge, in der sie erschossen wurden, würde ich mich nicht verbürgen. Dafür gibt es kein Indiz. Jedenfalls bis jetzt noch nicht.« Cardinal lief ein paar Schritte zurück zu dem langen Teil des Stegs. Dann blieb er, die Hände in den Taschen vergraben, stehen. Er drehte sich um und blickte in derselben Richtung über den See wie die tote Frau. Er fragte sich, wer diese beiden Menschen waren und wer ihr Mörder war. Er starrte über den gefrorenen See, über die weiten, mit Blitzeis und trockenen Schneekörnchen bedeckten Flächen. Von der Kälte tränten ihm die Augen. Die Wolkendecke war gewandert, und der Mond erleuchtete die trostlose Weite des Sees. In der Ferne waren – schwarz in schwarz – die Silhouetten der Manitou-Inseln zu erkennen, und über den Manitous ein noch schwärzerer Himmel, an dem kalte Sterne blinkten und pulsierten.

Als es nach geraumer Zeit für Cardinal am Leichenfundort nicht mehr viel zu tun gab, ging er den Steg entlang zurück. Er war jetzt mit Flatterband abgesperrt, und obwohl es Sonntagmorgen war, drängte sich davor eine Schar Reporter. Die Enthauptungen waren landesweit bis zu sämtlichen Nachrichtendiensten gedrungen, und so waren Journalisten aus Ottawa und Toronto angereist, die sich unter die Lokalreporter aus Algonquin Bay und Sudbury mischten.

Cardinal hatte sich eine Erklärung zurechtgelegt.

»Zu diesem Zeitpunkt kann ich Ihnen nur sagen, dass wir Körperteile gefunden haben, die möglicherweise zu den Opfern gehören, die am Trout Lake entdeckt wurden. Bis jetzt wissen wir noch nichts über die Identität der Toten und folglich auch nicht, wer ein Interesse daran hatte, sie zu töten. Selbst wenn wir sie identifiziert haben, nun ja, Sie kennen die Regeln – werden Sie sich gedulden müssen, bis wir die Angehörigen benachrichtigt haben.«

Ein Schwall von Fragen. Handelte es sich bei den Opfern wirklich um Amerikaner? Wie wurde der Tatort vorgefunden? Hatten sie die Köpfe schon gefunden?

»An diesem Punkt der Ermittlungen haben wir genauso viele Fragen wie Sie.«

»Werden Sie die Provinzpolizei Ontario hinzuziehen?« Die Frage kam immer – bei jedem aufsehenerregenden Fall, als ob nur Kriminalisten auf Provinzebene damit fertigwerden könnten. Sooft er die Frage gehört hatte, sooft hatte sie ihn genervt.

»Dafür sehe ich keine Notwendigkeit.«

Sie brüllten weitere Fragen.

Cardinal hielt die Hände in die Höhe, als drückte er ein aufgeblähtes Segel zurück. »Das wär's dann für den Moment. Sobald ich mehr weiß, erfahren Sie mehr.«

Er bahnte sich einen Weg zwischen den Menschen hindurch und eilte zu seinem Wagen. Hinter ihm holte ihn eine Frau ein. Sie war klein, ihr blonder Kopf auf Cardinals Schulterhöhe.

»Detective, könnte ich Sie wohl einen Moment sprechen?«

»Tun Sie sich keinen Zwang an.« Er lief weiter zu seinem Auto, während die Frau ihm folgte.

»Ich wollte Sie nach dem anderen Fundort, nicht dem hier, fragen. Es ist überaus interessant, dass die Opfer enthauptet wurden – und das Messer dem Mann noch im Rücken steckte. Das ist alles so theatralisch, so ausgefallen. Haben Sie keine Angst vor Nachahmern oder falschen Geständnissen?«

»Ich weiß Ihre Sorge zu schätzen«, erwiderte Cardinal. »Wir sind immer noch in der Lage, falsche Geständnisse zu erkennen. Im Moment kann ich Ihnen nicht mehr sagen.«

»Und wenn Sie nun, was Gott verhüten möge, einen Trittbrettfahrer kriegen?«

Cardinal blieb stehen und drehte sich zu ihr um. »Sind Sie schwerhörig? Ich sagte, ich kann nicht mit Ihnen reden. Wieso geht das Reportern nicht in den Schädel?«

Zur Antwort blinzelte sie ein einziges Mal. Sie hatte graue, weit auseinanderstehende Augen, was ihrem Gesicht etwas Unanfechtbares verlieh. Ein kurzes Lächeln, dann: »Sind Sie, nachdem Sie nun die Köpfe haben, in der Lage, die Identität der Opfer zu bestimmen?«

»Ich habe nichts von *Köpfen* gesagt.«

»Ich kann zwei und zwei zusammenzählen, Detective.«

»Bei *welcher* Zeitung sind Sie überhaupt?«

Sie zog einen Lederhandschuh aus, griff in die Tasche und zückte eine Visitenkarte, die sie Cardinal reichte. »Donna Vaughan. *New York Post.* Die Karte ist nicht mehr aktuell. Ich arbeite nicht mehr bei der Zeitung. Ich bin freischaffend.«

»Was interessiert eine Reporterin aus New York an einem Mord in Algonquin Bay?«

»Ich denke, das finden Sie selbst sehr schnell heraus. Ich arbeite an einer Reportage – nicht für die Post, sondern hoffentlich auf Landesebene –, eine Reportage, mit der ich ganz groß rauskommen werde. Und ich denke, wir könnten uns vielleicht gegenseitig helfen. Sind Sie mit den Reifenprofilen am Trout-Lake-Tatort schon irgendwie weitergekommen?«

»Wir verfolgen eine Menge Spuren. Das braucht Zeit.«

»Und die Fußabdrücke?«

»Wie gesagt, wir verfolgen viele Indizien.«

Sie musterte ihn von oben bis unten. »Vielleicht hab ich mich getäuscht. Sieht nicht so aus, als ob Sie mir helfen könnten. Ich sollte Ihre Zeit nicht länger in Anspruch nehmen.«

Cardinal stieg in den Wagen und drehte den Zündschlüssel, um die Heizung einzuschalten. Er zückte sein Notizbuch und machte sich daran, eine Liste mit Anrufen aufzuschreiben, die zu erledigen waren. Ms Vaughan fuhr in einem hellbraunen Focus neben ihn und ließ die Scheibe herunter.

Cardinal drückte den Knopf auf der Armlehne.

»Wissen Sie was, Detective? Ich wette, dass ich zu diesem Zeitpunkt mehr weiß als Sie.«

»Und das wäre?«

»Wer die Opfer sind, zum Beispiel.« Sie strich sich eine Haarsträhne aus den Augen. Sie hatte dunkle Brauen, und der Kontrast verlieh ihren Augen einen noch intensiveren Ausdruck. »Sie heißen Lev und Irena Bastov. Russischer Abstammung, aber beide US-amerikanischer Nationalität.«

»Sieh mal an. Und woher wollen Sie das wissen?«

»Die Reportage, an der ich arbeite – es geht um die russische Mafia. Und bitte behalten Sie das für sich, ich hänge nämlich irgendwie am Leben.« Sie fuhr los, bevor sie das Fenster ganz geschlossen hatte.

7

Wir wissen, wer die Toten sind«, sagte Delorme, als Cardinal im Dezernat eintraf. »Wir haben sie identifiziert!«

»Lass mich raten«, sagte Cardinal. »Lev und Irena Bastov.«

Delorme schien enttäuscht.

»Woher weißt du das?«

»Tut nichts zur Sache. Und wie seid *ihr* darauf gekommen?«

»Eine Frau oben von der Pelzauktion hat eine Vermisstenmeldung gemacht. Die beiden haben in der Highlands Lodge gewohnt. Wir sollten sofort da hinauffahren.«

»Die KTU soll schon mal allein anfangen. Wir haben heute Morgen die Autopsie. Gib mir ein paar Minuten, und wir nehmen den nächsten Flieger – ich fahr nicht schon wieder die vierhundert Kilometer mit dem Wagen.«

Cardinal setzte sich, ohne den Mantel auszuziehen, an den Schreibtisch, zog die Visitenkarte heraus, die ihm Donna Vaughan gegeben hatte, und rief bei der *New York Post* an. Da es Sonntag war, konnte er keinen der Herausgeber erreichen, doch immerhin hatte er schließlich einen Redakteur in der Leitung.

»Donna Vaughan? Ja, die hat hier gearbeitet.«

»Wieso hat sie gekündigt?«

»Ich kann am Telefon nicht den beruflichen Werdegang unserer Mitarbeiter diskutieren, Detective, bringt einen allzu schnell vor den Kadi. Ich kann bestätigen, dass sie für uns gearbeitet hat und vor ungefähr einem Jahr gegangen ist, das war's dann aber auch.«

Noch während sie miteinander sprachen, hatte Cardinal Donna Vaughan gegoogelt. Zu ihrer Namenszeile erschienen mehrere Artikel, meist über Mode.

»Kommst du nun oder nicht?« Delorme stand neben seinem Schreibtisch und sah verärgert aus.

Sie erwischten noch einen Air-Canada-Flug nach Toronto und trafen ein wenig zu früh im Leichenschauhaus ein. Während Cardinal ein paar Telefonate erledigte, saß Delorme einfach nur da und vertiefte sich in die Gummistiefel, die in Reih und Glied auf einem erhöhten Regalbrett standen. Neben der Tür hing eine Liste mit Bestattungsinstituten und Telefonnummern, über den Waschbecken warnte ein handbeschrifteter Zettel: *Achtung! Chlor & Ammoniak = Gift!*

Irgendwann ging die Tür auf. Dr. Elmer Spork begrüßte sie und stellte seine Assistentin vor, eine zierliche, nervöse Frau namens Tranh, die ungefähr halb so groß war wie er. Er schlüpfte aus seinem Sportsakko und tauschte es gegen OP-Kleidung und eine Plastikschürze. Er entsprach nicht im mindesten dem Bild, das man sich von einem Pathologen macht. Obwohl er um die fünfzig sein musste, hatte er gelocktes, blondes Haar und die jugendlich robuste Ausstrahlung eines Mannes, der gerade ein Tennismatch gewonnen hat. Um seinen Hals baumelte an einer Kette ein USB-Stick.

Die zwei Leichen lagen bereits – einschließlich der Köpfe, die eingeflogen worden waren – auf Tischen im Autopsieraum.

»Wir haben sie heute Morgen erst mal geröntgt«, sagte Dr. Spork. Er knipste die Leuchtkästen an, und schon erstrahlten Brustkörbe, Oberschenkel- und Armknochen in gleißendem Licht. »Wie Sie sehen, haben wir nichts Ungewöhnliches entdecken können. Keine Messerklinge oder Kugelfragmente.« Er schaltete das Licht wieder aus und ging zur männlichen Leiche hinüber.

»Ich hab mal eine blöde Frage«, sagte Delorme. »Woher wissen Sie, dass ein bestimmter Kopf zu einem bestimmten Körper gehört? Woher wissen Sie, dass es nicht irgendwo eine zweite kopflose Leiche gibt?«

Dr. Spork deutete auf den Halsbereich. »Der erste Anhaltspunkt ist die Hautfarbe. Wie Sie sehen, stimmt sie vollkommen überein. Dann der Halsumfang. Wieder genau passend. Außerdem haben wir bereits von beiden Leichenteilen Blutproben entnommen und dieselbe Gruppe festgestellt. Die endgültige Bestätigung bekommen wir anhand der DNA-Analyse vom Labor. Das Entscheidende ist allerdings, zumindest wenn Knochen und Gewebe gut erhalten sind, die Übereinstimmung des Traumas.«

Er drehte den Kopf um, sodass der Hals nach oben zeigte, und Delormes Magen vollzog die Bewegung nach. Eben noch sieht die Leiche wie eine junge Frau aus, und dann zeigt der Kopf nach unten, während der Rumpf liegen bleibt.

»Die Verletzung der Halswirbelsäule können wir an beiden Enden in Übereinstimmung bringen«, fuhr Dr. Spork fort, »so wie bei einem zerbrochenen Stuhlbein. In diesem Fall zwischen C fünf und C sechs durchtrennt, mit passender Schädigung am fünften Wirbel. Bei verwesten Leichen wäre das natürlich etwas anderes.« Dr. Spork schaltete sein Overheadmikro ein. Er nannte Datum und Uhrzeit, Fallnamen und -nummer sowie die Namen der Anwesenden. »Zweifellos hat Ihr Gerichtsmediziner bereits festgestellt, dass die Enthauptung post mortem erfolgt ist. Es gibt keinerlei Einblutungen in den Knochen.«

Er untersuchte zuerst die weibliche Leiche von Kopf bis Fuß. Er erhob ein wenig die Stimme und sprach auf Band: »Lividität, die bläuliche Verfärbung, deutet darauf hin, dass sie da, wo sie saß, getötet wurde.« Dann machte er die Y-Inzision und entfernte die Organe. Als der ganze Brustkorb von außen nach innen gestülpt wurde, verlor die Leiche ihr menschliches Aussehen, und Delormes Magen kehrte in seine normale Position zurück. Dr. Spork sprach sie nicht mehr persönlich an, bis er mit der Untersuchung des Rumpfs und der Extremitäten fertig war.

»Keine Krankheit, kein Trauma«, sagte er. »Der Kopf ist offensichtlich eine andere Geschichte. Wir haben zwei Schusswunden – Eintrittswunde links parietal, neun Millimeter Durchmesser, zerfetzte Austrittswunde rechts parietal, etwa fünfzehn Zentimeter Durchmesser.«

Seine Assistentin schaltete die Stryker-Säge ein. Dr. Spork entfernte die Schädeldecke mit dem schönen Haar. Es roch nach verschmortem Knochen. Dann legte er das Gehirn in eine Schale und sezierte es mit ein paar geübten Schnitten. »Die Kugel ist ungefähr in dieser Region durch beide Gehirnhälften gedrungen und hat ein Loch ins Stammhirn gerissen. Das muss so ziemlich sämtliche lebenswichtigen Organe zum Stillstand gebracht haben, und somit haben wir die Todesursache.«

Er wandte sich der männlichen Leiche zu, murmelte ins Mikrofon, erhob bei jeder interessanten Entdeckung die Stimme. Auch hier sprach die Lividität für den Todeseintritt in sitzender Stellung. »Die Leber ist vergrößert. Der Junge hat gern tief ins Glas geschaut.« Wenig später hielt er einen Querschnitt des Herzens hoch. »Die linke Herzkammer ist praktisch dicht. Kurz vor der Transplantation, hätte nicht mehr lange gelebt.« Wieder wurde als Todesursache eine Schusswunde im Kopf festgehalten.

»Eher bescheidene Ausbeute bis jetzt«, sagte Delorme, als sie in den Fahrstuhl stiegen. »Hat sich kaum gelohnt, extra hier runterzukommen.«

»Na ja, wir haben schließlich auch noch Cornelius Venn«, erwiderte Cardinal, »den Hexenmeister in Sachen Schusswaffen und Werkzeugspuren. Ich glaube, Mr Venn überlasse ich dir.«

»Ich fass es einfach nicht, dass wir den Kerl sowohl für Ballistik als auch für Werkzeugspuren brauchen. Der Mann ist so ein Idiot. Und den überlässt du *immer* mir.«

»Weil du unwiderstehlich aussiehst, wenn du dich aufregst.«

»Das ist eine derart unangemessene Bemerkung, dass ich sie lieber unkommentiert lasse.«

»Ich weiß. Das ist die hohe Schule von McLeod.«

Draußen sogen sie in vollen Zügen die kalte Luft ein – die im Vergleich zum Leichenschauhaus sogar in Toronto erfrischend sein konnte – und bogen um die Ecke zum Institut für Rechtsmedizin.

»Ich hab nichts für Sie.« So viel von Cornelius Venn, einem dürren kleinen Storch in seinem charakteristischen kehligen Quengelton, als steckte ihm eine Flasche im Hals. »Wenn ich was für Sie hätte, dann hätte ich mich vorschriftsgemäß telefonisch bei Ihnen gemeldet.«

Was hatte dieser Venn bloß? Jedes Mal gab er einem das Gefühl, als hätte man sich ihm gegenüber eine Ungeheuerlichkeit herausgenommen und die zuständige Behörde hätte sie nicht angemessen geahndet. Delorme bemühte sich um buddhistische Gelassenheit – um dem Impuls zu widerstehen und ihm eine Ohrfeige zu geben. »Könnten Sie uns einfach nur sagen, was Sie bis jetzt haben?«

»Bis jetzt steht nur fest, dass die Köpfe mit einer beschwerten Klinge abgeschlagen wurden. Einer Axt oder einem axtähnlichen Gegenstand.«

Cardinal lachte. Venn strafte ihn dafür mit einem vernichtenden Blick.

»Ein bisschen mehr müssen Sie uns doch sagen können«, hakte Delorme nach. »Sie haben Fotos von den Wunden. Was sehen Sie unter dem Mikroskop?«

»Detective, ist Ihnen Crown versus Toft in New Brunswick geläufig?«

»Nein, Mr Venn, im Fallrecht von New Brunswick bin ich nicht bewandert.«

»Würde ich Ihnen aber ans Herz legen. Das Gericht sah es als erwiesen an, dass Rudiger Toft vor fünf Jahren einen Mann erstochen hat – dabei stützte sich das Urteil im Wesentlichen auf die Indizien der Werkzeugspuren. Das Kammergericht kippte das Urteil, weil der sogenannte Experte bezeugt hatte, die fragliche Verletzung stamme von einem bestimmten Messer – das heißt, einem bestimmten Messer *unter Ausschluss aller anderen,* wie es im Gesetzbuch steht. Was seine Fachkenntnisse deutlich überforderte. Und wenn Sie glauben, ich wollte mich auf dasselbe dünne Eis begeben wie dieser Mann, haben Sie sich geirrt.«

»Sie sollen doch nichts beschwören. Ich bitte Sie nur, uns zu sagen, was Sie haben.«

»Ich werde nichts Brauchbares finden, bis Sie mir die konkrete Tatwaffe vorlegen und ich sie mit den Wunden abgleichen kann. Immerhin kann ich Ihnen sagen, dass beide Enthauptungen mit derselben Klinge durchgeführt wurden. Und dass es sich dabei ganz offensichtlich nicht um das Messer im Rücken des Mannes handelt.«

»Na also, Cornelius, Sie haben ja doch was für uns, Sie

sollten Ihr Licht nicht unter den Scheffel stellen. Und wie genau sind Sie zu diesem Schluss gekommen?«

»Im geschädigten Gewebe sind Quetschungen zu erkennen, die nur durch das Gewicht einer Axt oder etwas Vergleichbarem entstehen. Die Streifenbildung im Halsknorpel ist ebenfalls in beiden Fällen identisch, dagegen gänzlich anders als die Prüfkennnzeichen mit dem Messer.«

»Und was ist mit diesem Messer?«

»Es handelt sich um ein Jagdmesser des Fabrikats Bark River Upland. Kaum benutzt, würde ich sagen. Stehende Klinge, also kein Klappmesser im sogenannten Pelzhändlerstil.«

»Eher etwas, das ein Trapper benutzen würde?«

»Wir sollten uns vor übereilten Schlüssen hüten. Ja, dieser Typ Messer gehört zum einen zur militärischen Ausrüstung und zum anderen zur Großwildhäutung. Allerdings kommt hinzu, dass es teuer ist und dass es sich auch bei Überlebenstrainern großer Beliebtheit erfreut. Die meisten Trapper würden sich wohl heutzutage eher ein Drop-Point-Jagdmesser zulegen.«

»Demnach könnte es vielleicht auf einen älteren Mann hinweisen?«

»Schon wieder diese vorschnellen Schlüsse, Detective. Ich bleibe lieber auf dem Boden der Tatsachen, wenn's gestattet ist.«

»Detective Cardinal, hatten Sie noch Fragen an Mr Venn?«

»Wo denken Sie hin!«

»Okay. Nun, schätze, ich hab dann nur noch eine letzte.«

»Tatsächlich?«, sagte Venn. »Wie angenehm.«

»Haben Sie schon mal daran gedacht, Antidepressiva zu

nehmen? Zoloft? Prozac? Könnte Ihnen das Leben wirklich leichter machen.«

»Vielleicht haben Sie schon mal davon gehört, Detective Delorme, dass diese Mittel Störungen der Sexualfunktion mit sich bringen können.«

Delorme musste das Weite suchen, bevor er noch ein Wort sagte. Sie sah auf die Uhr und murmelte, sie müssten ihren Flieger bekommen.

»Gut, endlich da rauszukommen«, sagte Cardinal, als sie wieder auf der Straße standen. »Das war entsetzlich.«

»Kannst du laut sagen. Beschwerte Klingen und so.«

»Nein, nein. Die bloße Vorstellung, dass Cornelius Venn ein Sexleben hat.«

8

Sam Doucette hatte sich das ganze Wochenende in ihrem Zimmer eingeschlossen und es nur zu den Mahlzeiten verlassen. Seit sie zum ersten Mal das Wort *enthauptet* gehört hatte, war sie wie erstarrt. Sie erklärte ihrer Mutter, sie hätte ein großes Kunstprojekt für ihren Kurs vorzubereiten – und sie arbeitete tatsächlich an ihren Zeichnungen –, doch vor allem wechselte sie zwanghaft zwischen Radio und Internet, um keine Nachricht zu verpassen, in der Zeugen oder »sachdienliche Hinweise aus der Bevölkerung« erwähnt wurden.

Sie nahm Pootkin, das kleine warme Bündel, auf den Arm, doch die Katze wand sich ihr aus den Händen, sprang auf die Fensterbank und schlug, nachdem sie es sich dort bequem gemacht hatte, mit dem Schwanz gegen die Wand.

Randall hatte nicht angerufen. Er musste inzwischen von den Morden wissen; er musste wissen, welche Angst Sam ausstand. Doch er rief nicht an. Sie wünschte sich, dass er ihr seinen starken Arm um die Schulter legte und sagte, alles wird gut. Sie wünschte sich einen Streifenwagen mit zwei stämmigen Polizisten, der Tag und Nacht vor ihrem Eingang parkte und ihr, sobald sie das Haus verließ, in nicht allzu diskretem Abstand folgte. Sie wünschte sich, dass ein muskelbepackter Bodyguard in schwarzem Rollkragenpullover, mit Hörmuschel im Ohr und einschüchternder Miene neben ihr herlief.

Der Verstand sagte ihr, dass sie sich am besten ganz normal verhielt, als ob nichts wäre. Sie öffnete ihren Kleiderschrank, kramte einen mittellangen, gefütterten Jeansmantel mit einem Kragen aus Wolle heraus. Ihren zerrissenen, blutverschmierten Daunenmantel hatte sie hinten in eine Ecke gestopft. Sie zog eine Baskenmütze heraus, die sie dieses Jahr noch nicht getragen hatte. Die hatte sie von ihrem Vater, und sie musste zugeben, dass sie ziemlich schick aussah. Doch eines Tages hatte Lisa Culkin gesagt: »Hey, du siehst toll aus, Sam, wie eine Pfadfinderin« – vermutlich genau der Grund, weshalb ihr Vater sie mochte, das Seriöse, das die Mütze seiner widerspenstigen Tochter verlieh, die Kunst statt etwas »Richtiges« studieren wollte.

Sam schnappte sich ihren Rucksack, ging zur Garage hinaus und inspizierte das Heck des Civic. Baskenmütze, Rucksack, anderer Mantel – er wird nicht mich wiedererkennen, vermutete sie, sondern diesen verdammten Wagen. Die Garage war das Reich ihres Vaters – vorausgesetzt, er war zu Hause. An sämtlichen Wänden standen Regale mit Werkzeug und Gerät, mit Holzstücken und Teilen von Maschinen, die er reparieren wollte, ohne es je zu tun. Hier draußen bewahrte er auch seine Jagdausrüstung auf. Nicht seine Waffen, sondern seine Schlafsäcke und Zelte, und sein Kanu hing an Seilen unter der Decke. Seine Vixen-Excalibur-Armbrust, mit der er ihr das Schießen beigebracht hatte, war hier zusammen mit seinen Langbogen und Pfeilen in unterschiedlichem Gebrauchszustand verstaut.

Sie wühlte auf den Regalfächern und der Werkbank, bis sie einen geöffneten Topf Pollyfilla fand. Sie musste den Deckel mit einem Schraubenzieher aufhebeln. Das Zeug darin schien noch verwendbar zu sein.

Auf den Anleitungen im Internet stand, man müsse das Loch zuerst mit Drahtwolle füllen, doch es war so klein, dass ihr das überflüssig schien. Sie löffelte ein wenig von der Masse heraus und strich sie über das beschädigte Metall. Es sah so sehr nach einem zugespachtelten Einschussloch aus, wie es nur ging. Es würde nicht einfach werden, die Farbe zu treffen, doch sie würde ein paar Tuben aus dem College mitbringen und zumindest versuchen, sie richtig zu mischen.

Das Rücklicht war etwas anderes. Sie hatte die Honda-Werkstatt angerufen, und die hatten ihr gesagt, sie könnte das Ersatzteil in zwei Tagen bekommen, und es würde sie mehr als einen Wochenlohn kosten. Sie buchten eine Anzahlung von ihrer Kreditkarte ab, was ihr – mit ihrem Studenten-Dispolimit – noch ungefähr fünfzig Cent Spielraum ließ.

Sie fuhr mit dem Bus zum College und verbrachte den Nachmittag im Zeichenkurs. Sie hatten ein Nacktmodell – ein Mädchen aus dem Theaterinstitut, mit breiten Schultern und schönen Brüsten. Einen Moment lang fragte sich Sam, ob sie eine latente lesbische Neigung hatte, doch dann dachte sie an Randalls Körper und das, was er mit ihr machte, und schloss die Möglichkeit aus.

Der Lehrer, Raffi March, ging von einem Studenten zum anderen. Sam brauchte immer eine Weile, bis sie sich darüber im Klaren war, was sie von einer Zeichnung hielt, doch Raffi wusste es immer sofort. Er war ein begeisterter Lehrer mit einer grenzenlosen Zuneigung zu jungen Künstlern und bei Weitem der schwulste Mensch, den die meisten Studenten je gesehen hatten. Vor allem die Jungen ergingen sich endlos darin, seine exaltierte Sprechweise nachzuahmen.

»Ts-ts-ts, Miss Doucette. Ts-ts-ts. Das hier ist kein Illustrationskurs. Wir sind hier nicht bei Comics ›R‹ Us. Wir sind hier, um zu zeichnen, zeichnen, zeichnen.«

»Ich zeichne doch.«

»Sie illustrieren.« Er zeigte mit einem bleistiftverschmierten Finger auf ihre Arbeit. »Scharf konturierte Schatten und einfache Linien passen auf ein Poster oder in ein Comicheft, aber Sie entwickeln nicht Ihre subtileren Fähigkeiten mit Licht und Schatten – und Sie müssen, müssen, *müssen* lernen, den Stift zarter zu führen. Sonst werden Sie nie die Feinheiten im Ausdruck einfangen.«

»Kann man das nicht am besten mit der Kamera?«

»Das überhöre ich jetzt einfach mal.« Damit drehte er sich zum gesamten Kurs um und breitete theatralisch die Arme aus, wie er es immer tat, wenn er eine Erklärung abzugeben hatte. »Das hier sind die schönen Künste, Leute. Feingefühl hat noch keinem geschadet. Zart heißt nicht langweilig! Traut euch, zart zu sein!«

»Und wenn ich nun kein zartfühlender Mensch bin?«

»Na ja, dann könnten Sie sich an Malkreide und Marker halten.«

»Im Ernst? Darf ich?«

Raffi legte die Hände vors Gesicht und weinte mit einer Inbrunst, dass der ganze Kurs lachen musste. Nur das Modell blieb stumm und reglos hinter dem Wasserfall ihrer blonden Haare sitzen.

Das *Highlands Ski Lodge* befand sich kurz hinter der Stadtgrenze unweit des Highway 11. Es war das neueste Hotel in Algonquin Bay und bei Weitem das teuerste. Vom Highway aus konnte man es nicht sehen. Um hinzukommen, musste man eine kurvige Straße bis zum Kamm des Highland Ridge hinauffahren, einem Ausläufer des Kanadischen Schilds, der im Norden bis zum Trout Lake hinabreichte und im Süden einen atemberaubenden Blick über den Lake Nipissing eröffnete. Die Lobby bot mit ihren hohen Decken, ihrer Zedernholzvertäfelung und dem roten Teppichboden einen prächtigen Anblick. Cardinal und Delorme stellten sich dem hübschen First-Nations-Mädchen an der Rezeption vor und warteten dort auf den Direktor. Nach einer ganzen Weile erschien ein viel zu junger Mann in einem tristen dunklen Anzug, der gut zu einem zwanzig Jahre älteren Menschen gepasst hätte. Er hieß David Dee und roch stark nach Mundwasser.

»Mr Dee, wir müssten in Ihre Registrierungsunterlagen der letzten Woche Einblick nehmen.«

»Darf ich fragen, wozu?«

»Wir gehen einer Vermisstenanzeige nach.«

»Unter welchem Namen?«

»Bastov. Lev und Irena.« Dee trat an einen Computer hinter der Theke und tippte ein paar Buchstaben ein. Mit der rechten Hand bewegte er ein paar Mal die Maus und drehte am Scroll-Rad.

»Wann haben die eingecheckt ... mal sehen ... am Mittwoch.«

»Sie haben im Rahmen der Pelzauktion gebucht, richtig?«

»Richtig. Sie haben einen Nachlass bekommen, obwohl sie unsere teuerste Suite gebucht haben.«

»Und haben sie sich abgemeldet?«

»Nein.« Mr Dee blickte stirnrunzelnd auf den Bildschirm, den er von oben bis unten musterte.

»Darf ich bitte mal den Bildschirm sehen?«

Mr Dee drehte den Monitor herum. Da er sich nicht um hundertachtzig Grad drehen ließ, musste sich Cardinal über die Theke beugen, um etwas zu sehen. Es fehlten Einträge zu einem Fahrzeugkennzeichen; oft gab auch er das nicht an, wenn er in einem Hotel eincheckte. »Hier ist eine Notiz. Sie haben für Freitagmorgen den Zimmerservice bestellt, Frühstück für zwei, aber als es gebracht wurde, hat niemand geöffnet?«

Mr Dee manövrierte den Bildschirm wieder in seine Richtung. »Ja, das stimmt. Der Leiter des Zimmerservice hat es diesem Zimmer in Rechnung gestellt und einen Vermerk in der Gästedatei gemacht.«

»Mr Dee, wir müssen das Zimmer der beiden durchsuchen, und zwar unverzüglich.«

»Haben Sie einen Durchsuchungsbeschluss?«

»Nein, aber wir haben Grund zu der Annahme …«

»Ich denke, Sie wissen, dass das nicht geht. Wir können nicht ohne Durchsuchungsbeschluss Zimmer von Gästen durchsuchen lassen. Solange Gäste hier registriert sind, ist das Highlands ihr Zuhause. Sie genießen dieselben Rechte wie in ihrer eigenen Wohnung.«

Delorme trat näher und beugte sich über die Theke. »Mr Dee, aller Wahrscheinlichkeit nach wurde bereits das Recht der Bastovs verletzt, ihren Kopf auf dem Rumpf zu behalten. Sie werden sich nicht beschweren, wenn wir ihr Zimmer durchsuchen.«

Der Direktor sah von Cardinal zu Delorme und wieder zu Cardinal. »Oh, mein Gott. Die sind das?« Er presste die Hand auf den Mund. »O mein Gott.«

Zimmer 217 lag in Richtung der Skipisten. Draußen zog der Lift Menschen in Schutzbrillen und bunten Jacken in einen tiefblauen Himmel über den blendend weißen Hängen empor. Es hatte in diesem Winter noch keinen nennenswerten Schneefall gegeben, doch das hatten die Schneekanonen wettgemacht. Das Zimmer selbst war überheizt und roch nach Parfüm.

»Keine Ahnung, was das ist«, sagte Delorme und schnupperte, »aber es ist teuer.«

Mr Dee bezog im Türrahmen Stellung und hielt dabei die Hände so vor der Brust gefaltet, als leite er eine Beerdigung.

Im Bad zeigte Delorme auf einen winzigen Parfümzerstäuber von Jean Patou und sagte: »Das kostet mindestens zweihundert Dollar die Unze.«

Neben dem linken Waschbecken lag ein weißes Ledernecessaire, neben dem rechten ein hellbraunes. Delorme sah sich die Sachen der Frau an, Cardinal die des Mannes.

Cardinal hielt ein Fläschchen mit verschreibungspflichtigen blauen Pillen hoch.

»Wetten, dass die nicht nur eine Ehe gerettet haben«, sagte Delorme.

Sie begaben sich ins Hauptzimmer, inspizierten das, was auf den Kommoden stand, dann den Inhalt der Schubladen. Die Kleider waren sauber gefaltet. Es gab mehrere Damenuhren, Manschettenknöpfe, sogar eine Krawattennadel.

»Der war wirklich von der alten Schule«, sagte Cardinal. »Hab schon ewig keine Krawattennadel mehr gesehen.«

»Sie haben sehr sorgfältig ausgepackt«, sagte Delorme. »Als planten sie, eine ganze Weile zu bleiben. Ich glaube, die Pelzauktion hat noch nicht mal offiziell begonnen, oder?«

»Das Highlands ist für sich genommen schon ein Urlaubsreiseziel«, warf Mr Dee von der Tür aus ein. »Viele Teilnehmer der Pelzauktion buchen länger. Besonders, wenn sie gerne Ski fahren.«

An einer Wand lehnten K2-Skier der Spitzenklasse, noch mit den Ladenetiketten versehen. Im Schrank hingen die Kleider ordentlich aufgereiht, die der Frau auf der linken Seite, die des Mannes rechts. Preisschilder aus New York. Pullover auf den Fächern gefaltet, Schuhe und Skistiefel paarweise auf dem Boden aufgereiht.

»Nirgends Brieftaschen«, bemerkte Delorme. »Bei den Leichen haben wir auch keine gefunden.«

»Der müsste bitte geöffnet werden«, sagte Cardinal und zeigte auf den Safe auf dem niedrigeren Fach.

»Sicher«, antwortete Dee. »Das kann ich für Sie machen.«

»Warten Sie.« Cardinal zog einen Kugelschreiber hervor. »Nehmen Sie den.«

Dee ging in die Hocke und gab mit der Kugelschreiberspitze einen Notöffnungscode ein. Es ertönte ein Surren, die Tür sprang auf, und Dee zog sich wieder auf seinen Beobachtungsposten zurück, wo er wie zuvor die Arme verschränkte.

»Keine Brieftaschen, keine Handys«, sagte Cardinal. »Falls der Mörder die an sich genommen hat, können wir nur hoffen, dass er sie auch benutzt.« Er zog zwei Pässe aus dem Safe, einen russischen und einen amerikanischen.

Delorme kam zu ihm herüber, als er den amerikanischen Pass öffnete. »Das ist unser Mann«, sagte sie. »Sieht an einem Stück eindeutig besser aus.«

Cardinal öffnete den Pass von Irena Bastov. Angesichts der kyrillischen Schrift musste er passen, doch das Geburtsdatum war klar, und es gab ein US-Visum auf Englisch. Mädchenname Divyris. Herkunftsland Ukraine.

»Keine dreißig«, sagte Cardinal. »Ziemlicher Altersunterschied. Der Mann sieht gut aus, schätze ich, aber so gut nun auch wieder nicht.«

Er blätterte langsam weiter.

Delorme zeigte auf das US-Visum und die Worte »mit

ständigem Wohnsitz«. »Vielleicht hat sie ihn deshalb geheiratet.«

»Du glaubst nicht, dass es Liebe auf den ersten Blick war?«

»Vielleicht bei ihm.« Selbst im strengen Schwarzweiß des Fotos kamen das glänzende Haar, die majestätischen Wangenknochen und die erotische Intelligenz in Irena Bastovs Augen zur Geltung.

Cardinal steckte die Pässe in einen Plastikbeutel, diesen in die Tasche und kniete sich hin, um die Kleider eingehender zu betrachten. Gesundheitsbewusst, beide. Laufschuhe und Sportzeug. Dann, unter einem Stapel Kaschmirpullover, ein Fünfzehn-Zoll-Apple-Laptop.

Cardinal trug ihn zum Schreibtisch und öffnete ihn neben dem Telefon. »Mr Dee, haben Sie eine Liste von Anrufen, die sie geführt oder bekommen haben?«

»Ferngespräche schon. Die Ortsgespräche müssen Sie sich von der Telefongesellschaft geben lassen.«

»Könnten Sie bitte für uns nachsehen?«

Cardinal verbrachte einige Zeit mit Irena Bastovs Computer. Als Erstes sah er sich ihre Browserchronik an. Zuletzt hatte sie Yahoo aufgerufen! Post! E-Mails konnten eine Goldgrube sein, auch wenn sie dafür ihr Passwort brauchten. Vor Yahoo kamen Suchdurchläufe nach hiesigen Restaurants sowie Seiten mit Testergebnissen zu verschiedenen Arten von Skistiefeln. Davor eine Immobiliensuche. Cardinal klickte sie an. Er stieß auf ein paar Webpages zu Algonquin Bay und eine andere in Huntsville.

»Offenbar wollten sie ein Haus kaufen.« Cardinal öffnete ihr Adressbuch. Viele der Einträge bestanden aus einem einzigen Namen und einer E-Mail-Adresse, von Anton bis Zara.

»Komm, sieh dir das an«, sagte Delorme.

Cardinal trat neben ihr in den begehbaren Kleiderschrank. »Du musst auf die Knie gehen, um es zu sehen.«

Cardinal kniete sich hin.

»Schau dir den Saum ihres Rocks an, der lange da.«

Cardinal musste seine Lesebrille aufsetzen. »Sägemehl«, sagte er. »Sie sieht wie eine Prinzessin aus. Wie kommt sie an Sägemehl?«

»Oh, das ist leicht zu erklären.« Mr Dee hatte erneut seinen Posten an der Tür bezogen. »Das Skiliftgehäuse und die Verbindungsbrücke werden gerade renoviert. Die Arbeiten sollten eigentlich vor vier Wochen abgeschlossen sein, aber sie benutzen alle möglichen verschiedenen Holzarten, und sie bekamen Zeder und Mahagoni zu spät geliefert. Jedenfalls ist da jede Menge Sägemehl. Nach ihrer Ankunft sind die beiden rausgegangen und haben die Anlage inspiziert. Die Rezeption sagt übrigens, sie hätten eine Reihe Ferngespräche geführt. Ich hab die Nummern für Sie ausdrucken lassen.« Er reichte ihnen ein Blatt Papier.

Cardinal nahm es entgegen und überflog es. »Hey, kleiner Glückstreffer«, sagte er zu Delorme. »Die erste Nummer, die sie angerufen haben, ist die erste in ihrem Adressbuch. Ein Mann namens Anton.«

Er zückte sein eigenes Handy und wählte die Nummer. Voicemail. Eine tiefe Stimme, schwer einzuordnender Akzent, kultiviert. *Hier spricht Anton Bastov. Hinterlassen Sie eine Nachricht, und ich rufe zurück.*

»Ich will ja nicht drängeln«, sagte Mr Dee, »aber wären Sie dann so weit fertig?«

Hinter ihm erschienen Paul Arsenault und Bob Collingwood im Flur, beide in den gleichen Bunny-Overalls, beide einen schwarzen Spusi-Koffer in der Hand.

9

Cardinal und Delorme ließen das Team der Spurensicherung im Hotel zurück und fuhren zum Lagerhaus der »Algonquin Bay Fur Harvesters«, das an der Grenze zwischen den äußeren Stadtbezirken und dem Nipissing First Nation Reservat lag.

Das Lagerhaus bestand aus einem Büro an der Eingangsseite, einer großen Ausstellungshalle sowie mehreren kleineren Verkaufsräumen zur Präsentation bescheidenerer Chargen. Cardinal und Delorme wurden vom Geschäftsführer Hank Stromberg herumgeführt, einem Mann mit einem ordentlich gestutzten grauen Bart und Haar in der Farbe von Nikotin. Er behandelte sie zuvorkommend, wenn auch mit der angespannten Höflichkeit eines Autohändlers gegenüber einem Interessenten, der nie im Leben kaufen wird.

Die Bären – das heißt, ihre Felle – waren auf einem großen Tisch ausgebreitet: schwarz, dunkel- und hellbraun, mit ausgestreckten Beinen und erhobenem Kopf, was an Brustschwimmer erinnerte. Auf einem nicht weit entfernten zweiten Tisch lag ein Dutzend Eisbärfelle.

»Aber die sind doch vom Aussterben bedroht«, sagte Delorme. »Wie können Sie die immer noch verkaufen?«

»Der Eisbär ist nicht bedroht«, antwortete er. »Jedenfalls nicht in diesem Land.«

»Was soll man denn mit einem Eisbärfell? Wer kauft die denn?«

»Vorwiegend Russen. Sie stopfen sie aus. Stellen sie in die Eingangshalle ihrer Büros. Macht Eindruck.«

Männer in weißen Laborkitteln liefen von einer Charge zur nächsten, befühlten Felle, machten sich Notizen.

Cardinal zeigte in ihre Richtung. »Wer sind die Jungs mit den Klemmbrettern?«

»Einkäufer. Sie können die Ware nur noch bis heute Abend begutachten. Am Freitag hatten wir Biber. Auf alles andere können sie bis morgen Abend bieten.«

»Und Irena Bastov war eine Einkäuferin?«

»Ja.«

»Für wen?«

»Da muss ich passen. Vielleicht kann Ihnen da unsere russische Agentin weiterhelfen. Ich weiß nur, dass sie eine Menge Pelze gekauft hat.«

»Russische Agentin?«

»Eine Frau hier, die für die ausländischen Einkäufer zuständig ist. Viele von ihnen können kein Englisch. Sie übersetzt fur sie – und natürlich für uns. Das hier sind die Nerze. Ach so, ja, und die Robben.«

Stromberg führte sie durch die Haupthalle, in der Nerzfelle an Ausstellungsstangen hingen. Ein starker Ledergeruch lag in der Luft.

»Achtzig Prozent davon stammen von Zuchtfarmen«, sagte Stromberg. »Man fühlt den Unterschied am Pelz.« Er hielt ihnen ein kastanienbraunes Exemplar hin, damit sie sich selbst überzeugten. Cardinal hatte noch nie so etwas Weiches berührt. »Erstaunlich, was eine gute Haltung und regelmäßige Fütterung bei einem Tier ausmachen. Einem mit Fallen erlegten wilden Tier weit überlegen. Hier kommen die Robben.«

Robbenfelle nahmen vielleicht ein Viertel der Fläche ein und lagen auf Tischen und auf dem Boden ausgebreitet. Delorme zeigte auf einen Stapel kleiner Felle. »Die sind ja winzig. Ich dachte, es wäre illegal, Jungtiere zu töten.«

Stromberg schüttelte den Kopf. »Sie meinen Sattelrobben. Das hier sind Ringelrobben. Die sind nicht so fotogen.«

Der nächste Raum war Wölfen gewidmet. Hunderte von Fellen baumelten an einem Gestell, das sich wie ein endloser Garderobenständer rund um das Lagerhaus erstreckte. Die Wölfe waren an den Schnauzen aufgehängt, und durch die Löcher, in denen die Augen gewesen waren, schimmerte fluoreszierendes Licht.

»Die stammen nicht von einer Zuchtfarm«, stellte Cardinal fest.

»Nein. Die wurden mit Fallen erlegt.«

»Angenommen, ein Einkäufer oder eine Einkäuferin trifft am Mittwochabend im Hotel ein. Wann würden Sie mit ihm oder ihr rechnen?«

»Wenn derjenige sich für Biber interessiert, wäre er zur Vorschau am Donnerstagnachmittag hier und am Freitag zur Auktion. Ich habe die Bastovs am Donnerstag hier gesehen, allerdings habe ich bis auf ein kurzes Hallo nicht mit ihnen gesprochen. Sie schienen guter Dinge zu sein. Haben sich mit den Leuten unterhalten. Gelacht. Und sich wie alle anderen auch die Ware gründlich angesehen. Wenn Sie die genaue Uhrzeit wissen wollen, können Sie sich die Einträge in der Besucherliste anschauen.«

»Ist Ihnen an den beiden irgendetwas Ungewöhnliches aufgefallen? Überlegen Sie mal.«

Stromberg strich sich einen Moment über den Bart und starrte zu Boden. »Fehlanzeige. Eindeutig Business as usual. Sie müssen bedenken, dass ich während der Auktionen keine Sekunde zur Ruhe komme – bin von morgens bis abends auf den Beinen, deshalb bin ich vielleicht nicht Ihr bester Ansprechpartner.«

»Fällt es irgendwie aus dem Rahmen, zu einer Auktion, die erst am Freitag beginnt, schon am Mittwoch aufzukreuzen?«

»Hängt davon ab, worauf es jemand abgesehen hat. Auch wenn es Auktion heißt, ist es zugleich so etwas wie eine Konferenz. Die Leute beobachten, was die anderen machen. Vielleicht verbinden sie die Reise auch mit ein paar Urlaubstagen, wer weiß?«

»Hatte einer der beiden Feinde?«

»Nicht, dass ich wüsste. Lev ist Profi, seit Jahrzehnten mit von der Partie. Klar, kann schon sein, dass er im Lauf seines Lebens dem einen oder anderen ans Bein gepinkelt hat. Und sie sind vermögend – vielleicht haben sie Neider? Wüsste allerdings nicht, wen.«

»Sie führen den Laden hier seit acht Jahren, sagten Sie?«

»Ja.«

»Und die Bastovs sind jedes Jahr dabei?«

»Irena ist mindestens die letzten vier Jahre gekommen, Lev nur die letzten zwei. Aber Lev ist kein Einkäufer mehr – er begleitet einfach nur seine Frau. Und vielleicht wollten sie Skiurlaub machen.«

»Wenn er kein Einkäufer ist, was ist er dann?«

»Lev ist Kapital. Er ist Fabrikant. Hat in ganz Russland seine Niederlassungen. Er verkauft mit Sicherheit nur an die großen Kürschner – die Designer, die Kaufhausketten und so. In dem Segment wird viel Kohle verdient.«

»Wie sind Sie an den Laden hier gekommen?«, fragte Cardinal. »Was haben Sie vorher gemacht?«

»Ich war Trapper – nicht hauptberuflich, keiner hier in der Stadt macht das hauptberuflich. Einige Jährchen hab ich allerdings auf dem Buckel. Ich und meine Partner haben das Ruder übernommen, als die letzten Eigentümer pleitegingen. Haben uns zugetraut, es besser zu machen, und glauben Sie mir, ein Doppelmord wird unsere Umsätze nicht gerade in die Höhe treiben.«

»Was ist bei den Voreigentümern schiefgelaufen? Wieso haben die Schiffbruch erlitten?«

Stromberg zuckte die Achseln. »Da müssen Sie Dingsda – Don Rivard – fragen, er war damals der Boss. Nehme mal an, dass die Ausgaben die Einnahmen überschritten haben. Wir arbeiten streng mit einer Mindestgewinnspanne. Brauchen nur mal ein paar schlechte Jahre, ein paar Schulden dazwischenzukommen… Gehört nicht viel dazu. Ah, da ist ja die fragliche Dame.«

Eine kleine, blonde Frau mit scharf geschnittenen Zügen und einer Pixie-Frisur stand in der Nähe einer Glastür und telefonierte mit ihrem Handy. Sie steckte es in die Tasche und kam Stromberg lächelnd entgegen.

»Nat, das sind Detective Cardinal und Detective Delorme. Sie arbeiten an der Sache mit den Bastovs.«

»Natalia Kuritsyn«, sagte sie und schüttelte zuerst Cardinal, dann Delorme die Hand.

»Sie haben die Vermisstenmeldung veranlasst?«, fragte Delorme.

»Ja.«

»Wahrscheinlich haben Sie zuerst versucht, die Bastovs zu erreichen. Haben Sie deren Handynummern?«

»Ja, kommen Sie, wir können in der Caféteria reden.« Ihr russischer Akzent war so stark, als wäre sie einem Bondfilm entsprungen.

»Ich bin in der Halle, falls Sie mich noch brauchen«, sagte Stromberg.

Die Caféteria bestand aus ein paar Tischen in einem kalten Raum. Kaffee bekam man an einer Theke, an der ein dunkelhaariges Mädchen mit Kopftuch auf einem Tablett

Muffins auslegte. Sie holten ihren Kaffee und setzten sich an einen Tisch in der Ecke. Die anderen Tische waren leer.

Cardinal beschloss, Ms Kuritsyn Delorme zu überlassen. Er verbrannte sich an seinem Kaffee die Zunge und war für den Rest der Befragung damit beschäftigt, heimlich Luft zwischen den Zähnen einzusaugen.

Delorme verschaffte sich zunächst einen Eindruck von der Person. Ms Kuritsyn war eine ehemalige Pelzeinkäuferin, die oft nach Algonquin Bay gekommen war, bevor sie beschloss, für immer dort zu leben. Die Einwanderung war ein Leichtes gewesen, da sie sich in einen Trapper verliebt und ihn geheiratet hatte.

»Wenn man sich die Leute in der Halle ansieht«, sagte Delorme, »gibt es nicht allzu viele Frauen in diesem Gewerbe.«

»Ist wahr. Wie in Ihrem Gewerbe, glaube ich.«

»Ich hätte gedacht, dass es zwei Frauen in diesem Pelzgeschäft zueinander hinzieht, zumal Sie beide aus demselben Land stammen.«

»Aus demselben Land? Irena Bastov stammt aus der Ukraine – jedenfalls da geboren. Vor allem aber sie ist Moskau, ich bin Kaliningrad. Nicht dasselbe Land. Ist wie Paris und Marseille, nur schlimmer. Jemand wie Irena Bastov gibt sich nicht mit jemandem wie mir ab. Also nein, keine Freunde. Keine Feinde.«

»Wie steht es mit anderen Feinden? Sie war eine schöne Frau. Vielleicht hat sie die Aufmerksamkeit des falschen Mannes erregt?«

Ms Kuritsyn zuckte die Achseln. »Schon möglich. Woher soll ich das wissen.«

»Sie klingen ein bisschen feindselig.«

Das löste ein breites Grinsen aus. »Nicht feindselig. Russisch.«

»Was heißt das?«

»Die Leute missverstehen das. Denken immer, wir haben ein Problem. Aus dem Fernsehen. Aus dem Kino. Sie meinen, wir sind Kommunisten, sie meinen, wir sind Gangster, Dichter, Tänzer, Säufer. Immer erwarten sie große Gefühle, große Geste. Die Wahrheit ist – wir sind wie Kanadier, vielleicht nicht so langweilig, aber genau wie Sie wir sind verschlossen. Kommt wahrscheinlich vom kalten Winter. Wir öffnen uns nicht so schnell. Wir werden nicht so schnell warm.«

»Wie ist das mit Irena Bastov? War sie …«

Ms Kuritsyn richtete einen schmalen Finger auf Delorme. »Und ich sag Ihnen noch was. Wir mögen keine Fragen. In meinem Land Fragen können tödlich sein. Ja, immer noch. Und sie beantworten …« Sie schüttelte den Kopf. »Nicht gut.«

»Irena Bastov. Hat sie lange gebraucht, um sich für Lev Bastov zu erwärmen?«

Ms Kuritsyn lachte. »Ganz und gar nicht. War *coup de foudre.* Liebe auf ersten Blick. Bei beiden, würde ich sagen.«

»Ich kann verstehen, dass Lev Bastov von Irena fasziniert war. Sie war jung und schön. Aber er …«

»Er war reich. Er hat sie angebetet. Natürlich hat sie seine Liebe erwidert. Wer würde nicht?« Sie beugte sich über den Tisch. »Verzeihen Sie, aber ich glaube, russische Frauen sind in der Hinsicht ein bisschen praktischer. Ein bisschen weniger romantisch. Ein wohlhabender Mann, der sich in dich verliebt hat? Ist wie ein Lottogewinn.«

»Also keine Garantie auf Glück.«

»Bitte, wenn Sie wissen, wo diese Garantie ist zu finden, sagen Sie mir Bescheid. Ich werde mich von meinem Mann scheiden lassen und Sie heiraten.«

Cardinal lachte. Delorme schien wenig amüsiert.

Ms Kuritsyn beugte sich noch ein wenig weiter vor und berührte Delorme am Handgelenk. »Sie sind nicht verheiratet, glaube ich, Ms Delorme. Wollen Sie mir im Ernst sagen, Sie würden Heiratsantrag von einem reichen, gut aussehenden Mann abschlagen, nur weil Sie nicht verrückt nach ihm sind?«

»Kommen wir auf die Bastovs zurück, ja? Wer ist Anton Bastov?«

»Anton ist Levs Sohn aus früherer Ehe. Er ist vielleicht Anfang dreißig. War mal Einkäufer, jetzt ist er in Modebranche – Donna Karan, glaube ich. Netter Mann. Steht seinem Vater nah.«

»Gut, jetzt denken Sie bitte nach: Hatten die Bastovs Feinde? Sie haben eine Menge Geld verdient. Vielleicht dachte irgendjemand, dass sie es nicht verdienten. Vielleicht fühlte sich jemand betrogen.«

Wieder Achselzucken. »Ich habe gehört, dass Irenas Bruder nicht so wild auf Lev ist. Zuerst war er ganz und gar für die Heirat. Begeistert. Hat allen Leuten davon erzählt. Dann, weiß auch nicht, irgendein Geschäft geht daneben, so was in der Art, und … nicht mehr so glücklich. Das ich habe nur gehört – bin ihm nie begegnet.«

»Was ist mit Eifersucht? Vielleicht war jemand von romantischerem Schlag in Irena Bastov verliebt.«

Ms Kuritsyn wandte sich an Cardinal, deutete aber leicht auf Delorme. »Sie ist gute Polizistin, oder?«

»Sie sollten nur die Frage beantworten«, sagte Cardinal mit ungerührter Miene. Dass Delorme sich mit einer anderen Frau in die Haare bekam, wurde ihm nur selten geboten, und er hatte seinen Spaß.

»Sie beide sehen sich außerhalb der Arbeit?«, fragte Ms Kuritsyn.

»Bitte konzentrieren Sie sich auf die Frage«, antwortete Delorme.

»Ich glaube, ja.« Ms Kuritsyn lehnte sich mit einem Lächeln zurück, als hätte sie sich gerade beim Poker gewonnen. »Ich habe Irena Bastov nicht wirklich gekannt. Ich habe mich nicht für Irena Bastov interessiert. Aber man hört das eine oder andere. Kann wahr sein, kann nicht wahr sein.«

»Wie, zum Beispiel, was?«

»Ein Buschpilot, kommt oft hierher. Ron Larivière. Jeder in diesem Geschäft kennt Ron. Er soll sie gevögelt haben. Wieso sehen Sie mich so an? Sie benutzen das Wort nicht? Meinetwegen. Sie sollen miteinander *geschlafen* haben«, sagte sie und betonte das Wort so, dass es lächerlich klang. »Gefällt Ihnen besser? Sie haben angeblich miteinander *geschlafen.* Falls stimmt, würde das, glaube ich, Lev verärgern. Wer weiß? Vielleicht war er verärgert, und jemand anders war wieder verärgert.«

»Aber wieso sollte er dann auch Irena umbringen?«

»In Ihrem Job müssen Sie Leute versuchen zu verstehen. Ist vielleicht nötig. Aber ich?« Ms Kuritsyn schüttelte den Kopf. »Reine Zeitvergeudung.«

10

Es war bereits dunkel, als Cardinal und Delorme aus dem Pelzlagerhaus kamen. Das Thermometer war gefallen, es herrschte ein schneidend kalter Wind. Außer drei oder vier Pkw und einem roten Pick-up mit einem Aufkleber am Heck *I ♥ Country Music* war der Parkplatz verwaist.

»Lev Bastov ist schon eine Ewigkeit in diesem Metier«, sagte Cardinal. »Sein Mörder möglicherweise auch. Früher oder später werden wir mit ein paar richtigen Oldtimern reden müssen. Ein bisschen nach seiner Vergangenheit und den hiesigen Geschäftsleuten fragen.«

»Was hältst du von unserer russischen Agentin?«, fragte Delorme und schlug gegen die Kälte ihre Kapuze hoch.

»Ich glaube, sie mochte dich.«

»Das soll ja wohl ein Witz sein. Sie war ganz und gar feindselig, wenn du mich fragst.«

»Schon irgendwie komisch, Lise, du kannst dich mühelos in Männer hineinversetzen, aber bei Frauen hast du Probleme. Ich mein's ernst, sie *mochte* dich.«

Delorme drehte sich zum Lagerhaus um, dann zu Cardinal. »Unmöglich. Sie hat einen Ehemann.«

»Und wieso berührt sie deine Hand und sagt dir, sie würde dich heiraten?«

Delorme schüttelte den Kopf. »Du liegst völlig daneben.«

»Wie du meinst. Kannst du einen Moment im Wagen warten?« Donna Vaughan winkte Cardinal von der anderen Seite des Parkplatzes zu. »Muss nur kurz mit jemandem reden.«

Die Reporterin stand, das Notizbuch gezückt, neben ihrem Fahrzeug. Sie hatte sich seit ihrer letzten Begegnung einen dickeren Parka gekauft.

»Kommen Sie oder gehen Sie gerade?«, fragte Cardinal.

»Ich gehe. Mann, bin ich diese Russen leid. Ein absolut paranoider Haufen.«

»Sie haben mit Natalia Kuritsyn gesprochen?«

»Gestern. Bisschen anhänglich, die gute Frau. Heute hab ich russische Einkäufer interviewt. Vier von den Kerlen, Schrankkoffer, jeder von denen. Alle aus Kalinin. Konnten alle zusammen vielleicht fünf Wörter Englisch.«

»Wie ist es Ihnen gelungen, vor uns die Bastovs zu identifizieren?«

»Geschäftsgeheimnis. Sie können mir Handschellen anlegen und mich verprügeln, Sie kriegen trotzdem nichts aus mir heraus.«

»Ich glaube, das wird nicht nötig sein.«

»Ehrlich gesagt, war es ein reiner Glücksfall. Ich war gerade zufällig mit Natalia Kuritsyn im Gespräch, als sie auf die Bastovs wartete. Sie wurde immer besorgter, hat im Hotel angerufen, schließlich bei der Polizei. Haben Sie schon den Wagen gefunden?«

»Wir gehen der Sache nach. Möglicherweise hatten sie keinen geliehen.«

»Mercury Grand Marquis. Rot. Neuestes Modell. Sie haben ihn am Flughafen bei Hertz geliehen. Soll ich Ihnen das Kennzeichen geben?«

Cardinal lachte. »Sie sind gut.«

»Ich geb mir Mühe, Detective.«

Als Cardinal zu seinem Wagen zurücklief, holte sie

ihn ein. Sie klang gehetzt, ihre Worte überschlugen sich. »Hören Sie, ich hasse es, wenn ich aufdringlich wirke und so. Ich bin nicht so aufdringlich, wie's den Anschein hat. Aber ich bin den Fraß im Hotel leid, und ich hoffe, Sie gehen mit mir essen. In einem netten Restaurant. Mir ist klar, dass Sie verheiratet sind, und ich mach Sie nicht an. Genauer gesagt, fände ich es nett, Ihre Frau kennenzulernen, also bringen Sie sie mit, ich lade Sie beide ein. Was halten Sie davon? Ich kann's sogar als Spesen verbuchen, und es wäre nicht mal gelogen. Sagen Sie ja. Sie können mir von Algonquin Bay erzählen. Oder auch von Hockey. Wäre wirklich nett.«

Es hatte zu schneien angefangen; eine Flocke landete auf ihrer Augenbraue und schmolz.

Als Cardinal und Delorme zum Revier zurückkamen, erfuhren sie von McLeod, dass er in seinem unermüdlichen Einsatz die Leihwagenfirmen am Flughafen abgeklappert und rausgefunden hatte, welches Fabrikat die Bastovs gemietet hätten. Der Mercury Grand Marquis sei bereits bei allen Einheiten zur Fahndung ausgeschrieben.

Cardinal versuchte erneut, Anton Bastov zu erreichen. Es meldete sich niemand. Er suchte die Nummer von Donna Karan heraus und rief in der Firmenzentrale von DKNY an. Dort bekam er schließlich heraus, wo der Mann steckte. Nach einem Rückflug aus Paris war er mit einer ernsten Lebensmittelvergiftung ins Krankenhaus eingeliefert worden.

Cardinal ließ sich den Namen des Krankenhauses nennen und erfuhr bei seinem Anruf, dem Patienten gehe es nicht gut genug, um eine schlimme Nachricht zu verkraften oder Fragen zu beantworten.

Cardinal tippte seine zusätzlichen Berichte und überlegte einen Moment, ob er darin Donna Vaughan erwähnen sollte. Er kam zu dem Schluss, es besser zu unterlassen. Sie war eine Pressefrau, keine Zeugin, und andere hatten durch die übliche polizeiliche Kleinarbeit dieselben Erkenntnisse zusammengetragen.

Auf seinem Weg durchs Großraumbüro kam DS Chouinard an Cardinals Kabine vorbei. »Ein Wort an die Weisen. Hab gerade einen Anruf aus der New Yorker FBI-Zentrale bekommen. Sie schicken einen Mann hier rauf. Special Agent Mendelsohn.«

»Wozu?«

»Wir haben zwei tote Amerikaner, und sie wollen mal nach dem Rechten sehen. Selbstverständlich werden wir ein Vorbild an internationaler Zusammenarbeit sein.«

Um halb acht Uhr zog sich Delorme ihren Mantel an. »Später noch Lust auf ein Video, oder bist du zu müde?«

»Ich bin ziemlich kaputt«, sagte Cardinal.

»Arbeitest du die Nacht durch?«

»Nee, bin so gut wie fertig.« Irgendwie zögerte er, Delorme von seiner Verabredung zum Abendessen zu erzählen, er war sich nicht sicher, wieso.

»Wer war die Blondine am Lagerhaus?«

»Donna Vaughan. Reporterin aus den Staaten.«

Delorme musterte ihn einen Moment, dann war sie verschwunden.

DeGroots Restaurant hatte ein Jahr zuvor in der Main Street eröffnet. Auch wenn es nicht an die Eleganz des Champlain herankam, bot es mit seinen gemütlichen Sitznischen, mit der Holzverkleidung und den roten Polstersitzen eine angenehme Mischung aus Privatsphäre und Geselligkeit. Obendrein war das Essen ausgezeichnet. Als Cardinal Donna warnte, es sei ein Steakhouse, hatte sie gesagt: »Soll mir recht sein, Detective, ich bin durchaus für rotes Fleisch zu haben.«

Als er eintraf, saß sie schon in einer Nische. »Klassische bemitleidenswerte, alleinstehende Frau, nicht wahr? Lädt den Kerl ein, ist als Erste da und hat das erste Glas Wein intus.«

»Das Wort bemitleidenswert käme mir nicht in den Sinn«, sagte Cardinal. »Sie sehen toll aus.«

Seit fast dreißig Jahren hatte er außer Catherine keiner Frau mehr so etwas gesagt. Und natürlich entsprach es ganz und gar der Wahrheit. Er hätte nicht gewusst, ob es an der Farbe ihres Pullovers oder daran, was sie mit ihrem Haar gemacht hatte, oder an den silbernen Ohrringen lag.

»Ist mir jetzt wirklich peinlich, dass ich so direkt war«, sagte sie, »und dann auch noch der Vorschlag, Ihre Frau mitzubringen. Ich hab Sie gegoogelt und – toller Schachzug, Donna.«

»Konnten Sie schließlich nicht wissen«, sagte Cardinal. Er drehte an seinem Ring. »Ich weiß, dass ich ihn abnehmen sollte. Ist jetzt über ein Jahr her. Aber wir waren lange verheiratet.«

»Ja, das verwundert mich nicht. Sie sind definitiv der Typ. Beständig. Zuverlässig. Gesicherte Stellung.« Sie nahm einen Schluck Wein. »Sagen Sie, Ihr Nachname ist Native American, richtig? Tut mir leid – Native Canadian.«

»In meinem Fall stammt er aus Schottland. Meine Großeltern kommen aus Fife, wo, zum Teufel, das auch liegen mag.« Cardinal zeigte auf das Glas in ihrer Hand. »Soll ich eine Flasche davon bestellen?«

»Unbedingt.«

DeGroots war besser besucht als gewöhnlich. Es war

ein kalter Abend, und die Gäste wurden von guter Hausmannskost angelockt, von Kerzen und einem prasselnden Feuer im Kamin. Als der Wein serviert wurde, erzählte Donna Cardinal, wie sie Journalistin geworden war. Sie hatte sich zwischen Journalismus und Politik entscheiden müssen, und die Tatsache, dass sie Politiker nicht ausstehen konnte, hatte ihr Schicksal besiegelt. Nach dem College hatte sie bei einer Reihe Kleinstadtzeitungen gearbeitet und irgendwann bei der *Post* angeheuert, nur um ein paar Jahre später einer Personalkürzung zum Opfer zu fallen.

Ihr Salat wurde gebracht, und Cardinal erzählte ihr, wie er Cop geworden war. Er war jung gewesen, gerade dabei, seinen Studienabschluss zu machen, in Psychologie. Zu dieser Zeit wurde er, wenn auch nur am Rande – Freund einer Freundin –, mit einem Mord konfrontiert, und die Detectives, die in dem Fall ermittelten, schienen ihre Arbeit nicht besonders gut zu machen. Cardinal ließ sich auf die Sache ein und half ihnen dabei, den Täter zu fassen.

»Warten Sie«, sagte Donna und hielt ihre Salatgabel hoch. »Da war eine Frau im Spiel. Jungfrau in Nöten.«

Cardinal lächelte.

»Wusste ich's doch.« Das Kerzenlicht schimmerte in ihren Augen, und noch etwas anderes, das Cardinal nicht ganz einordnen konnte.

Er lächelte. »Ein Jahr später haben wir geheiratet.«

Donna schüttelte den Kopf. »Sie sind so kanadisch.«

Der Kellner trug ihre Salatteller ab und ersetzte sie durch die Teller mit den Steaks.

»Wieso sagen Sie das?«, fragte Cardinal.

»Weil Sie diese erstaunlichen Dinge tun, ein erstaunliches Leben führen und nicht einmal merken, wie erstaunlich es ist. Wie selten. Ein Amerikaner würde Ihnen die Höhepunkte in fünf Minuten aufzählen. Er würde seine Memoiren durch einen Ghostwriter schreiben lassen. Er wäre Berater bei einer Fernsehserie.«

»In dem besagten Fall habe ich nichts getan, das nicht absolut vorhersehbar gewesen wäre. Ich war ja noch grün hinter den Ohren. Lag wirklich daran, dass die Ermittler nicht überzeugend waren und Indizien übersehen haben, die sie nicht übersehen durften.«

»Mag ja sein, aber auch, wie Sie Ihre Frau kennengelernt haben. Und dann sind Sie für die nächsten Gott weiß wie vielen Jahre verheiratet und tun so, als wäre das die normalste Sache der Welt.« Sie berührte seine Hand. »Bleiben Sie unbedingt, wie Sie sind. Was sehen Sie mich so an?«

»Ich versuche rauszubekommen, ob Sie immer so freundlich sind. Oder ob es damit zu tun hat, dass Sie Journalistin sind und glauben, dass ich Ihnen bei Ihrer Story helfen kann.«

»Ich bin Amerikanerin. Wir sind ziemlich forsch.«

Cardinal schüttelte den Kopf. »Meine Frau war Amerikanerin, und sie war überhaupt nicht so. Aber Sie scheinen zu sagen, was Sie denken, und sich einen Teufel darum zu scheren.«

»Nur zu. Versuchen Sie's.«

»Was soll ich versuchen?«

»Etwas sagen und sich den Teufel darum scheren, dass Sie Polizist sind oder ob es sich gehört oder was weiß ich. Was empfinden Sie im Moment? Sagen Sie es einfach, ohne nachzudenken.«

»Nervös. Auf der Hut.«

Donna lehnte sich auf ihrer Sitzbank zurück. »Sie meinen, in Bezug auf meine Motive? Na ja, das ist ziemlich verständlich, und Sie haben recht, dass ich sämtliche Informationen aus Ihnen rausquetschen möchte, die ich nur bekommen kann. Aber das wäre auch unter anderen Umständen so. Ich hätte mich einfach in Ihrer Dienststelle mit Ihnen verabreden oder Sie bei der nächsten Pressekonferenz ins Visier nehmen können. Wenn Sie also meinen, ich hätte Sie nur um dieses Abendessen gebeten …« Sie schüttelte den Kopf. »Sie müssen einfach nur weiter raten.«

Cardinal neigte sein Weinglas und vertiefte sich in das rubinrote Licht darin. »Das ist das erste Mal seit … Jahrzehnten, dass ich mit einer anderen Frau in ein Restaurant gehe. Ich hab nicht die geringste Ahnung, was ich tun oder sagen soll.«

»Unsinn. In Wahrheit wirken Sie verdächtig gelassen.«

»Auch, weil Sie ungefähr ein Dutzend Jahre jünger sein müssen als ich, und Sie sind, ich weiß nicht, radioaktiv oder so.« Cardinal zuckte die Achseln. »Was halten Sie davon, mir zu erzählen, was Sie noch alles über die Bastovs wissen?«

Sie schob ihren Teller weg und nippte an ihrem Wein. »Lev und Irena Bastov. Die kleine Einkäuferin Irena verliebt sich in den Großfabrikanten Lev. Zwei Monate später heiratet sie ihn und zieht nach New York, und zwar genau in dem Moment, als ihr eigener kleiner Pelzhandel den Bach runtergeht. Was soll ich sagen? Das Mädchen kann sich beglückwünschen.«

»Hat sich jeder mit ihr gefreut?«

»Uh, an Ihnen ist ein Reporter verloren gegangen. Irena hat einen Bruder namens Yevgeny. Offenbar konnte er sein Glück nicht fassen, als er von den Heiratsplänen hörte – hat überall herumposaunt, Lev würde seine schlechtgehende Pelztierfarm kaufen und ihm was Besseres verschaffen, vielleicht sogar irgendwann in der Produktion. Endlich war Land in Sicht. Nur dass er dann unglücklicherweise diese Farm in den Bankrott trieb, und auf einmal ist nicht mehr alles Friede, Freude, Eierkuchen. Hat Ms Kuritsyn Ihnen das nicht erzählt?«

»Andeutungsweise.«

»Also machen wir's kurz. Die Jungvermählten schweben auf Wolken, die Bastovs sind das Dreamteam der Pelzbranche. Man sieht sie in New York, man sieht sie in Kopenhagen, man sieht sie in Seattle. Bei sämtlichen wichtigen Auktionen sind die beiden mit von der Partie. Dann passiert vor ein paar Jahren vor der Auktion eine merkwürdige Sache. Das war in Kopenhagen. Eine Ausbeute von vierhundertsechzigtausend Nerzen und Gott weiß was noch für Pelzen steht zum Verkauf, und wissen Sie was? Niemand bietet.«

»Niemand? Sie halten eine Auktion ab, und niemand kauft was?«

»Nicht ein einziger Pelz kommt unter den Hammer. Sicher, wir leben in einem globalisierten Markt, und, sicher, wir haben in letzter Zeit ein paar warme Winter gehabt. Aber nicht ein Pelz?

Dann kommen wir letztes Jahr nach Seattle. Die Pelze verkaufen sich so gut wie immer. Aber die Preise – die Preise gehen in den Keller. Und das, obwohl die Nachfrage mit Ausnahme dieser Geschichte in Kopenhagen mehr oder weniger stabil ist. Der Treibhauseffekt kann einen derart rasanten Preisverfall nicht erklären. An dem Punkt fing die Sache an, mich zu interessieren. Ich kam von der Mode. Die Redaktion hat mich auf die Bekleidungsindustrie angesetzt – ich kann Ihnen gar nicht sagen, wie öde das ist. Davor hab ich für kurze Zeit über den Kunstmarkt berichtet. Jedenfalls bin ich eines Tages gerade dabei, mich in die Geschichte des russischen Pelzhandels einzuarbeiten, da kommt mir das Gerücht zu Ohren, Lev und Irena hätten einen Bidding-Ring organisiert. Zunächst war das nichts weiter als ein Gerücht. Sie haben schon mal von Bidding-Rings gehört?«

»Klar«, sagte Cardinal. »Jemand will ein Gemälde verkaufen und bittet Freunde, den Preis in die Höhe zu treiben.«

»Genau. Nur, dass es hier darum ging, den Preis möglichst tief zu halten. Sehr gute Ausgangsposition, wenn man als russischer Hersteller versucht, mit chinesischen Billiglöhnen zu konkurrieren. Aber Sie glauben nicht, wie einsilbig die Leute auf einmal wurden, als ich anfing, mich in der Sache umzuhören.«

»Und Sie meinen, die hängen mit der russischen Mafia zusammen?«

»Ob ich glaube, dass Lev selbst ein *vory,* ein russischer Mafioso, war? Nein. Aber irgendeine Verbindung? Ganz bestimmt. Wer sonst könnte einen ganzen Industriezweig derart einschüchtern, dass es keiner wagt, auch nur einen einzigen Pelz zu kaufen? Schon möglich, dass sie lediglich Opfer waren. Auch denkbar, dass sie im Auftrag der Mafia gehandelt haben und irgendjemandem auf die Füße getreten sind. Aber wer sonst würde Leuten den Kopf abschlagen und auf einem öffentlichen Landesteg aufspießen?«

»Hieß es nicht mal, die russische Mafia würde gesetzestreu?«

»Die einzige Treue, die diese Burschen kennen, ist die zum Geld; und sie gehen überallhin, wo Russen sind. Bankenwesen, Energie, Hockey, was weiß ich. Im Pelzhandel müssen Sie sich Marat Melnick merken – ein Don aus Brighton Beach, dem New Yorker Russenviertel, der an mindestens drei großen Modehäusern Anteile hält.«

»Eines ist mir über die russische ehrenwerte Gesellschaft allerdings geläufig«, sagte Cardinal. »Die zögern keinen Moment, Journalisten umzulegen.«

Donna nickte. »Nach dem letzten Stand der Dinge mindestens fünfzehn.«

»Und das macht Ihnen keine Angst?«

»Entsetzliche Angst. Falls ich diese Sache tatsächlich veröffentliche, dann höchstwahrscheinlich unter einem Pseudonym. Bis dahin suche ich, wie Ihnen sicher nicht entgangen ist, die Nähe von Polizisten.«

Cardinal fragte sie, ob sie einen Kaffee oder ein Dessert haben wollte, und als sie verneinte, machte er dem Kellner Zeichen, dass er die Rechnung bringen sollte.

Sie packte ihn am Handgelenk. Ihre Finger fühlten sich sehr warm an. »Warten Sie. Ich hab Ihnen hier ziemlich gute Informationen geliefert, jetzt sind Sie am Zug. Geben und Nehmen, so läuft das Spiel. Sie halten sich doch an *fair play*, oder? Übrigens geht das auf mich.« Sie zückte ihr Notizbuch und klickte ein paar Mal mit ihrem Kugelschreiber.

»Ihnen ist schon klar, dass ich nicht über laufende Ermittlungen sprechen darf?«

»Ja.«

»Sie können das in keiner Zeitung oder Zeitschrift, keinem Buch oder Blog – einfach nirgendwo – verwenden, bis der Prozess vorbei ist, also erst, nachdem es öffentlich ist, klar?«

»Selbstverständlich.« Sie hob zwei schlanke Finger. »Pfadfinderehrenwort.«

»Na schön«, sagte Cardinal. »Wir haben gerade die Rückmeldung von der Abteilung für Werkzeugspuren in Toronto erhalten. Die Köpfe wurden mit einer Axt abgeschlagen.«

Sie legte ihr Notizbuch auf den Tisch. »Ist das alles?

Eine Axt? Nennen Sie das ein faires Geschäft? Junge, Sie spielen echt mit harten Bandagen.«

»Und das Messer am Tatort? Davon haben Sie ja schon gehört. Aber das ist ein Bark River Upland, ein Messer zum Häuten von Großwild – solide, kein Klappmesser. Solche Klingen werden von Jägern oder Trappern benutzt.«

»Jäger oder Trapper. Sehr cool.« Donna schrieb etwas in ihr Notizbuch. Cardinal war eigentlich gut darin, auf dem Kopf stehende Schrift zu lesen, doch diesmal musste er passen.

»Wir halten das Fabrikat, Modell und den Typ streng geheim. Sollte das hier also in der Zeitung stehen, weiß ich, wer dafür verantwortlich zeichnet.«

Sie schlug ihr Notizbuch zu. »Es gibt nur eine Möglichkeit, wie ich in die Nachrichten kommen könnte, Detective, und zwar, wenn ich ermordet würde.«

11

Als Sam nach Hause kam, sah ihre Mutter vom Küchentisch auf. »Wo ist dein Parka?«

»Eingerissen. Hat sich im Spind im Fitnesscenter verhakt.«

»Bring ihn mir später, ich nähe ihn.«

Sam nahm sich einen Teller und schöpfte ein wenig Lammeintopf darauf. Ihr Bruder Roger saß an einem kleinen Computertisch, den Rücken ihnen zugewandt und Stöpsel in beiden Ohren, ein Benehmen, das ihr Vater zur Essenszeit nicht geduldet hätte.

»Roger, begrüß mal deine Schwester.«

»Ach, lass ihn in Ruhe, du weißt, dass er dich nicht hören kann.« Sam goss sich ein Glas Magermilch ein und setzte sich auf einen Stuhl gegenüber ihrer Mutter. Sie probierte den Eintopf und zeigte darauf. »Phänomenal, Mom.«

»Wieso kommst du so spät?«

»Der Wagen ist nicht angesprungen. Ich musste den Bus nehmen und hab den um vier Uhr verpasst.«

»Dieser Wagen ist den Ärger, den er macht, nicht wert.«

»Nur dass der Bus eine Ewigkeit braucht und ich nicht weiß, wie ich mit dem Fahrrad nach Algonquin kommen soll, wenn es erst mal richtig geschneit hat.«

Mrs Doucette beugte sich vor und packte ihren Sohn am Oberarm. Er riss sich los. Sie packte ihn erneut, und er wirbelte herum. »Was ist! Hör auf zu nerven!«

»Deine Schwester ist nach Hause gekommen, Roger. Du kannst wenigstens ihre Existenz zur Kenntnis nehmen.«

»Ich nehme deine Existenz zur Kenntnis«, sagte er zu Sam und wandte sich wieder seinem Spiel zu.

»Ist er nicht reizend?« Sams Mutter war eine kleine, zierliche, immer noch attraktive Frau, die bei der Schulbehörde als Ernährungsfachfrau arbeitete und das Essensangebot der Kantinen an den örtlichen Highschools überwachte. Der Job war nicht so anstrengend wie der letzte als Köchin, doch am Ende eines Arbeitstags sah auch sie erschöpft aus. »Ich wünschte, dein Vater käme nach Hause«, sagte sie wehmütig, »ich weiß nicht, wieso er immer unbedingt in der Wildnis herumwandern muss.«

»Das verbindet ihn mit der Welt der Geister.«

Ihre Mutter lachte. »Er glaubt kein Wort von dem Kram. Keine Ahnung, wieso er ständig davon anfängt.« Sie griff nach einer Fernbedienung und schaltete den Fernsehapparat auf der Arbeitsplatte ein.

In den Nachrichten waren die Morde immer noch das beherrschende Thema.

Sie zeigten Bildmaterial vom Haus und vom Government Dock, das Sam schon kannte.

Als die Sprecherin die Namen der Opfer nannte, dachte Sam, klar, die Frau hatte einen Akzent. Zum Schluss sagte die Sprecherin, die Polizei bitte um sachdienliche Hinweise, und nannte die Telefonnummer von Crime Stoppers International.

»Was hättest du denen denn zu erzählen?«, wollte Randall wissen. »Du weißt doch gar nichts. Du hast nichts gesehen. Und ganz offensichtlich rettest du jetzt auch niemandem mehr das Leben.«

»Außer vielleicht meines«, erwiderte Sam. »Er hat mich gesehen, Randall.«

»Aber nur von Weitem. Er hat deinen Wagen von Weitem gesehen, hast du gesagt. Im Dunkeln. Da draußen gibt es nicht mal Straßenlaternen.«

»Es gibt eine an der Zufahrt zum Kraftwerk – genau da, wo mein Wagen stand.«

Randall war auf der Heimfahrt. Im Hintergrund hörte sie Verkehr und sein Autoradio.

»Sam, du rufst doch nicht von zu Hause an, oder?«

»Ich sag doch, ich hab mein Handy verloren. Ich hab Angst, mit dem Auto zu fahren, und die nächste Telefonzelle ist drei Meilen entfernt.«

»Mein Gott! Du spielst Poker mit meinem Leben. Ich hab dir gesagt, ich ruf dich an.«

»Hast du nicht. Falls dieser Irre mein Handy hat, findet er mich, darauf kannst du Gift nehmen. Der Typ schlägt Köpfe ab, Randall. Ich hab 'ne Scheißangst.«

»Es gibt überhaupt keinen Grund, wieso er dich ausfindig machen sollte. Wahrscheinlich ist er längst nicht mehr im Land. Vermutlich ist er nach Tschechien oder Brooklyn oder wer weiß wohin abgehauen.«

»Er klang nicht wie ein Ausländer. Die Frau ja, aber er nicht. Siehst du, das ist zum Beispiel etwas, das die Cops nicht wissen. Und falls er tatsächlich mein Handy hat, können sie ihn darüber vielleicht finden. Du weißt schon, es lokalisieren.«

»Sitze es einfach aus, Sam. Überlass die Ermittlungen den Cops.«

»Und wann können wir uns sehen?«

»Offensichtlich vorerst nicht. Ich meine, für den Moment ist mir die Lust vergangen, mich in leere Häuser zu schleichen, dir etwa nicht?«

»Wir brauchen ja nicht miteinander zu schlafen. Ich möchte nur in deiner Nähe sein. Ich brauche dich, Randall. Kannst du das denn nicht verstehen?«

»Natürlich. Wir müssen jetzt nur auf der Hut sein, Sam. Wir können es uns nicht leisten, die Helden zu spielen. Es steht zu viel auf dem Spiel. Okay, ich biege gerade in unsere Straße ein. Ruf mich nicht an. Du weißt, dass ich verrückt nach dir bin, Sam. Ich ruf dich bei dir zu Hause an, sobald es geht.«

Für den Rest des Abends versuchte Sam, sich abzulenken, indem sie an Loreena Moon weiterarbeitete. Eine Serie von Nachtszenen, in der sich Loreenas dunkle, geschmeidige Gestalt scharf vom weißen Schnee abhob. Der Mond schien durch die Bäume und blitzte auf den Silberspitzen ihrer Pfeile. Die grünäugige Höllenkatze auf der ewigen Suche nach Gerechtigkeit. Ab und zu hörte Sam einen kurzen Aufschrei ihres Bruders bei einem Punktgewinn oder Rückschlag auf seinem Cyberschlachtfeld.

Ihre Mutter ging, da sie Migräne hatte, früh zu Bett. Sam schloss sich mit dem Mullverband und Franzbranntwein ins Badezimmer ein. Der Schnitt an ihrem Knie verheilte an den Enden, war aber in der Mitte immer noch offen. Es würde eine Narbe zurückbleiben, und sobald sie das erste Mal wieder Shorts trug, würde ihre Mutter fragen, wie das passiert sei und warum sie es für sich behalten hätte. Es war eine Sache, sich ab und zu in die geheime Welt von Loreena zu flüchten, doch Sam gefiel es nicht, wie sich ihr eigenes Leben derzeit in zwei Hälften spaltete.

Sie legte sich gerade schlafen, als das Telefon klingelte. Ihr Herz klopfte so heftig, als hätte sie sich gerade auf dem Laufband verausgabt. Sie griff vom Bett aus nach dem Hörer und stieß ihn auf den Boden. Sie musste unter den Schreibtisch kriechen, um ihn zu finden, und ihr

Knie schickte einen stechenden Schmerz durch ihren ganzen Körper.

»Hallo?« Ihre Stimme klang ängstlich und verzagt. »Hallo?«

Es bestand eine Verbindung, das Rauschen in der Leitung ließ keinen Zweifel daran.

»Hallo?«

Noch ein paar Sekunden Stille, dann ein Klicken, als der Anrufer die Verbindung trennte.

Die Stimme ihrer Mutter aus dem Flur. »Wer ist das, Sam? Wer ruft denn um diese Zeit noch an?«

»Niemand, hat sich verwählt.«

»Gott sei Dank. Für einen Moment hab ich gedacht, dein Vater hätte einen Unfall gehabt oder so.«

Sam lag im Dunkeln und drückte sich Mull aufs Knie. Du zitterst, sagte sie. Du zitterst tatsächlich. Auf der Fensterbank hob sich die Silhouette ihrer Katze mit wachsam gespitzten Ohren von der Jalousie dahinter ab.

12

Nord-Ontario ist, wie das Fremdenverkehrsamt immer wieder gerne betont, eine Seenlandschaft. Algonquin Bay selbst liegt zwischen dem Lake Nipissing – nach den Großen Seen eines der größten Gewässer in Ontario – und dem Trout Lake, der klein und unendlich tief ist. Doch in einem Radius von hundert Meilen gibt es noch einige Seen, die oft durch kleine und große Flüsse miteinander verbunden sind, den traditionellen Reiserouten der Nipissing First Nation und anderer Stämme. Einige sind äußerst abgelegen, sodass sich außer Wild und allenfalls einem Jäger niemand dorthin verirrt. Die meisten liegen innerhalb von Naturschutzgebieten, die der Provinzverwaltung unterstellt sind. Ein paar der kleineren befinden sich sogar in Privatbesitz.

Dazu zählt der gar nicht mal so kleine Black Lake, der, wenn auch beschwerlich, über einen ehemaligen Holzfällerweg zugänglich ist. Der Black Lake gehörte einem über siebzigjährigen Mann namens Lloyd Kreeger. Er hatte im Pelzhandel eine Menge Geld verdient und sich den Wunsch erfüllt, einen überaus behaglichen Alterssitz zu bauen, um dort zu angeln, zu lesen und über iPhone und das Internet ein wachsames Auge auf seine Investitionen zu haben.

Kreeger war ein Mann, der die Einsamkeit liebte. Im Lauf der Jahre hatte er ein, zwei Ehen hinter sich gebracht. Die eine Frau hatte sich von ihm scheiden lassen, weil er sie nicht genügend beachtete, und die andere, zu der er eine viel größere Zuneigung entwickelt hatte, war gestorben. Er hatte nie das Bedürfnis verspürt, eine dritte Beziehung einzugehen.

Doch wie sich zeigte, hatte Kreeger seine Eignung zum Alleinsein über- und seine Bindung ans Geschäft unterschätzt. Das erste Problem löste er, indem er einen Vollzeitmitarbeiter einstellte, einen versierten Alleskönner namens Henry, der ihm dabei half, das Anwesen in Schuss zu halten, und das zweite, indem er seinen Grundbesitz am Black Lake in ein exklusives Jagdrevier zu verwandeln gedachte. Größtenteils stand das Projekt noch auf dem Papier – mit dem Bau sollte erst im Frühling begonnen werden –, doch es tat gut, wieder Pläne für die Zukunft zu schmieden, egal, wie wenig Zeit ihm dafür noch vergönnt war.

Jedenfalls hatte er nicht die geringste Lust, über sein Leben ausschließlich in der Vergangenheitsform nachzudenken, und ein paar Monate in den Wäldern hatten ihm klargemacht, dass er auch nicht zu den Menschen gehörte, die ganz in der Gegenwart leben konnten.

Kurz nach den Morden am Trout Lake kam Lloyd eines Abends im karierten Morgenmantel aus dem Bad. Seine Haut war von der heißen Dusche rosig, sein weißes Haar nass und glatt zurückgekämmt. Er ging die Treppe zum Wohnzimmer hinunter. Er stützte sich nicht aufs Geländer, sondern glitt mit seiner Hand darauf entlang.

Das Erdgeschoss war ein einziger offener Wohnbereich, und so konnte er sehen, wie Henry in der Küche den Tisch fürs Frühstück deckte. Lloyd machte es sich in seinem Lieblingsclubsessel bequem und legte die Füße auf den Polsterhocker. An seinem linken Hausschuh lugte aus einem Loch, das sich im Lauf des letzten Jahres gebildet hatte, seine große Zehe hervor. Er hörte, wie die Müslipackung sowie die Schale und der Löffel auf den Tisch gestellt wurden.

»Brauchen Sie heute Abend noch etwas?«

»Nein danke, Henry. Gehen Sie nur schlafen oder was Sie sonst in Ihrer Baracke treiben.«

»In Ordnung. Gute Nacht.«

»Hören Sie, Henry …«

Henry griff nach seinem großen Parka neben der Küchentür. Die Hand über dem Haken, hielt er inne.

»Ich dachte, vielleicht decken Sie zum Frühstück für zwei.«

Henry drehte sich um und betrachtete Lloyd, das stille Haus und das nachtschwarze Küchenfenster. »Erwarten Sie am Morgen einen Gast?«

»Quatsch.« Lloyd wedelte mit der Hand vor dem Gesicht herum, als wollte er den Gedanken an Besucher wie Ungeziefer vertreiben. »Ich dachte nur, vielleicht ist es nicht richtig, dass Sie ganz allein da draußen in Ihrer Hütte essen.«

»Wieso nicht? Sie essen doch auch hier drinnen ganz allein.«

»Eben. Ist doch irgendwie blöd. Außerdem mag ich zwar im Leben Glück gehabt und gut Geld verdient haben und so, aber ich bin nicht mit dem Silberlöffel im Mund geboren. All die Jahre, in denen ich die Firma geleitet habe, hatte ich keinen einzigen Bediensteten – außer der Putzfrau –, und ich hatte auch jetzt eigentlich nicht die Absicht dazu.«

Henry schlüpfte in seinen Parka und verschränkte die Arme vor der Brust, sodass der Stoff raschelte. »Sehen Sie hier irgendwo einen Bediensteten? Ich kann keinen entdecken. Ich sehe einen alten Mann, der draußen im Wald lebt und jemanden braucht, der ihm zur Hand geht. Ich bin dazu bereit, und er hat das Geld, mich zu bezahlen. Ist einfach nur Arbeit. Wozu es anders nennen?«

»Ich weiß, aber ich hab ein blödes Gefühl dabei. Nicht dass Sie glauben, ich wollte quatschen. Das ewige Gequassel hat mich ja erst hier herausgetrieben.«

Henry sah einen Moment zu Boden, dann wieder hoch. »Ich weiß Ihre Überlegungen zu schätzen, aber im Prinzip würde ich es gern bei dem alten Arrangement belassen. Ich mag meine Baracke, hab noch nie so hübsch gewohnt.«

»Na schön, wenn Sie unbedingt mein Sklave sein wollen, will ich mich nicht beklagen. Dann also gute Nacht.«

»Gute Nacht, *Master.*«

»*Master.*« Lloyd nickte. »Sehr witzig.«

Henry ging zur Tür hinaus. Es brauchte eine Weile, doch irgendwann drang der Schwall Winterluft bis ins Wohnzimmer und an Lloyds feuchten Kopf. Er zog den Morgenmantel über seiner knochigen Brust enger zusammen und griff zu seinem Buch. Vom Feuer, das Henry auf dem Kaminrost angefacht hatte, wurden ihm die Füße zu heiß, und so schlüpfte er aus seinen Pantinen.

Er hörte, wie die Tür zur Baracke aufging, und sah den Lichtkegel auf dem Schnee, bevor sich die Tür wieder schloss. Er widmete sich erneut seinem Buch. Jetzt war nichts mehr zu hören außer dem Knarren der Fugen im Haus, die sich an die winterliche Kälte anpassten.

Noch bevor er den Mantel auszog, wusste Henry, dass es in der Baracke viel kälter war, als es sein sollte. Der Holzofen glühte noch, und er spürte die Wärme, die davon ausging, auf drei, vier Meter Entfernung, dennoch schlug ihm gleichzeitig von drinnen zu kühle Luft entgegen. Er hängte seinen Mantel an einen Haken, dann den Schal darüber, zog die festen Schuhe aus und schlüpfte in die mit Perlstickerei geschmückten Mokassins.

Das Hauptzimmer war ein Wohnraum mit einer Kochnische, einem Esstisch sowie einer Sitzecke mit ein paar Sesseln und einem Sofa.

Wenn Lloyds Jagdhotel in zwei Jahren eröffnete, würden hier vier männliche Angestellte wohnen. Es gab zwei Schlafzimmer, jedes mit zwei Betten. Henry merkte, dass ihm die kalte Luft aus dem rechten Zimmer entgegenschlug, und so lief er dorthin. Als er den Lichtschalter berührte, packte ihn eine Hand am Unterarm, während sich ihm die Mündung einer Pistole unters Kinn drückte. Der Eindringling musste durch das vom Haupthaus abgewandte Schlafzimmerfenster eingestiegen sein. Denn trotz des frischen Schnees hatte Henry draußen keine Spuren entdeckt.

Der Mann dirigierte Henry mit vorgehaltener Pistole zum Essbereich. Henry war einmal stark gewesen, doch nach den Jahren als Alkoholiker war das vorbei.

»Setzen«, sagte der Mann. Er war jung, vielleicht Mitte zwanzig, mit dieser Art mächtigem Schnauzbart, den sich Schauspieler ankleben, wenn sie Bankräuber im Wilden Westen spielen.

Henry setzte sich auf den Stuhl nahe der Tür. Das brachte zwar nichts, weil aus dem anderen Zimmer zwei weitere Männer kamen, einer ein Junge von etwa sechzehn Jahren, der andere etwa Ende fünfzig, der etwas Militärisches an sich hatte.

»Gut gemacht«, sagte dieser und nickte dem ersten Mann zu. Er nahm Henry gegenüber Platz und fragte ihn nach seinem Namen. Weder in bedrohlichem noch in freundlichem Ton. Nur die Bitte um eine Auskunft.

»Henry.«

»Henry? Ist das dein ursprünglicher Name? Du bist Indianer, nicht wahr?«

»First Nations.«

»Ah, First Nations«, sagte der Mann mit einem tiefen Seufzer, als hätte diese Erkenntnis eine lange, ermüdende Suche beendet. »Hat nicht viel Indianisches, der Name, Henry.«

»Ich auch nicht.«

Der Mann verschränkte die Arme auf dem Tisch und beugte sich vor, um Henrys Gesicht zu mustern. »Lass mich raten. Aus dem Reservat abgehauen. Den Lichtern der Großstadt gefolgt. Gemerkt, dass du gegen das Feuerwasser nicht immun warst. Hierher zurückgekrochen, um trocken zu werden.«

»Die Reihenfolge stimmt nicht ganz. Der Traubensaft kam zuerst. Und ich hab das Reservat nicht verlassen, sondern sie haben mich rausgeschmissen.«

»Ist der alte Mann da oben allein?«

Henry schüttelte den Kopf. »Er hat mich.«

Der Mann lehnte sich zurück, sodass der Stuhl knarrte. »Er ist also allein.«

»Würde es was ausmachen, wenn ich Ihnen sage, dass er eine Handvoll Bodyguards mit vierundvierziger Magnums hat?«

»Nein.«

Der Teenager lehnte sich mit undurchdringlicher Miene an die Arbeitsplatte beim Kühlschrank. Der junge Mann trat aus Henrys Blickfeld, doch er war so nah, dass Henry seinen Atem im Nacken spürte.

Der Mann, der ihm gegenüber am Tisch saß, ließ Henry nicht aus den Augen, und sein Ausdruck – so etwas wie Interesse, nicht mehr – blieb vollkommen unverändert, als die letzten drei Worte aus seinem Mund kamen, die Henry in seinem Leben hören sollte: »Leg ihn um.«

Lloyd hörte den Schuss und ließ sein Buch auf den Schoß sinken. Das Gräusch war in der Nähe gewesen. Er wohnte hier draußen weit von der Stadt entfernt, doch im Winter verschlug es den einen oder anderen Jäger in die Gegend. Ihre seltenen Schüsse hörten sich gewöhnlich an wie das Knacken eines Zweigs, und das auch nur tagsüber.

Er steckte sein Lesezeichen in den Roman, klappte ihn zu und legte ihn auf den Beistelltisch. Er hievte sich aus dem Sessel und trat an das Panoramafenster. Die schweren Gardinen waren zugezogen – nicht deshalb, weil hier draußen jemand seine Privatsphäre verletzen könnte, sondern weil in den strengen Wintermonaten selbst die Doppelverglasung vor der Kälte von Nord-Ontario keinen ausreichenden Schutz bot. Lloyd öffnete sie ein Stück weit, sodass er die Kälte im Gesicht spürte, und sah hinaus.

In der Baracke waren die Lichter eingeschaltet. In Henrys kleinen Fenstern waren die Gardinen zugezogen, und Henrys Schatten bewegte sich deutlich sichtbar dahinter. Lloyd rechnete damit, dass er jeden Moment auf die Eingangsstufen heraustrat, um nachzusehen, was los war, doch das tat er nicht. Da draußen war nicht viel mehr zu sehen als die dünne Schneeschicht zwischen Haus und Hütte und Henrys Fußspur darin.

Lloyd ließ die Vorhänge wieder zufallen, kehrte an seinen Platz zurück, um die Leselampe und anschließend das Licht in der Küche auszuknipsen. Danach schaltete er die Außenlampen ein. Nichts. Nichts auf dem Landesteg. Nichts am Bootshaus. Und nirgendwo irgendwelche Spuren. Nur der weiße Schnee und die reglosen Bäume und das nahe Ufer des zugefrorenen Sees. Die Schneewolken hingen tief. Weder Mond noch Sterne. Hinter dem See ging die Welt in der Dunkelheit unter.

Lloyd knipste die Außenlichter aus, kehrte zu seinem Sessel, seiner Leselampe und seinem Buch zurück und machte es sich wieder bequem. Jäger. Das Einzige, was man um diese Jahreszeit legal jagen konnte, waren Fasan und Kaninchen, und selbst die passioniertesten Jäger tun das normalerweise nicht in einer mond- und sternenlosen Nacht. Gelegentlich ballerten sie nach ein paar Bier zu viel mit ihren Schrotflinten herum, nur um Lärm zu machen und die Dunkelheit zu vertreiben.

Doch er hatte den ganzen Tag über weder Trucks noch Schneemobile oder sonst etwas gehört.

Er öffnete wieder sein Buch. *Bleakhaus* von Charles Dickens. Neben dem Bau von Algonquin Lodge hatte Lloyd sich vorgenommen, die gesammelten Werke von Charles Dickens zu lesen. Zu seiner Überraschung hatte er erfahren, dass Henry Dickens' Romane sehr gut kannte. Auch wenn er den Gedanken, was daran überraschend sein sollte, lieber verdrängte. Vermutlich ein reines Vorurteil.

Jedenfalls bestellte er, seit er das wusste, zwei Exemplare der Bücher im Onlineversandhandel, und sie beide unterhielten sich fast jeden Tag über die Figuren. Henry war ihm bei *Bleakhaus* ein Stück voraus, doch das lag daran, dass Henry noch weniger schlief als er selbst.

Der alte Mann blieb ein paar Minuten mit seiner Lektüre im Sessel sitzen, doch er merkte, dass er, seit er am kalten Fenster gestanden hatte, fröstelte, und so stand er auf, legte an der aufgeschlagenen Seite den Finger ins Buch, um es mit ins Schlafzimmer zu nehmen. Er zog sich gerade die Hausschuhe aus, als die Haustür aufflog und drei Männer, die er noch nie gesehen hatte, in seine Welt eindrangen.

13

Randall Wishart hatte gerade ein junges Paar namens Jessup am Telefon. Die Frau war zu Hause, doch Randall hatte eine Konferenzschaltung mit ihrem Mann eingerichtet, der auf einer Geschäftsreise in Toronto war. In regelmäßigen Abständen sprachen sie beide gleichzeitig, und es gab Tonprobleme, die für Verwirrung sorgten und zu Wiederholungen führten.

Randall unterstrich, wie wichtig die Präsentation eines Hauses war – es sollte anheimelnd, aber nicht zu persönlich wirken, damit die Leute sich vorstellen konnten, selbst darin zu wohnen –, als plötzlich Randalls Frau und ihr Vater auf den Parkplatz einbogen. Ihn überkam eine Woge der Panik, sie könnten von Sam erfahren haben, doch als sie aus Mr Carnwrights Mercedes stiegen, grinsten sie ihn wie verrückt an.

»Ich bin es leid, dass es ständig wie auf Hochglanz poliert aussehen muss«, beklagte sich die Frau. »Das geht jetzt schon seit Wochen.«

»Und Sie machen das großartig, Brenda«, sagte Randall. »Glauben Sie mir, Ihre harte Arbeit zahlt sich aus. Wie gesagt, ich möchte es zu einem niedrigen Einstiegspreis inserieren. Ich dachte an zweihundertfünfundachtzig.«

»Zweihundertfünfundachtzig!« Mr Jessup hatte bisher die meiste Zeit geschwiegen. »Das ist ja lächerlich. Kommt überhaupt nicht infrage.«

»Ich weiß, ich weiß«, sagte Randall besänftigend. »Das

trifft Sie wie ein Schock, denn wie wir beide wissen, ist es einiges mehr wert.«

»Einiges?« Dies von der Frau.

»Bedeutend mehr. Und das werden Sie auch bekommen. Vertrauen Sie mir, das ist die clevere Taktik. Wir veranstalten einen Besichtigungstag, und dieser niedrige Preis bringt die Leute dazu, gegeneinander zu bieten. Sobald das losgeht …«

»Sicher, und wenn nicht?«, sagte Jessup. »Wir müssen verkaufen, wir ziehen in zwei Wochen um, aber wir können uns nicht mit zweihundertfünfundachtzig zufriedengeben.«

»Das ist viel weniger, als Thatcher's Realty vorschlägt«, sagte die Frau.

»Nun, dann liegen sie falsch. Die bedienen einen anderen Markt – die übernehmen Objekte, die wir nicht mal mit der Kneifzange anfassen würden. Wenn Sie glauben, dass die es besser machen, kann ich Ihnen nur raten, zu denen zu wechseln. Aber ich sage Ihnen, eine bewusst niedrig gehaltene Preisvorstellung ist die richtige Strategie. Sie haben ein zauberhaftes Haus, wunderbar in Schuss gehalten, und dazu ein ansehnliches Grundstück. Ich wünsche Ihnen von Herzen, dass Sie sich für diesen Weg entscheiden. Ich muss los. Denken Sie darüber nach und geben Sie mir Bescheid, wenn Sie sich entschieden haben.«

Das war gut; man sollte kein übertriebenes Engagement an den Tag legen. Er stand auf und durchquerte den Empfangsbereich zu Lawrence Carnwrights Büro. Sein Schwiegervater stand mit dem Rücken zum Fenster. Er war nicht besonders hochgewachsen, strahlte aber eine natürliche Autorität aus, die ihn größer wirken ließ, und heute schien er durch irgendeinen Triumph über sich hinauszuwachsen. Laura – blonde Powerfrau in blauen Nadelstreifen – saß in einem Ohrensessel.

»Was habt ihr zwei?«, fragte Randall.

»Sag du's ihm, Laura.«

Laura war eine Frau, die sich etwas darauf zugutehielt, cool zu bleiben; bei ihren täglichen Transaktionen an der Börse zweifellos ein unschätzbarer Vorteil. Doch jetzt sprang sie auf und packte Randall am Bizeps. »Du glaubst nicht, was passiert ist«, sagte sie. »Die Konservativen wollen, dass ich für sie kandidiere.«

»Du machst Witze.« Randall merkte, dass er grinste, auch wenn er sich nicht sicher war, ob er die Neuigkeit gut finden sollte. »Das ist toll.«

»Wir kommen gerade aus Bob Sloanes Büro«, sagte Carnwright. »Er kam letzte Woche auf mich zu und hat mich gefragt, was Laura meiner Meinung nach dazu sagen würde, und ich hab gesagt, keine Ahnung, aber es könnte sie freuen.«

»Bob Sloane? Du würdest fürs Bundesparlament kandidieren?«

»Als Abgeordnete«, sagte Laura. »Ist das nicht fantastisch?«

»Allerdings, allerdings. Gratuliere, Schatz.« Er nahm sie fest in die Arme. Normalerweise ließ sie sich nicht gerne Frisur und Kleider durcheinanderbringen, doch sie erwiderte seine Umarmung. »Müsstest du dann nicht ständig in Ottawa sein?«

»Nur zeitweise, und auch nur, wenn ich gewinne.«

»Sie wird gewinnen«, sagte Carnwright. »In meinem ganzen Leben bin ich mir noch nie einer Sache so sicher gewesen. Du wirst gewinnen.«

»Aber ich kann nicht von Ottawa aus Immobilien in Algonquin Bay verkaufen.«

»Du könntest von da aus eine ganze Menge machen«, sagte Carnwright. »Und wir beide müssen uns sowieso mal unterhalten, mir geht da schon seit einer ganzen Weile was durch den Kopf.«

»Dad denkt daran, zu expandieren. Filialen in anderen Städten zu eröffnen.«

»Und wieso nicht mit Ottawa den Anfang machen?«, sagte Carnwright. »Hör zu, Randall, du bist der einzige Makler, dem ich so etwas anvertrauen würde. Und natürlich würde für dich erheblich mehr Geld rausspringen. Aber wir beide unterhalten uns noch. Heute ist Lauras großer Tag, und ihr zwei müsst euch erst mal darüber klar werden, wie ihr zu dem Ganzen steht.«

»Ich weiß, wie ich mich fühle«, sagte Laura. »Ich kann mich kaum halten vor Freude.«

Es war ihr anzusehen, und es rührte Randall, wie seine Frau – die gewöhnlich schön, aber nicht mädchenhaft war, vor Ausgelassenheit sprühte.

»Wir müssen vorbereitet sein«, sagte Carnwright. »In absoluter Bestform, wir alle. Keine Strafzettel, ihr wisst schon, was ich meine.«

»Ich weiß, was du meinst«, sagte Randall.

»Und es könnte auch nicht schaden, wenn ihr im Lauf der Jahre ein paar Enkelkinder in die Welt setzen würdet.«

»Dad, die würden mich wohl kaum als Kandidatin haben wollen, wenn ich schwanger wäre.«

Carnwright gab sich augenblicklich geschlagen und hielt die Hände hoch. »Ich weiß, ich weiß. Ich denke nur langfristig. Nicht kleckern, sondern klotzen. Haben wir bei dem Schumacher-Haus das Schild abgemacht?«

»Ich bin rausgefahren, aber es war schon weg.«

»Es macht mich rasend, dass jedes Mal, wenn sie einen Filmausschnitt vom Tatort zeigen, unser Name erscheint.

Zehn zu eins, dass sie den Schuppen loswerden wollen, nach dem, was da passiert ist? Und wisst ihr was?«

»Wir sollten uns da raushalten«, sagte Randall. Sein Schwiegervater richtete einen perfekt manikürten Finger auf ihn und sagte: »Genau, Kumpel. Stoßen wir erst mal darauf an, egal, wie ihr euch am Ende entscheidet.« Er öffnete ein Bombay-Company-Sideboard und holte eine Flasche Macallan achtzehn Jahre heraus, was er nicht mehr getan hatte, seit Randall vor zwei Jahren das Haus des hiesigen Senators für zweihundert Riesen über dem verlangten Preis verkauft hatte.

14

Cardinal war auf dem Weg in den Sitzungsraum, als Delorme ihn zu sich an den Schreibtisch rief. »Das musst du dir anhören.« Sie schaltete die Freisprechanlage ein und spielte ihre Mailbox ab. Die synthetische Stimme gab die Zeit mit 23:45 Uhr am Vorabend an. Dann eine Mädchenstimme:

> *»Hi. Ich möchte meinen Namen nicht nennen, und deshalb spreche ich eine Nachricht auf Band, statt persönlich mit jemandem zu reden. Ich habe Informationen über die Morde an der Island Road. Ich war da. Ich war im Haus, und ich hab – ich habe Leute reden gehört, und ich hab Schusse gehort. Mehr weiß ich nicht, außer dass der Kerl, der es getan hat, nicht wie ein Russe klang – die Frau ja, aber er nicht. Ich kann nicht sagen, wer ich bin, weil ich weiß, dass ich in dem Haus eigentlich nichts zu suchen hatte. Ich bin eine Diebin. Ich stehle manchmal Sachen. Ich war auf der Suche nach irgendwas, das ich mitgehen lassen kann, aber dann habe ich plötzlich Stimmen gehört und mich versteckt. Als ich die Schüsse hörte, bin ich abgehauen. Mehr weiß ich nicht. Bitte versuchen Sie nicht, mich ausfindig zu machen. Ich hoffe, Sie hören das hier ab.«*

»Was haltst du davon?«, fragte Delorme. »Meinst du, die ist echt?«

»Auf jeden Fall klingt sie nervös. Mehr als nervös.«

»Wir wissen, dass jemand geflohen ist. Und wir wissen, dass sich jemand unter dem Bett verkrochen hat.«

»Eine kleine Diebin. Der Stimme nach sechzehn, siebzehn Jahre alt?«

»Keine Ahnung«, sagte Delorme. »Könnte auch Anfang zwanzig sein.«

»Lass noch mal hören.«

Delorme spielte die Nachricht ein zweites Mal ab.

»Ich weiß nicht, ob ich ihr das abkaufe«, sagte Cardinal. »Zumindest nicht alles.«

»Niemand weiß etwas von der flüchtigen Person.«

»›Ich bin eine Diebin‹«, sagte Cardinal. »›Ich stehle manchmal Sachen.‹ Klingt das echt?«

Delorme zuckte die Achseln. »Schon irgendwie.«

»Lise, ich kämpfe jetzt seit dreißig Jahren für die Wahrheit, die Gerechtigkeit und den kanadischen Way of Life, aber ich hab noch nie gehört, dass jemand sagt, ›Ich bin ein Dieb‹. Und dann noch so ein junges Ding?«

»Vielleicht nicht ganz so jung.«

»Ein junger Mensch – ›Ich bin eine Diebin‹? Kriegst du oft Anrufe von Dieben, die dir ein Geständnis machen?«

Als sie alle im Konferenzraum versammelt waren, erteilte DS Chouinard ihnen eine strenge Mahnung, sie könnten es sich nicht leisten, andere Ermittlungen schleifen zu lassen, besonders solche, die mit Waffen oder Gewalt verbunden seien. »Zum Beispiel von Ihnen, Szelagy, erwarte ich noch heute einen Vorgehensplan zur Brandstiftung im Lagerhaus. Dasselbe gilt für Delorme und die Raubüberfälle an den Geldautomaten. Die Bürger dieser Stadt liegen nicht nachts wach, weil sie vor Übergriffen von russischen Mafiosi Angst haben. Sie haben Angst davor, dass jemand sie beraubt, wenn sie Geld aus einem Automaten ziehen.«

»Ich glaube nicht, dass wir irgendwas anderes machen sollten«, erwiderte McLeod, »bis Cardinal mit Scriver fertig ist.«

Danach wurde aus dem Meeting eine Show der Spurensicherung in Text und Bild. Arsenault trat an den Projektor – er brüstete sich gerne mit seiner technischen Virtuosität –, Collingwood übernahm die Weißwandtafel und schrieb kreuz und quer mit Leuchtfarbenmarkern darauf. Für einen derart reservierten Menschen machte er überraschend großzügig von Kringeln und Pfeilen Gebrauch.

»Wir haben es hier mit einem Fall zu tun, bei dem es von Spuren nur so wimmelt«, fing Arsenault an. »Wir ertrinken förmlich in Spuren. Mit ein bisschen Glück erhärten sie sich früher oder später zu Beweisen. Wir haben Blut, Haare, Fasern, Finger- und Schuhabdrücke und Reifenprofile. Wir jagen alles, was wir haben, durch jeden erdenklichen Test und sämtliche Datenbanken. Wir haben einen gewissen Fortschritt erzielt und einige Verknüpfungen herstellen können, aber bis jetzt … nun ja, sehen Sie selbst, wo wir stehen. Vielleicht wollen Sie sich Notizen machen.

Also gut. Zuerst das Blut. Da wir in der realen Welt leben und nicht bei *CSI: Dem Täter auf der Spur*, haben wir die DNA-Analyse noch nicht erhalten. Nicht weiter verwunderlich. Dafür haben wir die Blutgruppen. Lev und Irena Bastov haben beide Gruppe B. Das Blut auf der Fensterbank und davor ist Rhesus positiv. Die Schumachers haben A und Rhesus positiv, aber ich kann mir nicht recht vorstellen, dass Mrs Schumacher dieses Fenster einschlägt und sich in den Schnee stürzt.«

Collingwood schrieb die jeweiligen Fundstellen und Blutgruppen mit quietschendem Textmarker auf die Tafel.

»Und jetzt zu den Haaren. Irena Bastovs Haar ist blond gefärbt, mit braunen Wurzeln. Lev Bastovs ist kurz, grau meliert, überwiegend grau, mit ein wenig Schwarz am Hinterkopf. Wir haben außer an ihren eigenen Kleidern keinerlei Haar auf dem Tisch oder an anderen Kleidern gefunden. Dafür haben wir im Elternschlafzimmer auf der Fensterseite des Bettes ein langes, schwarzes Haar gefunden, hier.« Er zeigte auf eine Stelle zwischen Kissen und Nachttisch. »Offensichtlich gehört es nicht den Schumachers, also wäre es gut, herauszufinden, wem es gehört und wie es dahin gekommen ist. Aber zunächst mal zu den Fingerabdrücken. Um die Frage zu beantworten, die Ihnen allen unter den Nägeln brennt: Nein, wir haben keinerlei Treffer in der Verbrecherdatei. Aber in Bezug auf diese Henkersmahlzeit haben wir ein paar interessante Entdeckungen gemacht.«

Er drückte auf seine Fernbedienung, und auf dem Bildschirm erschien ein Bild von dem Tisch, an dem die Opfer und ihr Mörder gesessen hatten.

»Die Abdrücke an den Gläsern gehören zu den Bastovs, passen zu denen, die wir von ihnen, in ihrem Hotelzimmer und von ihren Pässen genommen haben. Soweit wir erkennen konnten, haben sie am Tatort nichts weiter angefasst. Die Abdrücke an der Flasche könnten sich auf bis zu drei Personen verteilen, aber wenn man an die Leute im Spirituosengeschäft, im Lagerhaus und so weiter denkt, ist das nur logisch.

Der Daumenabdruck, der genau an der Stelle ist, wo man ihn erwarten würde, wenn man eingießt – übrigens mit der linken Hand –, stimmt mit einem Daumenabdruck überein, den wir vom Messer im Rücken des männlichen Opfers genommen haben. Derjenige hat sich offenbar nicht das Geringste daraus gemacht, Fingerabdrücke zu hinterlassen, weshalb ich mir keine großen Chancen ausrechne, dass er vorbestraft ist. Beziehungsweise *sie* – auch wenn wir keinerlei Hinweise darauf haben, dass es mehr als einen Mörder gibt, könnte es trotzdem das Werk von zwei oder drei Personen sein. Wir haben Übereinstimmungen dieses Daumenabdrucks mit einem am Knauf der Haustür, mit Teilabdrücken an der Hintertür und mit der Tür zum Elternschlafzimmer.«

Er blendete nacheinander Nahaufnahmen von der Wodkaflasche sowie Bilder von den jeweiligen Türen ein. Collingwood zog Kreise und malte Pfeile. »Wie Sie wissen, schien das Haus größtenteils unberührt, außer der Hintertür, die aufgehebelt war, und dem Elternschlafzimmer, in dem eine vierte Person ein Fenster eingeschlagen hat und dann abgehauen ist. Zunächst zum Fenster.«

Er klickte auf ein Foto von der zerbrochenen Scheibe, dann eine Nahaufnahme von der Fensterbank. »Im Blut auf der Fensterbank haben wir einen sehr guten Abdruck. Bis jetzt keine Übereinstimmungen in den Datenbanken. Allerdings stimmt dieser Abdruck mit dem latenten Abdruck an dem Stuhl überein, mit dem das Fenster eingeschlagen wurde. Und jetzt kommt das Interessante: Wir haben auch eine Übereinstimmung an dem Nachttisch auf der Fensterseite. Nicht an dem Möbel selbst, sondern am Radiowecker. Sämtliche anderen Abdrücke an diesem Nachttisch lassen sich Mrs Schumacher zuordnen. Wie Sie wissen, ist die Person nach unserer vorläufigen Theorie vom Tatort geflohen und wurde vom Mörder verfolgt. Wir wissen nicht, was diese Person dort wollte, doch es sieht ganz danach aus, dass sie sich unter dem Bett versteckt hat – da unten haben wir keine brauchbaren Abdrücke nehmen können –, was darauf hinweisen könnte, dass sich eine Person zu einem vom Tatgeschehen unabhängigen Zweck, vielleicht einem Einbruch, dort befand. Ich weiß, das klingt nicht sehr wahrscheinlich – zwei unabhängige Straftaten zur selben Zeit –, wenn Sie also einen besseren Vorschlag haben …«

Bilder vom Stuhl und vom Radiowecker erschienen, gefolgt von einer Weitwinkelaufnahme, auf der das Bett, der Stuhl, das eingeschlagene Fenster zu sehen waren.

Delorme meldete sich zu Wort. »Jemand hat gestern Nacht eine Nachricht auf meinem Anrufbeantworter hinterlassen.

Eine junge Frau, vielleicht um die zwanzig? Sie behauptet, sie sei eine Diebin und habe sich im Haus befunden, als sie plötzlich Leute kommen hörte. Sie versteckte sich und lief weg, als sie Schüsse hörte.«

Plötzlich knisterte es im Raum. Die Anwesenden wechselten die Stellung, und alle blickten zu Delorme. »Wieso erfahre ich das erst jetzt?«, fragte Chouinard.

»Ich hab's gerade erst abgehört«, antwortete Delorme. »Sie hat mitten in der Nacht angerufen.«

»Wieso ruft sie bei Ihnen an? Wieso nicht bei Crime Stoppers? Wieso nicht bei der Mailbox der Zentrale?«

»Keine Ahnung. Viele glauben nicht, dass Crime Stoppers anonym ist. Vielleicht wollte sie mit einer Frau sprechen.«

McLeod, der bis jetzt erstaunlich schweigsam gewesen war, legte plötzlich los.

»Dieser Radiowecker ist etwa dreißig Jahre alt. Ich hab im Lauf meiner Dienstzeit ja schon so manchen verzweifelten Junkie zu Gesicht gekriegt, aber keiner von denen wäre auf die Idee gekommen, dieses Scheißding zu klauen. Selbst die unterprivilegiertesten von unseren kriminellen Gegenspielern würden sich nicht so weit erniedrigen.«

Arsenault starrte zu Boden. Als er aufsah, fragte er: »Sie sagt, sie hat sich unter dem Bett versteckt?«

Delorme schüttelte den Kopf. »Sie hat nur gesagt, sie hätte sich versteckt.«

»Na ja, das würde schon irgendwie zu dem passen, was wir bis jetzt haben...« Er sah Collingwood an, der den Kopf schüttelte und auf die Weißwandtafel schrieb: *Zu verkaufen.*

»Ja, genau«, sagte Arsenault und blendete ein anderes Bild ein. Eine Außenaufnahme von der Island Road, von der Zufahrt. Der Briefkasten mit den Lettern FAM. SCHUMACHER und das Schild mit der Aufschrift ZU VERKAUFEN, CARNWRIGHT-IMMOBILIEN.

»Beachten Sie, dass es rund um das Verkaufsschild und den Briefkasten keine Spuren gibt. Halten Sie mich meinetwegen für analfixiert, jedenfalls hab ich trotzdem von beiden Abdrücke genommen. Hab einen guten Daumen und ein paar Fragmente vom Schild. Und jetzt kommt's: Die stimmen mit einigen von denen überein, die wir im Elternschlafzimmer am Kopfteil des Betts gefunden haben.«

Während Collingwoods Marker Kreise und Pfeile zauberte, wechselte Arsenault zu einem anderen Bild und zeigte zuerst den Nachttisch und dann das Kopfteil. »Hier haben wir einen richtig schönen Daumenabdruck gefunden.« Er zeigte auf eine Stelle nahe der oberen linken Ecke. »Und der gehört nicht zu den Schumachers oder irgendeiner anderen Person, von der wir bis jetzt Abdrücke haben.«

»Also, der Makler stellt gewöhnlich die Schilder auf«, sagte Chouinard. »Haben wir ihn oder sie schon ausgeschlossen?«

»Ihn«, sagte Cardinal. »Randall Wishart drüben bei

Carnwright. Ist er schon zur Erfassung vorbeigekommen?«

Arsenault verneinte.

»Hab ich ihm aber gesagt.«

Dunbar richtete sich auf und räusperte sich. »Ich habe Informationen, die vielleicht helfen könnten. Ich hab die Schumachers mit zum Haus genommen.«

»Bevor es in Ordnung gebracht und gereinigt wurde?«, fragte Chouinard. »Wer hat Ihnen das denn aufgetragen?«

»Wir mussten wissen, ob irgendwas gestohlen worden war – besonders, da wir einen geständigen Dieb am Tatort haben.«

»Seit fünf Minuten«, sagte Cardinal. »Wieso haben Sie das nicht mit mir abgeklärt?«

»Ich hielt das nicht für nötig, ich meine, schließlich sind wir alle Ermittler, oder?«

»Wir arbeiten bei einer koordinierten Ermittlung zusammen. Ziehen Sie nicht los und befragen einfach Leute, ohne mir Bescheid zu geben.« Cardinal spürte, wie sein Gesicht heiß anlief. »Das sollte eigentlich selbstverständlich sein.«

»Okay, schon verstanden. Wollen Sie trotzdem wissen, was sie gesagt haben?«

»Nachdem es ihnen den Magen umgedreht hat?«

»Unter den gegebenen Umständen waren sie ziemlich gefasst. Ihnen ist nichts aufgefallen, was gefehlt hätte. Rein gar nichts. Ich hab sie auch gefragt, was sie gewöhnlich tun, wenn sie ihr Haus für den Winter dichtmachen. Sie verriegeln Türen und Fenster, drehen die Heizung runter, stellen das Wasser ab und so. Vor allem zieht Mrs Schumacher sämtliche Betten ab und breitet frische Tagesdecken darüber. Sie haben keine Putzfrau, dieses lange schwarze Haar könnte daher ziemlich wichtig sein.«

»Okay, das ist gut zu wissen«, sagte Cardinal. »Ich bin zwar immer noch sauer auf Sie, aber Schwamm drüber.«

»Was wissen wir über diesen Wishart?«, fragte Chouinard. »Diesen Makler.«

»Er arbeitet erst seit ein paar Jahren bei Carnwright«, antwortete Cardinal. »Er ist mit Carnwrights Tochter verheiratet.«

»Laura Carnwright?«, fragte Delorme. »Die ist eine Senkrechtstarterin. Vermutlich in so ziemlich jedem Ausschuss in der Stadt.«

»Wishart selbst scheint auch recht gut zu wissen, was er will. Ist seit Wochen nicht mehr draußen an dem Haus der Schumachers gewesen. Behauptet er zumindest.« Cardinal sah Arsenault an. »Haben wir schon was zu den Reifen?«

»Reifenprofile«, sagte Arsenault. Er blendete ein Bild von der Zufahrt zum Wasserkraftwerk ein. »Unsere flüchtige Person ist offenbar hier in ihren Wagen gestiegen – falls sie es denn war –, und es wurden Schüsse abgefeuert, die ihr Rücklicht beschädigt haben. Die Profile sind an diesem Fahrzeug alle verschieden, alle alt und abgenutzt, und sie könnten zu allen möglichen Kleinwagen gehören: Honda, Mazda, was weiß ich. Dasselbe gilt für die Scherben vom Rücklicht. Wir machen uns mehr Hoffnung bei der Zufahrt.«

Wieder wechselte das Bild. »Fahrzeug Nummer eins kam zuerst an. Oder anders gesagt – Fahrzeug Nummer eins war das erste Auto nach dem Schneefall am Donnerstagmorgen. Die Reifen von Fahrzeug zwei bringen uns nicht weiter. Der Reifenabstand sagt uns, dass wir es mit einem Wagen der unteren Mittelklasse zu tun haben, dazu die gängigsten Goodyear-Winterreifen, an allen vier Rädern. Fahrzeug eins ist mittelgroß mit Bridgestone-Winterprofil, wiederum an allen vier Rädern. Reifengröße und

-tragfähigkeit würde zu einer Reihe teurer Limousinen passen: BMW, Saturn und Acura. Die Reifen werden seit drei Jahren nicht mehr hergestellt, aber die Händler registrieren ihre Verkäufe, und falls sie hier aus der Gegend sind, haben wir vielleicht Glück.«

Chouinard zeigte auf Cardinal. »Sie haben nicht zufällig rausgefunden, was Wishart fährt?«

»Doch, hab ich. Er fährt einen Acura TL.«

»Ich wusste, dass ich Sie nicht ohne Grund eingestellt habe«, sagte Chouinard und stand auf.

»Sie haben mich nicht eingestellt.«

»Irgendjemand muss einen Grund gehabt haben.«

15

Cardinal und Delorme fuhren genau in dem Moment bei Carnwright-Immobilien vor, als Randall Wishart in seinen Wagen stieg.

»Mr Wishart«, sagte Cardinal, »keine Bewegung, wenn ich bitten dürfte.«

Wishart schien verärgert, bis er merkte, mit wem er es zu tun hatte, und ein Lächeln auflegte. »Detective, was kann ich für Sie tun?«

»Als Erstes könnten Sie vielleicht schon mal aufhören, mich zu verscheißern.«

Das Lächeln verflog. Er blickte von Cardinal zu Delorme und wieder zu Cardinal. »Ich versteh nicht ganz.«

Cardinal öffnete die hintere Tür des nicht gekennzeichneten Fahrzeugs. »Wir können es natürlich auch gleich hier in Ihrem Büro hinter uns bringen – vielleicht Ihren Schwiegervater dazubitten? Oder vielleicht im Büro Ihrer Frau? Wäre Ihnen das lieber?«

»Hey, ich verdiene mein Geld damit, Häuser zu verkaufen. Ich bringe keine Leute um.«

»Steigen Sie einfach nur ein.«

Unterwegs rief Wishart einen Anwalt an.

Dick Nolan war bei der Kripo als Dr. No bekannt, da er sich, wenn er irgendwie konnte, grundsätzlich allem und jedem verweigerte, erst recht allem, was sich auch nur im

Entferntesten für seine Mandanten als nachteilig erweisen mochte, zu denen nunmehr auch Randall Wishart zählte. Er kam mit wehendem Burberry-Mantel, die rote, getupfte Krawatte wie eine Flagge über der Schulter flatternd, und einem grauen Haarflaum, der ihm wie eine Pusteblume vom Kopf abstand, direkt aus dem Gerichtssaal zum Polizeirevier. Sein Gesicht war nicht etwa von der Kälte gerötet, sondern von einer Empörung, die, soweit sich Cardinal entsann, bei ihm ein Dauerzustand war.

Nolan stürmte in das Vernehmungszimmer, in dem Wishart bereits wartete, und knallte die Tür hinter sich zu. Sekunden später waren seine ungläubigen Ausrufe bis in den hintersten Winkel des Flurs zu hören.

Cardinal räumte ihnen fünfzehn Minuten ein. Als er sich schließlich zusammen mit Delorme Wishart und seinem Rechtsbeistand gegenübersetzte, fragte er, ob sie etwas dagegen hätten, wenn die Befragung mitgeschnitten würde.

»Kein Band«, sagte Nolan. »Wieso haben Sie meinen Mandanten gegen seinen Willen hierhergebracht?«

»Wir glauben, dass er im Zusammenhang mit unseren Ermittlungen in einem Doppelmord über Informationen verfügt«, sagte Cardinal. »Wir sind gesetzlich dazu verpflichtet, ihn zu befragen. Bitte, klären Sie das mit Ihrem Mandanten, aber ich glaube, dass er lieber hier mit uns redet als in seinem Büro oder zu Hause.«

»Sie setzen ohne Grund seinen guten Ruf und seinen Seelenfrieden aufs Spiel, ganz zu schweigen davon, dass Sie seine Privatsphäre verletzen.«

»Wie Sie wollen.« Cardinal klappte sein Notizbuch zu und stand auf. »Wenn Mr Wishart nicht heute mit uns sprechen will, reden wir ein andermal mit ihm.«

»Moment. Warten Sie«, sagte Wishart. Er beugte sich zu seinem Anwalt und flüsterte ihm etwas zu.

»Wir sind bereit, in begrenztem Umfang Auskunft zu erteilen.«

Cardinal klappte sein Notizbuch wieder auf. »Mr Wishart, Sie haben mir gegenüber angegeben, seit einigen Wochen nicht mehr draußen am Anwesen der Schumachers gewesen zu sein.«

»Jemand ist in das Haus eingebrochen. Die Hintertür war aufgestemmt«, sagte Nolan. »Mein Mandant hat, wie Ihnen sehr wohl bekannt ist, einen Schlüssel. Wieso sollte er wohl dort einbrechen?«

»Damit es nach jemandem aussieht, der keinen Schlüssel hat«, schlug Delorme vor.

»Sie waren am Donnerstag dort«, stellte Cardinal fest. »Dem Tag, an dem die Bastovs ermordet wurden.«

»Verfügen Sie über irgendwelche Beweise, aus denen seine Anwesenheit dort hervorgeht? Vielleicht ein Video von einer Überwachungskamera? Einen Zeugen?«

»Wir haben Reifenprofile, die sich mit denen an seinem Wagen decken. Wir haben Fingerabdrücke am Verkaufsschild. Und am Bett im Elternschlafzimmer.«

»Abdrücke, die Sie – bitte schön – mit denen meines Mandanten abgeglichen haben? Er hat kein Vorstrafenregister. Er hat nie in der Armee gedient. Er ist nie in ein Fahndungsraster geraten. Wie kommen Sie also an seine Fingerabdrücke?«

Cardinal faltete die Hände auf dem Tisch und musterte seine Daumen. »Mr Nolan, wie unkooperativ soll Ihr Mandant eigentlich dastehen? Alle, die in jüngerer Zeit bei den Schumachers gewesen sind, wurden gebeten, sich die Abdrücke abnehmen zu lassen. Er hat es vorgezogen, dem nicht nachzukommen. Raten Sie ihm, bei dieser Haltung zu bleiben? Sie wissen, wo das hinführt.«

Nolan atmete hörbar durch die Nase aus. »Nehmen wir

nur mal rein hypothetisch an, mein Mandant würde einräumen, dass seine Abdrücke sich sowohl an dem Verkaufsschild als auch am Bett befinden. Dafür gibt es jede Menge Erklärungen. Er ist ein Makler, der gebeten wurde, das Haus zu verkaufen.«

»Der es aber keinem einzigen Interessenten gezeigt hat«, wandte Cardinal ein. »Wie kommen dann seine Fingerabdrücke an das Kopfende des Bettes sowie an den Nachttisch im Elternschlafzimmer?«

»Das kann ich erklären«, sagte Wishart.

»Sie brauchen kein Wort zu sagen«, fuhr Nolan dazwischen. »Überlassen Sie das Reden mir.«

»Nein, dafür gibt es eine einfache Erklärung, tut mir leid«, sagte Wishart zu Cardinal. »Ich wollte das Haus auf Video aufnehmen. Die Schumachers hatten das abgelehnt, aber ich bin trotzdem hin und hab es gemacht. Vielleicht hab ich die Bettdecke glatt gestrichen. Ich meine, man will ja, dass es möglichst gut aussieht.«

»Dieses Video ist Beweismaterial«, sagte Cardinal. »Sie werden es rausrücken müssen.«

»Ich bin mir nicht sicher, ob ich es noch habe. Möglicherweise hab ich es inzwischen überspielt.«

»Sie sind da rausgefahren und haben gegen den Willen der Schumachers ein Video gedreht – haben das Haus widerrechtlich ohne Zustimmung der Eigentümer betreten –, aber das Video möglicherweise überspielt?«

Nolan sah seinen Mandanten an. »Wollen Sie ab jetzt das Reden mir überlassen?«

Wishart sank in seinen Stuhl zurück.

»Es gibt keinen Grund zu der Annahme, dass ein Video von einem leeren Haus irgendwie von Beweiskraft sein sollte«, sagte Nolan.

»Entschuldigung«, erwiderte Delorme, »ein Video, das

am selben Tag aufgenommen wird, an dem die Morde passieren?«

Wishart richtete sich auf. »Ich hab nicht gesagt, es wäre von dem Tag. Ich hab Ihnen gesagt, wo ich an dem Tag war. Ich dachte, Sie würden das bei Troy nachprüfen.«

»Hab ich auch«, antwortete Cardinal. »Gut möglich, dass ich noch mal mit ihm rede.«

Nolan legte seinem Mandanten warnend eine Hand auf den Arm und brachte ihn mit einem vernichtenden Blick zum Schweigen. Dann wandte er sich an Delorme. »Jetzt unterstellen Sie meinem Mandanten nicht nur, dass er dort war, sondern auch noch, wann. Fingerabdrücke kriegt man, soweit ich weiß, selbst wenn sie von ihm wären, was Sie erst mal nachweisen müssen, nicht mitsamt Datumsstempel geliefert. Hätten Sie wohl die Freundlichkeit, uns zu verraten, welcher Art Ihre Beweise dafür sind, dass mein Mandant an genau dem Tag in dem Haus gewesen ist?«

»Wollen Sie das leugnen?«, fragte Cardinal Wishart.

»Er braucht weder etwas zu leugnen noch zuzugeben.«

»Hey, Mr Nolan, ich hab hier eine Gleichung für Sie – zählen Sie zwei und zwei zusammen.«

Cardinal hatte sich geschworen, sich von Nolan nicht aufregen zu lassen, doch er hatte seine liebe Not damit, ruhig zu sprechen. »Am Donnerstag fiel Neuschnee, weshalb wir Mr Wisharts Acura mit den Bridgestone-Winterreifen auf diesen Tag datieren können. Entweder war er zu einem Zweck dort, der mit dem Verbrechen in keinerlei Verbindung steht, oder er war dort, um einen Doppelmord zu begehen oder dazu Beihilfe zu leisten. Ich würde ihn also an Ihrer Stelle ermutigen, erstens: zu sagen, dass er am Donnerstag dort war, und zweitens: aus welchem Grund, wenn er nicht Gefahr laufen will, für lebenslänglich hinter Gitter zu kommen.«

»Haben Sie Gipsabgüsse von seinen Reifen?«
»Sind in Arbeit.«
»Haben Sie Blut? Haare? Fasern? Haben Sie nicht, sonst wäre schon Anklage gegen ihn erhoben worden. Haben Sie Beweise für eine vorausgegangene Verbindung mit den Opfern – diesen Russen aus New York? Haben Sie nicht. Falls Sie also kein Video von einer Überwachungskamera oder einen Augenzeugen haben, die seine Anwesenheit in dem Haus zur fraglichen Zeit beweisen können, haben Sie nicht das Geringste in der Hand und vergeuden nur unser aller Zeit.«
»Wenn Sie nicht im Haus der Schumachers waren«, sagte Delorme mit sanfter Stimme, »wie wär's, wenn Sie uns dann sagen würden, wo Sie tatsächlich waren?«
»Ich hab recht lange gearbeitet – bis halb sieben oder so –, und dann bin ich zu Troy rübergefahren. Er sah sich gerade das Spiel an, und danach bin ich nach Hause gefahren, so um halb zwölf. Meine Frau war schon im Bett, demnach kann sie das nicht bestätigen, Troy dagegen schon.«
»Wer hat das Spiel gewonnen?«
»Montreal mit vier zu eins gegen die Leafs. Haben es im letzten Drittel verloren.«
»Was hielten Sie von Rosehills Strafzeit?«
»Rosehill hat keine Strafzeit bekommen. Er spielt wegen einem Bänderriss immer noch nicht.«
»Netter Versuch«, sagte Nolan.
»Ich sag's Ihnen einfach mal auf den Kopf zu, Randall«, setzte Cardinal zu einem neuen Versuch an. »Ich glaube, Sie haben eine Freundin. Ich glaube, Sie haben da eine kleine Affäre laufen. Ich glaube, Sie treffen sich mit ihr in leeren Häusern zu heißen kleinen Rendezvous.«
»Nein, nein, nein.« Nolan hielt wie ein Verkehrspoli-

zist die Hand hoch. »Wenn Sie diese hypothetische andere Frau nicht draußen vor der Tür stehen haben, ist das vollkommen inakzeptabel.«

»Randall weiß, wovon ich spreche, nicht wahr, Randall? Wie heißt die Kleine denn, Randall?«

Wishart schüttelte den Kopf. »Da ist niemand, ich schwöre es.«

»Sie haben eine Powerfrau und sitzen in der Firma ihres Vaters sicher im Sattel. Falls die Sache rauskommt, könnte das alles wie ein Kartenhaus in sich zusammenfallen. Sie können es uns entweder gleich sagen oder warten, bis wir sie finden, und wenn wir sie gefunden haben …«

»Das war's, Detective.« Nolan steckte seinen Schreibblock in die Aktentasche, ließ die Schlösser zuschnappen und stand auf. »Mein Mandant war mehr als kooperativ.«

»Oh, umso besser. Dann darf ich wohl annehmen, dass er uns seine Fingerabdrücke geben wird?«

»Nein, dürfen Sie nicht.«

»Und ich nehme an, er wird uns dieses Video übergeben, das er vom Haus gemacht hat.«

»Nein, das wird er nicht. Jedenfalls nicht, falls er es überspielt hat.«

»Stehen Sie uns zu einer weiteren Befragung morgen um zehn zur Verfügung?«

»Nein. Ich bin bei Gericht. Welchem Zweck sollte ein zweiter Termin dienen?«

»Keinem. Ich wollte Sie einfach noch ein letztes Mal nein sagen hören. Irgendwas an der Art, wie Sie es sagen, Mr Nolan. Kann einfach nicht genug davon bekommen.«

»Verletzen Sie nur weiter die Grundrechte meines Mandanten, und Sie werden es noch ziemlich oft zu hören bekommen.«

16

Curtis Carl Winston, der sich Papa nannte, klopfte an die Badezimmertür. Er hatte das Schloss blockiert, wartete jedoch einen Moment, bevor er eintrat. Der alte Mann stand, die mit Streifen aus Plastik aneinandergefesselten Hände vor dem Bauch gefaltet, in der Ecke. Seine aufrechte Haltung verlieh ihm eine gewisse Würde, auch wenn sein beeindruckendes Auftreten seine Angst nicht verbergen konnte. Viele Übel auf der Welt gingen auf einen Mangel an Angst zurück, und Papa tat sein Bestes, um diesen Mangel zu beseitigen.

»Wie geht's, Lloyd? Genug Lesestoff?«

»Mister, ich bin fünfundsiebzig Jahre alt. Wollen Sie sich nicht einfach nehmen, was Sie haben möchten, und verschwinden? Ich kann Sie doch sowieso nicht daran hindern.«

»Hatten Sie genug zu essen?«

»Ja. Hören Sie, ich bin alt, ich kann nicht in einer Badewanne schlafen.«

»Wenn hier genug Platz für eine Matratze wäre, würde ich eine für Sie anfordern, so ist es aber nun mal nicht. Und ich kann Sie schließlich nicht alle fünf Minuten herbringen, weil Sie auf die Toilette müssen, oder?«

»Dann sperren Sie mich am besten im Hauptschlafzimmer ein, das ist mit angrenzendem Bad.«

»Und vermutlich mit einer Menge scharfer Gegenstände. Ich denk darüber nach. Ich möchte Ihnen nicht unnötig Schmerzen bereiten.«

Papa deutete auf die Tür. Er geleitete den alten Mann in sein Büro im Kellergeschoss und setzte ihn an den Computer.

»Ich verstehe nicht, was Sie herführt«, sagte Lloyd. »Und was Sie wollen.«

»Sagen wir einfach, das Campen geht einem im Winter ein bisschen auf die Nerven, Lloyd, selbst wenn man weiß, wozu man es macht. Wie jeder andere auch wissen wir Wärme und Behaglichkeit zu schätzen.«

»Hm. Und wie lange hatten Sie vor zu bleiben?«

»Das ist streng vertraulich, Lloyd. Mit den Plastikbändern werden Sie nicht tippen können. Wenn ich sie Ihnen abnehme, werden Sie mir keinen Ärger machen, oder? Sie müssen mir Ihr Wort darauf geben.« Er legte ihm die Hand auf den Arm.

»Wie sollte ich Ihnen wohl Ärger machen? Sie sind derjenige, der einen Tross dabeihat.«

»Geben Sie mir einfach Ihr Wort, Lloyd.«

»Kein Ärger, Sie haben mein Wort.«

Papa beugte sich vor und öffnete die Plastikbänder.

Der alte Mann rieb sich die Gelenke und legte die Hände auf den Schoß.

»Öffnen Sie Ihren Terminkalender.«

Kreeger legte seine knöcherne Hand auf die Maus und gehorchte. Auf dem Bildschirm leuchtete der Monat Dezember auf.

»Sie zittern ja, Lloyd. Es gibt für Sie nicht den geringsten Grund zur Angst. Ich hege nicht die Absicht, Ihnen etwas zu tun. Nicht die geringste.«

»Es macht einem Angst, in seinem eigenen Haus überfallen zu werden.«

»Ich weiß. Tut mir leid. Aber das musste sein.« Er drückte dem alten Mann die Schulter. Dünner Muskelstrang. »Entspannen Sie sich. Wirklich. Ich bin kein gewalttätiger Mensch. Ich wünschte, ich könnte Sie davon überzeugen, aber ich kann Ihre Skepsis verstehen. Wer sind Greener & Greener, die am Donnerstag kommen?«

»Landschaftsgärtnerei.«

»Was wollen Sie mitten im Dezember mit Landschaftsgärtnern?«

»Einen Kostenvoranschlag. Für Arbeiten, die sie im Frühjahr ausführen sollen.«

»Schicken Sie ihnen eine E-Mail und sagen Sie ab.«

Der alte Mann öffnete sein E-Mail-Programm und adressierte eine Nachricht.

Meine Herren,
mir ist etwas dazwischengekommen, und ich muss für Donnerstag absagen.

»Sagen Sie nicht einfach nur ab. Verschieben Sie den Termin, sonst rufen die wieder hier an.«

Der alte Mann tippte noch ein paar Worte. Er war am Computer erstaunlich gut.

Ich ruf Sie kurz nach Neujahr an, und wir machen einen neuen Termin aus.
Mit der Bitte um Verständnis,
Lloyd Kreeger.

»Gut. Und jetzt senden. Sie haben diese Woche noch zwei Verabredungen. Machen Sie damit dasselbe. Dann richten wir eine Out-of-Office-Rückmeldung ein. Nicht, dass Sie besonders viele E-Mails bekämen. Lieben das Eremitendasein, was, Lloyd?«

»Nein, das Rentnerdasein. Ich halte mit meiner Familie Kontakt, und wenn meine Leute nichts von mir hören, machen sie sich Sorgen und rufen die Polizei. Meine Tochter ist eine Schwarzseherin – sie hat das schon mal getan.«

»Falsche Taktik, Lloyd. Ich mag Lügen nicht.« Papa sprach leise. Ein bisschen Angst war eine Sache, aber er wollte den alten Mann nicht in Panik versetzen. Ein paar von Papas früheren Rekruten hatten das getan, und es war für alle schlecht ausgegangen. »Ihre Tochter lebt in Colorado Springs, weit weg in den guten alten Vereinigten Staaten, und Sie hören ein Mal im Monat von ihr. Tun wir also nicht so, als käme sie irgendwie ins Spiel.«

Der alte Mann sah mit steinerner Miene zu Papa auf. Er mochte alt sein, ein Dummkopf oder ein Weichei war er nicht. »Wieso erzählen Sie mir nicht, was Sie mit Henry gemacht haben, wenn Sie es mit der Wahrheit so ernst nehmen? Sie haben ihn umgelegt, stimmt's?«

Papa betrachtete ihn, als machte er sich aufrichtige Sorgen. »Henry ist vermutlich Ihr Freund, der Ureinwohner? Henry sitzt wohlbehütet in der Baracke. Ich hab ihn nicht umgebracht, ich hab überhaupt niemanden umgebracht.«

»Ich hab die Schüsse gehört.« Diese wässrigen Augen, die zu ihm aufblickten, hatten vielleicht eine Menge gesehen, aber nicht genug, um zu begreifen, was für einen Mann Lloyd vor sich hatte.

»Keine Sorge, Lloyd. Ihre Fantasie geht mit Ihnen durch. Ich hab im ganzen Leben noch keinen umgebracht, und das ist die reine Wahrheit.«

»Vielleicht nicht mit eigener Hand. Aber vielleicht einer von Ihren Leuten.«

»Sie meinen meine Jungs. Lemur ist erst sechzehn und ein gutmütiger Junge – nicht die Spur von Killerinstinkt. Und warten Sie, bis Sie Nikki kennenlernen, meine Jüngste. Die kommt morgen. Jack ist ein bisschen Massenware, schwacher Durchschnitt – ich muss zugeben, Jack ist manchmal recht anstrengend, aber er kann nichts dafür. Für den ist Adrenalin das, was für Sie und mich Sauerstoff ist, oder Wasser und Nahrung. Aber deshalb ist Jack kein Berserker, und er läuft auch nicht herum und knallt Leute ab, und ich dulde nicht, dass jemand das von ihm behauptet. Machen Sie sich also um Henry keine Sorgen, Lloyd. Wenn das hier alles vorbei ist, werden Sie Ihren Enkelkindern davon erzählen können. Jetzt öffnen Sie diese Abwesenheitsnotiz, und dann wenden wir uns den finanziellen Dingen zu.«

Der alte Knacker hatte einen Siebzig-Zoll-HD-Fernseher in seinem Wohnzimmer, und Jack und Lemur schauten sich gerade eine Folge von *24* an, als Papa hochkam und Lemur aufforderte, auszuschalten. Er und Jack hätten was unter vier Augen zu bereden. Der Junge machte den Apparat aus und ging in sein Zimmer. »Und bleib nicht die ganze Nacht auf«, rief ihm Papa hinterher. »Du holst morgen um sieben Nikki vom Flugfeld ab.«

Manchmal fand Jack Papas Wortwahl amüsant. Der Mann war schon seit schätzungsweise dreißig Jahren nicht mehr beim Militär, und trotzdem waren Flughäfen immer noch »Flugfelder« und Bahnhöfe nach wie vor »Bahnstationen«. Aber Papa nahm man das irgendwie ab.

Papa stand eine Weile, die Hände auf dem Rücken verschränkt, da und starrte aus dem Fenster. Er hatte die Lichter ausgemacht, im ganzen Erdgeschoss. Im Kamin brannte ein schwaches Feuer und warf lange Schatten über den Boden und die Wände hinauf. Jack liebte dieses Haus – all das Holz und die dicken Teppiche und teuren

Möbel und die Stille und Abgeschiedenheit des Waldes. Letzte Woche hatten sie im Freien kampiert, und Papa hatte sie ja wahrhaftig gut dafür trainiert, aber danach wusste man ein gemütliches Haus umso mehr zu schätzen. Einerseits wünschte sich Jack, sie könnten für immer hierbleiben, andererseits wusste er, dass es nie dazu kommen würde.

Das Panoramafenster, so groß wie eine Kinoleinwand, bot einen Blick auf den See – die letzten schwarzen Stellen offenes Wasser. Inzwischen schneite es kräftig, und ein starker Wind wirbelte die Flocken quer übers Fenster. In kurzen Abständen folgte der Donner den zuckenden Blitzen, in denen das Schneegestöber plötzlich wie in grellen Schlaglichtern erschien und dann wieder im schwarzen Einerlei verschwand.

Jack – mit richtigem Namen hieß er Jackson Michael Till – war seit sechs Jahren bei Papa. Immerhin so lange, dass er sich manchmal einbildete, den Mann zu kennen, ja, sogar zu verstehen. Dann wieder dämmerte ihm, dass er ihn nie durchschauen würde.

Papa wandte sich vom Fenster ab und legte eine Hand auf die Brust. »Gewitter gehen mir nahe«, sagte er. Er sagte das in diesem leisen, vertraulichen Ton, der suggerierte, dass er so mit keinem anderen redete. Auch wenn Jack das nie zugegeben hätte, liebte er diesen Ton. Er wartete gespannt darauf, ja, er sehnte sich danach, und obwohl ihn diese Gefühle wahrscheinlich in eine ungünstige Position brachten, konnte er von dieser Stimme nie genug bekommen.

»Blitz und Donner, besonders im Winter«, sagte Papa, »die berühren mich so tief« – er klopfte sich auf die Brust – »wie nichts sonst.«

»Mich auch«, sagte Jack und merkte erst, als er es aussprach, dass es stimmte. Papa brachte ihn oft dazu, Dinge zu sagen, die einerseits stimmten und ihn andererseits selbst überraschten.

»Willst du einen Brandy mit mir trinken? Mr Kreeger hat im Büfett eine Flasche Delamain.«

»Klar, und ob.« Jacks Tonfall und Wortwahl erschienen ihm nach Papas etwas förmlicher Redeweise hässlich und proletenhaft. In Papas Gesellschaft bekam man das Bedürfnis, alles an sich selbst zu verbessern, sogar die Art, wie man sprach. Jack hatte in seinem ganzen Leben keinen Brandy getrunken, außer wenn er mit Papa zusammen war, doch er räusperte sich und sagte: »Brandy wäre jetzt genau das Richtige.«

Papa trat an das Büfett und goss zwei Gläser ein. Das Licht des Feuers glitzerte in der hellen, bernsteinfarbenen Flüssigkeit. »Ich würde gerne einen Toast ausbringen.«

»Okay.«

»Die Sache ist durchaus ein bisschen feierlich, Jack. Könntest du dich erheben?«

»Tut mir leid.« Jack sprang auf.

»Kein Grund, dich zu entschuldigen«, sagte der ältere Mann. »Ich will dich ganz bestimmt nicht verlegen machen. Ich bringe einen Toast auf Jack aus – einen Mann, der seinen eigenen Verhaltenskodex hat und ihm unbeirrbar folgt. Einen Mann, der weiß, was er will, dem keiner etwas vorschreiben kann, falls er es nicht selbst will. Ein wahrer Soldat – mit einem scharfen Verstand und Unterscheidungsvermögen, der nicht einfach blindlings Befehle ausführt, sondern für seine Überzeugungen kämpft. Kurz gesagt, auf Sie, Sir …« Er stieß mit Jack an. »In Dankbarkeit für alles, was du für diese Familie getan hast. Dafür, dass du meine rechte Hand bist. Ich verdanke dir mehr, als ich sagen kann.«

Jack nahm einen Schluck. Der Brandy brannte ihm auf der Zunge, sodass er beinahe husten musste.

»Also, lassen wir die Förmlichkeiten«, sagte Papa und klopfte Jack auf die Schulter. »Wie wär's, wenn wir uns ans Feuer setzen und du mir deine verdammte Kriegsgeschichte erzählst!«

Es stand nur ein Ledersessel beim Kamin. Papa hob einen anderen hoch und trug ihn durchs Zimmer. Er stellte ihn schräg zu dem anderen.

»Such dir einen aus«, sagte Papa. »Und dann erzähl mir alles.«

Jack setzte sich hin. Er streckte die Füße aus und betrachtete sie. Dann sah er Papa an. »Bestimmt? Ich hab dir doch schon alles erzählt.«

»Ich weiß, aber ich bin da wie ein Kind, ich kann es nicht oft genug hören. Nicht wie ein Kind, eher wie in alten Zeiten. Wie bei den Wikingerkriegern. Die saßen um ein Feuer und versuchten, sich gegenseitig mit den wildesten Geschichten zu übertrumpfen. Also, mein Sohn, ich kann dich nicht übertrumpfen, ich bin nur da, um dir zuzuhören. Und seien wir ehrlich, es gibt nicht viele, denen du so was erzählen kannst, also lass hören. Ich hab meinen Brandy, ich hab meinen Kamin, und ich hab einen echten Tatmenschen mit einer unglaublichen Geschichte. Was will man mehr.«

Also erzählte Jack Papa noch einmal, wie eigentlich Papa selbst die Vorlage für die Operation geliefert hatte, indem er den Bastovs erzählte, er hätte einen guten Makler, mit dem er befreundet sei, gebeten, sie anzurufen. Er erzählte ihm noch einmal, wie er die Bastovs wegen der Neuigkeit angerufen hatte, dass er das ideale Haus für ein Paar gefunden hätte, das Wintersport liebte. Und er erzählte ihm auch noch mal, wie er sie zum Trout Lake rausgefahren und sie herumgeführt habe. Er vergaß nicht, zu erwähnen, wie er die Flasche Stoli hervorgezaubert hatte.

»Oh, das war clever«, lobt Papa. »Ein sehr guter Schachzug. Wer weiß, vielleicht kannst du dich ja eines Tages zur Ruhe setzen und Immobilien verkaufen. Du würdest dich gut machen.«

Jack hält sein Cognacglas ins Licht des Feuers und beobachtet, wie die Flammen darin falsch herum flackern.

»Ihr setzt euch also zu dritt auf einen Drink hin«, sagt Papa. »Was haben sie gesagt? Wie waren sie so? Waren sie überhaupt misstrauisch?«

»Eigentlich nicht. Die Frau war richtig begeistert – vom See, weniger von dem Haus. Die Lage. Der Mann war, na ja, zurückhaltend, würde ich sagen.«

»Erzähl mir noch mal, wie du es gemacht hast, Jack.«

Also erzählte Jack es ihm noch einmal. Die Worte sprudelten aus ihm heraus, und er konnte eigentlich nicht fassen, dass er sie sagte, auch wenn er so was nicht zum ersten Mal machte und Papa schon andere Geschichten über andere »Zielpersonen«, wie Papa sie nannte, erzählt hatte. Er erzählte von der dritten Runde, die er spendierte – wie diese Russen das Zeug einfach so runterkippen. Die halten nichts davon, vornehm dran zu nippen. Wie die Augen der Frau leuchten, wie sie ein wenig lauter lacht. Und wie er, als sie den Cognac trinken, in seine Schultertasche greift und die Browning zückt. Wie er sie blitzschnell hochhält und über den Tisch hinweg auf den Mann zielt.

»Was hat er für ein Gesicht gemacht, Jack? Was hat er für ein Gesicht gemacht, als du das getan hast?«

»Er hat mich angeguckt …« Jack musste überlegen, um es richtig zu beschreiben, war sich nicht sicher, wie er die

Gefühle oder das, was dem Mann so offensichtlich anzusehen war, anschaulich erklären sollte. »Er hat mich einfach nur angesehen, als hätte er ein erstauntes ›Oh‹ auf der Zunge, sonst nichts, verstehst du?«

»Ihm klappte die Kinnlade herunter.«

»Allerdings«, bestätigte Jack. »Ihm klappte wirklich die Kinnlade runter. Na, jedenfalls hab ich ihn dann auf der Stelle erschossen. Peng, ohne einen Moment zu zögern, direkt zwischen die Augen. Na ja, in die Stirn, würdest du sagen.«

Papa nickte. »Schon wieder clever. Erst den Mann ausschalten.«

»Hast du mir immer eingeschärft, Papa.«

»Ja, aber du hast es auch getan. Du standest unter Druck und hast das Richtige getan. Und die Frau?«

»Ich hab ihr keine Zeit gelassen, zu schreien. War ja einsam genug da draußen, aber ich wollte keine Schreie. Oder dass irgendwelche Leute angerannt kommen. Also hab ich die Waffe einfach blitzschnell in ihre Richtung geschwenkt …« Er hob die Schusshand mit ausgestrecktem Zeigefinger und zeigte Papa, wie er nach rechts gezielt hatte. Er schloss ein Auge, als legte er erneut an. »So. Und ich hab's ihr gegeben.«

»Auch zwischen die Augen?«

»Sie sah zu dem Kerl rüber, hatte den Kopf ein bisschen gedreht. Der Schuss hat sie in der Schläfe erwischt und ging glatt durch.«

»Zwei Schuss, zwei erledigt. Du bist gut, Jack. Wird ganz schön Wirbel machen. Russische Mafia? Die Oligarchen? Da geht man nicht so schnell zur Tagesordnung über.«

»Gehörten die wirklich zur Russenmafia, die beiden?«

Papa hielt sich die flache Hand über den Kopf – als Zeichen für den Sumpf. »Bis hierher, Jack, bis hierher. Als das kommunistische System implodierte, haben sie Lev Bastov praktisch das ganze Gewerbe in den Schoß gelegt. Diese Leute haben keinen Schimmer von unseren Werten. Er brauchte nur die entsprechenden Funktionäre zu schmieren, und schon bekam er es auf dem Silbertablett serviert.«

»Die kamen mir gar nicht wie Gangstertypen vor. Klangen irgendwie nicht danach, jedenfalls nicht für mich. Wenigstens nicht die Frau.«

Papa stellte sein Glas ab und stützte sich auf die Lehne seines Sessels. »Und es gab keine Zeugen, richtig? Niemand hat dich mit ihnen gesehen? Niemand hat dich in dem Haus gesehen?«

»Sag ich doch, du warst doch selbst da, du hast das Haus doch gefunden.«

Lügen kamen Jack leicht über die Lippen. Nach seiner Erinnerung schon immer. Papa allerdings log er nur ungern an. »Da draußen an dieser verdammten Landzunge ist kein Schwein, das einen sehen könnte.«

»Du hast recht.« Papas eindringliche blaue Augen, die in ihn hineinzusehen schienen und in deren Iris sich das Feuer spiegelte.

»Woher wusstest du überhaupt, dass es da draußen diese Hütte gibt? Und dass sie zu verkaufen ist und so?«

»Das wusste ich nicht, jedenfalls nicht, bis wir es ausgekundschaftet haben. Glücklicher Zufall, könnte man sagen. Allerdings ist das Glück immer denen hold, die das Terrain sondieren. Erzähl mir den Rest.«

Also erzählte ihm Jack, wie er als Nächstes in den Regenmantel schlüpfte, den er mitgebracht hatte. Den Reißverschluss hochzog und zur Axt griff. Dann zum Häutemesser. Das Geräusch eines eingeschlagenen Fensters, seinen Schrecken und seine Panik erwähnte er nicht. Ein Zeuge, der ihm entwischt war? Er hätte sich diesem Mann, der ihm so viel beigebracht, ihm so viel gegeben hatte, gerne anvertraut. Doch eine Stimme sagte ihm, dass er es nicht konnte. Papa wusste bereits in allen Einzelheiten von den Köpfen – das alles hatten sie bis ins letzte Detail gemeinsam geplant: von der Axt über die Beutel bis zu diesem Dock. Und nun bestand Papa darauf, dass er es ihm trotzdem schilderte. Also tat er es, und irgendwie, indem er einfach nur davon sprach, nahm es innerlich auch etwas den Druck raus.

»Toll gemacht«, sagte Papa. »Angst und Schrecken, Jack. Wir haben Angst und Verwirrung gestiftet – und du hast das durchgezogen. Fehlerlos. Absolut fehlerlos. Und die Frau – Irena Bastov – war 'n Hingucker.«

»Ja? Findest du?«

»Hand aufs Herz, Jack, wir können unter uns doch über so was reden.«

»Ehrlich gesagt, machen mich diese slawischen Frauen nicht so an. Aber, sicher, man könnte schon sagen, dass sie gut aussah.«

»Und nachdem du Bastov erschossen hattest – was ging da in Bezug auf diese Frau in dir vor? Du weißt, du hast ein Problem mit der Lust – wir haben darüber gesprochen. Du hast dich nicht sexuell an sie rangemacht?«

»Hab nicht im Traum daran gedacht. Ich hab gerade einen Mann erschossen, und als Nächste ist sie dran – ist mir nicht mal in den Sinn gekommen.«

»Nicht in den Sinn gekommen? Oder ist es dir in den Sinn gekommen, aber du hast dich beherrscht und es nicht getan? Das ist nicht dasselbe, Jack. Denk gut nach, bevor du antwortest.«

Jack holte tief Luft und atmete durch die Nase aus. Er

trank seinen Brandy aus und merkte, wie das Zimmer ein wenig schwankte. »Na schön«, sagte er schließlich. »Du hast recht. Wie immer. Ich hätte gerne mit ihr rumgemacht, das geb ich zu. Aber ich hab daran gedacht, was wir besprochen hatten, und hab beschlossen, bei der Sache zu bleiben.«

Papa beugte sich vor und drückte Jack den Arm. »Auf dich ist eben Verlass. Ich weiß, das ist dir nicht leichtgefallen.«

Jack zuckte die Achseln.

»Disziplin«, sagte Papa und lehnte sich zurück. »Gott, wie ich das bewundere. Und wenn ich nur daran denke, wie sich alle in dir getäuscht haben. Das werde ich nie begreifen.«

Jack auch nicht. Die Schulen, die er verlassen musste, sein jämmerlich gescheiterter Versuch, Polizist zu werden, bis ihn schließlich sogar die Army – eine ganze Institution von Schwachköpfen und Spinnern – abgelehnt hatte. Und dann diese Beurteilungen in der Jugendstrafanstalt. Die sollte er eigentlich nicht zu Gesicht bekommen, aber eines Tages hatte er doch einen Blick darauf geworfen, als die Psychologin einmal kurz abgelenkt war: geringe Impulssteuerung, Persönlichkeitsstörung und all so 'n Scheiß. An dem Tag hatte er zum ersten Mal versucht, sich das Leben zu nehmen. Seit er Papa begegnet war, hatte er nie wieder an Selbstmord gedacht. Nicht ein einziges Mal.

Papa stand auf, und sie sagten sich gute Nacht. Papa schüttelte Jack die Hand und sah ihm, während er es sagte, in die Augen, als ginge es um ein besonderes Männerritual.

Jack legte sich in einem der vielen Zimmer im Haus von Lloyd Kreeger schlafen. Eine Weile lag er mit einem Handy in der Hand auf dem Rücken und überflog eine

Fotogalerie, auf der fast ausschließlich grinsende Teenager zu sehen waren, von denen eine ganze Reihe indianisch aussahen. Dunkelhaarige Mädchen, die Fratzen schnitten oder sich einfach nur kaputtlachten. Die Bilder waren nicht betitelt, doch er war sich ziemlich sicher, welche von ihnen sie war.

17

Delorme kam ins Dezernat und blieb vor ihrem Schreibtisch stehen. Sie hatte die Gewohnheit, in ihr E-Mail-Postfach zu sehen, bevor sie sich setzte oder auch nur den Mantel auszog. Genau das tat sie in diesem Moment – Cardinal kannte das Geräusch der entsprechenden Tastenanschläge –, während sie einen Schwall kalter, schneenasser Luft um sich verbreitete. Erst danach nahm sie sich die Zeit, den Mantel abzulegen und auszuschütteln, sodass kleine Wassertröpfchen auf seinem Schreibtisch landeten. Sie machte das jedes Mal in voller Absicht und entschuldigte sich anschließend, als wäre es ein Versehen.

»Ich hab eine Idee«, sagte Cardinal. »Mir wird gerade bewusst, dass ich seit 2006 keine Idee mehr hatte, aber eben kommt mir ein Gedanke.«

»Das stimmt nicht, weißt du nicht mehr, damals im August? Du hast gesagt: ›Lass uns mal im Tim Hortons' vorbeischauen.‹ Das sah dir ähnlich, mir wär das nie in den Sinn gekommen.«

»Diese Nachricht auf deinem Anrufbeantworter ist mir immer wieder durch den Kopf gegeistert, und jetzt sag ich dir mal, was ich davon halte. Ich finde, dieses Mädchen klingt so, als wäre sie First Nations – nicht stark, nicht, dass man es auf Anhieb hört –, du weißt schon, so eine leicht gepresste Sprechweise, die sie manchmal haben? Ein bisschen flache Vokale, und vielleicht einen Hauch mehr durch die Nase?«

»Meinst du?«

»Ich drück mich nicht richtig aus. Hör's dir noch mal an. Versuch's mal mit Kopfhörern.«

Inzwischen hatten sie die Nachricht beide auf ihrem Computer. Delorme nahm Platz, setzte sich die Kopfhörer auf und hörte es sich noch einmal an. »Du könntest recht haben«, sagte sie ein wenig zu laut, während der Text noch lief. Sie legte die Hände auf die Ohren und hörte die Nachricht zu Ende an. Sie nahm die Kopfhörer ab und drehte sich auf ihrem Sessel zu ihm um. »Eindeutig. Hätte ich gleich hören müssen.«

»Wenn Randall Wishart also eine Affäre mit einem First-Nations-Mädchen hat, stellt sich die Frage, wie sie sich kennengelernt haben.«

»Sie können sich überall begegnet sein, schließlich lebt sie ja wohl nicht in einem Tipi.«

»Ein Immobilienmakler, der ganz groß rauskommen will und mit einem formidablen Finanzgenie verheiratet ist, hat was mit einem First-Nations-Mädchen am Laufen, und du meinst, sie können sich überall begegnet sein? Hältst du uns wirklich für so multikulturell? Ganz zu schweigen von dem Altersunterschied, der dem Klang nach beträchtlich ist.«

»Vielleicht ist sie umgezogen, und er hat das Haus der Familie verkauft.«

»Schon möglich.«

»Dann lass uns doch Carnwrights Verkäufe aus der letzten Zeit überprüfen. Vielleicht ist ja auch was auf *Lode*.online oder ABdaily.com.«

Cardinal schüttelte den Kopf. »Hab ich schon nachgesehen. Nichts Brauchbares zu finden. Aber dann kam mir der Gedanke, dass es im Internet wahrscheinlich mehr über Laura Carnwright als über ihn gibt. Da hing ich gerade fest, als du reinkamst und mir Schnee über den ganzen Schreibtisch geschüttelt hast.«

In den nächsten Minuten war an ihren beiden Schreibtischen nur das Klappern der Tastatur zu hören. Am anderen Ende des Großraumbüros brüllte Ian McLeod gerade seinen Anwalt an. McLeod war, so hatte Delorme es einmal ausgedrückt, wie geschaffen für die Scheidung, so wie andere für die Armee oder das Priesteramt geschaffen sind.

Bevor sie die verschiedenen Überschriften anklickten, lasen sie sie einander vor: *Laura Carnwright immer höher im Kurs … Laura Carnwrights neuer Bebauungsplan zum West End … Laura Carnwright spricht vor dem* Canadian Club *über die Aussichten des Landes auf eine grüne Wirtschaft.*

»Da haben wir's«, sagte Delorme. »Ureinwohnerkunstausstellung.«

»Das kommt bei mir nicht«, sagte Cardinal.

»Unter Bilder. Eine Ausstellung in der Macklin Art Gallery. Irgendwie dämlich, eine Affäre anzufangen, wenn man eine Frau hat, die so aussieht, oder?«

»Er hat sein ganzes Büro mit Fotos von ihr tapeziert.« Cardinal beugte sich zu ihrem Monitor hinüber. »Und weißt du, was er noch in seinem Büro hängen hat? Ureinwohnerkunst.« Er stand auf, nahm seinen Mantel vom Garderobenständer und zog ihn an. »Ich verspüre plötzlich den Drang, eine Kunstgalerie zu besuchen. Und du?«

»Kann nicht. Ich muss meine Geldautomatenwache organisieren. Guck nicht so.« Sie nahm den Original-Chouinard-Tonfall an. »Die Bürger dieser Stadt liegen nicht nachts wach, weil sie vor Übergriffen von russischen Mafiosi Angst haben. Sie haben Angst davor, dass jemand sie beraubt, wenn sie Geld aus einem Automaten ziehen.«

Wie sich zeigte, war Jane Macklin viel jünger, als Cardinal erwartet hatte. Und sie hatte wenig mit seiner – zugegebenermaßen vagen – Vorstellung von einer Galeriebesitzerin gemein. Sie war höchstens dreißig Jahre alt und erinnerte eher an eine Frau, die in einem gehobenen Friseursalon Haare schneidet. Ihr eigenes, tiefschwarz gefärbtes Haar war zu einer Pagenfrisur gestylt, die wie mit dem Laser geschnitten schien. Die Kunst der Ureinwohner sei, so erzählte sie, bereits einige Monate zuvor abgehängt worden.

»Das war, glaube ich, meine erfolgreichste Ausstellung überhaupt«, sagte sie. »Habe praktisch alles verkauft. Wir hatten Künstler aus ganz Nord-Ontario. Wenn Sie wollen, kann ich Ihnen einige interessante Werke zeigen. Sie müssen mir nur ein paar Tage vorher Bescheid geben.«

Cardinal stellte sich vor. »Wir versuchen, jemanden zu finden – eine junge Frau. Wir kennen ihren Namen nicht, aber sie könnte eine Ihrer Künstlerinnen bei dieser Ausstellung gewesen sein.«

»Und ich war mir, als Sie zur Tür hereinkamen, ganz sicher, dass Sie ein Kunstliebhaber sind.«

»Nein, meine Frau …« Fast hätte er im Präsens gesprochen. »Meine Tochter arbeitet in New York als Künstlerin.«

»New York. Wow. Schwieriges Pflaster. Sie sagten, Sie versuchten, eine junge Frau zu finden?«

»Ungefähr neunzehn oder zwanzig Jahre alt.«

»Wir hatten ein paar junge Künstler in der Ausstellung. Sie entwickeln die traditionelle Formensprache in interessante Richtungen weiter. Aber zwanzig Jahre – ich glaube nicht, dass wir eine so junge Künstlerin dabeihatten. Vermutlich jemand aus der Gegend?«

»Wahrscheinlich.«

»Es war eine Frau aus dem Nipissing-Reservat dabei,

aber ich glaube, die war mindestens Ende zwanzig. Sie hat zwei Minuten nach der Eröffnung ein großformatiges Bild verkauft.«

»Ach tatsächlich?« Cardinal spekulierte drauflos. »Nicht zufällig an Laura Carnwright?«

Miss Macklin sah ihn mit einem seltsamen Blick an. »Sie kennen Laura?«

Cardinal fuhr an den Wohngebieten vorbei auf der Main, passierte die Abzweigung zur St. Joe's – einer ehemaligen katholischen Mädchenschule und inzwischen Altenheim für pensionierte Nonnen – sowie das Lagerhaus der Fur Harvesters. Auf dem Parkplatz drehten die Autos ihre Runden und suchten nach einem Platz, während andere auf dem Seitenstreifen der Straße standen. Am Seiteneingang unterhielten sich drei Männer, lachten und rauchten. Er bog links ab und fuhr an dem Schild mit der Aufschrift NIPISSING FIRST NATION vorbei.

Sandra Kish wohnte in einem winzigen weißen Bungalow mit einem einsamen Bäumchen im Vorgarten, das in Gefahr schien, sich zu Tode zu frieren. In der Einfahrt glänzte ein blauer Chevy Echo. Cardinal parkte dahinter und registrierte die Winterreifen sowie die unbeschädigten Rücklichter.

Ms Kish mochte durchaus Ende zwanzig sein, wie Ms Macklin gemeint hatte, doch das war fast unmöglich zu sagen. Sie war auf eine Weise dick, dass die Haut geglättet und die Gesichtszüge abgeflacht waren. Sie hätte ebenso gut achtundzwanzig wie vierzig Jahre alt sein können.

Cardinal hatte sie bei ihrer Arbeit an einem Gemälde unterbrochen, und sie war über seinen Anblick keineswegs erfreut. Er stellte sich ihr vor und erklärte ihr, dass er wegen eines schweren Verbrechens ermittelte.

Ms Kish zeigte keinerlei Interesse. »Aha, Verbrechen. Ich lese schon seit Jahren keine Zeitung mehr.« Sie trug farbbespritzte Jeans und ein riesiges, ursprünglich gelbes T-Shirt, das jetzt mit vielen Farben, vor allem Rot, verfleckt war. Ein Stirnband legte die teigige Haut über den Augenbrauen in Falten. »Ich kann es mir einfach nicht leisten, all diese negative Energie in mich aufzusaugen. Das beeinträchtigt meine Arbeit.«

Ihr Wohnzimmer hatte sie in ein Atelier umfunktioniert; es roch stark nach Farbe, Holz sowie mineralischen Essenzen.

»Das sieht vertraut aus«, sagte Cardinal und zeigte auf eine Leinwand in riesigem Querformat, die an einer Wand lehnte, eine Fantasiewelt aus Tieren, die mithilfe von peitschenschnurförmigen Zungen aneinandergereiht waren. »Ich hab neulich etwas ganz Ähnliches in einem Maklerbüro gesehen, nur waren die Zungen da blau.«

»Carnwright, möchte ich wetten.«

»Richtig.«

»Dann hat sie es ins Büro gehängt? Ich dachte, sie hätte es für ihr Haus gekauft. Na ja, Büro ist wahrscheinlich besser. Da wird es von mehr Leuten gesehen.«

»Die Rede ist von Laura Carnwright, richtig? Sie hat es bei der Ausstellung in der Macklin Gallery gekauft, richtig?«

»Ja, das stimmt. Sie ist ein wunderbarer Mensch, mit einer starken Ausstrahlung. Und sie kennt sich aus.«

»Und Sie kennen natürlich auch ihren Mann.«

»Nicht wirklich. Laura hat uns bekannt gemacht – aber sie musste ihn vom Büfett loseisen, und soweit ich mich entsinne, war er gleich wieder dort. Ich hatte den Eindruck, dass von den beiden sie die Kunstliebhaberin ist.«

»Haben Sie ihn mit irgendjemand anderem reden sehen?«

Sie schüttelte den Kopf. »Ich hab ihn kaum wahrgenommen.«

Sie ging die aneinandergereihten Leinwände durch und hielt hier und da inne, um Cardinal ein Gemälde zu zeigen, als sei dies der einzige Zweck seines Besuchs.

»Diese Ausstellung war unglaublich«, sagte sie. »Ich hab alle drei Bilder verkauft, die ich hängen hatte. Wissen Sie, das ist der schwierige Teil an der Kunst, nicht das Malen, auch nicht das Verkaufen. Schwer ist es nur, sie irgendwo hinzubekommen, wo die Leute sie sehen können. Es sollte mehr solche First-Nations-Ausstellungen geben. Ich meine, das war Weltklasse – für das Büfett haben die wahrhaftig Champlain's engagiert. Wenn die Leute solche Klasse sehen, wollen sie auch kaufen.«

Sie hatte eine tiefe, rauchige Stimme, vollkommen anders als die des Teenagers auf Delormes Anrufbeantworter. Man denkt, man hätte eine tolle Spur, und sie zerbröselt einem zwischen den Fingern. Als er schon auf dem Weg zur Tür war, schien Ms Kish zu dämmern, dass er ihr fast keine Fragen gestellt hatte.

»War das alles?«, fragte sie. »Ich dachte, Sie arbeiten an einem großen Fall.«

»Leider Gottes hab ich heute so 'nen Tag, an dem mir jeder Schwung fehlt. Geht Ihnen das auch schon mal so?«

»Kommt vor. In dem Fall hilft es nach meiner Erfahrung am besten, wenn man sich auf dem Boden einrollt und heult.«

»Danke«, sagte Cardinal und trat in die Kälte hinaus. »Muss ich auch mal ausprobieren.«

18

Sam hegte keinen Zweifel daran, dass Randall sie inzwischen vermisste. Zwei Menschen konnten sich nicht so wie sie berühren, so wie sie lieben, eine solche Leidenschaft und Freude miteinander teilen und dann einfach aufgeben, als wäre nie etwas passiert. Na schön, vielleicht war sie süchtig nach diesen Orgasmen, die er ihr so mühelos bescherte, aber es war nicht nur der Sex. Es waren seine Augen und wie er wegen ihrer braunen Haut dahinschmolz, wie sein bloßer Anblick sie schon über irgendeine Schwelle katapultierte. Niemand konnte nur wegen Sex derart verrückt nach jemandem sein. Er musste sie einfach vermissen.

Andererseits gab es gewiss eine Menge gute Gründe für ihn, sie nicht anzurufen. Und deswegen stand Sam zitternd, genauer gesagt, zähneklappernd, in einer Telefonzelle auf der anderen Straßenseite gegenüber Carnwright-Immobilien. Trotz der Vlieskapuze hatte ihr Jeansmantel dem eisigen Wind, der vom See in die Stadt herüberblies, nichts entgegenzusetzen, und sie konnte ihre Mutter nicht bitten, den blutverschmierten Parka zu flicken.

Sam hatte sich etwas früher aus dem Zeichenkurs verdrückt, um vor fünf Uhr hier zu sein.

Jetzt war es Viertel nach und schon dunkel, und die Autos, die auf der Algonquin an ihr vorüberkrochen, hatten die Scheinwerfer und zweifellos auch die Heizung eingeschaltet, während sie in einer Telefonzelle hockte und darauf wartete, dass die Liebe ihres Lebens erschien. Wenigstens hielt die Zelle ein wenig den Wind ab.

Ein alter Mann in einem langen, grauen Mantel kam aus dem Haus und stieg in einen protzigen Wagen, der auf dem kleinen Parkplatz neben dem Haus stand. Vielleicht Mr Garnwright? Ein paar Minuten später erschien, das Handy am Ohr, eine Frau in einem schwarzen Daunenmantel, in dem sie wie eine verbrannte Waffel aussah. Phyllis. Randall hatte Phyllis ein paar Mal erwähnt, und zwar nicht gerade schmeichelhaft.

In den Fenstern des Maklerbüros gingen die Lichter aus, während die Lampe im Eingang aufleuchtete, und endlich kam Randall heraus.

Er drehte sich noch einmal um und überprüfte, ob die Tür abgeschlossen war. Die Ampel war wieder auf Grün gesprungen, und Sam musste durch den fließenden Verkehr laufen, sodass einige Fahrer hupten.

Auf dem Parkplatz holte sie ihn ein.

»Sam.« Er blickte über die Schulter und sah sich auf dem Parkplatz um. »Du lieber Himmel, Sam.«

»Ich weiß. Tut mir leid. Ich konnte nicht anders, du fehlst mir.«

»Du lieber Himmel.« Randall hielt seinen Schlüssel Richtung Auto, und die Schlösser öffneten sich mit einem sirrenden Geräusch. »Steig ein, bevor dich jemand sieht.«

Sam gehorchte, und er ließ den Motor an. »Schalte die Heizung ein, schnell«, sagte sie. »Mir ist eiskalt. Gott, bin ich froh, dich zu sehen.«

Sie berührte ihn am Arm, und er schüttelte den Kopf. »Das ist nicht gut, Sam.«

»Komm schon – nur ein paar Minuten? Ich muss bald zur Arbeit. Vielleicht könnten wir einfach nur ein Weilchen durch die Gegend fahren?«

»Meinst du. Jemand sieht uns, und was, bitte schön, sag ich dann?«

»Du hast mir ein Haus gezeigt. Komm schon, zeig mir ein Haus. Ich behaupte, ich hätte gerade im Lotto gewonnen und will es für meine Mutter kaufen. Nein, ich sag, ich hätte *Loreena Moon* für eine Million verkauft. Fahr mich irgendwo hin. Ich will einfach nur bei dir sein.«

Randall wartete eine Lücke im Verkehr ab und fädelte sich auf die Algonquin ein. Bei der erstbesten Gelegenheit bog er in eine ruhigere Straße ab. Eine dunklere Straße. Nach zwei Blocks fuhr er vor einem Gebäude an den Bordstein. Es war einmal eine Bäckerei gewesen. Jetzt waren die Läden geschlossen, Unkraut auf dem Parkplatz, und die ganze Klinkerfassade mit Graffiti übersät.

»Du hast der Polizei von mir erzählt, stimmt's?«

»Nein! Ich hab kein Wort gesagt, ich schwöre.«

»Sie wissen von mir, Sam. Wie können sie von mir wissen, wenn du ihnen nichts gesagt hast?«

»Sie sind Polizisten, die sind nicht dämlich – sie finden eben Sachen heraus. Ich liebe dich, Randall, wie könnte ich etwas tun, das dir schadet?«

Er musterte sie von oben bis unten wie eine mangelhafte Ware. »Vielleicht, um zwischen mich und Laura einen Keil zu treiben. Sie verlässt mich, und dann hast du mich ganz für dich allein.«

»Ich möchte dich ganz für mich haben.« Sam legte ihm eine Hand auf den Arm und strich mit dem Zeigefinger ein Muster im Stoff nach. »Aber nur, wenn du mich willst.«

»Wieso bist du dann zur Polizei gegangen, Sam?«

»Bin ich doch gar nicht. Ich hab angerufen.«

»Ich hab's gewusst. Ich hab's, verdammt noch mal, gewusst.« Randall schlug aufs Lenkrad.

»Es war völlig anonym. Ich hab nachts angerufen, aus

einer Telefonzelle – ich bin in meinem ganzen Leben noch nicht in so vielen Telefonzellen gewesen –, und ich hab jemandem eine Nachricht auf der Mailbox hinterlassen. Einer Frau aus dem Dezernat. Ich hab kein Wort von dir gesagt. Ich hab nur gesagt, ich wär in dem Haus gewesen – ich hab sogar gesagt, ich wär da gewesen, um es auszurauben.«

»Das war nicht klug, Sam.«

»Wie sollte ich denn sonst erklären, was ich dort zu suchen hatte? Ich hab ihnen gesagt, ich hätte die Stimme von dem Kerl gehört und dass er im Unterschied zu den Opfern kein Russe war. Das müssen sie wissen, sonst suchen sie in der falschen Richtung. Die müssen ihn schnappen – er hat mein Handy, Randall. Jemand hat wiederholt bei mir zu Hause angerufen.«

»Von deinem Handy aus?«

»Die Nummer war unterdrückt. Aber ich gehe ran, oder meine Mom geht ran, und es ist jemand dran – man merkt das, wenn jemand dran ist –, aber er sagt nichts. Der wird rausbekommen, wo ich wohne, Randall. Wahrscheinlich weiß er es schon.«

»Wenn das nicht von deinem Handy kam, sehe ich keinen Grund zur Sorge. Das kann sonst wer sein. Falsch verbunden, was weiß ich.«

»Die Polizei muss ihn schnappen.«

»Na, super, Sam. Das Einzige, was du damit erreichst, ist, dass du sie mir auf den Hals schickst. Laura lässt sich zur Wahl aufstellen. Sie haben es noch nicht offiziell bekannt gegeben, aber sie wird für das Parlament kandidieren. Falls die Sache hier rauskommt, ist es damit aus und vorbei.«

»Falls was rauskommt? Dass du in einem Haus warst, das du verkaufen sollst?«

Randall packte sie an der Schulter und schüttelte sie. »Am gleichen Tag, an dem dort ein verdammter Doppelmord passiert ist, Sam. Mit einer scharfen kleinen Braut aus dem Indianerreservat? Was glaubst du, wie das bei einer Wahlkampagne ankommt? Was glaubst du, wie das bei meinem Schwiegervater, diesem Leistungsträger der Gesellschaft, ankommt? Denkst du auch mal an andere als nur an dich? Gott im Himmel, Sam. Wie egoistisch kann man eigentlich sein?«

Er ließ sie los, und Sam rieb sich die Schulter. Es war das erste Mal, dass er sie nicht zärtlich und voller Zuneigung angefasst hatte.

»Ich dachte, du liebst mich«, sagte er und starrte durch die Windschutzscheibe auf den Schnee, der im Schein der Straßenlaternen zu Boden fiel. »Hab ich wirklich geglaubt. Aber ehrlich gesagt, kann ich mir da nicht mehr so sicher sein.«

»Das tu ich auch. Ich liebe dich wirklich. Zweifelst du im Ernst daran?«

Er schnaubte durch die Nase. »Dann hast du aber eine merkwürdige Art, das zu zeigen.«

»Ist es dir wirklich so zuwider, dass ich First Nations bin? Ist nur eine Frage, ich bin nicht sauer, wenn es stimmt. Ich meine nur – stört es dich so sehr?«

»Ach, Sam …« Er drehte sich wieder zu ihr um, sichtlich milder gestimmt. Er nahm ihre Hand und rieb mit seinem Daumen über die wollenen Fäustlinge. »In Wirklichkeit liebe ich das an dir. Das macht dich interessant – irgendwie exotisch. Sexy. Traurigerweise denken viele anders darüber, die denken – na ja, weißt du ja selbst, was die denken. Ich finde das sehr deprimierend.«

Sam vergrub das Gesicht an seiner Schulter. »Lass uns zu einem Haus gehen. Du musst doch irgendwo noch ein leeres Haus haben. Bitte, ich will dich so sehr.«

»Ich hab Laura gesagt, dass ich auf dem Heimweg bin.«

»Dann kommst du eben ein bisschen später. Und ich komm zu spät zur Arbeit.«

»Sam, das geht nicht mehr.«

»Sag das nicht.«

»Sam, im Ernst.«

»Nie mehr?«

»Jedenfalls nicht, bis das hier vorbei ist. Ich werde Laura nicht die Karriere ruinieren. Ich mag nicht der ideale Ehemann sein, aber das tu ich ihr nicht an.«

»Soll das heißen, ich seh dich erst wieder, wenn sie den Kerl geschnappt haben und wenn es einen Prozess gibt und er hinter Gitter kommt? Das kann *Jahre* dauern. Hast du das so gemeint?«

»Wir werden uns sehen, sobald es sicher ist, wir uns entspannen und Spaß miteinander haben können. Also vorerst nicht. Aber das ist ja nicht für ewig.«

Sam merkte, wie es ihr die Brust zusammenschnürte. Der Ausdruck »Herz gebrochen« kam ihr in den Sinn. Das ist damit gemeint, dachte sie und weinte.

Randall griff ins Handschuhfach und reichte ihr eine Packung Kleenex. »Komm, nimm's nicht so schwer. Kein Grund, zu weinen. Sie werden den Kerl schnappen, und alles wird gut. Du wirst sehen.« Er küsste sie auf den Kopf. »Und dann kann ich wieder deinen schönen Körper küssen. Ich liebe dich nämlich, Sam. Nenn mich meinetwegen verrückt, aber ich liebe dich aufrichtig, ich liebe dich von Herzen. Ach so, hast du schon ein neues Handy?«

»An den Abenden, an denen ich zur Arbeit gehe, borge ich mir das von meiner Mutter aus. Sie hört vor dem Schlafengehen immer gerne noch mal, ob bei mir alles klar ist.«

»Gib mir die Nummer. Ich werde irgendwie versuchen, dich anzurufen – natürlich nicht von zu Hause aus und nicht heute Abend. Aber ich rufe an. Versprochen.«

Der Bus hielt an jedem Baum und Strauch, sodass Sam zu spät zum Champlain kam. Der Geschäftsführer Ken machte ihr die Hölle heiß, ebenso Jerry, der Koch, doch sie nahm es sich nicht allzu sehr zu Herzen. Nachdem sie Randall gesehen hatte, fühlte sie sich viel besser. Ihre Ängste schienen auf ein erträgliches Maß geschrumpft. Sie konzentrierte sich auf ihre Arbeit und garnierte jedes Gericht so sorgsam wie immer. Als es zwischendurch ein bisschen ruhiger wurde, kochte sie für mehrere Tage Preiselbeergelee ein, das sie so kurz vor den Weihnachtsfeiertagen zu fast allem und jedem servierten.

Sie ließ es an sich abperlen, als Ali ein Steak zurückbrachte und sagte, es sei verbraten.

»Es ist nicht verbraten«, sagte sie. »Du hast halb durch bestellt, und das ist halb durch.«

»Willst du da rausgehen und dich mit denen streiten?«

Sam legte ein zweites Steak auf den Grill. Sie behielt es sorgfältig im Auge, dabei konnte sie nur an eine einzige Sache denken: dass Randall sie immer noch gernhatte, so sehr, dass er Angst hatte, *sie* würde *ihn* nicht lieben. Als Ali zurückkam, lag das neue Steak auf dem Teller, diesmal fast blutig.

»Ist es halb durch?«

»Das letzte war halb durch. Sag Geoff, er soll seine Seezunge in Mandelsoße abholen, die steht schon seit fünf Minuten hier.«

Um zehn Uhr rief ihre Mutter an. »Kann dich nicht jemand mit nach Hause nehmen? Ich hab's nicht gern, wenn du so spät mit dem Bus kommst.«

»Geht schon in Ordnung. Ich liege gut in der Zeit, ich muss also nicht lange warten.«

»Was genau stimmt eigentlich mit deinem Wagen nicht?«

»Der hat Asthma oder so. Er springt nicht an. Ich muss Schluss machen, Mom, hier ist wirklich viel los.«

»Alles klar, Schatz. Dann gute Nacht.«

Jerry Wing kam im Parka herüber. »Du musst das Preiselbeergelee machen.«

»Schon fertig.« Sam zeigte auf die zwei Schüsseln auf ihrem Hackbrett. »Ich stell sie kalt, bevor ich gehe.«

»Du hast sie schon fertig?« Obwohl es in der Küche dreißig Grad haben musste, zog sich Jerry die Kapuze hoch, sodass ihr unter dem Pelz hervor nur noch chinesische Augen entgegenblinzelten.

»Sicher, dass du warm genug angezogen bist?«, fragte sie. »Damit frierst du nicht mal in Inuvik.«

»Ich bin nicht für dieses Klima geschaffen.« Zum Abschied hob er einen Fausthandschuh. Sam war froh, dass er ihr nicht mehr grollte. Zumindest erleichtert.

Wenn man ein leidenschaftliches Naturell hat, dachte sie, ist man eigentlich immer der Dumme. Selbst wenn man sich glücklich fühlt, ist es eher so was wie Erleichterung – Erleichterung darüber, dass man nicht das Gegenteil erlebt. Den Stachel von Jerrys Ärger. Die Qual, falls Randall mit ihr Schluss machte. Es ist das Glück darüber, nicht von der Klippe zu stürzen. Ist Loreena Moon glücklich? Nein. Weil Loreena Moon niemanden liebt. Loreena macht sich auch keine Gedanken darüber, dass sie von Klippen fallen könnte.

Sam sah auf die Küchenuhr. Viertel nach elf. Sie hatte genau drei Minuten, um den Bus zu bekommen. Sie verschwand in die Vorratskammer und zog sich um, schlüpfte in ihren Mantel, rannte zur Tür hinaus und dann über den Parkplatz, sodass sie buchstäblich in der letzten Minute an der Haltestelle war. Es schien nicht mehr so kalt zu sein wie vorher. Der Schnee war geschmolzen, sodass der Parkplatz und der Highway schwarz unter den Straßenleuchten schimmerten.

Der Bus war überheizt. Sam setzte sich in die Nähe des Ausgangs in der Mitte. Nach der Küchenarbeit und ihrem Sprint lief ihr der Schweiß herunter. Sie wischte einen Halbkreis in der beschlagenen Scheibe sauber und lehnte den Kopf ans kühle Glas. Die Schnellimbisslokale und Einkaufszentren glitten wie übertrieben hell erleuchtete Oasen an der nassen, dunklen Straße an ihr vorbei. Außer ihr gab es nur noch drei andere Fahrgäste, die auf dem Weg durch die Stadt einer nach dem anderen ausstiegen – lange bevor der Bus das Lagerhaus von Fur-Harvesters-Kaufhaus passierte und in die Nähe des Reservats Nipissing kam.

Sie stieg an der Abzweigung aus. Die Kreuzung war hell erleuchtet, doch dann kam ein Stück an der Zufahrtsstraße, an der die Laternen in großen Abständen standen, bis man die eigentliche Wohngegend erreichte. Ihr ganzes Leben hatte es Sam nichts ausgemacht, diese Straße entlangzulaufen, nicht einmal nachts, doch jetzt hatte sie Angst. Sie lief zügig und versuchte, sich in Loreena hineinzuversetzen. Cool. Tapfer. Nicht tapfer – unerschrocken. Sie machte sich recht gut, atmete bei einer einigermaßen langsamen Herzfrequenz fast normal, bis sie an eine leichte Steigung und zugleich um eine Kurve kam, wo sie den Wagen auf dem Seitenstreifen sah.

Sie blieb stehen. Ein Geruch von Bäumen und nasser Straße. Das Geräusch der Lkw auf dem nahe gelegenen Highway.

Das ist nichts weiter als ein Auto, sagte sie. Das Licht ist ausgeschaltet. Es ist keiner dort drinnen. Das da sind Kopfstützen.

Sam wechselte auf die andere Straßenseite. Mut würde sich in ihrem Tugendkatalog ja gut machen, aber wenn er gerade vergriffen war, tat's auch Vorsicht. Sie lief weiter und sah an der Kuppe bereits die Lichter ihrer Straße.

Sie befand sich fast auf gleicher Höhe mit dem Wagen. Warf einen Blick hinein. Ja. Leer. Sie schwor sich, im Vorübergehen nicht noch einmal den Kopf zu wenden. Sie würde aus dem Augenwinkel heraus auf das Fahrzeug achten, aber nicht wirklich hinübersehen.

An den Schwur brauchte sie sich nicht lange zu halten. Die Fahrertür ging auf, und ein Mann stieg aus – ein richtig großer Mann. Er musste sich geduckt haben, sonst hätte sie ihn gesehen. Sein Gesicht verbarg sich hinter etwas Schwarzem aus Wolle, in das für Augen und Mund Löcher hineingeschnitten waren.

»Komm her.« In seiner Hand baumelte etwas Langes aus Metall.

Sie rannte los.

Seine Schritte waren dicht hinter ihr und so schnell wie ihre. »Du hast nichts gesehen«, sagte er. »Du hast nichts gesehen. Du weißt gar nichts.«

Etwas schnitt von hinten in Sams Mantel. Sie rannte weiter, zwang ihre Beine, schneller zu laufen. Sie überlegte, ob sie mit wenigen Sätzen zu den Bäumen rennen sollte – da konnte er ihr vielleicht nicht so leicht folgen –, doch sie blieb mitten auf der Straße und betete um Lichter, ein Auto, irgendwelche Leute.

Er war nicht mehr hinter ihr. Sie hörte, wie der Motor ansprang, dann warfen seine Scheinwerfer ihren langen Schatten bis zur Kuppe hinauf. Plötzlich schrumpfte ihr

Schatten. Sie tat so, als wollte sie nach links, schlug aber einen Haken nach rechts, in die Dunkelheit der Bäume.

Sie würde es nicht schaffen. Er würde sie überfahren. Sie hielt an und wich nach links aus, und der Wagen schnitt ihr den Weg ab. Er war wieder ausgestiegen und hinter ihr her.

Beine, Lunge, Herz, alles am Limit. Sie konnte einfach nicht schneller laufen. Ihre Straße lag vor ihr, und sie tat so, als liefe sie daran vorbei, um blitzschnell nach rechts abzubiegen. Ihr Haus war das dritte rechts. Sie rannte daran vorbei bis zum vierten, fünften, wich erneut nach rechts aus und landete im Garten von Cal Couchie. Lieber alter Mann, aber ungefähr zweihundert Jahre alt und stocktaub.

Sam rannte an der Rückseite der Häuserzeile zu ihrem eigenen Garten. Sie hatte die Schlüssel in der Hand. Den Mann hinter sich konnte sie nicht mehr hören. Sie sollte vielleicht in der Dunkelheit des Gartens bleiben und um Hilfe schreien, aber dann stand er womöglich im nächsten Moment hinter ihr. Sie zog das Handy ihrer Mutter heraus und wählte den Notruf. Es klingelte drei Mal, bevor sich jemand meldete.

»Notrufzentrale, nennen Sie bitte Ihren Standort.«

»1712 Commanda Crescent. Ich werde von einem Mann verfolgt.«

»Können Sie bitte lauter sprechen? Ich hab Sie nicht verstanden.«

»Mein Gott. 1712 Commanda Crescent. Schicken Sie sofort jemanden her. Der bringt mich um.«

Sie steckte das Handy wieder in die Tasche und spähte um die Ecke der Garage. Niemand.

Sie pirschte sich zur Seitentur, und er kam von der Vorderseite, schwarz und gesichtslos. Bis ins Haus würde sie es nicht schaffen. Sie wirbelte zurück Richtung Garage, steckte den Schlüssel ins Schloss, bekam die Tür auf, stürzte hinein und schloss in dem Moment von innen ab, als er sich mit einem so lauten Knall dagegen warf, dass sie schrie. Es hörte sich allerdings nicht wie ein Schrei, sondern wie ein Laut ihrer Katze an. Er würde es nicht schaffen, diese Tür aufzubrechen, das schafften sie nur im Kino, oder? So leicht bricht man Türen nicht auf.

Sie hörte ein splitterndes Geräusch und erinnerte sich an dieses lange Ding, das er bei sich hatte. Ein Brecheisen vermutlich.

In der Garage war es dunkel, doch sie hatte Angst, Licht zu machen. Sie tastete sich zur anderen Seite des Wagens. Nicht abgeschlossen, Gott sei Dank. Sie öffnete die Beifahrertür, und die Innenbeleuchtung ging an – gerade hell genug, um darin die Werkbank ihres Vaters und die Hämmer, Sägen, Schraubenschlüssel zu erkennen.

Wieder dieses splitternde Geräusch.

Sie schloss die Wagentür und schlich im Dunkeln zur Werkbank, kletterte hinauf, sodass es ihr heiß durch ihr verletztes Knie zuckte. Sie tastete die Wand ab und holte die Armbrust herunter, bevor sie rechts davon den Lederköcher fühlte. Sie huschte hinter den Wagen, legte einen Bolzen in die Rille und zog ihn zurück, bis ihr ein lautes Klicken sagte, dass er gespannt war. Die Vixen hatte eine automatische Sicherung, die sie jetzt in die Off-Stellung drückte.

Sam sah es im Geist vor sich, bevor es passierte. Sie wusste, wie es aussehen würde – dunkle Silhouette vor dem blassen Licht des Mondes und der Straßenlampen. Dann würde er den Lichtschalter finden und sie töten.

Die Tür ging krachend auf. Die dunkle Gestalt. Sam stand auf und schoss den Pfeil ab. Der Mann krümmte sich und gab einen Laut von sich, als würde er sich übergeben. Er stürzte nach hinten, stand auf, taumelte, fiel gegen die Garage. Dann entfernten sich seine Schritte – unregelmäßig, schleppend.

Sie wartete hinter dem Wagen. Sie atmete schnell und flach. Sie erinnerte sich an den Atem von Kaninchen, wenn Pootkin sich anschlich.

Nach einer Weile hörte sie eine ferne Sirene, dann, bedeutend näher, Stimmen und das Zuschlagen von Autotüren. Das Krächzen einer Funkverbindung.

Der Strahl einer Taschenlampe, der draußen über die Wände glitt, dann eine zögerliche Männerstimme: »Polizei. Polizei. Hallo?«

Im Eingang erschien das Gesicht eines Polizisten und verschwand. »Ich muss Sie bitten, diese Waffe wegzulegen, Miss. Sofort.«

»Haben Sie ihn geschnappt?«

»Wir haben eine Person festgenommen.«

»Großer Mistkerl mit einer Maske über dem Gesicht?«

»Und mit einem Pfeil, der ihm aus der Leber ragt. Jetzt legen Sie die Waffe weg, und kommen Sie hinter diesem Wagen hervor. Dann legen Sie die Hände auf die Kühlerhaube. Ich sag's nicht noch einmal.«

Sam starrte auf den Bogen. Sie konnte sich nicht einmal daran erinnern, ihn eingelegt zu haben, doch es war ein zweiter Bolzen in der Armbrust, und die war bis zum Anschlag gespannt.

19

Cardinal lag schon im Bett, als der Anruf kam, hatte aber noch nicht geschlafen. Er stand auf, zog sich an und fuhr den Hügel zum City Hospital hinauf.

Nach dem warmen Bett saß ihm die kalte Dezemberluft immer noch wie ein Schock in den Knochen, als er den Streifenpolizisten entdeckte, der ihn vor einem Aufwachraum erwartete.

»Das Mädchen behauptet, der Kerl hätte die Morde draußen am Trout Lake begangen. Er streitet das natürlich vehement ab.«

»Wo ist das Mädchen im Moment?«

»Mit PC Gifford unten in der Notaufnahme. Schlimme Schnittwunde im Knie, aber Sie wissen ja, wie das in der Notaufnahme ist – wenn Sie nicht im Sterben liegen, warten Sie ewig.«

Cardinal musste an der diensthabenden Schwester im Aufwachraum vorbei.

»Dieser Mann ist eben aus dem OP gekommen«, sagte sie. »Sie können ihn nicht ins Kreuzverhör nehmen.«

»Nur ein paar Fragen«, sagte Cardinal.

Sie führte ihn an einer Reihe Betten vorbei, von denen nur zwei belegt waren. »Fünf Minuten«, sagte sie, »ich seh auf die Uhr.« Der Mann im Bett hing an einem Tropf sowie an einem Pulsmonitor, doch davon abgesehen, schien er in guter Verfassung zu sein. Sein blondes Haar wirkte ungepflegt, seine kräftigen Schultern, die unter der Decke zum Vorschein kamen, waren breiter als das Kissen, auf dem er schlief.

»Troy Campbell«, sagte Cardinal. »Wollte sowieso noch mal mit Ihnen reden.«

Campbell schlug die Augen auf und betrachtete Cardinal mit fast narkotisch ruhigem Blick. Nach einer Weile sagte er: »Ich hab dieses Mädchen nicht angerührt.« Er sprach langsam, aber klar verständlich. »Und sie hat mit einem Pfeil auf mich geschossen. Sie hat meine Milz aufgespießt. Ich werde sie verklagen.«

»Troy, wollen Sie mir vielleicht noch mal sagen, wo Sie Donnerstagabend waren? Und bedenken Sie dabei, dass wir bereits wissen, wo Randall Wishart war.«

Campbell sah mit unverändert entspannter Miene zu ihm auf. »Ich war an dem Abend bei der Arbeit. Fragen Sie meinen Vorgesetzten. Außerdem haben wir eine Stechuhr, die das beweist.«

»Demnach waren Sie also nicht mit Ihrem Kumpel Randall zu Hause.«

Campbell schüttelte den Kopf, sodass sein Kissen raschelte. »Wir haben einen Fernseher bei der Arbeit.« Er hob die Hand und machte mit den Handschellen Bekanntschaft, die ihn ans Bettgestell fesselten. Er sah sie sich mit zusammengekniffenen Augen gut eine halbe Minute lang an. »Das soll wohl ein Witz sein?«

PC Gifford, der vor dem Untersuchungszimmer 3 stand, machte Cardinal mit den Einzelheiten vertraut. »Samantha Doucette. Achtzehn Jahre alt. Kunststudentin oben in Algonquin. Ihre Mutter und ihr Bruder sind bei ihr im Untersuchungszimmer. Die Mutter lässt sie nicht aus den Augen. Hat sich eine tolle Geschichte aus den Fingern gesogen, die Kleine, wenn Sie mich fragen.«

»Ist der Arzt noch bei ihr?«

»Ja, die müssten jetzt eigentlich jeden Moment fertig sein.«

Der Arzt kam heraus, und Cardinal stellte sich vor. »Wie geht's ihr?«

»Sie hat eine tiefe Fleischwunde im linken Knie. Wäre halb so schlimm, wenn sie nicht so lange mit der Behandlung gewartet hätte.«

»Dann ist es also nicht heute Nacht passiert.«

»Nein, nein. Das ist Tage her. Aber das wird wieder. Ich hab sie versorgt und ihr ein Rezept für Ampicillin gegeben.«

Cardinal ging in das Zimmer und stellte sich Sam und ihrer Mutter vor. Das Mädchen hatte eine frische Jeans angezogen und stopfte die andere gerade in eine Einkaufstüte. Ihr Bruder war mit einem iPod oder einer ähnliche Cyberdroge vollkommen weggetreten.

»Ich möchte bleiben«, sagte Mrs Doucette.

»Ihre Tochter ist achtzehn«, antwortete Cardinal. »Ich muss unter vier Augen mit ihr sprechen.«

»Sie sollte einen Anwalt haben.«

»Beamte am Tatort haben sich davon überzeugt, dass sie auf einen Angriff reagiert hat. Ich gehe nicht davon aus, dass wir irgendeine Anklage gegen sie erheben – vorausgesetzt, sie sagt mir die Wahrheit.«

»Natürlich sagt sie Ihnen die Wahrheit. Wieso sollte sie nicht? Keine Angst, Schatz, ich warte draußen.«

Als ihre Mutter und ihr Bruder gegangen waren, setzte sich das Mädchen auf den Rand der Behandlungsliege. »Sie hat keine Ahnung, was wirklich passiert ist. Sie glaubt, ich wäre aus heiterem Himmel von einem vollkommen Fremden überfallen worden.«

»So ist es aber nicht gewesen, richtig?«

»Das Mädchen verschränkte die Arme vor der Brust und schüttelte mit gesenktem Blick den Kopf.

»Sie kamen von der Arbeit nach Hause, richtig? Wo arbeiten Sie?«

»In einem Restaurant. Teilzeit. Ich bin Köchin.«

»Warten Sie«, sagte Cardinal, »im Bistro Champlain.«

»Stimmt.« Ein erstaunter Ausdruck huschte über ihr Gesicht. Sie hatte zarte, schön geformte Züge, und mit ihren dunklen Augen musste sie sich nicht sehr anstrengen, um einem verheirateten Mann den Kopf zu verdrehen.

»Also gut«, sagte Cardinal. »Wieso hat dieser Mann Sie angegriffen?«

»Wegen dem, was ich gesehen habe. In dem Haus am Trout Lake. Nicht gesehen – gehört.«

»Sie meinen das Paar, das ermordet wurde.«

»Hören Sie, ich gebe zu, dass ich in dem Haus war, okay? Ich klaue ab und zu, und das Haus schien leer zu stehen. Aber mit diesen Morden hatte ich absolut nichts zu tun. Ich kannte keinen von diesen Leuten. Ich hab mir das Haus vorgenommen, als ich plötzlich Stimmen hörte, und da hab ich mich versteckt.«

»Wo haben Sie sich versteckt?«

»Unter einem Bett.«

»Wie sind Sie hineingekommen?«

»Was?«

»Wie sind Sie hineingekommen, Samantha?«

»Durch die Hintertür. Mit einer Kreditkarte. Ich hab also diese Stimmen gehört und mich unter dem Bett versteckt. Es klang, als wollte der Mann denen das Haus verkaufen, er hat ihnen sämtliche Vorzüge aufgezählt und so. Ich dachte, die bleiben ein paar Minuten und dann gehen sie wieder, aber dann waren da die Schüsse. Ich dachte, das reicht, nichts wie weg. Also hab ich das Fenster eingeschlagen und bin rausgeklettert.«

»Wie haben Sie das Fenster eingeschlagen?«

»Mit einem Stuhl. Ich hab ihn, so fest ich konnte, dagegengeschleudert.«

»Und beim Rausklettern haben Sie sich ins Knie geschnitten.«

Sie nickte. »Ich bin rausgesprungen und losgerannt. Er kam hinter mir her. Ich hatte meinen Wagen ein Stück die Straße rauf stehen.«

»An der Zufahrt zum Kraftwerk?«

»Ja. Ich bin dorthin, und er hat tatsächlich auf mich geschossen. Er hat den Wagen ein paar Mal getroffen, und ich bin abgehauen. Keine Ahnung, ob er sich mein Kennzeichen gemerkt hat oder so. Als ich rausgesprungen bin, hab ich mein Handy verloren, und ich bin mir ziemlich sicher, dass er es gefunden hat. Ich bekomme ab und zu Anrufe.«

»Drohanrufe?«

»Er hängt auf. Er bleibt eine Weile in der Leitung, ohne was zu sagen.«

»Wissen Sie sicher, dass die von Ihrem Handy kamen?«

»Die Nummer war unterdrückt. Aber wen kümmert es schon, was für ein Handy er benutzt hat? Sie haben ihn eingesperrt, ja? Der gehört hinter Schloss und Riegel, der Mistkerl hackt Leuten den Kopf ab.«

»Der Mann, der Sie angegriffen hat, steht unter Bewachung und ist mit Handschellen an ein Krankenhausbett gefesselt – um den brauchen Sie sich im Moment keine Sorgen zu machen. Aber was anderes, Samantha: Was Sie mir erzählt haben, entspricht nur teilweise der Wahrheit. Ich weiß, dass Sie sich unter dem Bett versteckt haben und dass Sie weggerannt sind, wie Sie sagen. Und die Schäden an Ihrem Wagen stimmen mit dem überein, was wir am Tatort gefunden haben. Aber ich weiß auch wegen Randall Wishart Bescheid, Sie brauchen also nichts zu verschweigen, um ihn zu decken.«

Ihre Brauen schossen in die Höhe, und sie riss erstaunt die Augen auf. »Ich decke niemanden.«

»Samantha, ich weiß, dass Sie keine Diebin sind. Und ich weiß auch, dass Sie nicht mit einer Kreditkarte in dieses Haus eingebrochen sind. Sie sind mit Randall da rausgefahren, der selbstverständlich einen Schlüssel hat.«

Der Unschuldsblick verflog, und sie sah ihn mit düsterer, unversöhnlicher Miene an.

»Wishart hat einen Freund, der ihn für den Fall, dass seine Frau was herausbekommt, deckt. Troy Campbell. Er sollte behaupten, dass sie das Spiel zusammen gesehen haben, aber wie sich rausstellt, war Troy an dem Abend in Wahrheit bei der Arbeit.«

Cardinal wartete.

Nach einer Weile sagte sie: »Wir konnten sonst nirgendwohin. Wir haben nichts weggenommen und haben niemanden geschädigt. Da war Randall immer ganz genau. Sogar mit dem Bett – wir haben eine Decke darübergebreitet, um nichts durcheinanderzubringen oder zu verschmutzen.«

»Ich weiß. Eine blaue Decke.«

»Es klingt mies. Ich weiß, es klingt mies. Aber wissen Sie, wie es ist, verliebt zu sein und sich nicht treffen zu können?«

»Erzählen Sie's mir.«

»Es ist schrecklich. Es ist eine Qual. Ich hasse das. Alle anderen können zusammen irgendwo hingehen, etwas gemeinsam unternehmen. Sich küssen. In der Öffentlichkeit Händchen halten, was weiß ich. Sogar Paare, die nicht glücklich miteinander sind. Und wir? Wir sind verrückt nacheinander und müssen uns wie Kriminelle verstecken und warten, bis sich eine besondere Gelegenheit bietet. Wir sehen uns vielleicht alle zwei Wochen. Die meiste Zeit kann ich ihn nicht mal anrufen. Und er mich auch nicht allzu oft.«

»Haben Sie sich schon mal gefragt, wieso Randall seine Frau nicht verlässt?«

»Das wird er schon noch tun. Er will sie nur nicht verletzen, und er wartet auf einen günstigen Moment. Er muss vorsichtig sein – ich meine, immerhin arbeitet er bei ihrem Vater und so, das geht nicht von heute auf morgen.«

»Samantha, Sie haben einiges hinter sich, aber ich fürchte, ich muss Ihnen etwas sagen, das Ihr Leben noch mehr durcheinanderbringen wird.«

Die dunklen Augen wirkten nicht mehr unversöhnlich. Wieder runzelte sie die Stirn, und plötzlich war sie fast ein Kind, und Cardinal wünschte sich, er könnte ihr das, was er ihr zu sagen hatte, ersparen.

»Sie hatten recht, dass der Mann, der Sie angegriffen hat, kein Unbekannter war. Das kam auch nicht aus heiterem Himmel. Aber das war nicht der Mann, der am Trout Lake hinter Ihnen her war.«

»Doch. Er hat immer wieder gesagt: ›Du hast nichts gesehen!‹ Wer sollte denn sonst mit einer Brechstange hinter mir her sein, verdammt?«

»Also, Sie haben schon recht – es war eindeutig jemand, der nicht will, dass Sie als Zeugin aussagen. Jemand, der weiß, wo Sie wohnen. Jemand, der wusste, wann genau Sie von der Arbeit kommen. Jemand, der wusste, dass Sie mit dem Bus nach Hause fahren würden.«

»Ich hab Ihnen doch gesagt, dass der Kerl mein Handy hat.«

»Sodass er an Ihren Namen und Ihre Adresse kommen könnte.«

»Nicht nur das. Da ist auch die Nummer vom Champlain gespeichert.«

»Wie ist sie gespeichert? Unter: ›Wo ich mittwochs, donnerstags und freitags von achtzehn bis zweiundzwanzig Uhr arbeite‹?«

»Worauf wollen Sie hinaus? Ich weiß nicht, was Sie andeuten wollen. Würden Sie es mir bitte einfach sagen?«

Cardinal hörte die wachsende Panik, dieselbe Panik wie in ihrer Nachricht auf dem Anrufbeantworter. Sie umklammerte die Kanten der Untersuchungsliege und öffnete den Mund, als wollte sie noch etwas sagen, etwas, das diesen schrecklichen Polizisten daran hindern konnte, ihr Leben zu ruinieren. Doch vielleicht die vage Ahnung, dass die Angst jeden Moment in Kummer umschlagen würde, ließ sie verstummen. Ihre Unterlippe zitterte, und die dunklen Augen füllten sich mit Tränen.

Cardinal konnte sich nicht erinnern, wann er das letzte Mal einen so verletzlichen Menschen gesehen hatte.

20

Wie soll ich hier runterkommen?«, fragte Nikki. Sie hing mit den Knien an einem Ast, und zwar so weit oben, dass ihr Kopf dreißig Zentimeter höher war als Lemurs. Er sah zu ihr hoch und schüttelte mit dieser typisch feierlichen Miene den Kopf. Eine eisige Brise blies ihr, da die Jacke und der Pullover nach unten gerutscht waren, um die nackte Taille.

»Hey, dein Bauch«, sagte Lemur. »Zeig dich nicht so.«

»Perversling. Macht dich das an?«

»Das passt nicht zu uns. Du hast doch gehört, was Papa über Anstand gesagt hat.«

»Du willst nur keine Mädchen sehen, weil du ’ne Schwuchtel bist.«

»Nenn mich nicht so.«

»Hey, chill mal, Lemur – ich mach nur Spaß.«

»Beleidige mich nicht. Tu ich umgekehrt ja auch nicht. Wir sind zusammen, um uns zu respektieren. Außerhalb der Familie kriegst du nicht viel davon, und ich auch nicht. Jedenfalls noch nicht.«

Nikki mochte dieses Gerede über Respekt nicht. Das Einzige, was die Leute je an ihr respektiert hatten, war ihr Hintern. Sobald sie ihr Gesicht zeigte, sah die Sache anders aus. Sie zog sich hoch, sodass sie auf dem Ast saß. Das Blut wich ihr aus dem Kopf, und ihr wurde schwindlig. Sie blickte zu der Stelle hinauf, zu der sie geklettert war, um das Seil um einen hohen Ast zu schlingen. »Ich kann nicht glauben, dass ich da rauf bin. Ich bin zuletzt als Kind auf Bäume geklettert.«

»Du bist dreizehn. Du bist immer noch ein Kind.«

»Du bist drei Jahre älter, ich bin mächtig beeindruckt.«

»Wirf mir den Strick zu und dann komm runter.«

»Ich sag doch, ich weiß nicht, wie.« Sie ließ das Seil los, und es glitt zwischen den Zweigen hinunter.

»Schwing dich einfach runter und häng dich mit den Händen an den Ast.«

»Ach ja? Und wenn ich mir beim Springen den Knöchel breche? Papa bringt dich um. Du sollst mich beschützen.«

»Du gehörst zur Familie, Nikki, ich werde dich immer beschützen. Aber du musst auch für dich selbst Verantwortung übernehmen.«

Ohne loszulassen, rutschte Nikki wieder hinunter, sodass sie fast, den Kopf nach unten, an Händen und Füßen hing. Dann ließ sie mit den Knöcheln los und hing nur noch an den Händen, und die kalte Rinde schnitt ihr in die Finger. Sie baumelte eine Weile und fühlte, wie sich ihr ganzer Körper bis zu den Zehenspitzen dehnte. Wieder spürte sie die kalte Luft am Bauch. Sie wollte, dass Lemur sie da berührte. Nach acht Monaten bei dieser abgefahrenen Familie wusste sie immer noch nicht, wie sie mit einem männlichen Wesen umgehen sollte, das nicht versuchte, sie zu ficken. Wenn sie sich im Dunkeln hinlegten, konnten sie ihr blödes Gesicht nicht sehen.

»Du entblößt dich schon wieder.«

»Sei nicht so ein Vollidiot. Ich hänge an einem scheiß Baum.«

»Du musst auf dich selbst aufpassen, Nikki. Achte auf deine Sprache. Und darauf, wie du dich zeigst. Männer haben starke Begierden.«

»Du nicht. Jedenfalls nicht nach Mädchen.«

»Fang nicht schon wieder damit an. Ich versuch, nett zu dir zu sein.«

»Ich weiß alles über die Begierden von Männern«, keuchte sie. »Ich möchte wetten, ihr habt euch alle totgelacht, als Papa mich in dieser Nacht aufgenommen hat.« Sie ließ los und traf unsanft mit den Füßen auf dem Boden auf, sodass sie nach hinten taumelte.

Lemur hielt sie mit kräftigem Griff an den Oberarmen fest. »Du kannst mich jetzt loslassen, Perversling.«

»Niemand hat über dich gelacht«, sagte Lemur. »Als er dich mitgebracht hat, da hat Papa gesagt: ›Nikki hat nur getan, was sie tun musste, um zu überleben. Ich dulde nicht, dass jemand sie dafür kritisiert.‹«

Nikki äffte Papas Ton nach. »Ich dulde nicht, dass sie jemand dafür kritisiert.«

Lemur lächelte. Er hatte ein nettes Lächeln – mit der Lücke zwischen seinen Schneidezähnen wirkte er wie ein Kind –, aber er zeigte es selten. »Okay, ich binde das jetzt an die Hinterachse.«

Ohne auf den Schnee zu achten, legte sich Lemur auf den Rücken und rutschte unter den Range Rover. Nikki sah nur noch seine Beine und den Strick, der neben ihm zuckte, während er ihn befestigte. Sie überlegte einen Moment, ob sie ihm in den Schritt greifen und sich hier im Schnee über ihn hermachen sollte, um herauszufinden, wie schwul er tatsächlich war.

»Wozu tun wir das hier überhaupt?«, fragte sie seine Beine. »Welcher Mensch, der halbwegs bei Trost ist, kommt hier raus?«

Lemur kroch unter dem Wagen hervor, stand auf und klopfte sich den Schnee von der Hose. »Wenn du Papa ausquetschen willst, tu dir keinen Zwang an, aber vielleicht ist dir schon mal aufgefallen, dass du, wenn du in dieser Familie bleiben willst, nicht allzu viele Fragen stellen solltest.« Er stieg in den Range Rover und ließ den Motor an. Dann kurbelte er die Scheibe herunter und sagte: »Gib mir Bescheid, wenn der Stein ungefähr sechs Meter in der Luft ist.«

Der Wagen fuhr im Schritttempo nach vorn und zog den Strick straff. Der riesige Felsbrocken, den Lemur mit vielen komplizierten Knoten am anderen Ende befestigt hatte, erhob sich langsam in die Luft. Als er ungefähr sechs Meter hoch hing, rief sie: »Stopp!«

Lemur stieg aus und zeigte ihr, wie man die Schlinge band und so anbrachte, dass jemand, der ahnungslos vorbeikam, in die Falle tappte. »So, jetzt probieren wir es mal aus. Tritt mal in die Schlinge da.«

»Ich setz keinen Fuß auf das Ding.«

Lemur sah sie stumm an. Er brauchte nichts zu sagen. Es war der Familienblick, der besagte: Das hier ist eine Angelegenheit für uns alle, und das wird einfach getan.

»Das wird nicht wehtun, oder?«

»Nein.«

Nikki trat mit einem Fuß auf den versteckten Auslöser. Die Schlaufe zog sich um ihren Knöchel zu und hievte sie mit einem Ruck in die Luft, während das Gegengewicht zu Boden krachte. »Au, Lemur! Was soll der Scheiß!«

»Achte auf deine Sprache.«

»Ich hab mir den Kopf angestoßen, du Wichser.«

»Nikki, du musst aufhören zu fluchen. Das ist ein Zeichen von Schwäche, und Mitglieder der Familie sind nicht schwach. Wenn du so eine Sprache benutzt, wird Papa fuchsteufelswild.«

Nikki baumelte an einem Knöchel, den Kopf nach unten, sodass der verschneite Waldboden unter ihr zu schaukeln schien. »Lass mich runter, bevor ich kotze. Das Ding funktioniert, okay? Wer auf dem Weg hier entlangkommt, ist am Arsch – tut mir leid! – in der Falle. Will ja deinen jungfräulichen Ohren nicht wehtun.«

In der Küche hatte Papa gerade sein Mittagessen hinter sich und bearbeitete mit Zahnstochern sein Gebiss, während er Radio hörte. Jack starrte aus dem Fenster in den rieselnden Schnee.

Papa legte den Zahnstocher auf den Teller und schob den Teller weg. Dann stützte er die Ellbogen auf den Tisch und ließ wie jemand, der eine Tragödie erlitten hatte, den Kopf auf die Hände sinken. Nach einer Weile sagte er: »Gott, was für Gedanken mich überkommen.«

Seine Worte drangen dumpf zwischen seinen Fingern hervor. Jack drehte sich vom Fenster weg und fragte: »Was hast du gesagt?«

»Was mich für Gedanken überkommen«, wiederholte Papa, ohne den Kopf zu heben. »Was für Bilder.«

»Ist mir klar«, sagte Jack. »Du bist ja nicht derjenige, der sie umsetzen muss.«

»Stell dir Folgendes vor: Nachbarn hören einen Hund bellen. Soweit sie wissen, sind die Leute, die in dem betreffenden Haus wohnen, nicht da. Das Bellen geht die ganze Nacht weiter. Schließlich kommt die Polizei, und nachdem sie vergeblich geklingelt und zu den Fenstern reingesehen haben, brechen sie die Tür auf. Was sie drinnen vorfinden, übersteigt ihre Vorstellungskraft. Es bellt tatsächlich ein Hund, doch der Hund ist so in eine menschliche Leiche eingenäht, dass der Hundekopf an der Stelle rausragt, wo sich der Menschenkopf befinden müsste.«

Jack drehte sich wieder zum Fenster um. »Ehrlich gesagt, kann ich nicht nachvollziehen, was an kopflosen Leichen so faszinierend sein soll – nachdem ich sie aus der Nähe gesehen hab und so.«

»Scht. Hör zu.«

Die Lokalnachrichten des Senders CKAT begannen mit einer Meldung über ein First-Nation-Mädchen, das mit einer Armbrust auf einen Angreifer geschossen hatte.

»Einer Armbrust«, sagte Papa. »Respekt, das hat was.«

Eine Polizeisprecherin erklärte, es werde keine Anklage gegen das Mädchen erhoben, und ihr mutmaßlicher Angreifer liege im Krankenhaus, werde die Verletzung aber vermutlich recht gut überstehen.

Unterdessen leben die Bewohner von Algonquin Bay weiterhin in Angst und Schrecken und fragen sich, ob nach dem grausigen Doppelmord letzten Donnerstag mit weiteren Morden zu rechnen ist. Die Polizei gibt an, die Identität der Opfer zu kennen, hält die Informationen aber noch zurück, bis die nächsten Angehörigen unterrichtet sind. Was den oder die Mörder betrifft, scheinen die Ermittler noch mehr oder weniger im Dunkeln zu tappen. Wir haben heute mit Detective John Cardinal von der Polizei Algonquin Bay gesprochen.

Der Detective kam persönlich zu Wort. *»Die Ermittlungen zu diesem Mordfall stehen noch ganz am Anfang, aber zumindest auf einer soliden Basis, und wir haben eine Reihe von unterschiedlichen Spuren, die wir verfolgen.« CKAT wird Sie über die weitere Entwicklung auf dem Laufenden halten.*

»In Angst und Schrecken«, sagte Papa. »Das gefällt mir. Genau das ist die Absicht. Angst ist gut. Eine neue Welt wird kommen, und die wird der alten in nichts gleichen.«

»Das Chaos ist nah«, sagte Jack. »Zieht euch warm an.« Mit dem Finger schrieb er K-OS auf die beschlagene Fensterscheibe.

»Gelenktes Chaos. Genau die richtige Dosierung.«

Jack zeichnete ein Gesicht in das O. »Lemur braucht

aber mächtig lange, um diese Falle aufzubauen. Vielleicht sollte ich mal rausgehen und sie suchen.«

»Lemur weiß, was er tut.«

»Du traust ihm in Bezug auf Nikki? Das Mädchen hat für eine Dreizehnjährige eine scharfe Figur. Schreckliches Gesicht. Aber ich hätte geschworen, dass sie sechzehn ist.«

»Lemur wird sich wie ein Gentleman benehmen. Ich hab über die Jahre viele junge Leute ausgebildet, und er scheint es besser zu begreifen als die meisten.«

»Mich eingeschlossen?«

»Dich eingeschlossen.«

»Das ist also der Dank, den ich bekomme.«

»Es ist doch nur vom Gentleman die Rede, Jack. Jeder Jugendliche spricht auf einen Teil des Codes stärker an als auf andere. In deinem Fall ist es vor allem Loyalität. Bei Lemur sind es Manieren.«

»Ich hab nie kapiert, wieso du bei dem Thema einen solchen missionarischen Eifer entwickelst.«

»Weil gute Manieren noch nie geschadet haben und in vielen Situationen helfen.«

»Ich versteh trotzdem nicht, wieso die so lange brauchen.«

»Jack, du lässt dich nur von der sexuellen Begierde leiten. Du weißt, dass es für dich ein Problem ist und dich unglücklich macht. Aber ich beurteile dich nicht danach, und ich hoffe, du tust es auch nicht. Du bist ein starker Mensch, ich kann mir nicht vorstellen, dass du dich zu etwas hinreißen lässt.«

Jack wandte sich vom Fenster ab. Er ging an den Kühlschrank und nahm eine Dose Gingerale des alten Mannes heraus, öffnete die Lasche und trank. Er wischte sich den Mund ab und sagte: »Ich hab nichts von Lust gesagt. Um ehrlich zu sein, dieses Mädchen macht mich überhaupt nicht an. Dieses Gesicht.«

»Urteilen wir nicht zu oberflächlich über das Aussehen von Leuten. Nikkis Gesicht ist völlig in Ordnung.«

»Ich sag ja auch bloß, es ist nicht nach meinem Geschmack. Ich lass mich also nicht von sexuellen Begierden leiten, das wollte ich damit nur sagen, Papa. Ich mach mir Gedanken. Wir sollen aufeinander aufpassen, und ich mach mir Sorgen um Nikki.«

»Solange Nikki bei Lemur ist, droht ihr keine Gefahr.«

»Meine Sorge gilt Lemur.«

»Dann kennst du dich mit der menschlichen Natur nicht aus. Und mit Lemur auch nicht.«

Jack trank den Rest des Gingerales und zerdrückte die Dose in der Faust. »Lemur hier, Lemur da. Was hat er denn je getan? Was hast du dich so mit der kleinen Schwuchtel?«

»Jack, bitte, wir gebrauchen keine Schimpfwörter füreinander. Du hast Jahre in Anstalten verbracht – hab ich dich jemals Spinner genannt?«

»Nein.«

»Irre? Gestört? Plemplem? Hab ich nicht. Genauso wenig wie irgendjemand sonst in dieser Familie, jetzt oder in Zukunft. Weil wir dich respektieren, Jack. Und wir respektieren deine Fähigkeit, dich genauso zu verhalten.«

Jack hatte das Bedürfnis, dagegenzuhalten, fand das Ganze irgendwie nicht fair. Andererseits war auch eine Menge dran, und er hatte Gewissensbisse, Papa zu enttäuschen, die Familie zu enttäuschen. Nach einer Weile sagte er: »Du hast immer zu mir gesagt, Loyalität wäre das Wichtigste. Und jetzt auf einmal reitest du ständig auf Manieren rum.«

»Loyalität ist Lemurs zweite Natur. An seinen Manieren dagegen mussten wir mächtig arbeiten. Als wir ihn aufgenommen haben – erinnerst du dich nicht? –, bekam man von ihm kaum was anderes zu hören als ›scheiß drauf‹ und ›Hurensohn‹, und jetzt ist er ein Muster an höflicher Sprache. Bei dir war immer Loyalität ein wunder Punkt. Lemur ist wie ein Jagdhund, aber du – du bist wie ein Wildhengst. Großartig, ja, aber immer in Gefahr, bei der erstbesten Gelegenheit davonzugaloppieren.«

»Du zweifelst an meiner Loyalität? Nach allem, was ich gerade für dich getan habe? Alles, was du gesagt hast, buchstabengetreu – das Wie und das Wann. Hast du auch nur die leiseste Ahnung, was mich das gekostet hat?«

Papa stand auf und breitete die Arme aus. Jack zögerte, bevor er näher trat und Papa ihn fest umarmte. »Jack, dein Mut ist über jeden Zweifel erhaben. Du bist ein Samurai. Unser Krieger. Unser Ritter. Irgendein Dichter hat gesagt: ›Einsam sind die Tapferen.‹ Na ja, nicht unter meinem Dach. Du bist für diese Familie unverzichtbar, und ich würde dir mein Leben anvertrauen, Jack. Mein Leben.« Papa trat zurück, ohne Jacks Schulter loszulassen. »Wenn es darum geht, Jack – wenn es darum geht, wer den meisten Mumm hat –, da stichst du mich, glaube ich, aus. Vielleicht widerlege ich mich ja eines Tages noch, aber ich glaube, eher nicht.«

Jack fühlte sich nicht mutig. Sonst hätte er Papa zum Beispiel erzählt, dass ein Mädchen, irgendeine Jugendliche, ihn draußen an dem Haus gesehen und so aus dem Konzept gebracht hatte, dass er vor lauter Panik nicht mehr geradeaus denken konnte. Er hätte sie umlegen – überfahren, erschießen, was auch immer – sollen, doch das hatte nicht zum Plan gehört, und so war er einfach nur in Panik geraten. Doch das brachte er nicht über die Lippen. Er machte einen Schritt zurück und verschränkte die

Arme vor der Brust. »Und wann muss Lemur seine große Prüfung bestehen? Gehört schließlich schon ’ne ganze Weile zur Familie. Soll er den alten Mann umlegen?«

»Wenn ich ihn darum bitte, wird er es tun.«

»Meinst du? Würde nicht allzu viel drauf geben.«

Papa lächelte. »Weil du ein Mann der Tat bist. Menschen zu verstehen, das ist nicht unbedingt deine Stärke.«

21

Der Kriminelle, der sich Papa nannte, hatte Lloyd Kreeger wieder in sein Schlafzimmer gesperrt, nachdem er alles entfernt hatte, was unter »scharfen Gegenständen« zu verstehen war. Das zumindest war eine Verbesserung. Zwar waren Lloyd immer noch die Hände vorn mit Plastikbändern gefesselt, doch das schränkte ihn nicht gar zu sehr ein. Er hatte ein bequemes Bett und jede Menge Lesestoff, doch er musste unentwegt an Henry denken. Selbst Charles Dickens konnte ihn nicht daran hindern, das Schlimmste zu befürchten.

Er versuchte, sich Klarheit darüber zu verschaffen, ob es in dieser Situation Hoffnung für ihn gab oder ob er einen Fluchtversuch und eine Kugel in den Kopf riskieren sollte, als dieser »Papa« wiederkam und ihn erneut in sein Kellerbüro führte.

Dieser seltsame Mann kannte inzwischen einige von Lloyds Passwörtern und hatte sich außerdem eine Reihe verschiedener Kontonummern notiert. Jetzt saßen sie nebeneinander auf Bürostühlen, als brächte der eine dem anderen etwas über Software bei.

»Sehen Sie mal, was ich gefunden habe, Lloyd.«

Lloyd beugte sich vor, um sich den Bildschirm anzuschauen. Seine New Yorker Anlagekonten. »Eine Discountbroker-Website«, sagte er.

»Ich weiß, was das ist, Lloyd. Ich wollte damit nur sagen, dass Sie mir diese Konten verschwiegen haben. Zusammengerechnet belaufen sich diese verschiedenen Fonds auf ein paar Hunderttausend US-Dollar.«

»An die habe ich nicht gedacht. Die wurden vor, glaube ich, dreißig Jahren angelegt, als ich in New York tätig war. Ich geh da nie ran.«

»Ich weiß. Ich hab Ihre Transaktionschronik überprüft. Aber Sie haben mir nichts davon erzählt. Das ist der Punkt.«

»Ich hatte sie nur aus dem Blick verloren.«

»Die schicken Ihnen monatlich Auszüge, die Sie in diesen ordentlichen blauen Ordnern abheften, das habe ich herausgefunden. Sie verheimlichen mir einiges, Lloyd. Sie beschummeln mich. Ich versuche, Ihnen entgegenzukommen, ich bringe Sie wieder in Ihrem Zimmer unter, ich mach's Ihnen so bequem wie möglich ...«

»Sie stehlen mir alles, was ich habe ...«

Der Blick, den der Mann auf ihn richtete, verriet nichts weiter als milde Enttäuschung. Er wandte sich wieder dem Computerbildschirm zu. »Na ja, wir brauchen sie ja einfach nur leer zu räumen, nicht wahr.«

»Die sind für meine Enkel. Meine Tochter hat drei Kinder, die alle zur gleichen Zeit studieren werden. Sie ist Korrektorin, ihr Mann freischaffender Journalist. Ich glaube kaum, dass sie zusammen mehr als fünfzig Riesen im Jahr machen. Diese Fonds sind fürs Studium der Kinder gedacht.«

»Irgendwie lässt mich das System nichts verschieben.«

»Also, da kann ich Ihnen auch nicht helfen, wie gesagt, ich hab diese Fonds seit damals nicht mehr angerührt. Ich hab keinen Schimmer, was man da machen muss.«

Der Mann zog seine Waffe aus dem Holster, zielte auf eine Lampe und drückte ab. Der Lampenfuß zersplitterte, und es hallte in Lloyds Ohren, als wären sie aus Messing.

»Strengen Sie sich an«, sagte der Mann. »Ich bin sehr zuversichtlich, dass wir das Problem zusammen lösen.«

Manchmal hatte Nikki das Gefühl, dass diese »Familie« echt war und nicht nur ein Hirngespinst oder ein Spiel. Heute Abend war eine solche Gelegenheit. Papa hatte sie alle drei gebeten – gebeten, nicht aufgefordert –, den Fernseher nicht einzuschalten. Sie sollten ein Feuer machen, ein richtig großes, während er mit dem alten Mann unten war, und er wollte sich ein wenig später zu ihnen gesellen.

»Und was dann?«, hatte Jack gefragt.

»Ihr konzentriert euch auf dieses Feuer und erzählt euch gegenseitig alles, was ihr seht.«

Was Nikkis Meinung nach toll gelaufen war. Jack hatte ein mächtiges Feuer gemacht, indem er dicke Holzscheite über Kreuz gestapelt hatte, und die Flammen schlugen im Kamin hoch, und man hörte, wie die heiße Luft die Esse hinaufjagte. Die Sitzecke war im Kreis um den Kamin wie um einen Fernsehapparat angeordnet. Nikki hatte auf der einen Seite einen Sessel ganz für sich, Jack saß im zweiten, und Lemur hatte sich, den Kopf auf den Ellbogen gestützt, auf dem Sofa ausgestreckt. Sein Gesicht glühte orange im Schein der Flammen.

Zuerst beschrieben sie einander unterschiedliche Formen und Gestalten, die sie zwischen den Scheiten in der Feuersbrunst entdeckten. Lemur sah einen Mönch mit Kapuze, Nikki einen dicken Mann auf einem Fahrrad, worüber die anderen zwei lachten, und Jack sah sieben Zwerge, die alle Äxte und Sägen auf der Schulter trugen. Nikki hatte das einmal in irgendeinem Zeichentrickfilm gesehen, doch das behielt sie für sich. Eine Weile waren sie mit diesem Spiel beschäftigt, und selbst Jack lächelte, sodass seine Zähne im Licht der Flammen blitzten. Sein Schatten hüpfte und zitterte an der Decke.

Dann schlug Lemur vor, ihre Zukunft aus dem Kaminfeuer zu lesen. »Versucht, euch vorzustellen, wo ihr in zehn Jahren seid. Wie ihr dann lebt. Mit wem ihr zusammen seid.«

»Wir werden im Norden sein«, sagte Jack. »Das K-OS ist längst eingetreten. Alle Unterschichten erheben sich, während alle anderen versuchen, sie niederzuschlagen – das versuchen sie jetzt schon. Aber diesmal werden die Verlierer gewinnen – die Schwarzen, die Ureinwohner, die Muslime –, da sie so lange unterdrückt gewesen sind, macht es ihnen nichts aus, auf Leben und Tod zu kämpfen und Köpfe rollen zu lassen. Deshalb beschlagnahmen wir die Jeeps und die Schneemobile. In zehn Jahren werden sich schon mehrere Hundert Mitglieder dieser Familie oben im Norden versteckt halten – kleine Kommunen, Selbstversorger. Auf dem übrigen Planeten regiert das K-OS. Im Norden lebt es sich dann am besten, weil Schwarze und Muslime offensichtlich keine Fans der Kälte sind und der übrige Planet brennt.«

»Kommt Papa aus dem Norden?«, fragte Nikki. »Ist er deshalb so verrückt danach?«

»Er ist irgendwo im Norden groß geworden«, sagte Jack, »aber darum geht es nicht. Noch nie was vom Treibhauseffekt gehört? Der Norden wird die letzte bewohnbare Gegend sein.«

»Stimmt«, pflichtete Lemur bei. »So sieht das Papa.«

»Wie Papa das sieht, hat damit nichts zu tun. Es geht um Fakten.«

»Also, egal, wie die Sache läuft, ich bleib bis zum Schluss bei dieser Familie«, sagte Lemur. »Allerdings ist das nichts, was ich im Moment in den Flammen sehe. Na ja, ein bisschen vielleicht.« Er zeigte auf ein Stück eines verkohlten Holzscheits, das aus den Flammen herausragte. »Seht ihr, das da ist mein Iglu.«

»Ziemlich heiß für ein Iglu«, kommentierte Nikki.

»Aber all diese Hitze da drinnen? Diese Schönheit? Das kommt von dem liebevollen Zuhause, das ich zusammen mit meiner Frau einrichten werde.«

»Ah, klar doch«, sagte Jack. »Was sonst.«

»Ich sag dir, ich seh sie vor mir. Sie hat langes braunes Haar, bis auf die Schultern. Ein bisschen gelockt. Und wenn sie lächelt, hat sie diese kleinen gebogenen Dinger an den Mundwinkeln.«

»Grübchen«, half Nikki aus.

»Das heißt Grübchen? Dann hat sie Grübchen. Sie ist groß – mindestens so groß wie ich –, und sie hat eine gute Figur. Nicht zu voll. Sie hat auch richtig Grips. Mehr als ich.«

»Das ist anzunehmen«, sagte Jack.

»Und sie trägt Rollkragenpullis und Kordjeans, die richtig gut sitzen. Weil es da oben kalt ist. Und sie hat einen weißen Mantel mit einer Pelzkapuze und einem hellblauen Schal. Ich sag euch, ich seh dieses Mädchen vor mir. Ich seh sie deutlich vor mir. Wann wir uns begegnen? Ich werde auf Anhieb merken, wer sie ist. Und ich werde mich in sie verlieben, weil ich schon jetzt in sie verliebt bin.«

»Ah«, sagte Jack, »das ist wirklich schön.«

»Das ist es auch«, sagte Nikki. »Das ist es wirklich, Lemur.«

Nikki wünschte sich, sie hätte irgendwas Vergleichbares gesehen. Sie hatte diese ganze Geschichte mit dem Norden völlig vergessen. Papas K-OS-Vision. Nach allem, was in den Nachrichten kam und so, schien es irgendwie logisch, aber es machte keinen nachhaltigen Eindruck auf sie. Manchmal hatte sie das Gefühl, Papa selbst glaubte nicht wirklich daran, sondern an etwas ganz und gar anderes, was er für sich behielt.

Lemur schielte zu ihr hinüber, sodass das Weiß in seinen Augen schimmerte. »Was siehst du für dich voraus, Nikki?«

Nikki zuckte die Achseln. »Schätze, ich sehe Musik. Ich weiß zwar, dass ich eine Stimme wie ein Frosch hab, aber ich hör die ganze Zeit im Kopf irgendwelche Songs. Also seh ich, na ja, so was wie ein Studio. Gibt es die dort, wo wir hingehen, im Norden?«

Lemur setzte sich auf. »Falls nicht, bauen wir eben welche. Wir sehen im Internet nach, besorgen uns Bücher dazu.«

»Es wird ein kombiniertes Studio sein, für Tonaufnahmen und für Fernsehen, sodass man die Videos machen kann, während man die Songs aufnimmt.«

»Klar doch«, sagte Jack. »Diese Eskimos sind unglaubliche Sänger. Sind berühmt dafür. Hast du schon mal den Eskimoknabenchor gehört?«

»Wir werden alle möglichen Leute in der Familie haben«, sagte Lemur. »Da sind ganz bestimmt auch Sänger dabei. Außerdem dauert das Chaos nur eine gewisse Zeit. Früher oder später werden die Schwarzen und die Muslime und all die anderen, weiß nicht, Unterdrückten, zu uns kommen, um das Ruder an sich zu reißen. Aber die haben natürlich keine Erfahrung darin – jedenfalls nicht darin, eine Zivilisation wie unsere hier zu regieren. Sie werden Hilfe brauchen, und sie werden zu uns kommen, weil wir wissen, wie's funktioniert.«

»Du plapperst Papa aber auch alles nach.«

»Ergibt absolut Sinn, Jack. Wenn du nicht daran glaubst, frag ich mich, wieso du zur Familie gehörst?«

»Ich seh das einfach nicht so eng, so eins zu eins, jedes Wort von Papa in Stein gemeißelt. Ich meine, ich hab immer noch einen eigenen Kopf, das wollte ich sagen.«

Lemur kauerte sich in eine Ecke des Sofas und richtete den Blick erneut auf die Flammen. »Na, jedenfalls gibt es keinen vernünftigen Grund, wieso Nikki nicht in zehn Jahren CDs oder Videos aufnehmen sollte. Oder sie managt eine richtig coole Band. Wieso nicht?«

Jack kniete sich vor den Kamin und stocherte so heftig in den Flammen, dass es auf dem Rost klirrte und dröhnte, während er sprach. Funken sprühten. »Um noch mal auf diese persönliche Wunschvorstellung von dir zurückzukommen, Lemur. Mich interessiert dieses Mädchen, das du da beschreibst, diese Sache mit der Seelenverwandtschaft und so. Fast zu schön, um wahr zu sein.«

Manchmal schien es, wenn Jack sprach, als beträte irgendein bösartiges Wesen – nass, kalt und gestaltlos – mit ihm zusammen den Raum, um einfach nur dazusitzen und zuzuschauen. Als hätte er irgendeine außerirdische Kreatur in seiner Obhut, die von Wut und Tränen lebte. Auch wenn Jack in unbeschwertem Ton sprach, spürte Nikki diese hässliche Kreatur bei ihnen im Raum. Lauernd. Geifernd.

Lemur hatte es offenbar nicht kapiert. »Ich hab es noch nie ausgesprochen. Nur weil wir hier so dasitzen und ins Feuer sehen, es kommt mir einfach so …«

»Real vor?«, sagte Jack. Leder knirschte, als er es sich in seinem Sessel bequem machte. »Hat sie einen Namen, diese Prinzessin?«

»Ist mir eigentlich egal, wie sie heißt. Aber wenn ich raten soll, würde ich sagen, sie sieht wie – keine Ahnung – vielleicht wie eine Jennifer aus? Oder eine Melissa?«

»Ich hätte eher vermutet, dass du dich an ein Mädchen namens Jason oder Buck rankuschelst. So was in der Art.«

»Sehr witzig.«

»Hör zu, Klemmschwester, du eroberst nicht das Herz von irgendeiner Melissa. Einfache Erklärung: Melissas sind nicht mit Schwanz zu haben. Und du bist so durch und durch ein Schwanzlutscher, wie es nur einen geben kann, man muss nun mal der Wahrheit ins Auge sehen.«

»Rede nicht so mit mir.« Lemur verschränkte die Arme vor der Brust. Er machte ein angespanntes Gesicht. »Wir beleidigen einander in dieser Familie nicht.«

»Kein Grund, gleich auszuflippen. Deine Vorlieben sind deine Vorlieben. Ich sprech nur aus, was für jeden außer dir offensichtlich ist – dass du eine lupenreine, hundertprozentige Schwuchtel bist.«

»Es geht um Lemurs Zukunft«, sagte Nikki. »Er kann sie sich vorstellen, wie er will.«

»Die hässlichste Hure der Welt verteidigt den dämlichsten Arschrammler der Welt. Gott, wie bin ich eigentlich in diese Freakshow geraten? Soll ich dir was sagen, Lemur? Ich weiß den idealen Beruf für dich. Mach einen auf Priester.«

»Halt einfach die Klappe«, sagte Lemur. »Ich bin nicht schwul.«

»Ist das die Familie, mit der ich zusammenlebe?«

Keiner von ihnen hatte Papa hereinkommen hören. Er stand, wie gewohnt die Hände hinter dem Rücken verschränkt, einfach nur da und musterte sie kritisch.

»Wir beleidigen uns? Beschuldigen uns? Sagen uns, wir sollten die Klappe halten?«

»Jack war ziemlich gemein zu Lemur«, erklärte Nikki. »Sagte, dass er schwul wäre.«

»Was du nicht sagst.«

»Ich habe ihm nur vorgeschlagen, dass er aufhört, sich

was vorzumachen, und sich selbst gegenüber ein bisschen ehrlicher ist.«

»Er hat mich Schwuchtel genannt«, sagte Lemur.

»Und was regt dich daran so auf, wenn du keine bist?«, fragte Papa. »Oder auch, falls du eine bist?«

»Er macht mich runter. Als ob er mich anspuckt.«

Papa kam um das Sofa herum und stand mit dem Rücken zum Feuer. »Also, Leute, ich muss schon sagen, ich bin enttäuscht.«

»Machen wir keine Staatsaffäre daraus«, sagte Jack.

»Nein, nicht aus ein paar Schimpfwörtern – so kindisch das auch sein mag. Was mir viel mehr zu schaffen macht, Jack, und das gilt für euch alle – und, um ehrlich zu sein, stört es mich manchmal auch an mir selbst –, das ist einfach so konventionell. So *gewöhnlich.* Der Gedanke, dass ein Mensch, der mit einem gleichgeschlechtlichen Partner Sex hat, es verdient hätte, lächerlich gemacht zu werden. Sind wir in dieser Familie vielleicht wiedergeborene Christen? Sind wir Scientologen? Mitglied dieser Familie zu sein, heißt, frei zu sein. Frei von den Etiketten und Konventionen, mit denen unsere untergehende Gesellschaft aus Bequemlichkeit um sich schmeißt. Schwuchtel. Terrorist. Kommunist. Liberaler. Irrer. Pauschalbegriffe. Die ersetzen eigenes Denken.« Papa tippte sich mit dem Zeigefinger an die Schläfe. »Diese Familie denkt. Sie akzeptiert keine vorgefertigten Etiketten. Ich möchte, dass wir von solchen Konventionen, von denen sich der Rest der Welt einengen lässt, frei sind. Wir akzeptieren nicht die Moralvorstellung des Papstes oder von Rush Limbaugh, dem Radiomoderator, oder von Barack Obama. Wir entwickeln unsere eigene.

Mein ganzes Leben lang hab ich mich bemüht, mich zu befreien, aber ich will nicht allein sein. Ich will meine Familie dabeihaben. Also werde ich hier und jetzt, in diesem Raum, den Konventionen trotzen. Ich werde jetzt vor euren Augen mit Lemur Sex haben. Hältst du mich für eine Schwuchtel, Jack?«

»Nein.«

»Und du, Nikki?«

»Nein.«

»Lemur?«

»Nein, aber mich auch nicht, und ich will keinen Sex mit dir.«

»Willst du für den Rest deines Lebens konventionell sein? Willst du verstecken, was du vielleicht gerne tun würdest oder auch nicht? Ich glaube nicht. Ich bitte dich, bei dieser kleinen Übung mitzumachen. Übung macht dich stärker. Wir werden zusammen dieses Tabu brechen, und danach sind wir beide stärker. Meinst du, dass es mir nicht widerstrebt? Das tut es. Das ist wie eine Eisenkralle in meiner Brust, ein Eisenband in meinem Kopf. Ich hege keinen Wunsch, mit einem Mann Sex zu haben. Aber ich treffe die Entscheidung, mich einfach nicht darum zu scheren.«

Nikki hatte in ihrer kurzen Laufbahn als Stricherin eine Menge Dinge gesehen, doch nichts hatte sie je so schockiert wie Papa, der in diesem Moment vor dem Feuer seinen Pullover und sein Unterhemd auszog, dann Schuhe und Socken und alles andere, vor ihren Augen.

Er hatte, egal, wie alt er sein mochte, einen wohlgeformten Körper, mit straffer Haut und drahtigen Muskeln. Seine Haut glühte vor dem Feuer.

»Damit hätten wir schon mal eine Konvention abgelegt«, sagte er. »Bist du mit von der Partie, Lemur?«

»Was ist mit Anstand? Du hast doch erst vor ein paar Tagen gesagt, dass wir …«

»Besondere Umstände. Ziehst du dich aus, oder soll ich es für dich tun?«

»Ich glaub das nicht«, sagte Jack. »Das ist völlig abgefahren.«

»Ja«, sagte Papa, »das ist es. Steh auf, Lemur.«

»Ich will das nicht.«

»Ich auch nicht.« Papa packte Lemur am Handgelenk und zog ihn hoch. »Nicht sexuell. Aber als eine Art Befreiungsübung will ich nichts mehr als das. Das ist wichtig, Lemur. Und es kostet Mut. Den trau ich dir zu. Ich weiß, du hast ihn. Und ich weiß auch, dass dir unsere Freiheit wichtig ist. Zieh deinen Pullover aus.«

Lemur zögerte, und so griff Papa nach dem Saum seines Pullovers und zog ihn ihm über den Kopf. Lemur murrte, wehrte sich aber nicht allzu sehr. Papa griff nach seinem Gürtel.

»Sag, dass das nicht wahr ist«, murmelte Jack.

»Hältst du mich für eine Schwuchtel?«, fragte Papa.

»Nein, aber …«

»Ich weigere mich, ein Sklave zu sein. Ich entscheide mich für die Freiheit, und ich will euch an meiner Seite haben. Zieh sie aus, Lemur. Lass mich nicht die ganze Arbeit machen.«

Lemur zog seine Jeans aus. Sie standen sich jetzt beide nackt gegenüber.

»Zwei Männer ziehen sich nicht voreinander aus«, sagte Papa. »Das ist die Regel in unserer Gesellschaft, richtig? Es sei denn, sie gehören zur selben Sportmannschaft, zeigen sich Männer nicht nackt voreinander. Das ist die Regel. Erst recht berühren sie sich nicht, richtig? Es sei denn, sie wären Schwuchteln. Bin ich eine Schwuchtel, Lemur?«

»Nein.«

»Nein, und du auch nicht.« Papa nahm Lemurs Penis in

die rechte Hand. Lemur legte die Hände auf Papas Bizeps und lehnte sich zurück. »Langsam, das ist …«

»Bin ich eine Schwuchtel, Jack?«

»Himmel.«

»Klingst gerade ziemlich konventionell, Jack.«

Jack schüttelte den Kopf und blickte zur Decke. Nikki war wie gebannt.

Papa forderte Lemur auf, sich wieder aufs Sofa zu setzen und die Beine auszustrecken. Papa packte ihn an den Fußgelenken und spreizte sie, dann kniete er sich zwischen seine Beine und legte los. Nikki hielt sich die Hände vors Gesicht und sah zwischen den Fingern hindurch zu. Papa erschien ihr wie der unschwulste Mann, der ihr je begegnet war, und ihm dabei zuzusehen, wie er es einem Kerl besorgte, war – also, sie merkte, wie sich in ihrem Oberstübchen das ganze Mobiliar verschob.

Zwei Männer beim Sex miteinander, so viel hatte bis gerade eben festgestanden, konnten nur entweder komisch oder abstoßend sein, doch jetzt merkte sie, wie ihr eigener Körper auf die beiden schimmernden Männerkörper vor ihr reagierte.

Papa bat Lemur nicht, irgendetwas zu tun. Lemur war einfach nur die meiste Zeit still, zurückgelehnt, bis er irgendwann stöhnte und keuchte, als er schließlich in Papas Mund kam. Danach hielt Papa Lemurs Penis noch eine Weile reglos zwischen den Lippen. Jack starrte jetzt in den Kamin, doch Nikki hatte ihn immer wieder dabei ertappt, als er hinübersah. So wie er dasaß und auch sonst tat er sehr verstört, doch sie sah ihm an, dass er ziemlich aufgegeilt war.

Papa stand auf, um sich wieder anzuziehen. Er ließ es langsam angehen. »Einigen wir uns darauf«, sagte er, während er sich den Gürtel zuschnallte, »wir haben keine

Schwuchteln in dieser Familie, und falls Lemur mit einem Mann Sex haben will, dann steht ihm das frei, ohne dass er unseren Respekt verliert.«

Lemur hatte sich wieder in seine Sofaecke gekauert. Er hielt sich ein Bündel Kleider über den Schoß, und Nikki sah, dass er nervös und verlegen war, sodass er ihr leidtat. Sie versuchte, die Stimmung ein wenig zu entspannen.

»Finde das nur ich so?«, sagte sie. »Oder war das eben eine ziemlich heiße Nummer?«

22

Lemur und Nikki waren auf einem anderen Pfad unterwegs. Sie waren ungefähr zehn Minuten lang durch Schnee gestapft, der ihnen fast bis zum oberen Stiefelrand reichte. Beim Frühstück hatten sie beschlossen, diese Falle weiter weg vom Haus aufzubauen. Es war eine Bärenfalle der altmodischen Art, mit eisernen Klemmbacken, die bei Berührung zuschnappen würden.

»Und wenn nun ein Tier da reintritt?«, fragte Nikki, die vom anstrengenden Stapfen durch den Schnee heftig keuchte. »Bricht es sich dann nicht das Bein?«

Lemur lächelte, sodass die Zahnlücke zum Vorschein kam. »Du machst dir zu viele Gedanken, Kleine.«

»Gott, wie oft muss ich dir noch sagen, dass du nicht alt genug bist, um mich Kleine zu nennen.«

»Das einzige Tier, das schwer genug ist, dieses Ding zuschnappen zu lassen, ist ein Bär, und die halten um diese Jahreszeit Winterschlaf.«

»Und wenn nun ein Mensch reintritt?«

»Der Mensch, der auf diesem Weg hier Richtung Haus kommt, ist mit Sicherheit jemand, den wir nicht sehen wollen. Derjenige kriegt eben sein Fett ab. Familienregeln. Also, das hier sieht gut aus. Der Baum da ist eine gute Markierung, sodass wir sie wiederfinden können.« Er zeigte auf eine Birke mit einem langen Ast, der diagonal herunterhing.

Nikki stellte die Falle ab und räumte mit den Stiefeln

Schnee aus dem Weg. Lemur lehnte seinen Vorschlaghammer an den Baum und machte sich am Mechanismus der Falle zu schaffen.

»Gehst du heute Abend wieder raus?«, fragte Nikki. »Du weißt schon, wie zur Arbeit.«

»Wahrscheinlich.«

»Wie kommt es, dass du diese Jobs allein machen musst? Sollte Jack oder auch ich dir nicht dabei helfen?«

Lemur zuckte die Achseln. »Jack steht inzwischen über so was, und du bist noch nicht so weit. Jeder von uns schultert seine eigene Verantwortung, und diese Dinger zu drehen, ist nun mal meine Aufgabe.«

»Machst du dir Gedanken über die Leute, die du beraubst? Wie sie sich fühlen?«

»Ein Dollar vom Feind ist so viel wert wie zwanzig eigene. Das stammt von Sun Tzu.«

»Wieso sind sie unsere Feinde?«

»Weil sie nicht wir sind.« Lemur nahm den Vorschlaghammer und hielt ihn sich schräg vor die Brust. »Außerdem geht es auch ums Überleben. Es geht ums K-OS. Die Zivilisation geht zugrunde, und wir werden die Überlebenden sein. Ich brauche nicht jede Einzelheit zu wissen, genauso wenig wie du. Halte den Pflock.«

Nikki kniete sich in den Schnee und hielt den Pflock mit beiden Händen. Das Eisen strahlte die Kälte durch ihre Fausthandschuhe ab. Hätte ihr drei Monate zuvor jemand gesagt, sie würde durch den Wald wandern und im Schnee Fallen stellen, hätte sie nur gelacht. Doch sie fand allmählich Gefallen daran, viel im Freien zu sein, sogar an den Winter konnte sie sich gewöhnen. Die Sonne zwischen den Bäumen, der glitzernde Reif auf den Zweigen, das Licht, das sich in Strahlenbündeln in alle Richtungen brach. Und die Luft, so trocken und so sauber, dass man sich durchsichtig fühlte. Lemur schwang den Vorschlaghammer und achtete darauf, die Spitze des Pflocks genau von oben zu treffen. Jedes Mal hallte ein lautes, klirrendes Geräusch durch den Wald, und eine Stoßwelle durchlief Nikkis Arme.

»Geh zum Haus zurück.« Jacks Stimme, hinter ihnen. Der Meisterlehrling von Papas Kunst des Anpirschens und Überlebens tauchte plötzlich wie aus dem Nichts neben dem Baum mit dem abgebrochenen Ast auf. »Hast du gehört«, sagte er zu Lemur. »Ich zeig ihr, wie man sie aufbaut.«

»Das mach ich, bin gleich so weit. Wir hauen gerade den Pflock ein, dann zeig ich's ihr. Papa hat mich darum gebeten«, sagte Lemur. »Ausdrücklich mich.«

»Gestern hast du den ganzen Nachmittag gebraucht, um eine simple Schlinge zu legen. Es wird allmählich Zeit, dass das Ding fertig ist, und es ist fast Mittag. Ich zeig's ihr, und jetzt mach dich vom Acker.«

»Seit wann gibst du die Befehle?«

»Geht schon klar«, sagte Nikki zu Lemur. »Mach kein großes Ding daraus.«

Lemur ließ Jack nicht aus den Augen. »Du bist nicht der Boss in dieser Familie. Niemand ist der Boss in dieser Familie. Wir sind alle gleich.«

Lemur hielt sich den Vorschlaghammer quer über den Körper, als wollte er Schläge abwehren. Jack machte einen Schritt auf ihn zu.

Nikki fühlte sich an einen Naturfilm über Menschenaffen erinnert, in dem sich die Männchen aufplusterten und gegenseitig anspuckten.

Jack war bedeutend größer als Lemur – und auch wesentlich muskulöser. Er packte den Vorschlaghammer mit einer Hand und verpasste Lemur eine Ohrfeige ins Gesicht. Von dem klatschenden Geräusch zuckte Nikki zusammen. »Geh ins Haus zurück«, sagte Jack.

Lemur rührte sich nicht. Seine rechte Wange war leuchtend rot, und aus dem Auge liefen ihm Tränen. »Ich werde gehen«, sagte er. »Aber nicht, weil ich Angst vor dir habe, sondern wegen dem, was Papa sagt – über Loyalität und Einigkeit. Ich werde mich nicht mit dir prügeln.« Er warf den Vorschlaghammer weg und verschwand. Dann drehte er sich zu Nikki um. »Schätze, wir sehen uns gleich im Haus.«

»Okay«, sagte Nikki. »Bis gleich.«

Lemur stapfte den gleichen Weg, den sie gekommen waren, wieder zurück und wirbelte bei jedem Schritt Schnee auf.

Jack rieb sich die Hände und setzte ein Lächeln auf, das so unecht wirkte wie auf einem Werbeplakat. »Dann sind wir also unter uns, Kleine. Und wir werden eine tolle Falle aufbauen.«

Das Mittagessen war vorbei, Jack deckte den Tisch ab und steckte das Geschirr in die Spülmaschine – nicht weil ihn irgendjemand darum gebeten hätte, sondern weil er einen Ordnungsfimmel hatte. Er mochte es, wenn alles an Ort und Stelle war. Wohl auch, weil er sich am Tisch im Moment unbehaglich fühlte und Papas wachsamem Blick entgehen wollte.

Papa hatte ihnen erzählt, wie es oben im Norden sein würde. Wie sie eine ganze Flotte an Jeeps und Schneemobilen ansammeln und gutes Geld verdienen würden, indem sie die Dinger an Leute vermieteten, die nicht so umsichtig gewesen waren, entsprechend vorzusorgen. Er redete davon, wie sie einander lieben und respektieren und auf dieser Grundlage eine völlig andere Gesellschaft gründen würden. Und wie sie, wenn die Schwarzen und die Ureinwohner und die Muslime kämen, um sich von ihnen helfen zu lassen, allzeit bereit wären, den Rest der Menschheit in die neue Realität zu führen. Wenn er sich für dieses Thema erwärmte, konnte Papa zum Poeten werden.

Heute allerdings kam die Poesie nach dem, was über den Vorfall im Wald durchgedrungen war, nicht recht an. Lemur war der Einzige, der reagierte, und Nikki stand absolut nicht der Sinn danach, zu reden.

Lemur begeisterte sich für Hudson-Bay-Decken. Er hatte im Internet farbige Wolldecken recherchiert und war schließlich auf diesen Namen gestoßen. Er war ganz und gar dafür, einen riesigen Vorrat anzulegen.

Papa hatte ein winziges Notizbuch, das er immer bei sich trug. Es wurde mit einem Gummiband geschlossen und hatte ein Bändchen wie bei einer Bibel, um Kapitel und Vers wiederzufinden. Er machte sich stets Notizen, wenn jemand eine gute Idee hatte, und sie alle liebten es, wenn er dieses Büchlein zückte und mit diesem Bleistiftstummel, den er ebenfalls immer griffbereit hatte, etwas aufschrieb.

»Was ist das da an deinem Arm?« Papa sah in sein Notizbuch, doch es war klar, mit wem er sprach.

»Meinst du mich?«, fragte Jack.

»Du hast einen Abdruck an deinem linken Unterarm.« Papa klappte das Notizbüchlein zu, spannte das Gummiband darum und steckte es zusammen mit dem Bleistift in die Tasche. »Wie ist das passiert?«

»Keine Ahnung. Ist nichts weiter.«

»Jack, das ist ein Bissmal. Wie kommst du an ein Bissmal am Unterarm?«

»Das ist kein Bissmal. Ich bin im Wald hingefallen. Muss wohl gegen irgendwas geschlagen sein.«

»Du hast versucht, über Nikki herzufallen, stimmt's?«

Nikki meldete sich zu Wort. »Wir haben nur einen Ringkampf gemacht. Ich hab die Griffe geübt, die du mir gezeigt hast. Wahrscheinlich hab ich mich ein bisschen hinreißen lassen.«

Papa sprach so leise, dass sie die Ohren spitzen musste. »Du versuchst, ihn in Schutz zu nehmen. Vielleicht hältst du das für Loyalität, aber das ist es nicht. Wenn jemand der Familie in den Rücken fällt, dann bist du, wenn du ihn verteidigst, nicht besser als er. Verstehst du? Ich weiß, du bist jung, aber du musst das begreifen.«

»Okay.«

»Jack, du hast versucht, Sex mit deiner Schwester zu haben.«

»Ich hatte keinen Sex mit ihr – und sie ist auch nicht meine Schwester. Du hattest hier vor uns allen Sex mit Lemur.«

»Nikki ist noch keine sechzehn, somit noch ein Kind. Außerdem war das, was ich mit Lemur getan habe, eine Übung.«

»Sicher, vielleicht wollen wir anderen ja auch ab und zu ein bisschen üben. Kind? Schwester? Sie ist es nicht einmal wert, in dieser Familie zu sein. Warst du etwa nicht dabei, als dieses sogenannte Kind uns erzählt hat, dass sie in einem Monat den Rekord aufgestellt und fünfundsiebzig Männern einen geblasen hat? Dieses Mädchen hat mit hundertsiebenundsechzig Männern gefi… Sex gehabt, und dabei wusste sie nicht mal, wer die Kerle waren. Sie hat es mit einem deutschen Schäferhund getan, während ein Haufen Besoffener sie angefeuert hat. Und du meinst, sie ist zu gut für mich? Wo ist eigentlich *deine* Loyalität?«

»Wenn du in diese Familie kommst, *wirst* du würdig«, sagte Papa. »Das Einzige, was zählt, ist das, was wir *jetzt* tun. Wie wir uns jetzt gegenseitig behandeln. Du wirst diese Familie nicht ruinieren, Jack.«

»Du ergreifst nicht nur gegen deine sogenannte rechte Hand für eine Hure Partei, sondern dir scheint auch entgangen zu sein, dass dieses arme Mädchen ein Gesicht hat, vor dem ein Mack-Truck vor Schreck eine Notbremsung machen würde. Sie kann nur froh und dankbar sein, wenn irgendjemand sie überhaupt anrühren *will.* Wann soll denn sonst jemand, der nicht vollkommen irre ist, Hand an sie legen? Ich meine, *sieh* sie dir doch *an.*«

Im Wald hatte Nikki ihn getreten und mit Fäusten traktiert. Als er nicht aufhören wollte, hatte sie ihn schließlich gebissen. Erst da hatte er losgelassen, und sie war ihm entwischt. Sie konnte nur nicht begreifen, wieso seine Worte sie so verletzten. Sie drückte das Kinn an die Brust, um nicht zu weinen, brachte aber auch kein Wort heraus.

Papa wechselte von einer Sekunde zur anderen den Ton. »Wie sind deine neuen Stiefel, Nikki?«

Nikki wusste nichts darauf zu sagen.

»Ich hab gemerkt, dass du beim Laufen dein rechtes Bein schonst. Drückt es irgendwo?«

»Ein bisschen.« Sie hielt den Kopf immer noch gesenkt, während sie schnüffelnd gegen die Tränen kämpfte. Sie wussten trotzdem alle, dass sie weinte.

»Warte hier«, sagte Papa. »Jack, ich bin jetzt fertig, aber bitte habt alle noch einen Moment Geduld.« Er stand vom Tisch auf, ging in die Küche und wühlte, offensichtlich auf der Suche nach etwas, nacheinander in allen Schränken. Jack setzte sich wieder, und Lemur sah mit einem Blick zu, der besagte, was, zum Teufel, soll das werden?

Papa füllte eine riesige Metallschüssel mit heißem Wasser, brachte sie an den Tisch zurück und stellte sie hin. Er forderte Nikki auf, ihren Stuhl seitlich zum Tisch zu drehen, und kniete sich vor sie hin. Sie trug keine Schuhe, nur dicke rote Socken. Papa nahm eines ihrer Hosenbeine und rollte es langsam und mit Hingabe bis zum Knie auf. Dann folgte das zweite. Er rollte eine Socke herunter. Als Nächstes die andere. Normalerweise hätte Nikki dasselbe gesagt, was Lemur offenbar dachte – was, zum Teufel, soll das werden?, doch ihr schnürte etwas die Brust zu, und sie traute sich nicht, ein einziges Wort herauszubringen.

Papa nahm ihren linken Fuß in die Hände. Sie waren kühl und trocken und fühlten sich an wie bei einem Arzt, nur zärtlicher. Er drehte ihren Fuß nach links und nach rechts und inspizierte ihn genau, während er den Griff wechselte. Es kitzelte, fühlte sich aber auch gut an. Noch nie hatte jemand ihre Füße in Händen gehabt, jedenfalls, soweit sie sich erinnern konnte, nicht.

»Der Linke sieht gut aus«, sagte er und stellte ihn behutsam auf den Boden, bevor er den rechten Fuß nahm. »Ein bisschen wund hier herum, oder?« Er fasste ihren Knöchel an der entsprechenden Stelle, und sie nickte. »Vielleicht auch hier ein bisschen?« Der dicke Teil ihrer großen Zehe. Wieder nickte sie.

Papa stand auf, nahm die Schüssel mit dem heißen Wasser und stellte sie vor ihr auf den Boden. Er ging ins Badezimmer hinüber und kam mit Seife und einem dicken, roten Badetuch zurück. Das Handtuch legte er ihr auf den Schoß, und sie roch den Weichspüler, einen Duft, den sie mochte. Er kniete sich wieder vor sie hin und nahm ihren linken Fuß, um ihn in das heiße Wasser zu stellen. Dann den rechten.

Als sie nach Luft schnappte, fragte er: »Zu heiß?«

Nikki schüttelte den Kopf.

Papa nahm einen roten Waschlappen und seifte ihn ein. Starke Zitronen- und Lavendeldüfte strömten ihr entgegen. Er wusch ihren linken Fuß, die Sohle, den Spann, den Knöchel und zwischen den Zehen. Ein sexueller Kitzel an der Innenseite ihres Beins. Als der Fuß genügend eingeseift war, nahm er ihn in beide Hände und massierte die Sohle mit den Daumen, warme, kreisende Bewegungen, von denen sie schläfrig wurde, obwohl sie auch kitzelten. Er bog ihre Zehen zurück und massierte jeden, indem er leicht daran zog.

Nikki starrte auf die Oberseite seines Kopfes, das kurze, mit viel Grau durchzogene Haar. Sie betrachtete seine geschickten Finger, die ihre Füße so fest und behutsam zugleich behandelten. Sie spürte Lemurs und Jacks Blicke auf sich gerichtet, vermied es jedoch, ihnen ins Gesicht zu sehen. Keiner von beiden sagte ein Wort. Papa hob ihre Füße aus dem Wasser, zuerst den linken, dann den rechten, und rieb sie mit irgendeiner Creme ein, die sich glitschig und kühl anfühlte, bevor er sie mit dem Handtuch trocken tupfte.

»Besser so?« Seine tiefblauen Augen sahen zu ihr auf.

Sie nickte und versuchte, ja zu sagen, doch es kam immer noch kein Laut heraus.

Papa hob ihren linken Fuß hoch und legte den Kopf schief, um ihr einen Kuss auf den Spann zu drücken. Einen Moment spürte sie die Berührung seiner Lippen, dann war es vorbei. Er machte dasselbe mit dem rechten Fuß, nur dass er die Lippen ein wenig länger darauf ruhen ließ.

23

Einundzwanzig Uhr, und sie wusste nichts Besseres mit diesem Abend anzufangen, dachte Delorme, als in einem nicht gekennzeichneten Polizeifahrzeug an der dunkelsten Stelle eines Parkplatzes zu warten. Den Nachmittag hatte sie damit zugebracht, die beiden Opfer des Geldautomatenräubers noch einmal zu befragen. Es waren zwei junge Frauen, denen Delorme mit Engelsgeduld jede Einzelheit aus der Nase ziehen musste. Am Ende waren die beiden verstört, und ihr hatte die Befragung nichts Neues gebracht. Von ihrem Posten aus hatte sie den Geldautomaten auf der anderen Straßenseite gut im Blick. Bis vor Kurzem war der Bereich gut erleuchtet gewesen, doch jetzt verdeckte der Bau, der daneben hochgezogen wurde, das Licht von der Straßenlaterne.

Sie hatte ausführlich mit Chouinard diskutiert, welchen Automaten es aller Wahrscheinlichkeit nach als Nächstes treffen würde. Auch wenn es in Algonquin Bay nicht allzu viele gab, verfügte die Polizei nicht annähernd über die Kapazität, jeden davon zu überwachen. Die zwei offensichtlichsten Automaten hatte es schon erwischt: Der erste stand in einem winzigen Einkaufszentrum am Ende der Roxwell Street, einer ruhigen Gegend, die sich für einen unauffälligen Übergriff geradezu anbot. Der zweite Raub war schon ein bisschen dreister, aber dennoch taktisch plausibel gewesen. Zwar befand sich der Apparat mitten in der Innenstadt, allerdings an der Rückseite der Bank, an einem Durchgang, der sich den ganzen Block entlangzog und der dem Räuber als Beobachtungsposten wie auch als Fluchtweg gedient hatte.

Auf den Überwachungskameras war nichts zu erkennen. Er war zu clever, um sich in ihrem Aufnahmeradius zu zeigen. Vielmehr schlich er jeweils hinter sein Opfer, wenn es von dem Automaten zurücktrat, drückte ihm eine Knarre in die Rippen und verlangte Geld. Eine Sache von wenigen Sekunden. Junger Mann, achtzehn bis fünfundzwanzig, schätzten die Betroffenen. Dunkle Hose, dunkle Kapuzenjacke. Die Kapuze hatte er über eine Wollmütze gezogen, die ihm in die Stirn reichte, dazu trug er über Mund und Nase einen Schal. Bei einer Gegenüberstellung würde ihn niemand erkennen können.

Von den verbliebenen Geldautomaten erschien dieser hier – zentral, doch dunkel gelegen – der logische nächste Schauplatz eines Überfalls. Nach zwanzig Uhr war hier kaum noch Verkehr, weshalb Delorme in einem nicht gekennzeichneten Wagen saß und in die Schneeflocken starrte, die rings um ihr Fahrzeug langsam aufs Pflaster wirbelten. Natürlich hatte sie Chouinard zu bedenken gegeben, dass der Räuber ebenso gut wieder zum ersten Automaten zurückkehren könnte, weil er sich vielleicht dachte, dass dort niemand mit ihm rechnete. Das stimmt, hatte Chouinard geantwortet. Möglich wär's.

Sie wechselte die Stellung. Sie saß hinten, weil niemand auf den Rücksitz eines parkenden Autos achtete. Ein Verstärkungstrupp wartete gut versteckt in einer nahe gelegenen Einfahrt. Cardinal und die anderen bearbeiteten einen der aufsehenerregendsten Mordfälle, die es je in der Provinz gegeben hatte, und sie saß hier fest, um einen Trottel zu schnappen, der bei Geldautomaten Leute ausraubte. Auch wenn sie wusste, dass es wichtig war – schließlich müssen die Leute ihren Geschäften nachgehen können, ohne bestohlen zu werden –, würde sie sich keine Lorbeeren verdienen, wenn sie den Kerl kassierte.

In den zwei Stunden, in denen Delorme bereits Wache schob, hatten nur vier Kunden den Automaten benutzt, und nichts deutete darauf hin, dass es Ärger geben könnte, dass noch jemand anders in der Nähe lauerte. Jedes Mal, wenn jemand vorbeikam, machte sie sich eine Notiz: 21:14, Dame mit Dackel in Schottenmantel; 21:36, etwa sechzehnjähriger Jugendlicher mit Schlittschuhen über dem Hockeyschläger, Schläger wie Gewehr geschultert; 21:43, Stuart Cort (der Polizei gut bekannter obdachloser Alkoholiker) torkelt mit Subway-Sandwichtüte vorbei.

Polizeidienststelle Algonquin Bay, sagte sie sich, dein Freund und Helfer.

Es knackte im Funkgerät, und sie musste über den Vordersitz greifen, um es zu erreichen. »Kommen Sie so schnell wie möglich zur Roxwell, Ecke Clement«, sagte der diensthabende Sergeant. »Er hat wieder am ersten Automaten zugeschlagen.«

Ich hab's gewusst, ich hab's gewusst, ich hab's gewusst, dachte Delorme, während sie sich hinters Lenkrad klemmte und ans andere Ende der Stadt fuhr. Außerdem brachte sie einige frankokanadische Flüche zum Einsatz, die sie gewöhnlich für unter ihrer Würde hielt. Sie erreichte den Tatort in weniger als drei Minuten. Ein paar Streifenwagen waren bereits vor ihr da, und der ganze Parkplatz vor dem Automaten war abgesperrt. Sie sprach mit einem Constable, der sie auf eine der Streifen verwies.

Auf dem Rücksitz saß eine Frau. Sie hieß Stella McQuaig, und in Anbetracht der Situation schien sie in recht guter Verfassung zu sein, auch wenn sie bei der

Schilderung des Tathergangs ein Zittern in der Stimme nicht unterdrücken konnte. Die früheren beiden Opfer waren im Vergleich zu ihr hysterisch gewesen. Ihre Täterbeschreibung war allerdings nicht brauchbarer als die der anderen: junger Mann, dunkle Kleidung, Kapuze und Schal. Kapuze und Schal hatte sie in ihrem Autofenster gespiegelt gesehen.

»Was meinen Sie? Könnten Sie mir zeigen, wie genau es abgelaufen ist?«, fragte Delorme.

»Sie meinen, mit Ihnen da rübergehen?«

»Ihnen kann jetzt nichts mehr passieren.«

Die Frau blickte von Delorme aus dem Fenster zum Tatort und wieder zu Delorme. »Meinetwegen. Wenn Sie meinen, das hilft.«

Delorme führte sie zum Automaten zurück, einem freistehenden Apparat vor einem kleinen Eckgeschäft, und Ms McQuaig zeigte ihr, wie sie das Geld in ihr Portemonnaie gesteckt und wieder Richtung Wagen gelaufen war.

»Er kam wie aus dem Nichts, als ich gerade einsteigen wollte.«

»Ist er vielleicht aus einem Auto ausgestiegen? Von der Straße herübergelaufen? Er muss irgendwo gewartet haben.«

»Ich hab nicht gesehen, woher er kam«, sagte die Frau, die bei der Erinnerung nun doch mit jeder Frage mehr in Panik geriet. »Außer meinem war kein anderer Wagen da.«

»Vielleicht kam er aus der Telefonzelle?« Delorme zeigte auf den öffentlichen Fernsprecher am Rand des Parkplatzes zum Einkaufszentrum.

»Schon möglich. Keine Ahnung. Wie gesagt, ich hab nichts gesehen. Dann hab ich, als ich ins Auto stieg, Schritte gehört – schnelle Schritte –, und bevor ich mich umdrehen konnte, hab ich die Pistole an den Rippen gespürt. O Gott …«

»Schon gut. Sie sind sehr tapfer«, sagte Delorme. »Sie haben sein Spiegelbild in Ihrem Autofenster gesehen?«

»Nur seine Kapuze und seinen Schal. Sein Gesicht nicht. Gott sei Dank. Wahrscheinlich hätte er mich umgebracht.«

»Sie haben Schritte gehört. Aus welcher Richtung?«

»Von da drüben.« Sie zeigte auf die Clement Street. Delorme inspizierte den Boden. Auf dem Parkplatz war sorgfältig Schnee geräumt worden. Keine Fußspuren weit und breit.

»Und was ist dann passiert?«

»Er sagte, ich soll sie ihm geben, und das hab ich getan. Ich hab ihm einfach meine Brieftasche gegeben, und weg war er.«

»Und in dem Moment haben Sie ihn sich auch nicht angesehen?«

»Nein, ich wollte sein Gesicht nicht sehen. Kann ich jetzt gehen? Ich glaube, ich habe eine verzögerte Reaktion.« Sie hielt sich eine Hand an den Mund.

»Ist er in dieselbe Richtung weggelaufen, aus der er gekommen war?«

Immer noch eine Hand am Mund, deutete sie in die andere Richtung.

»Die Roxwell rauf?«

Sie ließ die Hand sinken. »Da rüber. Zu den Gebäuden zurück, aber in die Richtung.« Sie zeigte auf das hintere Ende des Einkaufszentrums jenseits des Geldautomaten.

Delorme dankte ihr und geleitete sie wieder zum Streifenwagen, bevor sie an dem Automaten vorbei zurücklief. Sie hatten die Absperrung zu eng gesetzt. Sie duckte sich unter dem Band hindurch und stand auf der anderen Seite.

Links von ihr war die Begrenzung des Parkplatzes, eine hohe Hecke, und dahinter die Roxwell Street. Rechts von ihr verlief zwischen einem angrenzenden Haus und dem Ende des Einkaufszentrums ein schmaler Durchgang.

Das Licht von der Straße und dem Parkplatz drang nicht bis hierher, und Delorme rief über den Platz: »Hey, Benson, leihen Sie mir mal Ihre Taschenlampe.« Benson brachte sie ihr, und sie leuchtete damit den Durchgang aus. Sie war kaum drei Meter gegangen, als sie die Brieftasche fand. Sie hob sie auf und öffnete sie. Auf dem Führerschein war ein wenig schmeichelhaftes Foto von Stella McQuaig. Kein Geld. Delorme steckte sie ein und richtete den Strahl noch einmal bis ans rückwärtige Ende des Durchgangs.

Hinter einer Reihe gelber Tonnen entdeckte sie die Beine eines Obdachlosen.

»Polizei«, sagte Delorme. »Ich muss Ihnen ein paar Fragen stellen.«

Der Mann reagierte nicht.

Sie ging hin und tippte mit dem Schuh seinen Fuß an. Seine Kleider waren für einen Obdachlosen zu gut, und er trug eine Kapuze. Delorme trat zurück und richtete ihre Beretta auf den Mann. Er rührte sich immer noch nicht, und sie erkannte, dass seine Reglosigkeit Totenstarre war.

Delorme beugte sich hinunter, und im Strahl ihrer Taschenlampe glitzerte das kleine schwarze Loch in seiner Stirn. Seine Augen waren nur halb geschlossen, die Lippen waren ein wenig hochgezogen, als sei er mitten im Reden unterbrochen worden, und seine Schneidezähne wiesen eine recht große Lücke auf.

Als Cardinal eintraf, brachte ihn Delorme auf den Stand der Dinge. »Kein Portemonnaie, keine Ausweispapiere, dafür haben wir die zehn neuen Zwanziger bei ihm gefunden, die er gerade dem Opfer abgenommen hatte. Außerdem eine Neun-Millimeter Browning Hi-Power mit mindestens einem guten Daumenabdruck. Kleideretiketten sind von Gap, Guess, Hilfiger. Der Gerichtsmediziner ist schon wieder weg.«

Cardinal ging zu Collingwood und Arsenault hinüber, die Abdrücke von der Leiche nahmen. Wenige Minuten später erschien der Polizeikombi, und die für den Abtransport zuständigen Kollegen verfrachteten die Leiche für die Fahrt zum Forensischen Institut in Toronto auf die Ladefläche.

»Und was könnte sich hier deiner Meinung nach abgespielt haben?«, fragte Delorme Cardinal. »Eine Art Bürgerwehr?«

»Woher hätte so jemand wissen können, dass der Junge es zum zweiten Mal auf diesen Automaten abgesehen hat? Wussten wir schließlich auch nicht.«

»Zumindest haben wir es für möglich gehalten. Vielleicht war es so was wie ein Zufallstreffer.«

»Nicht sehr wahrscheinlich.«

Sie überließen den Leichenfundort der Spurensuche und fuhren zum Revier zurück. In der Stille des leeren Konferenzraums schob Cardinal das Video der Überwachungskamera ins Abspielgerät und setzte sich neben Delorme, um es sich anzusehen. Körnig, in einigen Sequenzen dunkel, in anderen verschwommen. Stella McQuaig tritt an den Automaten, zieht ihr Geld, steckt die Scheine in ihre Brieftasche und dreht sich um. Kein Räuber. Kein Mörder. Nicht einmal ein Schatten.

»Vielleicht war es so was wie ein irrer Zufall. Guter Samariter«, sagte Delorme. Im leeren Raum klang ihre Stimme laut. »Kommt zufällig vorbei und sieht, dass die Frau in Schwierigkeiten ist, jagt den Jungen in die Gasse.

Der Junge zieht die Waffe, und – peng – der Kerl erwischt ihn zuerst.«

»Aber deine Zeugin hat sonst niemanden gesehen oder gehört.«

»Hast recht.« Delorme griff zur Fernbedienung, drückte auf einen Knopf, und der Bildschirm war dunkel. »Außerdem – so, wie er frontal ins Gesicht getroffen wurde, sieht es eigentlich mehr danach aus, als hätte ihn jemand von vorn angehalten. Als wäre derjenige von der anderen Seite gekommen. Oder hätte dort auf ihn gewartet.«

Die Neonleuchten gingen aus, und Delorme schrie gleichzeitig mit Cardinal: »Hey!« Die Lichter flackerten wieder auf, und jemand im Flur rief: »'tschuldigung!«

»Falls der Mörder auf ihn gewartet hat«, meinte Cardinal, »würde das auf jemanden hindeuten, der mit ihm zusammenarbeitet. Vielleicht hatten sie Streit.«

»Nur dass keines der Opfer einen Komplizen erwähnt hat und auch sonst nichts darauf schließen lässt. Würde schon helfen, wenn wir auch nur den geringsten Anhaltspunkt hätten, wer der Junge war. Wir wissen ja nicht mal, ob er aus der Gegend stammt. Ziemlich schwierig, sich einen Reim auf das Ganze zu machen. Was ist? Wieso siehst du mich so an?«

»Ach, nichts«, antwortete Cardinal. »Ich hab mich nur an etwas erinnert, was die Russin gesagt hat – darüber, dass man Menschen nicht verstehen muss.«

»Diese Russin«, erwiderte Delorme, »hat ein Sparky-Noone-Problem.«

24

Zum ersten Mal in ihrem jungen Leben erlebte Nikki Stille: In diesem nagelneuen Gebäude mitten in den kanadischen Wäldern knarrte und klapperte nichts wie in älteren Häusern. Draußen fuhren keine Autos, Laster oder Schiffe vorbei, flogen keine Düsenjets darüber. Es gab fast keine wilden Tiere. Vor einigen Nächten hatte ein Eichhörnchen oder so was auf dem Dach über ihrem Schlafzimmer gescharrt und hatte sie aus dem Schlaf gerissen. Tagsüber mochte sie die Stille, doch nachts war sie ihr unbehaglich. In regelmäßigen Abständen machte der Heizofen ein dumpfes Geräusch, auf das ein leises Zischen aus dem Ventil folgte, dann nichts. Wie sollte man sich entspannen, wenn man jedes bisschen hörte – das Kratzen seines Fingernagels auf dem Kissen, eine Haarsträhne, die einem in die Stirn fiel.

Und dann die Dunkelheit. Bis jetzt hatte sie keine Ahnung gehabt, was Dunkelheit bedeutete. Wenn sie in ihrem Schlafzimmer das Licht ausschaltete, war es, als wäre sie plötzlich blind. Sie wünschte sich eines von diesen kleinen Lämpchen, die man direkt in die Steckdose schiebt, doch sie traute sich nicht, Papa darum zu bitten und wie ein Weichei dazustehen. Heute Nacht war der Mond wenigstens hell genug, um Schatten zu werfen. Sie hielt im Bett die bleich schimmernde Hand in die Höhe, drehte sie und bewunderte den Schatten, den sie warf – elegant und schlank, der Arm einer Ballerina, der Hals eines Schwans.

Sie setzte sich im Schneidersitz hin und schob sich die Kissen im Rücken zurecht. Ihre Füße verströmten immer noch einen Duft nach Lavendel und Zitrone. Sie hielt sie einzeln hoch und strich mit den Daumen darüber – die Sohlen fühlten sich weicher als gewöhnlich an. Papas Fußwäsche hatte tief in ihrer Brust etwas zum Klingen gebracht, als wäre dort ein Instrument versteckt – keine Harfe, keine Orgel, keines, das sie je gehört hatte –, das sich, seit sie auf der Welt war, danach sehnte, gespielt zu werden.

Sie nahm ihre Uhr und hielt sie schräg ins Mondlicht. Zwei Uhr morgens. Sie stand auf und stellte sich vor den Spiegel, trat dann so lange zurück, bis das Mondlicht sie erfasste. Ihr alberner Pyjama, blau-weiß gestreift und so unsexy, wie es nur ging. Das erste Geschenk, das Papa ihr gemacht hatte, indem er ihr erklärte, »Züchtigkeit« sei die am meisten unterschätzte Tugend der Welt, vielleicht das Einzige, was wir von den Muslimen lernen könnten, was immer er damit sagen wollte. Zuerst hatte sich der Schlafanzug albern und plump und hässlich angefühlt – solange sie denken konnte, hatte Nikki nackt geschlafen –, doch inzwischen liebte sie ihn. Es hatte etwas Tröstliches, sich zum Schlafen anzuziehen, als ginge man zu etwas Besonderem, etwas, das nur einen selbst betraf und wo man völlig ungestört war.

Sie hob das gestreifte Oberteil hoch, indem sie den Stoff mit beiden Händen zusammenraffte. Der metallische Schimmer des Mondlichts fiel kühl und sauber auf ihre Haut, der münzgroße Fleck ihres Nabels. Sie zog die Hose ein Stück herunter und entblößte die Wölbung ihrer Hüften. Ich bin sexy, sagte sie sich, ich bin echt sexy. Die Linien und Flächen ihrer Züge, der Wechsel von Licht und Schatten, verliehen ihrem Gesicht einen überirdischen, unwirklichen, verlockenden Ausdruck – verlockend, dieses sehnsüchtige Wort, das ihr immer wieder in den Vampirromanen, ihrer einzigen Lektüre, begegnete. Bei Nacht wirkte ihr Gesicht glatt und ebenmäßig, ihre Augen waren tief und schwarz.

Sie ging zur Tür, öffnete sie und horchte. Stille. Ein Lichtschimmer unter Papas Tür. Auf dem kurzen Stück bis zu seiner Tür der weiche Teppich unter ihren nackten Füßen. Sie hob eine Hand und hielt wenige Zentimeter vom Holz entfernt inne. Aus irgendeinem Grund war es ein Moment wie auf dem Sprungbrett im Jugendzentrum – man wusste, dass es nicht wehtun würde, hatte aber trotzdem Angst.

Sie klopfte mit den Fingerspitzen an.

Stille.

Nikki hob die Finger, um noch einmal zu klopfen, als Papa, nicht lauter als bei einer gewöhnlichen Unterhaltung, »komm herein« rief.

Sie öffnete die Tür einen Spalt und steckte den Kopf hinein. Papa sah sie über das Taschenbuch hinweg, das er gerade las und dessen Cover eine flammende Mondsichel schmückte, an.

»Was gibt's, Nikki? Du solltest schlafen.«

»Ich möchte nur ein Weilchen zu dir.«

»Ja? Wieso? Was hast du?«

Nikki zog die Tür hinter sich zu, lief hinüber und legte sich zu ihm. Sie schmiegte sich an ihn, legte ihm einen Arm über den Bauch und zog ihn an sich, während sie ihren Kopf auf seine Brust drückte.

Er sagte nichts. Er machte Platz für sie, hielt jedoch immer noch das Buch über der Brust.

Nikki ließ die Hand über seine Brust und seinen Bauch wandern und schließlich hinunter zwischen seine Beine.

Sie fühlte die weichen Umrisse seines Penis und streichelte ihn.

»Lass das.«

»Ich möchte aber. Lieg einfach nur still. Du brauchst nichts zu sagen und nichts zu tun. Ich will dir nur einen blasen.«

Er ließ das Buch über die Seite des Bettes fallen, packte sie am Gelenk und zog ihre Hand weg. Sie versuchte, sich zu befreien und wieder hinzufassen, doch er war schnell und stark.

»Nicht.«

Sie sah zu ihm auf und traf auf seinen missbilligenden Blick. »Bitte«, sagte sie. »Ich möchte es aber. Ich möchte dir Freude bereiten.«

»Nein.«

Sie verlegte sich auf den Tonfall, der bei ihren Tricks immer gut angekommen war. »Du wirst kommen, wie du noch nie gekommen bist, Schatz. Leg dich einfach nur zurück und lass mich deinen riesigen Penis lutschen, dass es dich umhaut.«

»Gott, Nikki, das ist zum Weinen. Das ist das Traurigste, was ich je gehört habe.«

»Du hast mir gutgetan, ich will dasselbe für dich tun. Wieso darf ich nicht?«

»Weil du mir schon jetzt guttust, einfach, indem du zu dieser Familie gehörst.«

»Du hattest Sex mit Lemur.«

»Ich hab mit Lemur eine Übung durchgeführt. Es ging um etwas, das er brauchte und das die Familie brauchte.«

Sie rollte sich von ihm weg. »Du findest mich hässlich.«

»Das ist vollkommen falsch, Nikki. Ich will keinen Sex mit dir haben, weil du so, wie du bist, schön und vollkommen bist. Ich verfluche die Welt, die dir beigebracht hat, du könntest nur nett zu jemandem sein, wenn du Sex mit ihm hast. Jetzt setz dich. Heb das Kissen vom Boden auf und komm unter die Decke, aber halte gut dreißig Zentimeter Abstand zu mir. Respektiere meinen Freiraum so wie ich deinen.«

Sie tat, was er sagte.

»Dein ganzes Leben lang hat man dir mit Sex Schaden zugefügt, Nikki. Weißt du noch, was ich an dem Abend zu dir gesagt habe, als ich dich heimgebracht habe? Dass ich dir nie Schaden zufügen würde? Das werde ich auch nicht, nicht mal, wenn du mich darum bittest.« Er legte eine kleine Pause ein. »Was ist? Was denkst du? Ich sehe es dir an deinem perfekten kleinen Gesicht an.«

»Ich war noch nie mit einem Mann im Bett, der keinen Sex wollte. Ich wollte mich nicht schlecht benehmen. Ich wollte dir nur etwas zurückgeben. Für das, was du heute Nachmittag getan hast.«

»Du hast mir erlaubt, dir die Füße zu waschen. Das hat mir viel Freude gemacht, ich habe meinen Dank also längst bekommen. Du schuldest mir nichts. Was ist das denn jetzt? Weinst du?«

Sie schüttelte den Kopf, verschränkte die Arme und brachte keinen Ton heraus. Er fragte sie wieder, was los sei, und sie drehte sich zur Seite und heulte los. Er legte ihr einen Karton Kleenex-Tücher auf den Schoß, ließ sich zurücksinken und wartete, bis sie sich beruhigt hatte.

Als sie wieder reden konnte, war ihr die eigene Stimme fremd. Tiefer und reifer. »Du hast keine Ahnung, wie glücklich du mich gemacht hast. Noch nie hat mich jemand so glücklich gemacht.«

Sie weinte noch ein bisschen, und er wartete, geduldig, wie es seine Art war. Ohne sie zu ignorieren, wartete er einfach ab. Sie drehte sich, das Gesicht ihm zugewandt, auf die Seite und sagte: »Bist du Jesus?«

Der Hauch eines Lächelns spielte um seinen Mund. »Was meinst du?«

»Ich denke, möglich wär's. Du müsstest es nicht mal unbedingt selbst wissen. Du könntest eine Reinkarnation oder so was sein.«

Sie sprachen lange nicht. Draußen fuhr laut vernehmlich der Range Rover vor, und die Tür krachte zu. Eine Minute später durchquerte Jack mit großen Schritten die Küche. Er ging ins Badezimmer, ließ Wasser laufen und putzte sich die Zähne, dann ging die Badezimmertür wieder auf und zu.

»Das ist Jack«, sagte Nikki. »Ist Lemur immer noch nicht zurück?«

»Nein.«

»Was ist eigentlich mit der Baracke? Neulich war ich nur auf der Eingangstreppe, und Lemur hat gebrüllt, ich soll da weggehen. Er hat richtig gebrüllt. Dabei hab ich nicht mal reingesehen.«

»In der Baracke ist Material, das dich nichts angeht. Es ist besser für dich, wenn du nichts davon weißt. Ich möchte, dass du mir einfach traust und dich da fernhältst.«

»In Ordnung. Ich würde alles für dich tun, Papa. Ich glaube ehrlich, ich würde alles tun, worum du mich bittest.«

»Nichts von dem, was wir tun, dreht sich um mich. Es dreht sich um die Familie. Unser Überleben. Weißt du, ich hatte Glück. Ich bin in einer guten Familie aufgewachsen. Leider sind sie gestorben, als ich noch sehr jung war – nicht viel älter als du –, und ich hab mir geschworen, wenn ich irgendwie kann, eines Tages die glückliche Familie wieder zu erschaffen, die ich hatte. Natürlich ist daraus inzwischen etwas viel Größeres geworden, aber es ist immer noch meine Familie. Unsere Familie. Und ich kann dir nicht mit Worten sagen, wie glücklich ich bin, dich bei uns zu haben, Nikki. Mir fehlen die Worte.«

Nikki wachte früh auf. Draußen vor ihrem Schlafzimmerfenster war nicht das geringste Morgengrauen zu sehen. Nur Dunkelheit und das Licht der Sterne. Dunkelheit und Wald, die Äste der Bäume, die unter der Last des Schnees fast bis auf den Boden hingen. In der Küche murmelte ein Radio. Nikki zog die Gardine wieder zu, zog ihren Pyjama aus und schlüpfte in ihre Sachen. Sie öffnete die Tür, horchte einen Moment, was im Radio kam – alles drehte sich um Hockey –, und zog die Tür hinter sich zu. Sie ging die drei Stufen in den Essbereich hinunter. Papa saß am Kopfende des Tischs. Er hatte ein Gewehr quer über den Schoß und die Hände daraufgelegt.

»Guten Morgen«, sagte er. Seine Stimme klang seltsam. Sie schien irgendwie weit weg und unabhängig von Papa zu funktionieren. »Du bist ziemlich früh auf.«

»Ich konnte nicht schlafen. Irgendwas hat mich geweckt.«

»Mach dir Frühstück. Findest alles auf der Theke.«

Nikki schüttete Müsli in eine Schale und goss Milch darüber. Sie holte sich ein Glas und nahm sich aus einem Krug, der im Kühlschrank stand, Orangensaft. Dann stellte sie den Krug zurück. Mit der Schüssel in der einen Hand und dem Glas in der anderen kehrte sie an den Tisch zurück und setzte sich ans Ende gegenüber Papa.

Er sah ihr beim Essen zu.

»Was ist los?«, fragte Nikki. »Wozu das Gewehr?«

Papa senkte den Blick auf seinen Schoß und sah wieder Nikki an. »Dein Bruder ist tot.«

Nikki erstarrte, den Löffel mitten in der Luft, sodass die Milch in die Schale darunter tropfte.

»Lemur ist tot. Er wurde letzte Nacht erschossen. Bei der Arbeit.«

Nikki tauchte den Löffel in die Schale und rührte ein wenig in ihrem Müsli. In ihrer Brust staute sich plötzlich ein Gefühl, mit dem sie nicht gerechnet hatte, und sie merkte, wie ihr die Tränen in den Augen brannten. »Wie ist es passiert?«

Eine Schlafzimmertür ging auf und zu. Es näherten sich Schritte, dann war Jack in der Küche.

Papa stand auf und richtete die Waffe auf ihn. Jack goss sich Kaffee ein und bemerkte sie nicht einmal, bis er sich zur Essecke umdrehte. Er nahm einen Schluck von seinem Kaffee, und sein Blick fiel auf das Gewehr. »Was soll das?«

»Hast du Lemur umgebracht? Ja oder nein?«

»Nein. Was ist denn passiert?« Jack wandte sich lässig zum Tisch und trank noch einen Schluck von seinem Kaffee.

Papa bediente den Spannhebel der Flinte und zielte erneut auf Jacks Brust. »Wo warst du letzte Nacht?«

»Ich bin in die Stadt gefahren. Ich war in einer Bar. Hab ein paar Bier getrunken. Hab mir eine Band angehört, die nicht mal im Takt spielen konnte. Bin zurückgefahren.«

»Beweis es.«

»Wie soll ich das denn machen? Mit vorgeladenen Zeugen? Hör auf, das Ding auf mich zu richten.«

»Ich könnte in diesem Moment deinem Leben ein Ende setzen.«

»Falls die Familie gerade einen Mann verloren hat, ist es wahrscheinlich nicht wirklich klug, wenn sie noch einen verliert.«

»Einen Verräter loszuwerden, ist reiner Gewinn.«

»Ich bin kein Verräter.« Jack stellte seinen Kaffeebecher auf den Tisch. »Leg das Ding weg, Papa.«

»Wann bist du nach Hause gekommen?«

»Keine Ahnung. Halb drei. Drei. Wieso ist das wichtig?«

»Lemur wurde etwa um neun Uhr abends ermordet.«

»Ich kann nichts daran ändern, Papa. Du auch nicht.«

»Ich könnte dir die Birne wegpusten.«

»Na, dann tu, was du nicht lassen kannst. Denn wenn du es nicht tust, reiß ich dir diese Flinte aus der Hand und schlag dir damit den Schädel ein.«

Papa war mit drei flinken Schritten bei ihm und versetzte Jack mit dem Gewehrkolben einen gezielten, kurzen Schlag. Jack fiel seitlich von seinem Stuhl. Sein Becher rollte auf dem Boden in die entgegengesetzte Richtung, und es duftete nach Kaffee.

25

Am Freitagmorgen bat Delorme Staff Sergeant Flower, zu überprüfen, ob in der Gegend der Roxwell und der Clement irgendwelche Strafzettel ausgestellt worden waren. Der Junge musste mit an Sicherheit grenzender Wahrscheinlichkeit dorthin gefahren sein, und doch hatten auf dem Parkplatz des Einkaufszentrums oder an der Straße keine verdächtigen Fahrzeuge geparkt. Er war vermutlich in diese Gasse gelaufen, um seinen Wagen zu holen, der folglich an der Clement Street hätte stehen müssen. Offenbar hatte er woanders geparkt, und sie hatten das Fahrzeug noch nicht gefunden. Zwanzig Minuten später kam Sergeant Flower mit der Antwort zurück: Ja, ein Pkw sei abgeschleppt worden. Ein erboster Anwohner hätte sich gemeldet und darüber beschwert, dass so ein Idiot doch wahrhaftig mitten in seiner Einfahrt geparkt hätte. Dafür zahlte er Steuern? Wo? Drittes Haus vom Einkaufszentrum aus.

Delorme rief beim städtischen Abschleppdienst an. Der Mann, der sich meldete, hatte offenbar das Bedürfnis, einen langweiligen Job ein wenig aufregender zu gestalten, indem er im Jargon eines Marines bei einer wichtigen Operation sprach.

»Clement Street?«, fragte er. »Kann ich bejahen.«

»Welche Nummer in der Clement Street?«

»Einen Moment, bitte …« Klappern einer Tastatur, als er in einem Protokoll nachsah. »Nummer zwölf, wiederhole, eins zwo. Nummer zwölf, Clement Street.«

»Können Sie mir wohl die Fahrzeugidentifikationsnummer und das Kennzeichen durchgeben?«

»Kennzeichen lautet Anton-Nordpol-Friedrich-Cäsar-zwo-acht-neun.«

Delorme schrieb es sich auf, bevor er ihr in noch zackigerem Ton die wesentlich längere ID-Nummer diktierte. Sie bedankte sich, und er sagte: »Roger.« Sie tippte die ID-Nummer in die Datenbank des Verkehrsministeriums ein. Der Wagen, ein silbergrauer Mazda 3, war auf Dr. und Mrs T. J. Walker aus Barrie, Ontario, zugelassen. Er war zwei Wochen zuvor am Pearson International Airport, Toronto, gestohlen worden. Die Nummernschilder passten nicht.

Delorme begab sich mit diesen Informationen in Chouinards Büro und holte sich die Genehmigung, den Wagen von der KTU zum Bedampfen in die Polizeiwerkstatt bringen zu lassen. Eine Stunde später zog sie sich ihren Parka an und ging selbst in die Werkstatt hinunter. Die Tür stand weit offen – eine notwendige Maßnahme, wenn man ein ganzes Fahrzeug bedampfte.

Trotz Lüftung stank es höllisch nach Sekundenkleber. Fingerabdrücke rund um die Türgriffe des Mazda sowie über dem Armaturenbrett und an den Türverkleidungen hatten die Form von gespenstischen weißen Schmierflecken angenommen. Sie hatten auch Abdrücke am Radio und auf dem Rückspiegel gefunden.

»Haben ein ganzes Schatzkästlein an Spuren, die wahrscheinlich nichts mit dem Verbrechen zu tun haben«, sagte Arsenault. »Einen ganzen Haufen alte Knöllchen aus Barrie, ein paar CDs mit medizinischen Vorträgen, eine Katermacht-Theater-Spielzeugfigur. Problem Nummer eins ist, dass wir mit dem Ausschlussverfahren erst beginnen können, wenn wir Fingerabdrücke aus Barrie bekommen. Der Doktor und seine Frau haben sich einverstanden erklärt, sich dort zu melden und Abdrücke nehmen zu lassen, aber noch haben wir sie nicht.«

»Und was ist mit unserem toten Dieb?«

»Keine Übereinstimmungen bis jetzt.«

»Kommen Sie«, sagte Delorme und wies mit einer ausholenden Handbewegung auf all die weißen Flecken. »In diesem Füllhorn? Ein billiger kleiner Straßenräuber von vielleicht sechzehn Jahren hinterlässt keinen einzigen Fingerabdruck?«

Arsenault schüttelte den Kopf. »Wir haben alles überprüft.«

»Wie steht's damit?« Delorme zeigte auf eine Welch-Traubenlimo-Dose, die auf der Beifahrerseite am Boden lag.

»Dazu sind wir noch nicht gekommen.«

Collingwood hob die Dose mit Handschuhen auf und verfrachtete sie in einen kleinen Plexiglasbehälter. Er schloss den Deckel und schaltete den Dampf ein. Er ging in die Hocke auf Augenhöhe mit dem Behälter. Nach einer Minute schaltete er die Maschine ab, öffnete den Deckel, nahm die Dose heraus und hielt sie ans Licht. Er reichte sie Arsenault und sagte: »Daumen.«

Arsenault hielt die Dose ans Licht und sah sie sich mit halb zusammengekniffenen Augen an. »Dreifach zeltartige Bogenmuster.«

»Und das heißt was?«, fragte Delorme.

»Dass er zu den Abdrücken passt, die wir Ihrem Automatenkünstler abgenommen haben.«

»Ist wenigstens ein Anfang, nehme ich an«, sagte Delorme. »Zu dumm, dass er nicht vorbestraft ist.«

»Da haben wir was Besseres«, sagte Collingwood.

Ein Außenseiter hätte es nicht bemerkt, doch Delorme

kannte Collingwood seit annähernd zehn Jahren. Wenn er so viele Wörter nacheinander von sich gab, grenzte seine Aufregung vermutlich an Hysterie.

»Was haben Sie, Bob?«

Er winkte mit dem Zeigefinger, und sie folgte ihm zu der Arbeitsplatte an der Seite der Werkstatt. Er zeigte auf vier weiße Gipsbögen, die dort, jeweils getrennt in einem Plastikbeutel, aufgereiht lagen. Dazwischen befanden sich vier weitere weiße Gipsbögen, nicht in Beuteln abgepackt.

»Sie haben Reifenabgüsse gemacht?«

Collingwood nickte.

»Und die in Plastik sind vom Trout Lake?«

»Sie haben's erfasst.«

»Jetzt sagen Sie nur nicht, wir hätten unseren Mörder.«

»Die Fingerabdrücke stimmen nicht überein, die Reifenprofile schon. Die Abdrücke an der Waffe zeigen, dass er Rechtshänder ist. Der Mörder vom Trout Lake ist Linkshänder. Aber dieser Wagen war eindeutig dort.«

Cardinals erste Pflicht an diesem Tag bestand darin, Randall Wishart festzunehmen. »Wünschte, ich könnte mitkommen«, sagte McLeod. »So einen Spaß lass ich mir nicht gern entgehen.«

Cardinal fuhr zu Carnwright-Immobilien und wartete, bis Wisharts Kunde gegangen war. Im Unterschied zu McLeods Sinn für Humor fand Cardinal die Aufgabe deprimierend. Schaden von einem Mädchen wie Sam Doucette abzuwenden, war zweifellos eine gute Sache und passte eindeutig zum »Freund und Helfer«-Ideal, an das Chouinard immer wieder erinnerte. Aber Spaß?

Als er die Handschellen zuschnappen ließ, wurde Wisharts Gesicht aschfahl, und Cardinal fürchtete einen Moment, er könnte in Ohnmacht fallen. Unter dem entsetzten Blick von Lawrence Carnwright und der Rezeptionistin führte er ihn durch das äußere Büro und wusste, dass das, was er gerade tat, zwar notwendig und unvermeidbar war, für seine Familie jedoch katastrophale Konsequenzen haben würde. Ja, Sam wäre sicherer, doch es machte Cardinal nicht die geringste Freude, an einem losen Faden zu ziehen und einem jungen Mann das ganze Leben zu zerlegen.

Angesichts der detaillierten Informationen, die Cardinal von Troy Campbell und Sam Doucette zusammengetragen hatte, konnte selbst ein Anwalt vom Kaliber eines Dick Nolan nicht verhindern, dass Wishart einen Tag und eine Nacht im Gefängnis verbrachte. Zwar hatte die Staatsanwaltschaft nicht vor, ihn wegen versuchten Mordes anzuklagen – schließlich hatte Campbell sie nicht angerührt –, für Behinderung der Justiz und Einschüchterung reichte es allemal.

Als das erledigt war, ging Cardinal zu DS Chouinard und bat ihn darum, Sam und ihre Mutter in einem sicheren Haus unterzubringen.

Chouinards kategorisches Nein war für seine Verhältnisse eine ungewöhnlich kompromisslose Entscheidung. »Ich kann nicht mal nachvollziehen, wieso Sie darum bitten«, erklärte er. »Wishart wollte das Mädchen mundtot machen, um seine Karriere und seine Ehe zu retten. Aber nachdem diese Katze nun wirklich aus dem Sack ist, hat er nicht das geringste Motiv, sie noch einmal anzugreifen.«

»Ich mach mir nicht wegen Wishart Gedanken. Nicht Wishart, sondern der Mörder hat sie verfolgt und auf ihren Wagen geschossen. Und sie hat ihr Handy am Tatort verloren. Darauf sind ihr Foto, ihr Name und ihre Anschrift gespeichert.«

»Falls wir *sicher* wären, dass er ihr Handy hat, würde

ich nicht zögern. Aber es hat keinerlei Aktivitäten unter ihrer Nummer gegeben.«

»Stimmt, doch es sendet noch einen Signalton, das heißt immerhin, dass es nicht gesperrt oder abgeschaltet ist. Wieso wird es nicht benutzt, falls es jemand gefunden hat?«

»Vielleicht will derjenige die SIM-Karte auswechseln, was weiß ich. Aber für mich deutet nichts darauf hin, dass es im Besitz des Mörders ist. Ebenso wenig müssen wir davon ausgehen, dass er ihr Autokennzeichen gesehen hat. Dagegen wissen wir sehr wohl, dass er ihr nicht weiter gefolgt ist. Also ist es eher unwahrscheinlich, dass sie in Gefahr ist.«

»Ich glaube nicht, dass wir das Risiko eingehen sollten.«

»Glücklicherweise unterliegt diese Entscheidung nicht Ihrer Kompetenz.«

»Hm, verstehe. Und wie steht's mit Freund und Helfer?«

»Wissen Sie was, Cardinal? Ganz unter uns, und nehmen Sie's nicht persönlich, aber Sie können mich mal.«

Cardinal nahm Sam und ihre Mutter mit aufs Revier, um ihre Aussage aufzuzeichnen und zu Protokoll zu nehmen. Sam setzte sich ihm gegenüber an den Tisch, ihre Mutter neben sie. Die Aufregung und Leidenschaft, die Sam bei ihrer letzten Begegnung gezeigt hatte, waren verflogen. Sie beschrieb in nüchternen Worten, wie Troy Campbell sie verfolgt hatte; erst als sie schilderte, wie Randall versucht hatte, sie davon abzubringen, zur Polizei zu gehen, wurde ihr Ton immer deprimierter.

Ihre Mutter, die adrett in Rock und Blazer erschienen war, schwieg, bis Sam geendet hatte. »Ein verheirateter Mann«, sagte sie leise, »was hast du dir nur dabei gedacht?«

»Ich hab gar nicht gedacht«, erwiderte Sam. »Ich hab gefühlt.« Mit Zeigefinger und Daumen strich sie sich eine Strähne ihres dunklen Haars aus der Stirn und hinters Ohr.

»Die Sache kam überall in den Nachrichten«, sagte Mrs Doucette zu Cardinal. »Ich habe Angst, dass noch mal jemand sie verfolgt.«

»Wir haben mit den lokalen Medien gesprochen – sie werden weder Sams Namen noch ihr Foto bringen. Allerdings kann ich nichts versprechen, falls die überregionale Presse Wind davon bekommt. Mit einer Armbrust auf jemanden zu schießen, das ist nicht die beste Strategie, um anonym zu bleiben.«

»Ich weiß. *Indianermädchen schießt mit Pfeil und Bogen auf weißen Mann.*« Sie drehte sich zu ihrer Tochter um. »Schätzchen, du hast uns wahrscheinlich gerade hundert Jahre zurückgeworfen, aber ich bin froh, dass du es getan hast.«

»Ich sollte lieber Randall erschießen«, sagte Sam. »Ich kann es immer noch nicht glauben. Ich weiß, dass es stimmt, aber es will mir einfach nicht in den Kopf.«

»Ich kann nur hoffen, dass Sie diesen Mann hinter Schloss und Riegel behalten«, sagte Sams Mutter zu Cardinal.

»Ich tu auf jeden Fall mein Bestes.«

»Wissen Sie, wenn ein Bär sich in der Stadt verirrt und jemandem Schaden zufügt, töten sie ihn.«

»Mutter, bitte.«

»Bären haben kein Recht auf ein faires Verfahren«, erwiderte Cardinal.

Er lenkte die Aufmerksamkeit auf die Nacht, in der die Morde geschehen waren, und ging mit Sam noch einmal alle Einzelheiten durch – von ihrer Ankunft im Champlain über Randalls Anruf bis zur Fahrt an den Trout Lake. Sie erzählte ihm jede Einzelheit, nach der er sie fragte, und noch einiges mehr. Wie schon bei ihrem anonymen Anruf betonte sie noch einmal, der Mann, der mit den Bastovs gekommen sei, habe nicht mit russischem Akzent gesprochen. Während sie das sagte, wurde ihr zum ersten Mal bewusst, dass dieser Mann möglicherweise aus den Südstaaten kam. Dem amerikanischen Süden.

»Woraus schließen Sie das?«

»Er hat ein paar Mal *you-all* gesagt. Und wie er einige Wörter ausgesprochen hat. So gedehnte, lange Vokale, nicht besonders betont, aber irgendwie klang es für mich nach dem Süden.«

»Und er hat versucht, den Bastovs das Haus zu verkaufen?«

»Er hat ihnen das Bad gezeigt. Die Schlafzimmer. Sie auf Details aufmerksam gemacht. Das Licht an- und ausgeknipst. Er hat ihnen etwas über die Aussicht erzählt. Dass sie bei Tage noch mal wiederkommen müssten, um sich selbst zu überzeugen. Das hat mich gewundert, weil Randall und Mr Carnwright die einzigen Männer in der Firma sind.«

Sam machte präzise Angaben über den Zeitpunkt, zu dem die Schüsse gefallen waren, und steuerte auch andere akustische Eindrücke bei – der Mann klang, als ob er hochgewachsen und ziemlich schwer sein müsste, große Schuhe, auch wenn sie sicher nicht in der Lage sein würde, ihn zu identifizieren: ein kurzer Blick bei Nacht, die Umrisse einer Gestalt im Mondlicht. Sie beschrieb die Verfolgung und wie die Kugeln in ihren Wagen einschlugen.

Sams Mutter meldete sich zu Wort. »Wie wollen Sie Sam vor dieser Bestie schützen?«

Cardinal versuchte, ihr Chouinards Logik zu erklären,

als glaubte er selbst daran. »Vielleicht haben Sie irgendwelche Angehörigen, bei denen Sie eine Weile bleiben könnten«, fügte er hinzu. »Jedenfalls wäre es ganz gut, wenn Sam für einige Zeit aus der Stadt verschwinden würde.«

»Mit anderen Worten, Sie haben nicht die Absicht, etwas zu unternehmen.«

Cardinal erbot sich, ihnen einen Streifenwagen in regelmäßigen Abständen am Haus vorbeizuschicken.

»Das klingt nicht gerade nach einer knallharten Sicherheitsmaßnahme. Genauer gesagt, klingt es erbärmlich.« Sie wandte sich an ihre Tochter. »Schätze, wir könnten zu Susanna in Dokis.«

»Na großartig«, erwiderte Sam. »Und ich verliere meinen Job und mein Semester.«

»Nein«, widersprach ihre Mutter, »das lassen wir nicht zu.«

Cardinal gab sich, als er die beiden nach Hause fuhr, Mühe, Optimismus zu verbreiten. Er schrieb Sam sogar seine Handynummer auf, was er noch nie bei einem Zeugen getan hatte, doch der Blick der Mutter beim Abschied beschämte ihn zutiefst.

Gerade als Cardinal Feierabend machen wollte, traf das Video der Überwachungskamera vom Pearson International Airport ein.

»Hey, Delorme«, sagte er und hielt es in die Höhe. Sie war in der Kabine nebenan gerade dabei, ihren Computer herunterzufahren. »Heute Abend Lust auf ein Video?«

Sie fuhren in getrennten Wagen zu Delormes Bungalow. Der kleine Klinkerbau im Schnee war ein hübscher Anblick. Seit Cardinal das letzte Mal da gewesen war, hatte sie Weihnachtsschmuck angebracht.

Cardinal setzte sich mit einer Schale Tortillachips aufs

Sofa und ging die Sender durch, während Delorme Chili auftaute. Er bekam einen Teil einer Doku über die Entdeckung einer britischen Fregatte mit, die im Krieg von 1812 im Eriesee gesunken war. Ein Bergungsteam aus Toronto testete ein neues Unterwassersonargerät, das mithilfe von Computertechnologie Schallwellen in bemerkenswert deutliche Bilder umwandelte. Cardinal notierte sich den Namen des Bergungsteams.

Delorme kam mit dem Essen herein, griff zur Fernbedienung und schaltete das Video ein. Sie hatten eine Weitwinkelansicht der Parkebene 5 mit etwa einem Dutzend Fahrzeugen vor sich. In der Ecke rechts unten spulte die Zeituhr die Sekunden ab.

»Vor drei Wochen«, sagte Delorme. »Etwas länger.«

»Es ist der dritte Wagen von links.« Cardinal zeigte mit der Gabel darauf. »Gutes Chili.«

»Die Frankokanadier haben schon immer das beste Chili gemacht.«

Aus dem Vordergrund trat, den Rücken der Kamera zugewandt, eine Gestalt mit Kapuze ins Bild. Derjenige trug einen prallvollen Rucksack.

»Könnte unser Geldautomatenjunge sein«, sagte Delorme. Sie stellte den Teller auf dem Couchtisch ab und setzte sich wie ein Teenager mit angezogenen Knien näher am Bildschirm auf den Teppich.

Der Mann lief zu dem Fahrzeug, das am tiefsten im Schatten stand; sein Gesicht war zu keinem Zeitpunkt zu sehen. Plötzlich blitzte ein schmaler Multipick in seiner Hand auf, und mit wenigen gezielten Bewegungen hatte er das Türschloss geöffnet. Das Video war ohne Tonaufnahme, doch die Alarmanlage des Wagens hatte zweifellos laut widergehallt.

Der Mann stieg ein, entriegelte die Kühlerhaube und

stieg wieder aus. Er öffnete die Haube und schlug sie Sekunden später wieder zu.

»So viel zur Alarmanlage«, sagte Cardinal.

»Der Bursche ist fix. Muss ihm jemand beigebracht haben.«

»Anhand dieses Videos können wir ihn nicht identifizieren«, sagte Cardinal. »Es sei denn, die Computerfreaks bei den Kollegen in Toronto können das irgendwie schärfer kriegen.«

»Na ja, das *muss* derselbe Junge sein, auch wenn wir es nicht beweisen können. Oha, wen haben wir denn da?«

Eine zweite Gestalt war auf der Bildfläche erschienen.

Cardinal zeigte darauf und zog mit dem Finger den Kopf und die Schultern des Mannes nach. »Der sieht deutlich älter aus, viel, viel älter. Schon seinem Gang nach zu urteilen.«

Die beiden stiegen ein und zogen die Türen zu. Die Rücklichter gingen an, der Wagen fuhr aus der Parkbucht, wendete und verschwand aus dem Bild.

»Spul noch mal zurück«, sagte Cardinal. »Ich glaube, wir haben ein bisschen Licht auf dem Gesicht des älteren Mannes, an der Stelle, wo er sich umdreht und die Tür aufmacht.«

Delorme griff nach der Fernbedienung und hielt das Bild eine Sekunde an, bevor sie zurückspulte. Dann klickte sie ein paar Einzelaufnahmen weiter. Der ältere Mann trug eine Baseballkappe, die sein Gesicht überschattete. In ruckartigen Bewegungen lief er zum Auto. Er öffnete die Beifahrertür, und als er sich ein wenig herumdrehte, hielt Delorme die Sequenz an.

Sie ging auf Hände und Knie, um sich aus nächster Nähe den Bildschirm genau anzusehen. Cardinal saß auf der Sofakante. »Eindeutig älter.«

»Das sollten sie schärfer kriegen. Vielleicht können sie es sogar durch die Gesichtserkennung jagen.« Delorme spulte noch einige Male vor und zurück, doch es gab keine besseren Einzelbilder. Sie schaltete den Apparat aus und kam zum Sofa zurück. »Wir haben es also mit zwei Tätern zu tun, einem Jugendlichen und einem Mann Mitte vierzig oder Anfang fünfzig?«

»Das ist gut«, sagte Cardinal. »Zwei Männer, die zusammen unterwegs sind – einer davon ein Teenager –, sind auffälliger als ein Mann allein. Müssen uns morgen als Allererstes mit Pearson in Verbindung setzen. Falls sie den Kerl mit anderen Überwachungsaufnahmen abgleichen können, kriegen wir vielleicht Namen von der Passkontrolle, und vielleicht lassen die beiden sich sogar mit einem bestimmten Flug in Verbindung bringen.«

»Weißt du, wie viele Passagiere Pearson pro Jahr abfertigt?«

»Pro Jahr. Aber wir können es ziemlich gut eingrenzen. Die Bastovs sind Amerikaner – wir dürfen annehmen, dass ihre Mörder ihnen hierher gefolgt sind. Nehmen wir ferner an, dass die beiden ungefähr eine Stunde, bevor sie den Wagen klauen, gelandet sind. Die können für diese Stunde die Überwachungsvideos in der Ankunftshalle für Flüge aus den USA überprüfen. Nicht auszuschließen, dass wir annähernd oder sogar genau das richtige Gate bekommen. Eines verstehe ich bei dem Ganzen allerdings nicht.«

»Was?«

»Die Opfer sind Amerikaner. Wie es aussieht, ist der Mörder oder sind die Mörder auch Amerikaner. Woher wussten sie, dass das Haus der Schumachers zum Verkauf steht? Sie hatten zwar das Schild dort stehen, aber es war nirgends annonciert.«

»Falls sie wussten, dass die Bastovs nach einem Haus in der Gegend suchten, haben sie vielleicht bei den lokalen Maklern nachgefragt.«

»Nicht sehr wahrscheinlich.«

»Nein, du hast recht.«

Sie ließen es dabei bewenden, aßen das Chili auf und redeten noch eine Weile darüber, wie sie beim Flughafen Toronto jemanden dazu bringen könnten, ihnen das zu verschaffen, was sie brauchten. Schließlich fragte Delorme: »Und? Wie war dein Rendezvous gestern Abend?«

»Rendezvous?«, fragte Cardinal. »Du meinst, mit dieser Reporterin? Das war kein Rendezvous.«

»Ach ja? Dafür hast du aber ziemlich ausweichend reagiert. Wieso, wenn es kein Rendezvous war? Seid ihr in ein Restaurant gegangen?«

»Ja, ins DeGroot's.«

»DeGroot's«, stellte Delorme klar, »ist definitiv ein Rendezvous.«

»Nein, war es nicht. Und sieh mich nicht so an. Donna kennt niemanden in der Stadt – ich dachte mir, wär ganz nett, sie zum Essen einzuladen.«

»Nach einem Fall für die Wohltätigkeit sah sie mir eigentlich nicht aus.«

»Es war ein Informationsaustausch. Sie hat mir ein paar nützliche Hinweise gegeben.«

»Hast du sie gebumst?«

»Lise, du liebe Zeit ...«

»Ich darf dich so was doch fragen, oder? Wir sind Kumpel, nicht wahr? Wenn ich ein Kerl wäre, würdest du es mir sagen.«

»Du bist aber kein Kerl, und – ob du's glaubst oder nicht – Kerle reden nicht ständig über ihr Sexleben miteinander. Nein, ich hab sie nicht *gebumst* – sag mal, wie alt bist du eigentlich? Zwölf? Und bevor du fragst – nein, ich hab's auch nicht versucht. Du liebe Zeit!«

»Tut mir leid. Ich wollte dich nicht in Verlegenheit bringen.«

»Hast du aber. Und was macht Shane, Lise? Hast du diese Woche schon Shane gebumst?«

Delorme lachte. »Tja, wie's der Zufall will, hab ich, ja.«

»Das reicht.« Cardinal stand auf und griff nach seinem Mantel. »Danke für das Chili. Dann bis morgen.«

»Du hast mich gefragt, John.«

»Himmel, Lise!«

26

Der Himmel über Black Lake war unglaublich blau, am höchsten Punkt des Gewölbes fast ein strahlendes Indigo, an den Rändern dagegen blasser. Der Mann, den sie Papa nannten, stand im Wohnzimmer und starrte, die Hände wie so oft auf dem Rücken verschränkt, aus dem Fenster. Seine Helfer, seine sogenannte Familie, waren irgendwo draußen, und Papa hatte Lloyd großzügig gestattet, aus seinem Schlafzimmer zu kommen, auch wenn er immer noch wie eine Ziege an den Knöcheln festgebunden war.

»Erstaunlich«, sagte Papa, »was alles aus heiterem Himmel kommen kann.«

»Sie meinen, unerwartete Ereignisse?«, fragte Lloyd. Der Theorie nach war es schwieriger, einen Mann zu töten, den man kennengelernt hat, und so bemühte er sich, mit dem Psychopathen ins Gespräch zu kommen. Niemand, der Henry kennengelernt hatte, wäre danach imstande, einen so sympathischen Menschen auszulöschen.

Papa sprach in deklamatorischem Ton, ohne sich umzudrehen. »Buch Josua. Die Israeliten bringen den Amoritern eine vernichtende Niederlage bei und zerstreuen sie in alle Winde, als es aus heiterem Himmel Steine regnet und den Feind dezimiert.«

»Oh, Bibelgeschichten.«

»Cambridge, Maryland, 1828. Zwölf Tage unablässiger Regen zwingen einen Mann namens Muse dazu, mit dem Ausheben eines Grabens rund um sein Anwesen aufzuhören. Als er sich wieder nach draußen wagt, stellt er fest, dass sein Graben von Fischen wimmelt – einige davon fünfzehn, zwanzig Zentimeter lang. Verschiedene Flussbarscharten. Dabei gibt es in der Gegend meilenweit keinen Fluss. Keine Erklärung, wie sie dahin gekommen sind.«

»Vielleicht ein großer Lieferwagen«, sagte Lloyd. »Ein Naturschutz-Lkw auf dem Weg zu einem See, für den die Fische bestimmt waren. Bleibt im Unwetter stecken, muss die Fracht aufgeben.«

»Wachen Sie auf, Lloyd, das ist neunzehntes Jahrhundert. *Frühes* neunzehntes Jahrhundert. Dreizehnter November 1833. Rahway, New Jersey. Ein Feuerregen. Die Anwohner beschreiben gallertartige brennende Klümpchen, die vom Himmel fallen. Sobald sie ausbrennen, zerfallen sie zu weißem Pulver.«

»Es gab Munitionsfabriken in New Jersey«, sagte Lloyd. In amerikanischer Geschichte kannte er sich aus, und so wusste er davon. »Später, im Bürgerkrieg, werden sie noch wichtig.«

»Nein, Lloyd.« Papa drehte sich um und redete wie mit einem uneinsichtigen Schüler. »Zufällig gab es an dem Tag einen Meteoritenschauer. Für mich, und ich hoffe, auch für Sie, ist es undenkbar, dass die beiden Ereignisse nicht zusammenhängen.«

Lloyd war nicht sicher, was er antworten sollte. Bereitwillige Zustimmung kam vielleicht als Beleidigung an. Beharrte er dagegen auf einer anderen Meinung, provozierte er, egal, wie höflich er sie formulierte, vielleicht Gewalt. Er gab ein unverbindliches Brummen von sich.

Papa wandte sich vom Fenster ab und trat näher.

»Ich will darauf hinaus, Lloyd, dass ich zufällig ein ähnliches Phänomen bin.«

Er zog einen Bleistiftstummel aus seiner linken Hosentasche und einen kleinen Spitzer aus der rechten. Er spitzte den Stift und steckte den Spitzer wieder weg, bevor er ein kleines schwarzes Notizbuch zückte. Er öffnete das Gummiband, dann das Büchlein, machte sich eine Notiz und steckte Notizbuch und Bleistift wieder in die Tasche. Er setzte sich an das Lloyd zugewandte Sofaende und stützte sich auf die Lehne. »Sie erinnern sich nicht an mich, oder?«

»Erinnern?«

Papa beugte sich zu ihm vor und musterte ihn kritisch mit seinen dunkelblauen Augen. »Ich warte schon die ganze Zeit darauf, dass Sie zwei und zwei zusammenzählen, Lloyd, aber wie's aussieht, kann ich ewig warten. Zumindest, wenn ich Ihnen nicht ein bisschen auf die Sprünge helfe.«

»Tut mir leid«, sagte Lloyd. »Sie sind im Vorteil. Ich kann mich nicht … Sind wir uns schon mal begegnet? Sie und ich? Irgendwo begegnet?«

»Allerdings.«

»Tut mir leid. Sie kommen mir zwar vage bekannt vor …«

»Ich geb Ihnen einen kleinen Fingerzeig, Lloyd.« Papa beugte sich vom Sofa zum Sessel hinüber und drückte Lloyds Schulter, wie man einen Klingelknopf drückt. »Seattle.«

»Seattle. Das soll mir auf die Sprünge helfen?«

»O ja.«

»Ich war auf einer Menge Pelzauktionen in Seattle. Wie soll ich mich an eine bestimmte Gelegenheit erinnern?«

»Also, Sie haben recht – es war eine Pelzauktion. Vor zwölf Jahren.«

»War es bei einem dieser großen Dinners?«

»Schon wärmer. Nach dem Essen. An der Hotelbar. Sie waren mit irgendeinem Boss von Lord & Taylor da.«

Lloyd schnippte mit den Fingern. »Ron Weissman. Er ging in dem Jahr in Rente. Wir haben uns in der Hotelbar getroffen. Sie kamen dazu und haben mich was gefragt. Jetzt erinnere ich mich. Sie waren mit einer schönen jungen Frau da.«

Papa lächelte. »Gut gemacht, Lloyd. Es handelt sich um Christine. Hat mir das Herz gebrochen.«

»Sie kamen auf mich zu und haben mir eine Frage gestellt.«

»Ich hab Sie was gefragt. Ausgezeichnet. Erinnern Sie sich noch, was?«

Lloyd schüttelte den Kopf. »Nein. Nein, da muss ich passen.«

Papa lächelte – der Anflug eines Grinsens, im völligen Widerspruch zu seinem übrigen Gesichtsausdruck, war in einer Sekunde verflogen. »Natürlich nicht. Wieso auch? Ich hab Sie gefragt, ob Sie eine Minute Zeit hätten. Anfänglich waren Sie sehr charmant. Sie sagten, klar. Und so hab ich Ihnen eine Idee unterbreitet, an der ich monatelang, nein, eigentlich jahrelang, gearbeitet hatte. Ein Konzept, bei dem es darum ging, Pelzjäger und Käufer – und Hersteller wie Sie selbst – in einem Top-Down-Verbund zu organisieren.«

»Und ich hab gesagt: ›Ich bin nicht interessiert.‹«

»Nur dass Sie es damals nicht so eloquent ausgedrückt haben. Wie viele Wörter waren das jetzt? Fünf? Sechs? Sie haben nicht annähernd so viele Wörter an mich verschwendet. Sie haben nur gesagt: ›Kein Interesse.‹« Papa hielt Lloyd zwei Finger vors Gesicht. »Zwei Wörter. Als wäre ich irgend so ein religiöser Spinner, der Ihnen eine Broschüre andrehen will. ›Kein Interesse.‹«

»Und das hat Sie verletzt.«

Papa blickte zur Decke. Als er Lloyd wieder ansah, sagte er: »Wenn Sie auf eine Spinne treten – eine Ameise, eine Kakerlake –, meinen Sie nicht, dass Sie das Tier verletzen? Wenn Sie jemandem, der nur konstruktiv mit Ihnen zusammenarbeiten will, ins Gesicht spucken, meinen Sie nicht, dass ihn das verletzt?«

Sein gesamtes Berufsleben hindurch hatte sich Lloyd Kreeger etwas darauf zugutegehalten, ein bodenständiger, sachlich präziser Mann zu sein. Ehrlich, zuverlässig, entschlossen. Er schätzte Höflichkeit, und der Vorwurf, sich hochmütig benommen zu haben, nagte an ihm, selbst wenn er von einem Dieb, möglicherweise einem Mörder und ganz gewiss von einem Psychopathen kam.

»Vielleicht sind Sie in geschäftlichen Dingen nicht sehr erfahren«, sagte Lloyd. »Die größte Höflichkeit, die Sie einem Geschäftsmann erweisen können, ist der Respekt vor seiner knapp bemessenen Zeit. Welche Vorzüge Ihr Plan auch gehabt haben mag – und offen gesagt, habe ich nicht lange genug darüber nachgedacht, um sie abzuwägen –, ich wusste eindeutig, dass das nichts für mich war. Ich hatte mit Fallenstellern gearbeitet, ich hatte Farmen besessen, doch zu dem Zeitpunkt konzentrierte ich mich ausschließlich auf Herstellung und Einzelhandel.«

»Natürlich. Lloyd Kreeger wird sich doch nicht die Hände schmutzig machen.«

»Es hatte nichts damit zu tun, sich für irgendwas zu fein zu sein. Ich hab Ihnen die schnellstmögliche Antwort gegeben. ›Kein Interesse.‹ Ich entschuldige mich dafür, wenn Sie das verletzt hat, aber es war die Wahrheit. Verletzt Sie die Wahrheit?«

»Ich lebe danach.«

»Dann gibt es auch keinen Grund, beleidigt zu sein.«

»Es geht nicht darum, *was* Sie gesagt haben, Lloyd, es geht darum, *wie* Sie es gesagt haben. Kein Interesse, *Schmeißfliege.*«

»Das habe ich nie gesagt.«

»Ihr Tonfall hat das Insekt impliziert. Sie hatten es eilig, wegzukommen von diesem nervtötenden kleinen Insekt. Wo ist die Fliegenklatsche.«

»Das stimmt nicht.« Lloyd schüttelte den Kopf. »Das ist einfach nicht wahr.«

»Haben Sie gewusst, dass die Bastovs tot sind?«

»Lev Bastov?«

»Kam gestern Abend in den Nachrichten. Lev und Irena Bastov wurden letzte Woche ermordet, hier in Algonquin Bay. Ihnen wurden die Köpfe abgeschlagen. Was meinen Sie – russische Mafia?«

»Die Bastovs wurden ermordet?«

Papa nickte. »Ja, Sir.«

Lloyd spürte etwas Kaltes in seinem Magen. »Das waren Sie, stimmt's?«

Papa lächelte. »Ich brächte so etwas nie fertig. Ich hab nicht das Zeug dafür. Außerdem hab ich sie kaum gekannt. Aber um auf unsere kleine Plauderei über Seattle zurückzukommen: Sie können sagen, was Sie wollen, Lloyd, Sie können darum herumreden wie die Katze um den heißen Brei, es verschleiern, tausend Gründe dafür finden. Behaupten Sie meinetwegen, der Mond sei blau, es schneite nie in Algonquin Bay, Ontario. Von mir aus. Das ist mir vollkommen gleichgültig. So wie Ihnen damals. Man sollte Gleichgültigkeit lieben, finden Sie nicht? Wenn ich mich entscheiden müsste, würde ich sagen, Gleichgültigkeit ist die beste Gemütsverfassung. Die natürliche Gemütsverfassung. Aber alles, was Sie sagen, Lloyd, geht an der eigentlichen Frage vorbei.«

»Was für einer Frage?«
»Wer ist jetzt das Insekt?«

In den folgenden Tagen brachte Papa Nikki den Umgang mit einem Gewehr bei. Auch wenn er es nicht aussprach, wusste sie, dass er ihr helfen wollte, über den Tod von Lemur hinwegzukommen. Und er zog Jack als Lehrer hinzu, was sie nach der Auseinandersetzung nicht für möglich gehalten hätte. Zunächst einmal bot er Jack seine aufrichtige Entschuldigung an. Er fand Jack an dem Nachmittag schmollend im Wohnzimmer und rief Nikki herein, weil er es sozusagen öffentlich machen wollte. *Ich hab dir unrecht getan, Jack – ich war wegen Lemur verstört, und ich hab mich einfach vergessen. Du hast auch Fehler gemacht, aber ich hätte gegen ein Familienmitglied niemals Gewalt ausüben dürfen. Das verletzt meine Prinzipien, und ich hoffe, du kannst mir verzeihen.*

Als Jack nichts sagte, ging Papa aus dem Raum und holte das Gewehr, reichte es Jack und kniete sich, den Rücken ihm zugewandt, hin. Forderte ihn auf, ihm den Schädel einzuschlagen, das sei sein gutes Recht. Doch Jack tat es nicht, und nach einer Weile schien er sich ein bisschen zu entspannen. Irgendwann überredete Papa ihn, mit ihnen beiden nach draußen zu gehen, indem er alle möglichen guten Dinge über ihn sagte. *Am besten zeigt dir Jack die Weitschusstechniken, er ist ein viel besserer Scharfschütze als ich.* Oder: *Schau dir an, wie Jack das macht. Er hat dafür einfach den sechsten Sinn, und er trifft nie daneben.*

Sie hatten gutes Wetter, ein bisschen wärmer als die Tage davor, sodass Nikki beim Gebrauch der Waffen nicht die Finger einfroren. Und dann eines Tages, als Nikki sich gerade daran gewöhnt hatte, Schießübungen im Freien zu machen, führten Papa und Jack sie, mit einer Reihe Handfeuerwaffen ausgestattet, in den Keller. Immer noch in seinem Pfadfinderführungsstil, immer noch ehrerbietig gegenüber Jack.

»Zu den entscheidenden Schlachten kommt es nie unter idealen Bedingungen. Richtig, Jack?«, sagte er. »Wir können uns nicht aussuchen, wann und wo es für uns um Leben und Tod geht. Tatsache ist, wenn man je in die Lage kommt, seine Seitenwaffe zu benutzen, dann in den allermeisten Fällen in häuslicher Umgebung. Du musst dich folglich daran gewöhnen, drinnen zu schießen. Wie siehst du das, Jack?«

»Stimmt absolut«, pflichtete Jack bei. »Du hast den Nagel auf den Kopf getroffen.« Falls er gegen Papa immer noch einen Groll hegte, dann ließ er sich nichts anmerken. Papa bat ihn, Nikki die richtige Stellung, die leicht vorgebeugte Haltung, zu zeigen, die Bewegung der Waffe, die Ganzkörperdrehung – das alles, ohne einen einzigen Schuss abzufeuern –, während er danebenstand und ihr Mut machte oder Ratschläge gab. Sie ließen sie immer wieder die Bewegungsabläufe üben.

Einmal sagte er: »Weißt du, was bei den meisten Leuten, die Schusswaffen besitzen, so dumm ist, Nikki?«

»Sie treffen sich aus Versehen selbst? Oder lassen sich die Waffen klauen?«

»Das stimmt schon. Aber das Allerdümmste überhaupt? Jack, ich glaube, du weißt, was ich meine.«

»Das Allerdümmste schlechthin«, sagte Jack in einem Ton, der auswendig gelernt klang, »ist, wenn ein Angreifer einfach auf ein Opfer zumarschiert und ihm die Waffe aus der Hand nimmt. Weil die meisten Menschen, wenn's darauf ankommt, einfach nicht fähig sind, auf jemanden zu schießen.«

»Er hat recht, Nikki. Sieh mal, sie trainieren Boxer, indem sie die Jungs auf einen Sack eindreschen lassen. Sie treffen immer und immer wieder. Zum Teil soll das Kraft bringen und die Schnelligkeit verbessern. Vor allem aber sollen sie auf diese Weise die natürliche Hemmung überwinden, einen anderen Menschen zu schlagen. Wenn es um Leben oder Tod oder die Ehre geht, wenn du dazu aufgerufen bist, die Familie zu schützen, dann musst du diese Hemmung überwinden. Ehrlich gesagt, mache ich mir Vorwürfe, Lemur nicht gut genug trainiert zu haben – sodass er, als es hart auf hart kam, diesen Bruchteil einer Sekunde zu lange gezögert hat. Deshalb bereite ich dich jetzt richtig vor, damit du nicht im Mindesten zögerst, zu schießen. Du wirst wie Jack – ein Krieger bis ins Mark.«

Was sie sagten, klang irgendwie logisch. Nikki hatte sich auch gefragt, wieso Lemur nicht seine Waffe benutzt hatte. Armer Junge. Sie zog seinen iPod touch aus der Tasche. »Ehm, den hab ich aus Lemurs Zimmer. Meint ihr, er hätte was dagegen?«

Papa sah Jack an und dann Nikki. »Ich denke, er hätte gewollt, dass du ihn bekommst.« Er trat hinter die Bar, nahm ein Brandyglas, stellte es auf den Kaminsims und kam zurück, um sich hinter Nikki zu stellen. *»Weaver Stance.«*

»Ich soll auf dieses Glas da schießen?«

»Genau das wirst du tun.«

»Vielleicht sollte ich stattdessen besser auf eine Blechdose schießen.«

»Hast du das gehört, Jack?«

»Hemmung«, sagte Jack. »Reine Hemmung höre ich da heraus.«

»Genau. Die macht sich ein Krimineller oder ein Terrorist oder ein Geheimagent eines Schurkenstaats zunutze –

deine Hemmung. Das ist hoffentlich das letzte Mal, dass wir so was von dir hören, Nikki.«

Nikki nahm die leicht geduckte Haltung ein, stützte die rechte Hand mit der linken. Die Handfeuerwaffe reizte sie wesentlich mehr als das Gewehr. Sie fühlte sich so fest, so wohlgeformt und griffig an. Selbst ihr unverhältnismäßig großes Gewicht, sobald das Magazin eingelegt war, empfand sie als angenehm.

Nikki drückte ab, und das Glas zersprang. Jack stieß einen Schrei aus.

»Gut«, sagte Papa. »Aber du hast gezögert.«

Im Lauf der nächsten halben Stunde stellte er weitere Gläser, eine dekorative Vase, einen niedlichen alten Teddybären auf; es folgten mehrere Hüte, verschiedene Hemden und Jacken von Lloyd, gerahmte Fotos, ein paar Statuen. So wie Papa und Jack damit kämpften, mussten sie ganz schön schwer sein. Die größten Probleme hatte sie mit dem Teddybären.

»Erschieß ihn«, sagte Papa. »Rette dein eigenes Leben. Rette deine Familie. Erschieß ihn.«

Nikki schoss auf das Stofftier, das in die Luft wirbelte und mit dem Gesicht nach unten landete.

Als das Füllmaterial aus seinem Rücken quoll, zog es ihr das Herz zusammen.

Bei den Statuen war es einfacher. Eine davon war ein griechischer Gott oder so. Dann ein toter Römer. Nikki hatte einmal eine ähnliche Statue in einem Museum gesehen. Langweiliges Ding mit einem winzigen Pimmel. Sie schoss auf die blinden Augen und pustete ihm ein Stück Stirn und Locken weg. Beim nächsten Schuss zerfiel die halbe Nase zu Staub. Plötzlich wirkte der Mund zart, fast wie von einer Frau – kleine geschwungene Oberlippe, plump herunterhängende Unterlippe. Noch ein paar

Schüsse, und es gab kein Gesicht mehr und kaum noch einen Kopf.

Die ganze Zeit sagte Papa wundervolle Dinge zu ihr: *Das ist unser Mädchen. Du bist Nikki the Kid. Du machst mich stolz.* Sie hätte nie gedacht, dass Worte eine solche Macht haben konnten. Sie hatte im Fernsehen mal Bilder von einer öden, zugefrorenen Landschaft gesehen, in der große Eisbrocken wegbrachen und ins Meer rutschten. So etwas geschah gerade in ihr. Eine scharfe Automatik in der Hand, mit der sie Gipsgötter in tausend Stücke explodieren ließ, und sie fing an zu schniefen. Vielleicht ging ihr auch Lemur immer noch nicht aus dem Kopf.

»Du darfst nicht mal daran denken«, sagte Papa. »Keine Hemmung. Kein Zögern. Und vor allem keine Tränen.«

Er zog den Stecker des Fernsehers. Es war ein Flachbildschirm so wie der im Obergeschoss, mindestens hundert Zoll, und er hob ihn hoch, als wäre er aus Styropor.

»Ah, nicht den Fernseher«, sagte Jack.

»Sie muss es lernen.« Papa stellte ihn vor dem Kamin auf und stöpselte ihn dort wieder ein. Er klickte die Sender durch, bis er ein Bild fand, wie es ihm vorschwebte – ein Mann und eine Frau, die Nachrichten verlasen. Kein Ton.

»Erschieß den Mann«, sagte er.

»Ich soll auf den Fernseher schießen?«

»Nikki, diese Hemmungen bringen dich noch um. Erschieß jetzt den Mann.«

Nikki zielte und schoss dem Mann ein Loch ins linke Auge, sein Mund bewegte sich weiter. Jack stieß einen Jubelschrei aus. »Achtung, Leute. Nikki the Kid ist in der Stadt!«

»Erschieß die Frau«, sagte Papa, und Nikki tat es.

27

Cardinal rief bei Peel Regional an und sprach mit Sergeant Rob Fazulli, dem Leiter der Flughafenpolizei. Sie hatten in Toronto für kurze Zeit zusammen bei der Sitte gearbeitet – »damals in der Jurassic-Zeit«, wie es Fazulli ausdrückte, doch er war nicht davon erbaut, schon wieder von Cardinal zu hören. »Wir haben euch doch bereits das Parkhausvideo geschickt. Haben Sie eine Ahnung, was das für Mühe gekostet hat?«

»Ein Auto, das an Ihrem Flughafen gestohlen wird – darum hätten Sie sich sowieso kümmern müssen.«

»Und jetzt wollen Sie, dass wir ein Gesicht aus dem Parkhausvideo mit den ankommenden Fluggästen aus den USA abgleichen?«

»Nur für die Stunde vor dem Autodiebstahl.«

Jetzt erzählt er mir von den dreißig Millionen, dachte Cardinal.

»Cardinal, Pearson fertigt dreißig Millionen Passagiere im Jahr ab.«

»Und mindestens einer von denen hat in meiner Stadt zwei Menschen enthauptet. Falls Sie bei Ihnen zu Hause grässlichere Morde auf dem Tisch haben, behandeln Sie die unbedingt zuerst. Falls nicht ...«

»Schon erledigt«, sagte Fazulli und legte auf. »Schon erledigt« war damals bei der Sitte ein geflügeltes Wort und besagte, dass sie gar nicht daran dachten, einer Bitte nachzukommen.

In diesem Fall deutete Cardinal, wenn auch sonst kein Optimist, Fazullis Bemerkung als Scherz.

Kaum hatte er aufgelegt, klingelte sein Telefon. Die Forensik in Toronto meldete sich wegen des Sägemehls. Der Mann, der es untersucht hatte, klang verdächtig jung.

»Ich bin eigentlich Praktikant. Ich arbeite an meinem Doktor in Botanik«, erklärte er Cardinal. »Als ich sah, dass wir eine Sägemehlprobe haben, hat mich das persönlich interessiert, und ich hab das Zeug in meiner Mittagspause unters Mikroskop gelegt.«

»Ich bin schon jetzt beeindruckt. Was haben Sie gefunden?«

»Mastbaumkiefer und Birke. Sonst nichts.«

»Keine Zeder?«, fragte Cardinal. »Kein Mahagoni?«

»Nein, nein, nur die beiden – Mastbaumkiefer und Birke.«

Cardinal dankte ihm und legte auf. »Hey, McLeod, wie sehen Sie das?«

McLeods Gesicht tauchte wie ein blutunterlaufener Mond über der Trennwand auf. Cardinal teilte ihm die Ergebnisse mit.

»Der Highlands-Direktor hat gesagt, sie führten da draußen alle möglichen Arbeiten durch, oder? Mit Zeder, Mahagoni und weiß der Kuckuck, was noch. Wo hat Irena Bastov Spuren von Kiefer und Birke an ihren Rock bekommen? Wir haben, wenn ich mich richtig erinnere, seit gut zwanzig Jahren kein Sägewerk mehr in der Stadt, und irgendwie kann ich mir die Bastovs auch nicht bei einem Besuch im Baumarkt vorstellen, während sie zur Pelzauktion hier sind.«

»Im Baumarkt würden Sie sämtliche Zedernsorten bekommen.«

»Wo gehen Besucher demnach hin, um Sägemehl aus Mastbaumkiefer und Birke an die Kleider zu kriegen?«

»Wie's der Zufall will, fragen Sie da den Richtigen, Sergeant Cardinal.« McLeod sprach ihn in diesem betont förmlichen Ton an, den er stets anschlug, wenn er sich besonders klug vorkam. »Mir fallen da zwei Orte ein. Kennen Sie Kabinet Kreations draußen an der Cartier?«

»Der Laden, der diese unbehandelten Möbel verkauft? Die müssen aber mehr als nur Kiefer und Birke verarbeiten.«

»Nee. Das weiß ich nur, weil ich gerade ein Entertainment Center bei denen bestellt habe. Ich hab nach Eiche gefragt – als ob ich mir das leisten könnte –, und er hat gesagt, nein, sie haben nur Kiefer und Birke. Also hab ich Birke genommen.«

»Und Sie meinen, die Bastovs treffen in Algonquin Bay ein und haben nichts Besseres im Sinn als einen Einkaufsbummel bei Kabinet Kreations?«

»Nein, natürlich nicht. Wissen Sie, was Ihr Problem ist, Detective?«

»Nein, sagen Sie's mir.«

»Ihr Problem, Detective Cardinal, ist, dass Sie nicht genug trinken. Wenn Sie mehr trinken würden, gingen Sie auch häufiger in Bars. Und wenn Sie so wie ich – ganz im Interesse von Gesetz und Ordnung – häufiger in Bars gehen würden, dann wüssten Sie, dass in der Chinook Tavern der Boden mit Sägemehl bestreut ist.«

»Na schön. Und wieso sollte das Sägemehl nur aus Kiefer und Birke bestehen?«

»Eine ausgezeichnete Frage, Detective Cardinal, und einmal mehr kann ich Ihre Neugier befriedigen. Wissen Sie, wem das Chinook gehört?«

»Diesem Griechen – Jimmy Kappaz.«

»Jimmy Kappaz. Und nun raten Sie mal, wo der sein Sägemehl herkriegt?«

»Von Kabinet Kreations? McLeod, mal angenommen, das stimmt, woher wissen Sie so was?«

»Kabinet Kreations gehört einem gewissen Leon Kappaz – Jimmys älterem Bruder, der den Laden auch führt. Er hat den gleichen Schnauzbart – Griechen kommen, wie Sie wissen, schon damit auf die Welt, das gleiche Jagdhundgesicht.

Irgendwie kam das Gespräch auf Jimmy, auf das Chinook, und er erwähnte ganz beiläufig, was er mit dem Sägemehl macht.«

»Ich hatte immer gehofft, Sie würden mal für was gut sein«, sagte Cardinal, »aber Sie haben meine kühnsten Erwartungen übertroffen.«

»Danke, Detective, und übrigens meinen Glückwunsch. Delorme sagt, Sie hätten den Fall Scriver gelöst.«

Das Chinook hatte viele verschiedene Inkarnationen durchlaufen – von einem Landgasthof über ein Varieté bis zu einem Fischrestaurant –, doch seit zehn Jahren war es eine Art Raststätte, was besagte, dass die Musik immer live und laut war, dass es erstaunlich gute Hausmannskost gab und das etwas stärkere Gebräu der kleinen Bierbrauereien von Quebec ausgeschenkt wurde. Das Gasthaus verfügte über eine recht große Tanzfläche, die jetzt dunkel und menschenleer war. Es roch nach abgestandenem Bier und Sägemehl.

Jimmy Kappaz saß mit trüber Miene am Ende seiner Bar und tippte Zahlen in eine Rechenmaschine. Als Cardinal ihm die Fotos von Lev und Irena Bastov zeigte, erkannte er sie auf der Stelle wieder.

»Klar. Auffälliges Paar, beide trugen riesige Pelzmäntel. Nicht meine übliche Kundschaft.«

»Wieso haben Sie uns nicht angerufen?«, fragte Cardinal. »Ihre Fotos waren doch in sämtlichen Zeitungen.«

Kappaz zuckte die Achseln. »Wer liest schon Zeitung?«

»Und Sie haben auch sonst nichts von dem Doppelmord ein Stück die Straße runter gehört?«, sagte McLeod. »Was ist mit Ihnen? Sind Sie gehirnamputiert?« Cardinal warf ihm einen Blick zu, und McLeod korrigierte sich. »Tut mir leid. Sind Sie entwicklungsmäßig ein wenig beeinträchtigt? Diesen Leuten wurde der Kopf abgeschlagen.«

»Sicher, ich hab gehört, wie darüber geredet wurde, aber nicht sonderlich drauf geachtet. Wie gesagt, wen interessieren schon die Nachrichten?«

Cardinal fragte ihn, ob die Bastovs mit irgendjemand anderem da gewesen seien.

»Ja, da war einer bei ihnen. Niemand, den ich wiedererkannt hätte. Vielleicht Mitte, Ende fünfzig. Kurzes Haar.«

»Überlegen Sie mal. Können Sie ihn vielleicht besser beschreiben?«

»Nicht wirklich. Ich hatte alle Hände voll zu tun.«

»Haben sie diesen Mann erst hier getroffen, oder sind die Bastovs mit ihm zusammen reingekommen?«

Kappaz zuckte die Achseln und schüttelte den Kopf. »Keine Ahnung. Die saßen am anderen Ende der Bar, ich hatte hier an diesem Ende zu tun und hab für die Kellner tausend Drinks eingeschenkt.«

»Haben die drei den Eindruck gemacht, als wären sie Freunde?«

»Nein. Das Paar ist gegangen, und der Typ schien sauer zu sein.«

»Kurzes Haar, Mitte bis Ende fünfzig. Was noch?«

»Wer weiß, was noch? Ich bin Barkeeper, kein Detective.«

»Hey, Euclid«, sagte McLeod, »ich dachte, Griechen sind klug.«

»Lange her. Das ist vorbei.« Er richtete seinen traurigen Blick wieder auf Cardinal. »Ist nur so ein Gefühl, aber der Kerl sah irgendwie tough aus – ich meine, wie ein Marine oder so. Als ob er einen auseinandernehmen könnte, wenn man ihm auf die Zehen tritt.«

»Danke«, sagte Cardinal. »Hören Sie, können Sie dafür sorgen, dass heute Abend, bevor es hier richtig losgeht, jemand für Sie einspringt? Wir möchten Sie bitten, zum Revier zu kommen und mit dem Phantomzeichner zu reden.«

»Ich sag Ihnen doch, ich kann mich an nichts erinnern.«

»Tun Sie's trotzdem. Vielleicht sind Sie selbst überrascht.«

Als sie wieder einstiegen, fuhr Cardinal auf der Island Road weiter stadtauswärts und nicht in die Stadt zurück.

»Ich will mir den Tatort noch einmal ansehen«, sagte er.

»Soll mir recht sein. Übrigens hab ich mit Ron Larivière gesprochen – dem Buschpiloten, den Irena Bastov gevögelt hat. Zuerst hat er es geleugnet, doch mein priesterliches Gebaren hat ihm dann doch noch das Bekenntnis entlockt, dass sie vor ein paar Jahren eine kurze Affäre hatten, zwei Nächte, das sei es dann gewesen.«

»Und Sie glauben ihm?«

»Ja, tue ich. Außerdem hat er in der fraglichen Nacht mit ein paar Trappern im Bull and Bear getrunken.«

»Was ist mit diesem Leiter des Trapperverbands?«

»Das war schon mühsamer. Donald Rivard hat die Stadt vor sechs Jahren verlassen und mit niemandem Kontakt gehalten. Ich hab ihn bis nach Red River verfolgt, wo er offenbar 2008 an Leberzirrhose gestorben ist. So glamourös, die Pelzindustrie.«

An der Zufahrt zum Wasserkraftwerk, wo Sam geparkt

hatte, stand ein Wagen. Cardinal bog auf das Grundstück der Schumachers ein. Das Absperrband flatterte in der Brise, doch darüber hinaus ließ das Haus nicht erkennen, was sich darin zugetragen hatte. Sie betraten es durch die Hintertür und gingen von dort aus ins Esszimmer weiter. Der blutverschmierte Boden, die leeren Stühle.

»Die Heizung ist wieder eingeschaltet«, sagte McLeod. Er hob eine unbenutzte Plastiktüte der Spusi vom Boden auf und steckte sie in die Tasche. »Fragt sich, wer sie ausgeschaltet hatte und warum.«

»Wahrscheinlich der Mörder. Wollte sicherstellen, dass wir die Leichen haargenau so vorfinden, wie er sie zurücklässt.«

»Meinen Sie, es ist der Typ, mit dem die Bastovs im Chinook waren? Jimmys Beschreibung nach könnte es der ältere Kerl auf dem Flughafenvideo sein.«

»Möglich. Aber sie wurden Mittwochabend mit ihm gesehen. Getötet wurden sie am Donnerstagabend.«

»Na ja, wir wissen, dass es nicht der Geldautomatenräuber war. Die Schuhabdrücke passen nicht. Und er war kein Linkshänder.« McLeod verstummte und zeigte aus dem Fenster, das zum Garten führte. »Mensch, sehen Sie sich das an – ein Verdächtiger.«

Draußen betrachtete ein gedrungener Mann in einem langen, dunklen Mantel die verschneite Fläche des Sees. Er stand etwa zehn Meter vom Ufer entfernt auf dem Eis, die Hände in den Hosentaschen, die Schultern hochgezogen, obwohl es ein relativ warmer Tag war. Auf dem Kopf trug er eine Pelzkappe im Russenstil.

»Sieht zu harmlos aus«, sagte Cardinal.

»Sieht wie ein Scheißkollege aus. Meinen Sie, ihm ist klar, dass das Eis des Sees nicht unbedingt sicher ...«

Es war, als hätte es McLeod, indem er nur die Gefahr

erwähnte, verursacht. Das Eis gab unter dem Mann nach, und er kippte nach vorn. Als er versuchte, sich zu fangen, taumelte er nach hinten. Kaum verlagerte er das Gewicht auf den hinteren Fuß, brach das Eis auch dort ein. Jetzt waren nur noch seine Schultern und sein Kopf zu sehen.

McLeod zückte sein Handy und wählte den Notruf.

»Suchen Sie irgendeinen Strick und eine Brechstange oder so.«

Cardinal schnappte sich einen Besen und war in wenigen Sekunden am See, wo er ans Ende des Landestegs rannte. Er rutschte auf allen vieren über das Eis und legte sich dann flach auf den Bauch, um sein Gewicht zu verteilen. Er robbte vorwärts und legte den Besen über das Loch. Der Mann versuchte, Luft zu holen, und brachte kein Wort heraus. Er hielt sich am Besenstiel fest. Cardinal klopfte auf den Rand des Lochs und brach an der dünnsten Stelle Stücke ab.

McLeod war jetzt auf dem Landesteg. Er warf ihm ein Brecheisen zu, und Cardinal vergrößerte damit das Loch, bis er eine dickere Stelle erreichte.

»Sie müssen sich hochhieven«, sagte er zu dem Mann. »Wenn Sie nicht mithelfen, können wir Sie nicht rausziehen.«

McLeod hatte eine Wäscheleine zu einem Lasso verknotet. Cardinal legte dem Mann die Schlinge um die Schultern und forderte ihn auf, die Arme durchzustecken. Gemeinsam gelang es ihnen, den Strick unter seine Achseln zu schieben.

Cardinal kroch zum Steg zurück. Er und McLeod legten sich das Seil um ihrer beider Rücken und zogen. Der Mann bekam zuerst ein Bein aus dem Wasser, dann das andere. Er brach auf dem Eis zusammen, und sie zogen ihn ans Ufer.

Als die Sirene des Krankenwagens lauter wurde, griff Cardinal in die Manteltasche des Mannes, der mit der kreideweißen Hand symbolischen Widerstand leistete. Die triefnassen Scheine in der Brieftasche waren US-Dollar, und ein Dienstausweis wies ihn als Sonderermittler Irv Mendelsohn vom FBI aus.

McLeod, der Cardinal über die Schulter geschaut hatte, brach in schallendes Gelächter aus.

28

Mendelsohn wurde in die Notaufnahme gefahren und dort mit heißem Tee und einer elektrischen Heizdecke aufgewärmt. Seine ersten Worte zu Cardinal und McLeod waren: »Wie *peinlich.* Ihnen beiden herzlichen Dank!«

»Was reden Sie da?«, sagte McLeod. »War 'n Riesenspaß für uns.«

»So *beschämend.«* Mendelsohns Muttersprache schien aus Emphatika zu bestehen. Er blies auf seinen Tee, um ihn abzukühlen.

»Was haben Sie sich dabei gedacht, an unserem Tatort herumzutrampeln?«, fragte Cardinal.

»Ich weiß, ich weiß. So *rüde.* Ich hatte eigentlich vor, den Dienstweg einzuhalten. Ich hab auch bei Ihnen im Dezernat angerufen, aber die haben mir gesagt, Sie wären unterwegs, und ich dachte, Sie sind vielleicht am Tatort. Wahrscheinlich hab ich mich hinreißen lassen.«

»Wir haben ein Stück die Straße runter einen roten Chevy Alero gefunden. Ist das zufällig Ihrer?«

»Das war der Einzige, den Avis noch hatte. Ich bin nur gekommen, um Ihnen, wenn ich irgendwie kann, behilflich zu sein, Leute. Sie haben zwei tote Amerikaner. Ich bin hier, um zuzusehen und Ihnen behilflich zu sein.«

»Eine mildtätige Anwandlung gewissermaßen«, sagte McLeod. »Den Hinterwäldlern im hohen Norden ein bisschen unter die Arme greifen.«

»Nein, nein, wie es sich vielleicht auch bis zu Ihnen herumgesprochen hat, haben wir unsere eigenen Hinterwäldler. Ach, hab ich Ihnen überhaupt schon gedankt? Hatte ich auf jeden Fall vor.«

»Wir haben hier oben tatsächlich fließend Wasser«, fuhr McLeod fort. »Und pferdelose Kutschen. Sogar Strom. Und wir haben erwiesenermaßen auch schon den einen oder anderen Fall gelöst.«

»Oh, jetzt bin ich Ihnen wohl wirklich zu nahe getreten. Das *Letzte*, was in meiner Absicht lag.«

»Wir würden Ihnen nur davon abraten, künftig zu dünnes Eis zu betreten.«

»Na *toll.* Jetzt hab ich mich zur Witzfigur gemacht.«

»Also gut«, sagte Cardinal. »Sie fahren zum Tatort hinaus. Wonach haben Sie auf dem See gesucht?«

»Nach Beweismitteln. Oft durchsuchen die Ermittler die Innenräume eines Tatorts akribisch genau, aber das Gelände außen herum … wer weiß? Vielleicht hat sich ein Täter ja mit einem Schneemobil genähert. Vielleicht hat jemand eine Waffe dort rausgeworfen und dabei vergessen, dass der See zugefroren war.«

»So gut wie«, warf McLeod ein.

»Nur zu, amüsieren Sie sich, Detective, das hab ich verdient.«

»Sie können gerne als Beobachter dabei sein«, sagte Cardinal. »Aber ich sehe wirklich nicht, wie Sie helfen könnten.«

»Ähnlichkeiten«, sagte Mendelsohn. »Ihr Fall hat gewisse Ähnlichkeiten mit einem Fall von mir. Ob meine Sachen schon aus dem Wäschetrockner herausgeholt worden sind?«

»Nein«, antwortete McLeod. »Unsere Wäschetrockner hier oben sind ziemlich langsam. Was für Ähnlichkeiten?«

Mendelsohn musterte ihn mit einem traurigen Blick und

griff nach einem Kleenex-Tuch. Er schneuzte sich überraschend kräftig und legte sich auf den Rücken.

Mit geschlossenen Augen sagte er: »Zwei Fälle. Ich hab Kopien der Akten dabei, um sie Ihnen zu zeigen, aber die sind in meinem Hotel.

Ungefähr vor einem halben Jahr in Westchester County – das ist nördlich von der Bronx. Exklusive Wohngegend. Dreiköpfige Familie ermordet aufgefunden. Erschossen. Mit einer Neun-Millimeter unbekannten Fabrikats und Modells. Post mortem verstümmelt. Die Köpfe tauchten ein paar Tage später wie ein Trio Gargoyles auf irgendwelchen Kirchenstufen wieder auf. Wirklich krank.«

»Eindeutig Ähnlichkeiten«, sagte Cardinal. »Aber eine Kirche ist kein Landesteg. Ein unbekanntes Fabrikat ist keine Browning HP.«

»Sicher. Und drei Leute sind nicht zwei. Sie haben *recht*, Detective. Da haben Sie hundertprozentig recht. *Eindeutig* ist es nicht.«

»Und Ihr anderer Fall?«

»Long Island. Zwei Jahre davor. Sam Begelman, zweiundsechzig, ehemaliger Manager bei Bergdorf's im Ruhestand, wird mit einer Neun-Millimeter, *möglicherweise* einer Browning HP, erschossen. Leichen der Ehefrau und der Tochter im Teenageralter werden in der Nähe gefunden. Wieder einmal post mortem geköpft. Die Köpfe finden sich im Central Park wieder – am Belvedere Castle, falls Sie das kennen, mit Blick über den Great Lawn auf die Brüstung gespießt. New York ist meine Heimatstadt, und ich kann Ihnen sagen, den Park hat mir das *absolut* verleidet.«

»Es gibt gewisse Hinweise, wonach die Bastovs Kontakte zum organisierten Verbrechen haben könnten. Oder dass sie vielleicht Opfer der Mafia sind.«

»Tatsächlich? In den anderen Fällen gibt es nichts dergleichen. Ich kann die Bastovs mal durch unsere Datenbank schicken. Wäre das eventuell nützlich für Sie?«

»Sehr«, sagte Cardinal. »Erzählen Sie mir mehr über die Opfer.«

»Wie gesagt, Begelman war ein ehemaliger Bergdorf's-Manager. Die Frau war Innenarchitektin, die Tochter Schülerin am Lycée. Sie hatten auch einen Sohn, der zu der Zeit am College war und überlebte. Kein Verdächtiger. Die Familie aus Westchester – der Mann hat im Finanzsektor gearbeitet. Risikokapital. Die Frau war Buchprüferin, der fünfzehnjährige Sohn war in der sechsten Klasse an der Highschool.«

»Anzeichen von Diebstahl?«, fragte McLeod. »Sonstiges Motiv?«

»Kein offensichtliches. Kein Raubüberfall.«

»Wo so viele Köpfe rollen – wurde ein terroristischer Hintergrund ins Auge gefasst?«

»Nein, nicht ernsthaft. Erstens wiesen diese Morde keines der üblichen Merkmale auf – kein Krummsäbel, kein Video, keine Tirade gegen den großen Satan und dergleichen. Terroristen hängen ihre Verbrechen an die große *Glocke.* Terroristen wollen, dass Sie *wissen,* wer es gewesen ist. Antisemitismus wäre möglich. Die Begelmans waren keine praktizierenden Juden, haben aber Israel im großen Stil unterstützt. Daher, nein, der Heimatschutz war nicht sonderlich interessiert. Und ich muss Ihnen gestehen, dass unsere Dienststelle die Übereinstimmungen nicht so ernst nimmt, jedenfalls nicht so wie ich. Sie haben diesen Fall bereitwillig dem Morddezernat New York überlassen. Die Jungs sind gut, aber wenn solche Fälle Bundesstaaten oder gar Landesgrenzen überschreiten, verfügen sie nicht über dieselben Ressourcen wie wir. Außerdem muss ich Ihnen fairerweise sagen, dass auch das New York Police Department nicht mit von der Partie ist – ich steh hier also mehr oder weniger allein auf weiter Flur. Ich hoffe, ich mache Ihnen nicht zu viele Unannehmlichkeiten.«

»Aber nein«, sagte McLeod, »ein bisschen Abwechslung können wir gut gebrauchen.«

»Detective Cardinal?«

»Solange Sie nicht weiter an Tatorten herumspazieren. Ich lege Wert darauf, dass hier *eine* und nicht zwei Ermittlungen laufen.«

»Selbstverständlich«, sagte Mendelsohn. »Mein *Ehrenwort.* Sobald meine Kleider trocken sind, stehe ich Ihnen zur Verfügung.«

Lise Delorme saß in ihrer Bürokabine und schrieb überfällige Berichte, als ihr Handy zwitschernd eine SMS meldete. Sie kam von Shane.

Lise – tut mir leid, dir das zu simsen, aber ich bin die ganze Woche im Gericht –
Lise, ich mag dich wkl. sehr. Du bist ein toller Mensch und ich bin gern mit dir zus. aber…

»Ach du Scheiße«, sagte Delorme, während sie das winzige Display herunterscrollte.

Hatte schon länger Gefühl dass unsere Bzg. auf Stelle tritt. Bitte nicht falsch verstehen als Kritik – der 6 = toll, du b = toll, glaube nur, sollten uns nicht mehr sehen – hoffe wir können Freunde sein + du rufst mich an, wenn du dich ok fühlst.
Fall dran – muss los Shane.

Delorme drückte auf die Schnellwahl. Es klingelte zwei Mal und schaltete auf Mailbox um. Sie duckte sich tief in ihre Kabine, damit niemand mithören konnte. »Der Grund dafür, dass unsere Beziehung auf der Stelle tritt«, sagte sie ins Handy, »ist, dass du dich nicht entwickelst – DU. Also wirklich, Shane, was für ein Dreijähriger macht per SMS mit jemandem Schluss? Und nur zu deiner Information: Der Sex ist N-I-C-H-T toll, du bist auch nicht toll, und mir geht's ausgezeichnet. Also VERPISS DICH.«

»Vielleicht komm ich später noch mal vorbei.«

Delorme wirbelte herum.

Jerry Commanda stand in dem Parka der Provinzpolizei Ontario hinter ihr. Es war zehn Jahre her, dass er zur Provinzpolizei gewechselt hatte, doch an der Rezeption ließ man ihn immer noch ungehindert durchsegeln, als gehörte er noch dazu.

»Was, zum Teufel, wollen Sie denn hier?«, fragte Delorme. »Sie wissen doch, dass man mir nach einem langen Arbeitstag besser aus dem Weg geht.«

»Klang mir eher danach, dass man Ihnen heute besser für den Rest des Tages aus dem Weg geht.«

Delorme sah auf die Uhr. »Müssten Sie nicht eigentlich da draußen sein und Temposünder bestrafen?«

»Wollte Ihnen nur wegen einer Sache Bescheid geben. Alles in Ordnung bei Ihnen? Sie sehen ein bisschen blass aus.«

»Problem mit einem Anwalt. Setzen Sie sich – Sie erinnern mich an einen Totempfahl, wenn Sie so dastehen.«

Jerry zog Cardinals Stuhl herüber und setzte sich. Er öffnete den Reißverschluss seines Parkas. »Kennen Sie einen Mann namens Henry Whiteside?«

Delorme schüttelte den Kopf. »Aus dem Reservat?«

»Nicht so ganz. Er wurde vor ein paar Jahren rausgeworfen. Sie müssen ihn auf der Straße gesehen haben. Er hat gewöhnlich vor dem Country Style oberhalb von Algonquin gebettelt.«

»Ach der? Oh, Mann, der war übel dran. Den hab ich seit Jahren nicht mehr gesehen. Ich dachte, er wäre tot.«

»Sie würden ihn nicht wiedererkennen. Henry hat sich vor ein paar Jahren in den Griff bekommen; ganz neuer Mensch. Hat das Twelve-Step-Programm mitgemacht, wieder einen klaren Kopf bekommen und in Rona sogar einen Job gekriegt – er ist ein ziemlich guter Schreiner, wenn er nüchtern ist. Hat zum ersten Mal seit zehn Jahren gesund ausgesehen.«

»Sie haben recht – ich hätte ihn nicht wiedererkannt.«

»Jedenfalls hat Henry eine Cousine, die immer noch im Reservat lebt, und die behauptet, er wäre verschwunden. Er hatte ein kleines Zimmer hier in der Stadt und hat – jedenfalls für seine Verhältnisse – ein geordnetes Leben geführt. Er ist also seit ein paar Monaten in Rona, und dann erscheint er eines Tages einfach nicht zur Arbeit. Sie sind nicht auf den Gedanken gekommen, ihn als vermisst zu melden – dachten wohl eher, er wäre dem Ruf der Wildnis gefolgt oder dem Ruf der Flasche. Er hatte noch nicht lange genug dort gelebt, um engere Freunde zu haben, die auch mal nach ihm sehen würden. Deshalb hat seine Cousine erst neulich, als sie mal vorbeischauen wollte, gemerkt, dass er ausgezogen war. Die Miete war bezahlt, doch von einem auf den anderen Tag war er verschwunden.«

»Und wann ist das passiert?«

»Sie hat am ersten Dezember nach ihm gesehen, aber er könnte ’ne ganze Weile früher weggegangen sein. Sie sagt, er hätte was von einem Jobangebot irgendwo draußen in der Wildnis erzählt – nur so als Mädchen für alles, aber sie meinte, es hätte irgendeine Verbindung zur Pelzindustrie gegeben. Ich dachte, mit dem Fall Bastov und so, könnt ihr euch mal ein bisschen umhören und die Augen offen halten?«

Delorme schrieb eine Notiz auf ihrem Block zu Ende. Dann drehte sie sich wieder zu Jerry um. »Sie wissen schon, dass ich ihn mit dem, was ich habe, nicht als vermisst melden kann, oder? Liegt einfach zu nahe, dass er nur auf Sauftour ist. Da schickt keiner einen Suchtrupp raus.«

»Ich weiß. Ich wollte nur, dass ihr davon wisst.«

»Also gut, ich sag den anderen bei der morgendlichen Besprechung, dass sie die Augen offen halten sollen.«

»Danke, Lise.« Jerry stand auf und zog den Parka zu. »Ist nur so, dass ich mich mit trocken gewordenen Alkoholikern ganz gut auskenne. Man bekommt ein Gefühl dafür, wer es schafft und wer nicht.«

»Und Sie hatten den Eindruck, Henry schafft es.«

»Hundert Pro. Wenn er natürlich auf einmal tiefgefroren mit einer leeren Dose Sterno irgendwo auftaucht, muss ich mein Messgerät für Trockenlegung adjustieren.«

Als Jerry gegangen war, schrieb Delorme in Großbuchstaben HENRY WHITESIDE auf den größten Post-it-Zettel, den sie finden konnte, und heftete ihn an die Korkwand über ihrem Schreibtisch. Dann klappte sie ihr Handy auf, öffnete das Schnellwahlmenü und löschte Shane.

Cardinal fuhr an diesem Abend niedergeschlagen und frustriert nach Hause. Sie hatten so viele Hinweise – die Reifen, das Autofabrikat, die Schuhabdrücke, die Projektile, das Parkhausvideo –, und dennoch schienen sie sich an der Peripherie des Falls im Kreis zu drehen, statt zum

Kern der Fakten vorzudringen. Und dann noch die New Yorker Fälle, die Mendelsohn mitgebracht hatte – mit ihren unübersehbaren Ähnlichkeiten, ohne dass sie bis jetzt jedoch eine Verbindung herstellen konnten. Er öffnete die Parkgarage mit seiner Fernbedienung und fuhr die Rampe hinunter.

Es war noch dunkler als sonst, und an Cardinals Parkplatz gab es fast gar kein Licht. Jeden Tag schien es irgendein neues Problem mit diesem sogenannten Luxus-Apartment-Gebäude zu geben, und wie fast jeden Tag dachte Cardinal auch heute wieder, dass es ein Fehler gewesen war, sein Haus zu verkaufen. Er stieg aus, schloss den Wagen ab und lief Richtung Fahrstuhl. Er hatte schon den Schlüssel zum Vorraum des Fahrstuhls gezückt, als er hinter sich ein Geräusch hörte. Er wirbelte herum und hatte im selben Moment die entsicherte Beretta in der Hand.

»Himmel«, sagte er. »Sind Sie nicht ganz bei Trost? Ich hätte Sie beinahe erschossen.«

Es war Donna Vaughan, die auffällig nervös schien. Sie entschuldigte sich überschwänglich. »Kann ich eine Weile mit reinkommen? Bitte sagen Sie ja. Ich glaube, ich werde verfolgt.«

Cardinal sah sich an ihr vorbei in der Tiefgarage um.

»Ich glaube, er hat nicht mitbekommen, wie ich hier hereingegangen bin«, sagte sie. »Aber ich habe Angst. Als ich das Hotel verließ, hatte ich das Gefühl, dass mir jemand nachfährt – ich hab's mit Paranoia abgetan. Aber als ich gerade eben geparkt habe, hat ein Stück hinter mir auch jemand gehalten. Und als ich ausstieg, hab ich ihn hinter mir gehört.«

Cardinal hob mit der linken Hand seine Schlüssel auf, ohne den Revolver wegzustecken.

Er hielt ihr die Tür auf. Als sie im Haus waren, fragte er: »Haben Sie ihn gesehen?«

»Nicht so richtig. Vielleicht Mitte fünfzig. Langer, dunkler Mantel.«

»Was ist mit seinem Wagen?«

Sie schüttelte den Kopf.

»Hab ich nicht gesehen.«

»Wo genau war das?«

»Auf der Travis – ich glaube, sie heißt Travis. Nicht weit von der Ecke. Ich hab eine Pistole in seiner Hand gesehen – ich meine, es kam mir zumindest so vor. An dem Punkt war ich absolut in Panik.«

»Und Sie meinen, Sie haben ihn abgehängt.«

»Ich hoffe. Ich bin plötzlich ganz schnell auf ein Haus zugegangen, als wohnte ich da, und bin zwischen dem Haus und dem nächsten Gebäude zurückgelaufen. Dann hab ich Ihr Gebäude durch die Bäume gesehen, also hab ich mich einfach an der Rückseite angepirscht. Hab 'ne Menge Schnee in die Stiefel bekommen.«

»Fahren Sie noch den Focus?«

Sie nickte. »Sie haben ein gutes Gedächtnis.«

Cardinal drückte auf den Fahrstuhlknopf. »Steigen Sie im Erdgeschoss aus und setzen Sie sich in die Eingangslobby. Ich komme noch mal zum Haupteingang rein.«

Die Fahrstuhltür ging auf.

»Vielleicht sollte ich besser mitgehen.«

»Warten Sie in der Lobby.«

Er ging durch die Fußgängertür neben der Einfahrt nach draußen. Es war niemand zu sehen. Er suchte im Schnee zwischen den Bäumen auf der anderen Seite der Einfahrt nach Donnas Spuren.

Dort war niemand entlanggekommen; es gab nur die eine Spur. Er kehrte zur Einfahrt zurück und bog in die

Travis Street ein, wo er nach ungefähr hundert Metern ihren Wagen stehen sah.

Er beugte sich vor, um die Türen, die Fenster zu überprüfen. Keinerlei Anzeichen von Gewalteinwirkung.

Der Bürgersteig war größtenteils von Schneematsch bedeckt, in dem sich Spuren nicht halten würden. Er ging noch ein Stück die Straße hinauf und blickte von den geparkten Autos zu den Häusern. Es gab drei Fahrzeuge. Das erste verschwand unter einer fast vier Wochen alten Schneedecke. Die Kühlerhaube des zweiten fühlte sich kalt an, und das dritte war ein Pick-up – bestimmt hätte sie es gemerkt, wenn ihr ein Pick-up gefolgt wäre –, ebenfalls kalt. Am Ende des Blocks blieb er stehen und drehte sich um. Kaum trat er den Rückweg an, achtete er darauf, ob sich irgendwo zwischen den Häusern und den Autos irgendetwas bewegte, doch da war nichts.

Er lief die letzten Schritte zu seinem Gebäude zurück und zum Haupteingang hinein. Donna hatte sich in einen Ecksessel gekauert, der von der Glastür aus nicht zu sehen war. Als er hereinkam, stand sie auf. »Haben Sie jemanden gesehen?«

Cardinal schüttelte den Kopf. »Und jetzt erzählen Sie mir, was Sie hierherführt. Wie haben Sie mich gefunden?«

»Die haben gesagt, Sie hätten gerade das Büro verlassen. Ich dachte, ich erwisch Sie noch auf dem Heimweg.«

»Wieso sollte ich nach Dienstschluss mit der Presse reden?«

»Ich weiß, ich weiß, ich weiß. Hören Sie, ich bin freischaffend – ich muss ein bisschen pushen, okay? Tut mir leid.«

»Sie sehen ziemlich mitgenommen aus. Vielleicht kommen Sie besser kurz mit rein. Machen Sie es sich nur nicht zur Gewohnheit.«

»Bestimmt nicht. Gott, ist mir das peinlich. Das hilflose Weib.«

Die Fahrstuhltür ging auf, und Donna stieg vor ihm ein. Sie ließ die Schultern hängen und wirkte angespannt. Ihre bisherige unbekümmerte Selbstsicherheit schien verflogen.

Cardinal drückte auf den Knopf nach oben. »Wie haben Sie herausgekriegt, wo ich wohne?«

»Ich hab das örtliche Zeitungsarchiv durchforstet. Dabei bin ich auf einen kleinen Artikel gestoßen, der mit unserem Fall nichts zu tun hat – über Ihre Auseinandersetzung mit der Hausverwaltung. Irgendwas mit der Ventilation?«

»Wir sind überaus gründlich, nicht wahr? Wieso recherchieren Sie über mich?«

»Natürlich wegen des Lokalkolorits.«

»In dem Artikel stand keine Adresse.«

»Soll das ein Witz sein? Es war ein Bild von Ihnen drin, auf dem Sie vor dem Haus stehen. Man kann dieses Gebäude vom Government Wharf aus sehen.«

Die Tür des Lifts öffnete sich zum dritten Stock.

»Sie sehen aus, als ob Sie einen Drink vertragen könnten«, sagte er, als sie in seiner Wohnung waren. »Whisky?« Er hängte ihre Mäntel auf und ging in die Küche. »Eis?«, rief er ihr zu.

»Ja, bitte. Imposante Aussicht haben Sie hier.«

Cardinal goss zwei Whiskys ein, brachte die Gläser ins Wohnzimmer und reichte ihr eines. Sie nahm einen Schluck und betrachtete das Glas. »Was ist das?«

»Roggen. Hätten Sie lieber was anderes?«

»Nein, der ist gut. Hab ich noch nie getrunken – muss eine kanadische Spezialität sein. Was sind das für Lichter da drüben?« Sie zeigte auf einen Sprühnebel silberner Pünktchen, die sich die Bucht entlangzogen.

»Stadtgebiet namens Ferris. Was glauben Sie, wer Ihnen gefolgt ist?«

»Gott, keine Ahnung. Ich hoffe, es war nur ein zufälliger Perverser und kein verdammter Russe.«

»Es war weit und breit niemand zu sehen.«

»Hey, der war vielleicht zwanzig Meter hinter mir – ich hab mir den Kerl nicht eingebildet.«

»Hab ich auch nicht behauptet.«

Sie trank den Whisky aus. »Jetzt kommen mir selbst Zweifel. Halten Sie es für möglich, dass er mich gar nicht verfolgt hat?«

»Das ist ziemlich wahrscheinlich.«

»Kann ich mich wirklich so dämlich angestellt haben?«

»Das hat nichts mit Dämlichkeit zu tun. Sie schreiben über Kerle, die Leute wie Sie töten. Kann ich Ihnen noch einen bringen?«

Sie reichte ihm ihr leeres Glas. »Ich könnte mich an das Zeug gewöhnen.«

Cardinal ging in die Küche und goss zwei Mal nach.

»Genauer gesagt«, rief sie ihm hinterher, »könnte ich mich an Ihr ganzes Land gewöhnen. Alle hier sind so höflich, alle scheinen irgendwie auf Valium zu sein, nur Sie nicht. Wie Sie die Waffe gezogen haben – ich dachte, meine letzte Stunde hätte geschlagen.«

Cardinal brachte die Drinks und reichte ihr einen, bevor er sich aufs Sofa setzte. Donna saß auf seinem Lieblingssessel, dessen Lehne sie halb zurückgekippt hatte. Sie hatte kleine Füße und vollkommen weiße Socken.

»Was haben Sie noch beim *Lode* herausgefunden? Ich gehe mal davon aus, dass Sie nicht Ihre ganze Zeit damit verbracht haben, etwas über mich zu lesen.«

»Lokalnachrichten aus der Pelzbranche – das Internet hat mir nicht weitergeholfen. Ein paar Dinge könnten Sie interessieren. Haben Sie gewusst, dass die Pelzauktion früher von einer anderen Gruppe gemanagt wurde als der jetzigen?«

»Ja. Die erste war nicht sonderlich erfolgreich.«

Donna griff nach ihrer Tasche auf dem Boden neben dem Sessel und bot ein großzügiges Dekolleté dar. Einerseits wirkte sie auf Cardinal wie ein kalter Mensch – trocken, analytisch, arbeitsbesessen –, doch dahinter spürte er zugleich starke Emotionen, die sie unterdrückte, auch wenn er nicht die leiseste Ahnung hatte, welcher Art.

Donna lehnte sich zurück und schlug ihr Notizbuch auf. »Ein Mann namens Rivard – Donald Rivard – wird in diesem einige Jahre alten Artikel zitiert: ›Es sind nicht nur die niedrigen Preise. Gewisse Leute, die großen Einkäufer, sitzen auf ihren Geldern. Wir müssen die Pelze lagern, und die lassen sich reichlich Zeit, uns zu bezahlen. In der Zwischenzeit müssen wir aber alle Trapper auszahlen, ganz zu schweigen von unseren Mitarbeitern. Man kann nicht von Versprechungen leben.‹«

Cardinal nickte. »Über Rivard wissen wir Bescheid.«

»Na ja, wenn Sie nicht an die russische Mafia glauben – wäre das immerhin eine Möglichkeit, oder?«

Donna beugte sich vor, und der Liegesessel verwandelte sich in eine normale Sitzgelegenheit zurück. »Und jetzt haben Sie es mit noch einem Mord zu tun – noch mehr Leute, die Sie befragen müssen, noch mehr Spuren zu verfolgen. Helfen Sie mir ein wenig auf die Sprünge. Ein oder zwei Namen.«

»Tut mir leid. Laufende Ermittlungen.«

»Das hatten wir doch schon. Ich werde nichts veröffentlichen, bevor Sie eine Verurteilung haben. Ich schwör's.« Sie erhob sich aus dem Sessel, kam zum Sofa herüber und setzte sich ihm rittlings auf den Schoß. Bevor Cardinal etwas sagen konnte, legte sie ihm die Hände um den Nacken. Warme, kleine Hände. »Sagen Sie es mir?«

»Und wenn nicht?«

»Dann werde ich Sie vermutlich küssen.«

»Und wenn ja?«

»Dann küsse ich Sie auf jeden Fall.«

Sie roch frisch und sauber und war sehr leicht.

»Die Bastovs wurden einen Abend vor ihrer Ermordung in der Chinook Tavern gesehen.« So viel konnte er ihr sagen. Jimmy Kappaz war sicher nicht der Einzige, der sich in einer solchen Umgebung an ein reiches – nunmehr totes – Ausländerpaar erinnern konnte.

Donna beugte sich vor und küsste ihn. Die plötzliche Wärme ihrer Lippen auf seinem Mund. Sie richtete sich auf, ohne die Hände von seinem Hals zu nehmen. »Mit wem?«

»Gott, die hätten Sie in Guantanamo einsetzen sollen. Mit einem Mann Ende fünfzig. Und mehr sag ich dir nicht.«

»Ende fünfzig. Das könnte der Kerl sein, der mir gefolgt ist.«

»Das kann sonst wer sein. Natürlich werden wir alle befragen, die in der Bar waren und ihn möglicherweise gesehen haben.«

»Danke«, sagte sie. »Siehst du, hat doch gar nicht wehgetan, oder?«

»Die Schmerzen halten sich in Grenzen.«

Erst ein kurzes Lächeln, dann huschte ein besorgter Ausdruck über ihr Gesicht. »Du scheinst dich ein bisschen unbehaglich zu fühlen.«

»Du sagst es.«

Sie beugte sich wieder vor, legte die Arme um ihn und drückte ihr warmes Gesicht an seine Wange. Cardinal hielt sie ebenfalls fest – mit einer unsicheren Geste. »Bin ich die Erste seit …«

Cardinal nickte.

»Und als du verheiratet warst – nie fremdgegangen?«

»Nein, nie.«

Unter seinen Händen dehnte sich bei einem tiefen Seufzer ihr Brustkorb und zog sich wieder zusammen. Ihr Atem drang heiß an seinen Nacken. »Wir brauchen nichts zu tun«, sagte sie.

»Ich weiß.«

»Ich fühle mich wohl, einfach nur hier bei dir zu sein. Beschützt, nehme ich an.«

»So bin ich: immer zu Diensten und zu Ihrem Schutz …«

Sie richtete sich auf. »Das mit zu Diensten klingt interessant.«

Cardinal nahm sie mit ins Schlafzimmer, und dort gewann Donna ihr gewohntes Selbstvertrauen zurück. Sie war klein und feingliedrig, doch mit trainierten Muskeln unter der makellosen Haut – eine geschmeidige, intuitive Liebhaberin. Cardinal fühlte sich dagegen grobschlächtig und unbeholfen und, trotz ihres Enthusiasmus, den sie sowohl athletisch als auch stimmlich zum Ausdruck brachte, schmerzlich seines Alters bewusst. Hinterher lag er schweißbedeckt neben ihr und dachte an Catherine. Er versuchte, es sich nicht anmerken zu lassen, doch Donna schien es trotzdem zu wissen. Sie lächelte und berührte ihn an der Schulter, ohne ihn danach zu fragen.

Eine Zeitlang redeten sie leise miteinander. Cardinal fragte sie nach ihrer Herkunft und war irgendwie erstaunt, dass sie so offen darüber sprach – ein schrecklicher Vater, ein Nichts von einer Mutter, zwei gescheiterte Ehen. Es klang kein Selbstmitleid heraus; sie gab die Informationen weiter, als hätte sie diese Dinge gerade auf Mikrofilm gelesen.

Am Morgen erregte sie ihn mit ihrem warmen Mund, und er war erneut in ihr, bevor er ganz wach war, sodass es sich wie ein sehr lebendiger Traum anfühlte. Dann ein eiliges Frühstück und ein linkischer Abschied. Als Donna gegangen war, stand Cardinal, den Kaffebecher in der Hand, lange am Fenster und sah zu, wie die Dunkelheit von der grauweißen Weite des Lake Nipissing schwand.

29

Die Sonne stand noch tief am Himmel, die ersten Strahlen fielen flach auf die Grabsteine, während das Licht langsam von Grau in Blassblau überging. Cardinal hielt auf dem Parkplatz an, zog den Zündschlüssel ab und stieg aus dem Camry. Er klappte die Tür zu, ohne abzuschließen. Außer ihm stand hier kein einziges Auto, der Schnee, der die Gräber und die gewundenen Pfade dazwischen bedeckte, war unberührt.

Einen Augenblick lang stand er reglos da und ließ sich von der Sonne überfluten. Das Krächzen einer Krähe und das unablässige Pfeifen eines Eichhörnchens, das sein Territorium verteidigte. Ein Geruch nach feuchter Rinde. Die schwarzen Äste, die Berge so weiß wie Büttenpapier – Catherine hatte genau solche Szenen immer wieder fotografiert.

Doch Cardinal hatte die Anziehungskraft von Friedhöfen nie nachvollziehen können. Die Hände in den Hosentaschen, verließ er den Parkplatz und schlug den Pfad über den nächsten Hügel ein.

Seine Ohrspitzen brannten vor Kälte. Er lief durch ein Blautannenwäldchen und zu einer Eiche dahinter, deren Zweige so tief über dem Fußweg hingen, dass er sie mit der Hand berühren konnte. Catherine hatte ihm mehrfach gesagt, sie wollte unter einem Baum begraben werden, wollte das Gefühl haben, als breitete sie ihre Zweige in einer Art Segen über die noch Lebenden aus. Nicht dass sie viel über den Tod geredet hätten, sicher nicht mehr als andere Paare auch.

Cardinal ging neben dem Pfad in die Hocke und wischte mit der bloßen Hand den Schnee weg. Unter Catherines Namen stand auf der Messingplakette, dass sie Fotografin und Lehrerin gewesen war, die geliebte Frau von John Cardinal und liebevolle Mutter von Kelly. Es folgten ihr Geburtsdatum vor rund fünfzig Jahren und ihr Todestag; von Mord – vor rund fünfzehn Monaten – stand nichts auf der Plakette.

Catherine wäre mit der Inschrift nicht einverstanden gewesen. Sie machte kein Aufheben um ihre Person und hatte nicht die geringste sentimentale Neigung gehabt. Auch Cardinal war Sentimentalität immer fremd gewesen – bis er seine Frau verlor. *Fotografin* und *Lehrerin* hatte er eingravieren lassen, weil Catherine, wenn es ihr gutging, beides mit Haut und Haaren gewesen war. Geliebt und liebevoll, nun ja, das waren Untertreibungen, das mindeste, was man sagen konnte. Der Thesaurus gab, wenn es darum ging, solche Dinge zu beschreiben, praktisch nichts her. Cardinal hatte nachgeschlagen.

Der Schnee schmolz auf seiner Hand, und er ließ das Wasser von seinen Fingern auf die Messingplakette tropfen, wo es sofort gefror. Er glaubte nicht an Gott. Er glaubte auch nicht an ein Leben nach dem Tod; zumindest redete er sich das ein. Folglich wäre es nicht richtig, zu sagen, er spräche mit der Frau, die ihre Zeit auf der Welt mit ihm geteilt hatte. Er blieb reglos hocken und dachte an Catherines Leben und an sein Leben und an viele Dinge, die Catherine gesagt oder getan hatte. Und an ihr Gesicht.

Sonderermittler Mendelsohn war der Inbegriff eines hart arbeitenden Menschen. Er fragte Cardinal, ob er die Vermisstenmeldungen durchgehen könne, da die Möglichkeit bestand, dass sich eine dieser vermissten Personen als weiteres Mordopfer erwies und die Spuren zu ein und demselben Täter führten. Cardinal brachte einen Aktenstapel in den Konferenzraum, da sie keinen freien Schreibtisch für ihn hatten. Mendelsohn zog seine Sportjacke aus, krempelte die Ärmel hoch und verfiel in einen Zustand höchster Konzentration.

Als Cardinal ein wenig später wiederkam, um nach ihm zu sehen, fand er den Mann in genau derselben Stellung vor – Akten zu seiner Linken, unangetasteter Kaffee zu seiner Rechten. Obwohl es im Raum nicht warm war, schwitzte Mendelsohn. Cardinals Konzentration litt unter den wiederholten Gedanken an Donna Vaughan. Dennoch saß er an seinem Schreibtisch, zeichnete Grafiken, in denen er anschaulich zusammenfasste, was er zu diesem Zeitpunkt wusste, was er zu wissen glaubte und was er wissen wollte.

Zu den Dingen, die er wissen wollte, gehörte der Verbleib des Leihwagens der Bastovs. Hertz hatte ihn nicht als vermisst gemeldet – er war in ihrer Datei lediglich überfällig. Cardinal hatte eine Kopie davon vor sich auf dem Tisch. Mercury Grand Marquis. Neuestes Modell. Kennzeichen ordnungsgemäß vermerkt.

»Lise.«

Delorme rollte ihren Stuhl zurück und zog die Augenbrauen hoch.

»Es gab nur zweierlei Reifenspuren auf der Einfahrt am Trout Lake, oder?«

»Ja.«

»Und die passen zu dem Wagen des Automatenjungen, aber nicht zu einem Mercury Grand Marquis. Also, da der Leihwagen weder auf dem Parkplatz ihres Hotels steht noch am Tatort der Morde war, ist anzunehmen, dass die Bastovs woanders hingefahren sind – wo sie sich dann mit jemandem getroffen haben, der sie wiederum zur Island Road rausgefahren hat.«

»Klingt logisch.«

»Und da unser Mörder nicht von hier ist, wäre es auch plausibel, dass die Bastovs sich mit ihm in einem Hotel verabredet haben – und zwar nicht im Highlands. Wir sollten nach dem Grand Marquis der Bastovs fahnden.«

»Ich geb Sergeant Flower Bescheid, dass er die Jungs von der Streife informiert. Wenn die alle in den Hotels ihres Bezirks vorbeischauen, haben wir schnell eine Antwort.«

Wenig später kehrte Cardinal in den Konferenzraum zurück, um nach Mendelsohn zu sehen.

»Oh, hey«, sagte Mendelsohn, »die Unterlagen zu dieser Pelzauktion sind *interessant.* Könnte den ganzen Tag weiterlesen. Und dieser *Aktivist* – dieser Pocklington –, eigenwilliger Zeitgenosse, der Mann. Hoffe, jemand behält *den* im Auge.«

»Ich hab Ihnen Material zu Vermisstenmeldungen gegeben.«

»Sicher, sicher, das hab ich längst *durch.*«

Sie wurden von Delorme unterbrochen. »Sie haben das Auto der Bastovs gefunden. Am Motel Belvedere.«

»Belvedere« war für einen bescheidenen roten Klinkerkomplex mit Blick auf eine *Petrocan*-Tankstelle und einen Elektronikdiscounter ein etwas hochtrabender Name. Kaum hatten sie den Grand Marquis entdeckt, fielen Delorme und das KTU-Team über den Wagen her. Cardinal und Mendelsohn gingen ins Motel, um mit dem Manager zu sprechen, einem pummeligen Mann, vielleicht Mitte sechzig, der nach Pfeifentabak roch.

»Hier sind ständig Leute, die unseren Parkplatz benutzen«, erklärte er ihnen. »Um diese Jahreszeit haben wir viel Leerstand, deshalb rufen wir nicht wie im Sommer gleich den Abschleppdienst.«

Cardinal bat um Einsicht in die Gästeliste, und der Manager drehte einen ramponierten, schmuddeligen PC-Monitor so weit herum, dass Cardinal auf den Bildschirm sehen konnte.

»Nur drei Gäste?«

»Ja. Haben uns die Hacken abgelaufen.«

Zwei waren zu spät zur Pelzauktion eingetroffen. »Dieser Dritte«, sagte Cardinal, »derjenige, der Mittwoch vor einer Woche kam. Was können Sie uns über den sagen?«

»Absolut nichts. Nachdem er sich eingetragen hatte, hab ich ihn nicht mehr zu Gesicht bekommen. Hat mir keinen Grund zur Sorge gegeben.«

»Hatte er irgendwelche Besucher?«

»Das weiß ich nicht. Die kommen ja nicht durchs Büro.«

»Ist Ihnen an dem Mann irgendetwas Ungewöhnliches aufgefallen?«

Der Manager dachte einen Moment nach und kaute an einem Fingerknöchel. »Eine Sache vielleicht. Er hatte einen Akzent. Er nannte sich Ted Nelson, aber er klang nicht nach einem Nelson. Ich hab nicht nachgefragt – ich meine, viele Leute ändern ihren Namen, wenn sie einwandern. Aber für mich klang er eher nach einem Sergej oder einem Igor.«

Cardinal drehte sich zu Mendelsohn um. »Haben Sie irgendwelche Fragen?«

Mendelsohn schüttelte den Kopf. »Ihre Show, Detective.«

Cardinal notierte sich den Chevy Aveo, den der Mann eingetragen hatte, und das Kennzeichen dazu. »Sein Wagen steht im Moment nicht auf Ihrem Parkplatz. Was dagegen, wenn wir hier drinnen auf ihn warten?«

»Wieso? Hat er was ausgefressen?«

»Das werden wir ihn auf alle Fälle fragen.«

Cardinal bat Delorme und das Team der KTU, den Mercury zu verlassen und später wiederzukommen. Er fuhr seinen eigenen Wagen ein gutes Stück weiter weg und kehrte zum Büro des Motels zurück. Er und Mendelsohn stellten ein paar Sessel mit Sicht zu den Fenstern um und arrangierten ein paar Plastikblumen so, dass sie den Parkplatz im Auge behalten konnten.

Cardinal fragte sich ein wenig besorgt, ob Mendelsohn für eine Überwachung die richtige Besetzung war. Mendelsohn redete gerne – er redete nicht nur, sondern akzentuierte seine Wörter und gestikulierte dazu –, und Cardinals Meinung nach war eine Observierung kein Plauderstündchen. Er dachte bei solchen Gelegenheiten lieber über den Fall nach und versuchte, neue Ermittlungsansätze zu entwickeln. Doch zu seinem Staunen saß der FBI-Mann in seinem Sessel, richtete den Blick auf den Parkplatz, auf dem rein gar nichts geschah, und sagte kein Wort. Er hatte sein Notizbuch auf dem Schoß und blätterte zuweilen eine Seite vor oder zurück und schrieb etwas hinein. Die meiste Zeit saß er nur lässig zurückgelehnt da und spielte stumm mit seinem Kugelschreiber.

So saßen sie gut anderthalb Stunden da. Der Manager brachte ihnen ungefragt Kaffee und Muffins. Das war das einzige Mal, dass Mendelsohn etwas sagte. Er bedankte sich, biss in einen der Muffins und rief dem Mann hinterher: »Hey, die sind *gut*. Sehr freundlich von Ihnen, die mit uns zu teilen.« Cardinal nahm sich vor, an seinen eigenen Manieren zu arbeiten.

»Ich hab ein, zwei Kollegen, die sollten mal bei Ihnen in die Schule gehen«, sagte Cardinal.

»Bei mir? In welcher Hinsicht denn? Mein Tubaspiel ist ziemlich bescheiden, und mein Fahrstil macht meiner Dienststelle ständig Kopfzerbrechen. Jiddisch vielleicht? Haben Sie jemanden, der unbedingt Jiddisch lernen will?«

»Nicht, dass ich wüsste«, antwortete Cardinal.

»Kann hier oben nicht sonderlich gefragt sein. Juden haben es nicht so mit der Kälte. Wüsten, ja. Wir mögen Wüsten. Besonders, wenn sie jemand anderem gehören. Ich hab einen palästinensischen Kollegen, wir nennen ihn Zippy, weil sein Familienname ein bisschen wie Doodah klingt. Eines Tages sag ich zu Zippy: ›Doodah… Doodah‹, sag ich zu ihm, ›das klingt so vertraut. Jetzt hab ich's! Ich glaube, meine Cousine ist in das Haus deiner Familie in Jerusalem eingezogen!‹ Oh, Junge, hat *der* mich fertiggemacht. So schlechte Witze rutschen mir raus. Ich glaube, ich könnte bei diesem McLeod in die Schule gehen. Also, *der* ist witzig.«

»McLeod, ja. Sehr trocken.«

»Trocken? Nein. Witzig? Und ob. Okay, ich halte jetzt die Klappe. Ich hasse Leute, die bei einer Observierung ständig quasseln müssen. Die perfekte Gelegenheit zur Reflexion, statt sich um Kinkerlitzchen zu streiten. Ich finde das *deprimierend.* Das macht mich richtig *fertig.«*

Sie verfielen wieder in Schweigen. Eine halbe Stunde später fuhr der Chevy Aveo aufs Gelände und hielt vor Zimmer acht.

»Warten wir, bis er an der Tür ist«, sagte Cardinal.

»Solange er nicht die Tür hinter sich *zumacht.* Das wäre eher von *Übel.«*

Der Mann stieg aus, schloss die Fahrertür und machte sie gleich wieder auf, um eine Papiertüte mit dem Logo von Kentucky Fried Chicken herauszuholen. Er schloss den Wagen ab und wollte sein Abendessen mit auf sein Zimmer nehmen. Cardinal stand auf und zog seine Beretta. Er öffnete die Bürotür langsam, damit sie nicht knarrte, und er und Mendelsohn standen hinter dem Mann, bevor er den Schlüssel aus der Tasche genommen hatte.

»Ted Nelson?«

Der Mann drehte sich um, sah von einem zum anderen und sagte: »Scheiße.«

»Ich müsste mal Ihre Ausweispapiere sehen.«

»Ausweis? Wieso? Ich hab nichts getan.«

»Zeigen Sie mir einfach Ihren Ausweis.«

Der Mann griff in die Innentasche seiner Jacke. Mendelsohn stand mit gezogener Waffe hinter Cardinal. Der Mann ließ die Brieftasche fallen, und Cardinal zielte mit der Beretta auf ihn, während er sich nach der Brieftasche bückte. Darin befand sich eine Kreditkarte und ein New Yorker Führerschein auf den Namen Nelson, alles andere jedoch war auf Yevgeny Divyris ausgestellt.

»Yevgeny Divyris«, sagte Cardinal. »Sie sind mit Irena Divyris verwandt? Sie sind Russe?«

»Ukrainer«, stellte Mendelsohn fest, während er mit seiner Glock auf den Kopf des Mannes zielte.

Der Mann drehte sich um, sah Mendelsohn von oben bis unten an und spuckte auf den Boden. »Jude.«

»Ja. Und ich möchte mich persönlich entschuldigen. Tut mir unendlich *leid*, dass Ihre Leute so hart arbeiten mussten, als sie uns in die Duschen getrieben haben. *Saubere* Arbeit haben Ihre Leute als KZ-Wächter geleistet.«

»Scheißabschaum. Wie viele haben sie in meinem Land verhungern lassen? Millionen.«

»Hände auf den Rücken«, sagte Cardinal.

»Millionen verhungert, während Gutsherren essen wie Schweine, keiner redet von den Millionen. Nur über Scheißjuden.«

»Beide Hände«, sagte Cardinal. »Sofort.« Er ließ die Handschellen um die Gelenke des Mannes zuschnappen und drehte ihn zu sich herum. »Dieser Mercury ist der Leihwagen Ihrer Schwester. Haben Sie irgendeine Erklärung dafür, dass er vor Ihrem Hotel steht?«

»Ich muss nicht irgendwas erklären. Nicht Ihnen und Ihrem Scheißjudenfreund.«

»Ich bin sicher, Sie meinten das positiv«, bemerkte Mendelsohn.

Sie verfrachteten Divyris auf den Rücksitz des Wagens und fuhren zum Präsidium, wo er wegen Kreditkartenbetrugs verhaftet wurde. Sie setzten ihn in ein Vernehmungszimmer und ließen ihn dort eine halbe Stunde schmoren, während sie alles über ihn in Erfahrung brachten, was sie konnten.

»Eines wüsste ich gerne«, sagte Mendelsohn, »und dann bin ich nur noch Zuschauer. Ich wüsste gerne, wie es sein kann, dass die Juden, die vermeintlich hinter jedem internationalen Komplott stecken und angeblich das internationale *Bankensystem* durch ein weltweites Netzwerk von Verschwörern manipulieren – ich wüsste gerne, wie diese machiavellistischen *Genies* als Lampenschirme und andere praktischen Haushaltsgegenstände endeten.«

»Im Moment wüsste ich vor allem gerne einiges über seine Beziehung zu seiner Schwester.«

»Sie haben recht. Bei der *Sache* bleiben, Detective. Das *gefällt* mir. Sehen Sie, *ich* kann von Ihnen lernen.«

Cardinal setzte sich Yevgeny Divyris gegenüber und füllte wortlos ein Formular aus. Divyris lehnte sich, die gefesselten Hände auf dem Schoß, zurück.

»Wie lange wollen Sie mich hierbehalten? Sie glauben, ich hab nichts Besseres zu tun?«

Cardinal sah nicht auf.

»Ich habe Ihnen eine Frage gestellt.«

Cardinal legte das Formular zur Seite. In Wahrheit war es nichts weiter als ein Bundessteuerformular; wenn es um Ehrfurcht einflößende Dokumente ging, waren die nicht zu schlagen. Auf so kurze Distanz sah er Divyris' Ähnlichkeit mit Irena. Er hatte die gleichen tief liegenden Augen, die gleichen breiten Wangenknochen, und Cardinal fragte sich, ob seine Schwester genauso arrogant gewesen war.

»Sie haben kein Recht, mich hier festzuhalten«, sagte er. »Sie müssen mich anklagen.«

»Sie sind des Betrugs angeklagt.«

Divyris schnaubte verächtlich. »Kreditkarten. Ich dachte, Sie untersuchen den Mord an meiner Schwester, aber nein, großer Detective macht sich Sorgen um Kreditkarte. Das ist nichts.«

»Für den Augenblick ist es genug.« Cardinal blätterte sein Notizbuch zurück. »Sie haben mal eine Pelzfarm in der Nähe von Kiew besessen, richtig?«

Divyris starrte ihn an. »Lange her. Und?«

»Es lief ganz gut, bis vor, warten Sie, vor fünf Jahren. Was ist da passiert?«

»Marktprobleme. Plötzlich kauft niemand Pelze. Niemand in Russland.«

»Aber einigen Leuten ging es recht gut. Zum Beispiel Lev Bastov.«

»Lev Bastov? Ist ein Niemand.«

»Vielleicht täusche ich mich ja, aber Lev Bastov scheinen mehrere Pelzfarmen in Russland gehört zu haben, außerdem war er Eigentümer oder Hauptaktionär einer ganzen Reihe von Pelzfabriken in Russland, China, den USA und Kanada. Er verkaufte Pelze, kaufte Pelze, stellte Mäntel, Hüte und wer weiß was noch her und verkaufte sie. Ist das etwa nichts?«

»Wen interessiert das? Ist seine Sache.«

»Kurz bevor der Pelzmarkt richtig abstürzte, stieß er seine Fabrik in Russland ab und kaufte gleichzeitig zwei neue Fabriken in China. Das passierte genau ein Jahr, bevor er Ihre Schwester heiratete.«

»Vielleicht ist Ihnen nicht aufgefallen, weil zu beschäftigt damit, Kreditkarten zu jagen – manche Leute haben Glück. Andere? Kein Glück.«

»Was uns zu Ihrer eigenen Pelzfarm bringt.« Cardinal nahm seine Notizen zu Hilfe. »Ein blühendes Geschäft, als Sie es übernahmen, ein Desaster, als Sie es – nur zwei Jahre später, vermutlich für einen Apfel und ein Ei – verkauften. Schon wieder, kurz bevor Lev Bastov ganz groß rauskam.«

»Haben Sie das aus dem Internet? Internet ist immer falsch.«

»Wir haben Zeugen dafür, dass Sie ganz scharf auf die Heirat Ihrer Schwester mit Lev Bastov waren. Völlig aus dem Häuschen. Lev Bastov würde Ihre Pelzfarm kaufen und Sie vor dem Ruin bewahren. Lev Bastov würde Ihnen irgendwo eine neue, lukrative Farm verschaffen. Oder noch besser: Er würde Sie zum Direktor einer seiner Pelzfabriken ernennen.«

»Gibt immer Leute, die den Mund zu voll nehmen. Manche Leute machen Versprechen – besonders, wenn sie ein Auge auf Frauen wie meine Schwester haben. Wenn du sie nicht mit Aussehen gewinnst, kaufst du sie mit Geld.

Du machst große Versprechen, dass deine Familie auch etwas davon hat. Er will sich um alle kümmern. Dann ist er verheiratet, und alle großen Versprechen sind vergessen.«

»Aber ein Versprechen hat er gehalten. Er hat Ihnen tatsächlich die Leitung einer Fabrik übertragen, wo war das noch …« Cardinal blätterte in seinem Notizbuch, bis er den entsprechenden Eintrag fand. »Kalinin?«

»Kalinin. Scheiß auf Kalinin. Kalinin ist, wie wenn du wirst Chef von Autofabrik in Detroit. Oder von *Titanic. Bon voyage,* Kapitän!«

»Die Verkaufszahlen gingen zurück, aus Gewinnen wurden Verluste, Leute verloren ihre Jobs, und die Verantwortung dafür hat Lev Bastov Ihnen zugeschoben.«

»Lev sagt zu mir: ›Du trinkst zu viel, feierst zu viel. Du zahlst dir selbst zu viel Gehalt. Und du bezahlst zu viel für Pelze, wenn der Markt am Boden ist.‹ Soll ich vielleicht die Zukunft vorhersagen? Soll ich vielleicht wissen, dass China bald das Universum regiert? Scheißsklaventreiber.«

»Und er hat Sie gefeuert.«

»Der kann mich mal.«

»Er bekommt Ihre Schwester, er bekommt seine Fabriken, seine Profite, seinen Jetsetlebensstil, und Sie bekommen …«

»Ich hab den Mistkerl gehasst, sind Sie jetzt zufrieden? Keine große Neuigkeit: Ich werde Lev Bastov nicht vermissen. Aber wenn Sie glauben, ich habe ihn getötet, nein. *Ihn* töten, das kann ich mir vielleicht vorstellen. Irena töten? Niemals. Und Sie werden auch nie beweisen, weil ich es nicht getan habe.«

»Was bringt Sie überhaupt nach Algonquin Bay, wenn Sie nicht mehr in der Pelzbranche tätig sind?«

»Ich bin Einkäufer für ein paar Juden im *Garment District* in New York. Bezahlung ist scheiße.«

»Wo waren Sie an dem Abend, als Ihre Schwester ermordet wurde?«

»In meinem Hotel.«

»War jemand bei Ihnen?«

»Ja, natürlich war jemand bei mir. Irena und ihr Scheißehemann waren bei mir. Sie haben ihren Wagen vor dem Hotel gesehen. Glauben Sie, ich fahre mit ihnen zu irgendeinem Haus, schneide ihnen Köpfe ab und warte dann hier im Hotel, bis Sie mich verhaften? Und die ganze Zeit lasse ich ihren Wagen vor meinem Zimmer stehen?«

»Wahrscheinlich wussten Sie nicht, dass es ihr Wagen war. Sie kommen, um Sie zu besuchen, sie klopfen bei Ihnen an – wieso sollten Sie ihren Wagen sehen? Haben Sie die beiden angerufen oder die Sie?«

»Die haben mich angerufen.«

»Ihr Handyspeicher sagt was anderes.«

»Dann habe eben ich sie angerufen. Und?«

»Sie hatten kein gutes Verhältnis zu ihnen. Wieso haben Sie angerufen?«

»Kein gutes Verhältnis zu *ihm.* Mit *ihm* habe ich mich nicht gut verstanden. Ich habe Lev nicht gebeten zu kommen. Mit meiner Schwester ja. Ich rufe sie an, bitte sie, herzukommen, ein bisschen Zeit mit der Familie. Ist meine Schwester. Ich wollte auch Anton sehen.«

»Anton. Bastovs Sohn aus einer früheren Ehe.«

»Ich weiß, komisch, dass ich ihn mag, aber er ist ein guter Kerl. Nicht wie Lev. Er sollte zur Auktion kommen, musste aber absagen. Wurde krank.«

»Ist sonst noch jemand mit ihnen gekommen?«

»Nein.«

»Sie haben dafür gesorgt, dass sich noch jemand anders mit ihnen trifft, richtig?«

»Nein, sie kamen allein. Wir sollten für einen Drink

irgendwohin gehen, Irena, Anton und ich. Lev kam mit, ich weiß nicht, wieso. Wir wollten gerade los, als sie einen Anruf bekommen. Levs Handy. Jemand will ihnen ein Haus zeigen.«

»Was für ein Jemand?«

»Irgendein Mann. Keine Ahnung. Makler. Ich wusste, dass sie nach einem Haus suchten, trotzdem fand ich es seltsam, dass der Makler so spät am Abend anruft. Offenbar haben sie den Abend davor einen Mann getroffen, der wollte es für sie vereinbaren. Zehn Minuten später klingelt Levs Handy wieder, der Mann sitzt draußen im Auto, und sie gehen.«

»Was für ein Mann? Wie hat er ausgesehen?«

»Ich habe ihn nicht gesehen. Handy klingelt, Lev meldet sich, sie gehen.«

»Was für ein Auto?«

»Habe ich nicht gesehen.«

»Was haben Sie gemacht, nachdem sie gegangen waren?«

»Ich bleibe in meinem Zimmer. Nein, zuerst gehe ich raus zum Bierladen, kaufe sechs Bier, komme zurück, sehe fern. Sie können beim Biergeschäft fragen.«

»Was haben Sie gesehen?«

»Film. So einen Porno.«

»Was für einen Film?«

»Sie wollen *Titel?* Was mit *Pussy.* Fängt an mit Fensterreiniger, sieht Blondine auf Laufband trainieren. Dann kommen Handwerker, dann Anstreicher – ach ja, und ihr persönlicher Trainer – braunes Haar, Titten so groß wie Ihr Kopf. *Spitfire Pussy.*«

»Klingt wie ein Klassiker«, sagte Cardinal. »Also gut. Sie wissen, dass Lev und Irena zur Pelzauktion kommen. Sie wissen, dass sie hier ein Haus kaufen wollen …«

»Immobilieninvestment, sagen sie. Ich habe kein Haus. Ich miete lausige Wohnung. Sie sammeln Häuser.«

»Also arrangieren Sie eine Verabredung. Mit irgendeinem Mann, der sich als Immobilienmakler ausgibt, aber in Wahrheit jemand ist, den Sie bezahlt haben, damit er Bastov umbringt.«

»Nicht wahr. Nein.«

»Lev und Irena haben alles. Sie sammeln Fabriken, Häuser, während Sie nichts weiter als gebrochene Versprechen haben. Was kann Sie daran hindern, einen Killer anzuheuern?«

»Ich hab Ihnen doch gesagt, auf Lev, ja, auf den war ich sauer. Nicht auf Irena. Ist nicht ihre Schuld. Glauben Sie, ich bezahle jemanden, um meiner Schwester den Kopf abzuhacken? Sie müssen verrückt sein. Ich hoffe, Sie haben noch andere Verdächtige, Sie können diese Morde nicht mir anhängen. Sie müssen es beweisen, aber das können Sie nicht.«

Cardinal legte sein Notizbuch und seine Papiere weg und beugte sich über den Tisch. »Zwei Fragen an Sie, Yevgeny. Erstens: Wieso sind Sie nicht zur Polizei gegangen, als Ihre Schwester verschwand? Wir konnten Sie nicht einmal als nächsten Angehörigen finden. Und zweitens: Wieso sind Sie fast zwei Wochen später immer noch hier?«

»Ich will rausfinden, was passiert ist. Ist das so seltsam?«

»Es ist seltsam, dass Sie nie bei uns aufgetaucht sind, um uns bei unseren Ermittlungen zu helfen oder uns auch nur eine einzige Frage zu stellen.«

»Als ob Sie die Antworten wissen! Lev war kein perfekter Geschäftsmann, okay? Ist also gut möglich, dass sie von der *mafiya* ermordet wurden. Glauben Sie, er hatte nicht mit *mafiya* zu tun? Hatte er doch. Wie sehr, kann ich nicht sagen. Sie töten ganze Familien, *mafiya* – ich will nicht nach Brooklyn zurück, und plötzlich sitzt da so ein Scheiß-*vory* in meiner Wohnung. Klar?«

»Demnach bleiben Sie aus Sicherheitsgründen an dem Ort, an dem Ihre Schwester ermordet wurde.«

Divyris zuckte die Achseln. »Das ist wahr. Meinen Sie, ich würde hierbleiben, wenn ich sie *umgebracht* hätte? Und auf Sie mit Ihren Handschellen warten? Ich bin nicht reich, mag sein, aber auch ich habe ein Geschäft. Ich muss meinen Lebensunterhalt verdienen. Ich habe mit Leuten gesprochen, Geschäfte angebahnt. Können Sie überprüfen.«

Cardinal zog einen Stapel Papiere heraus, die er ausgedruckt hatte, und legte sie auf den Tisch. »E-Mails«, sagte er, zückte den nächsten Stapel und legte ihn daneben. »Übersetzungen.«

In Wahrheit handelte es sich um Google-Übersetzungen, vollkommen abstrus, aber immerhin nah genug am Original, dass Cardinal damit bluffen konnte.

Divyris sagte etwas auf Russisch oder Ukrainisch. Als Cardinal nicht antwortete, sagte er etwas anderes.

Cardinal improvisierte anhand der Übersetzung, die auf dem Stapel obenauf lag. »Glaub nicht, dass ich das vergesse. Das werde ich nie vergessen. Dein lieber Ehemann hat Versprechen abgegeben, und du wirst dafür sorgen, dass er sie hält, Irena, oder er bekommt Ärger.«

»Sie können mich mal.«

Cardinal las eine Kostprobe aus einer anderen Nachricht. »Immer das gleiche Lied. Immer diese Lügen. Sorg dafür, dass er das Richtige tut, oder ich werde selbst dafür sorgen.«

»Und Sie wundern sich, wieso ich mich nicht bei der Polizei melde. Ich bin sauer, okay? Lev schuldet mir was, okay? Der Bastard hat alles. Ihm gehört die Welt und noch alle möglichen kleinen Welten dazu. Und mir kann er nicht mal ein anständiges Leben bieten? Dem Bruder seiner Frau? Behandelt mich wie einen Hund? Schlimmer als einen Hund.«

Cardinal stand auf und ging zur Tür. »Bin gleich zurück.«

Mendelsohn und McLeod waren im Raum nebenan und sahen durch den Einwegspiegel zu. Mendelsohn legte den Telefonhörer auf. »Der Direktor bestätigt, dass er *Spitfire Pussy* bestellt hat und dass der Film von 23:30 bis 1:30 Uhr lief.«

»Danke, Maestro«, sagte McLeod, »aber das heißt noch lange nicht, dass er ihn auch gesehen hat.«

Cardinal reichte McLeod den Stapel Pseudoformulare. »Verschaffen Sie sich eine Liste seiner sogenannten Geschäftskontakte, und überprüfen Sie die. Ich wüsste zu gerne, was er die letzten zwei Wochen gemacht hat.«

»Selbstredend«, sagte McLeod. »Ich habe auch vor, *Spitfire Pussy* von Anfang bis Ende zu sehen. Sie brauchen mir nicht zu danken – ich tue einfach nur meine Pflicht als Gesetzeshüter.«

30

Cardinal hegte nicht den geringsten Zweifel daran, dass Divyris – trotz seiner angeblichen Angst vor der russischen Unterwelt – aus dem Land flüchten würde, wenn er nur könnte. Als McLeod mit ihm fertig war, wurde er wegen Kreditkartenbetrugs in Haft genommen und in eine Zelle gesperrt. Damit war dann auch schon fast der Tag zu Ende.

Cardinal und Mendelsohn machten sich auf den Weg zum Abendessen in Morgan's Chop House.

»Oh – so ein richtiges Landgasthaus mit rotkarierten Tischtüchern und so? Genau mein Stil«, sagte Mendelsohn. »Klingt *perfekt.*«

»Dann lassen Sie uns dorthin gehen und ein bisschen Gedankenaustausch betreiben.«

»Ausgezeichnet. Ich könnte jetzt eine ganze Kuh verdrücken.« Er öffnete die Tür zu seinem geliehenen Alero. »Ach so, warten Sie – tut mir leid, ich hatte meine Galoschen vergessen. Einen Moment bitte, ich folge Ihnen in meinem Wagen.«

Mendelsohn stieg wieder ein, und Cardinal lief quer über den Parkplatz zu seinem Camry. Er fuhr gerade rückwärts aus seiner Parklücke, als Donna Vaughan auf den Parkplatz einbog. Sie kurbelten ihr Fenster herunter.

»Besteht die Chance, ein paar Minuten deiner Zeit in Anspruch zu nehmen?«

»Dummerweise bin ich gerade mit einem Besucher zu einem Arbeitsessen unterwegs.«

»Ist er das?« Donna zeigte auf Mendelsohn, der – nunmehr in Galoschen und Pelzmütze – aus der Seitentür seines Kombi stieg.

»Ja. FBI.«

»Im Ernst? Nicht annähernd so aalglatt, wie ich es erwarten würde.«

»Ist es dringend? Ich kann das Essen um eine halbe Stunde verschieben.«

»Nein, nicht nötig.« Ihre grauen Augen waren im Unterschied zu ihrer Stimme kühl. »Ehrlich gesagt, wollte ich dich nur sehen. Ich hab gestern Abend an dich gedacht.«

»Was hältst du davon, später dazuzukommen?«

»Sollte ich wirklich nicht. Ich muss meine Notizen in irgendeine brauchbare Form ordnen, und außerdem hat mir ein Freund gerade ein dickes Gerichtsprotokoll per Fedex geschickt, das ich lesen soll.«

»Dann komm doch, wenn du fertig bist.«

»Meinst du? Würde ich zwar liebend gerne, aber …«

»Gut. Also, bis dann.«

»Oh, das ist hübsch«, sagte Mendelsohn. Über seine Speisekarte hinweg sah er sich um. »Lampen aus Buntglas, Kellnerinnen in Uniform, so was *mag* ich. Was kann das Herz eines Mannes *noch* begehren?«

Als Vorspeise bestellten sie Salat, auch wenn Cardinal Mendelsohn warnte, es gäbe mit Sicherheit nichts weiter als Eisbergsalat.

»Ich bin alt genug, um mich noch zu erinnern, wie wir ihn einfach nur Salat genannt haben. Es *gab* überhaupt nichts anderes als Eisbergsalat. Ein bisschen von dem Zeug Kraft-im-Rancherstil drüber? Unschlagbar.«

Mendelsohn hatte gute Tischmanieren und tupfte sich oft den Mund mit einer Serviette ab. Cardinal erkundigte sich nach seinen Kollegen (*wunderbar* – und *fähige* Leute) und nach seinem Chef (nicht gerade ein Unmensch, aber auch nicht die *Liebenswürdigkeit* selbst).

»Erzählen Sie mir von diesem McLeod«, sagte Mendelsohn. »Ich hab irgendwie das Gefühl, dass er solider ist, als er sich gibt.«

»McLeod ist ein gründlicher Ermittler. Auch vor Gericht zuverlässig, kennt seine Fakten und hält sich daran.«

»Ah, vor *Gericht.* Ich kann mir vorstellen, dass er gut reden kann. Und diese Delorme. Also, das ist eine attraktive Frau, und damit meine ich nicht nur hübsch.«

»Sergeant Delorme hat keine Ahnung, wie attraktiv sie ist.«

»Was sie noch attraktiver macht.« Mendelsohn deutete mit einer Gabel auf sein Essen. »Gutes Schweinekotelett. Die meisten Köche machen sie zu trocken, aber das hier ist genau richtig. Ach, übrigens, die Datenbank hatte nichts zu den Bastovs und der russischen Mafia.«

»Wenn sie allerdings nur von der Mafia bedroht worden wären, wüssten wir nichts davon, oder? Die meisten haben viel zu viel Angst, um etwas zu sagen, richtig?«

»Sie haben recht. Ausgeschlossen ist es nicht. Aber ich hab auch bei der New Yorker Polizei nachgefragt, die sind die richtigen Experten. Lev Bastov hat sich in Brooklyn mit ein oder zwei Verbindungsleuten getroffen, aber nicht auf eine Art, dass die Alarmglocken geläutet hätten. Sie haben da einen ihrer Bosse, der in der Modebranche mitmischt, und von da aus ist es nur ein kleiner Schritt zur Pelzbranche.«

Sie sprachen über Yevgeny Divyris. Keiner von ihnen hielt ihn für schuldig, seine Schwester und ihren Mann umgebracht zu haben. Ob er allerdings jemanden beauftragt hatte, war – zumindest für Cardinal – eine offene

Frage. Mendelsohn war dieser Möglichkeit gegenüber skeptisch.

»Er hat ein Motiv«, sagte Cardinal. »Und er hat eine fiese Art.«

»Ganz eindeutig, Da stimme ich Ihnen zu. Aber ich betrachte den Fall von einer völlig anderen Warte. Und von daher …« Mendelsohn legte, die Gabel in der Luft, eine Pause ein und machte ein Gesicht, als horchte er angestrengt auf eine leise Melodie. »Und von der Warte aus betrachtet, gibt es etwas, das ich Ihnen sagen sollte.«

»Dann raus damit.«

Mendelsohn wand sich. »Ich tu mich da schwer. Nicht, dass ich Ihnen nicht trauen würde. Es ist nur so, dass man – besonders beim FBI – lernt, die Dinge für sich zu behalten. Wir haben schon allzu oft von anderen Behörden und Abteilungen, nicht zuletzt auch vom Justizministerium, unser Fett abbekommen. Von der CIA ganz zu schweigen. Deshalb fällt es uns nicht gerade leicht, Informationen auszutauschen.«

»Ist bei uns so ziemlich dasselbe mit der Royal Canadian Mounted Police – unseren guten alten Mounties.«

»Ah, gut, ich meine, nicht gut, aber gut, dass Sie mich verstehen – jetzt komm ich mir nicht mehr so egoistisch, so *undankbar* vor.« Mendelsohn aß mit gutem Appetit weiter. Die Zuckererbsen waren schlichtweg ein *Hochgenuss.*

Nach einer Weile überaus nachdenklichen Kauens beugte sich Mendelsohn über den Tisch. »Na schön. Jetzt kommt das Gute: Mein Abteilungsleiter und meine Kollegen würden das jetzt nicht gutheißen, aber ich werde mich aus dem Fenster lehnen. Mein Gott, schließlich bin ich schon vor Ihren Augen auf zu dünnem Eis eingebrochen – also, was soll's?

Wir haben, wie gesagt, diese ähnlichen, aber nicht deckungsgleichen Verbrechen. In meinen Augen steckt da ein und derselbe Kerl dahinter. Oder auch Kerle, manche sind anderer Meinung. Na schön. Was ich Ihnen jetzt erzähle, hab ich nicht mal denen gegenüber erwähnt, weil ich nicht will, dass sie mich auf kürzestem Wege in die St. Elizabeth karren.«

»St. Elizabeth?«

»Klapsmühle in Washington D.C. Wimmelt nur so von ausgebrannten Kollegen. Jedenfalls geht es um Folgendes. Sie können mich auslachen, so viel Sie wollen, aber hören Sie es sich erst bis zu Ende an. Dieser Kartoffelbrei ist übrigens köstlich. Ich schmecke da mehr als einen Esslöffel Butter raus.

Okay, wir haben die beiden Fälle – mit Ihrem zusammen drei. Ich hab nun auch noch von *weiteren* drei Fällen gehört, die nicht damit im Zusammenhang stehen – zumindest nach Überzeugung aller außer mir. Die liegen eine Ewigkeit zurück – zehn, zwölf Jahre. Wir reden hier von richtig jungen Kids, Dreizehn- oder Vierzehnjährigen. Anscheinend kein Motiv. Sie brechen in ein Haus ein, erschießen alles, was sich bewegt – Mutter, Kind, ist ihnen ganz egal, einfach nur peng, peng, peng.«

»Und sie agieren allein?«

»Nein, zusammen mit anderen Jugendlichen. Oder auch etwas älteren jungen Leuten. Achtzehn, zwanzig Jahre alt. Das wissen wir nur, weil es bei einem der Fälle einen Überlebenden gab. Das war in der Nähe von Elmira – ländliche Gegend, *upstate*. Diese völlig verängstigte dreizehnjährige Tochter, die sich in einem Schrank versteckt hat, übersehen sie. Sie hört, wie die Älteren Anweisungen geben: ›Nun mach schon, erschieß ihn‹, so was in der Art. ›Papa will es so.‹«

»›Papa‹? Die haben wirklich ›Papa‹ gesagt?«

»Ja. Also, was denken Sie? Europäer? Jungimmigranten? Aber die Überlebende sagt, sie klangen nach Amerikanern.«

»Wurde jemand geschnappt?«

»Gerade mal ein Junge. Er war sechzehn, praktisch noch ein *Kind.* Er liegt mit einer Kugel im Schädel auf dem Sterbebett. Sie können sie nicht rausholen, sonst kommt sein Gehirn mit heraus. Der leitende Ermittler stellt ihm die Frage, die allen unter den Nägeln brennt: ›Wieso? Wieso brecht ihr mitten in der Nacht in ein Haus ein und bringt alle um, die ihr vor die Flinte kriegt?‹ Seine Antwort? ›Anordnung von Papa.‹

Der Detective sagt: ›Wie, euer Vater hat euch das befohlen?‹ Der Kleine schüttelt den Kopf und sagt: ›Papa.‹ So heißt der Mann. Niemand kennt seinen richtigen Namen. Will nicht anders genannt werden.‹ Der Kleine sagt, er bringt ihnen alles bei – von Geldautomatenraub über Kampfeinsatz Mann gegen Mann bis hin zum Überleben in freier Natur. Klang wie eine Schule für Kriminelle. Eine Verbrechens*maschine*.«

»Automaten ausrauben klingt interessant.«

»Dachte mir, dass Ihnen das gefällt. Der Kleine war tot, bevor er uns viel mehr erzählen konnte.«

»Wer hat ihn erschossen?«

»Einer aus seiner Gang. Offenbar bekam er Skrupel, wenn es ums Töten ging, und einer seiner Lehrmeister hat das Todesurteil gegen ihn vollstreckt. Nett, nicht?«

»Abgesehen von den Geldautomaten – wo sehen Sie die Verbindung zu unserem Fall hier oben?«

»Dieselbe Schusswaffe – Browning HP Neun-Millimeter.«

»Dasselbe Fabrikat, aber nicht dieselbe Waffe? Damit

würden Sie hier bei uns nicht mal einen Durchsuchungsbeschluss bekommen.«

»Sie können mir nicht ganz folgen«, sagte Mendelsohn und tupfte sich mit der Serviette die Mundwinkel ab. »Okay, ist nur zu verständlich. Was halten Sie davon? Wann haben Sie Ihre erste Einsatzbesprechung? Um halb neun, oder? Ich komm um neun und bringe alles mit, und wir gehen es gemeinsam durch. Würde Ihnen neun Uhr passen?«

»Sicher. Neun ist gut.«

»Statt Ihnen alles bei diesem wunderbaren Essen zu erzählen – übrigens vielen Dank, dass Sie mich mitgenommen haben, das würde nicht jeder für einen von auswärts tun – und Sie vollzuquatschen, ist es doch das Beste, wenn ich Ihnen morgen alles bringe, was ich habe.«

Cardinal machte der Kellnerin Zeichen, er wolle zahlen, doch Mendelsohn gewann die Schlacht um die Rechnung.

Als sie vor die Tür traten, war es kälter geworden. Es wehte ein eisiger Wind, der den Schnee unter den Straßenlaternen aufwirbelte. Mendelsohn schlug den Mantelkragen hoch – was an den Privatdetektiv aus einem Comicheft erinnerte. Er bedankte sich noch einmal bei Cardinal und schüttelte ihm die Hand, dann stieg er in seinen Wagen, ließ den Motor an und fuhr davon.

Als Cardinal nach Hause kam, zog er die Gardinen zu, um sich den Anblick seiner beschlagenen Fenster zu ersparen. Er ging zum Kühlschrank, holte Eiswürfel und warf sie in ein Glas, goss einen Schuss Black Velvet darüber, dann einen zweiten und ging ins Wohnzimmer hinüber.

Er setzte sich in den Sessel, in dem Donna gesessen hatte, kippte die Lehne nach hinten und dachte über seinen Tag nach, vor allem über Mendelsohn.

Auch die Dinge, dic für den folgenden Tag anstanden, gingen ihm durch den Sinn, die Anrufe, die fällig waren, die Berichte, die er schreiben musste. Er dachte an Donna und fragte sich, ob sie noch kommen würde. Und falls ja, was das bedeutete.

Er döste ein. Als er wach wurde, war das Eis in seinem Glas geschmolzen. Es war zu früh, um ins Bett zu gehen, und er hatte keine Lust, zu lesen. Er sah gerade die zweite Hälfte eines Naturfilms, als sein Handy klingelte.

»Du bist noch wach«, sagte Donna. »Ich hatte schon Sorge, dass es vielleicht zu spät ist.«

»Wo steckst du?«

Sie stand an der Eingangstür seines Gebäudes. Er drückte den Türöffner und wartete in der Halle auf sie. Als sie aus dem Fahrstuhl kam, sagte er: »Sehe ich zu begierig aus?«

Sie antwortete nicht, doch als sie bei ihm war, legte sie ihm die Arme um die Taille und ließ den Kopf an seine Schulter sinken. Schneeflocken schmolzen an seiner Wange. Sie trat einen Schritt zurück, ohne die Hände von seiner Taille zu nehmen. »Sie behindern ernstlich meine Konzentration, Sir.«

Als er ihr in der Wohnung den Mantel abgenommen und einen Drink eingegossen hatte, fragte er sie nach ihrem Tag. Sie setzte sich wieder in seinen Sessel, nahm einen Schluck Whisky, stellte das Glas auf dem Wandtisch ab und blickte zur Decke. Als sie ihn wieder anschaute, fragte sie: »Würdest du mich nicht lieber einfach nur vögeln?«

Als sie später nebeneinanderlagen, klingelte das Telefon neben dem Bett. Cardinal stützte sich auf den Ellbogen und sah auf dem Display nach, wer es war. Delorme. Er nahm nicht ab.

»Das Leben eines Cops, ja?«, sagte Donna. »Eine Menge nächtliche Anrufe.«

»Das war nicht dienstlich.«

»Aha – du hast mal wieder dein Dispolimit überzogen.«

»Jemand, mit dem ich befreundet bin, eng befreundet, genauer gesagt.«

»Erzähl mir von ihm.«

»Vielleicht ein andermal.«

Sie drehte sich auf die Seite und küsste ihn auf die Schulter. »Ich wollte nicht neugierig sein. Ich bin nur interessiert. Freunde verraten viel über einen Menschen. Nicht, dass ich welche hätte.«

»Kann ich mir nicht denken.«

Sie legte sich wieder hin, hielt sich eine blonde Haarsträhne vor die Augen, betrachtete sie einen Moment und ließ sie fallen. »Mein Mann war mein bester Freund. Schon komisch – so hab ich ihn nie gesehen, bis er mich verlassen hat. Es hat so wehgetan, dass ich mich bei meinem besten Freund trösten und ihm sagen wollte: ›Gott, das tut weh‹, aber natürlich war er nicht da, um mich zu trösten.«

»Ich bin sicher, du hast noch andere Freunde.«

Sie schüttelte den Kopf. »Ich interessiere mich für Menschen. Ich mag meine Arbeit. Ich stelle gerne Fragen und lerne dazu. Aber zu guter Letzt will ich sie dann doch nicht bei mir haben. Ehemänner kriege ich. Liebhaber kriege ich. Aber Freunde …« Sie drehte sich wieder auf die Seite. »Eigentlich erstaunt es mich, dass du mit jemandem so eng befreundet bist, ich meine, so wie du neulich über deine Frau gesprochen hast, dachte ich …«

Er nahm ihre Hand und hielt sie hoch. Sie hatte kleine, gepflegte Finger mit kurz geschnittenen Nägeln. »Wieso hat dein Mann dich nur verlassen? Kaum zu glauben, dass jemand etwas so Dummes tut.«

»Man mag einiges über Ray sagen können, aber dumm war er bestimmt nicht. Er konnte es nur nicht mehr ertragen, was für ein Biest ich war.«

»Warst du das wirklich?«

»Eindeutig.«

Cardinal sah sie an. »Das Potenzial kann ich wohl erkennen.«

Sie lächelte. »Ich war dumm. Er war ein sehr gütiger Mann. Er hat für mich gesorgt – hat es zumindest versucht –, hat nicht viel getrunken, ist nicht anderen Frauen hinterhergelaufen, hat sich gut um die Finanzen gekümmert. Aber, ich weiß auch nicht, irgendwie ist er mir auf die Nerven gegangen, und ich musste Protest einlegen. Natürlich auf die dämlichste Art, die man sich denken kann.«

»Du hast mit anderen Männern rumgemacht.«

»Schlimmer. Mit seinem besten Freund.«

»Mein Gott, du warst wirklich ein Biest.«

Sie nickte – nur ein Mal, ein schlichtes Ja. »Ich hab doch wahrhaftig nicht vorausgesehen, wie sehr es ihn verletzen würde, bis es zu spät war. Ray war am Boden zerstört.«

Cardinal drehte sich auf die Seite und legte ihr die Hand auf die Schulter. »Wieso erzählst du mir das? Willst du mich vor dir warnen?«

»Vielleicht.« Sie lächelte schwach. »Ich wollte nur – du bist so ganz anders als ich, das ist alles. Derselben Frau dreißig Jahre treu. Ich bin neidisch – nicht nur auf sie, sondern auf dich. Ich kann mir nicht vorstellen, wie es ist, so beständig zu sein.«

»Langweilig, die meiste Zeit.«

»Das glaube ich nicht. Jedenfalls nicht bei dir. Ich dagegen hab offenbar einfach kein Sitzfleisch. Jedes Mal, wenn das Leben mir etwas bietet, das nach Dauer und Beständigkeit aussieht – etwas, das mehrere Monate halten könnte –, mache ich es rechtzeitig kaputt.«

»Aber das hast du nicht ganz ohne Hilfe anderer getan. Sein sogenannter Freund hatte auch die Finger im Spiel.«

Sie schüttelte den Kopf. »In Wahrheit gehören nicht zwei dazu, John. Glaub mir, ich hab es mehr als ein Mal getan.«

»Da, schon wieder. Die nächste Warnung.«

»Vielleicht will ich mich auch nur dazu überreden, ein besserer Mensch zu werden. Vielleicht bist du es wert, sich deinetwegen zu ändern.«

»Du kennst mich nicht mal.«

»Und du wirst mich auch nicht näher kennenlernen wollen.«

»Jetzt werden wir aber ein wenig melodramatisch.«

Sie legte die Arme um ihn und drückte ihn an sich. Eine Träne rollte auf seine Brust.

»Menschen können sich ändern«, sagte Cardinal. »Ich hab selbst Beispiele dafür gesehen. Manche Menschen krempeln ihr ganzes Leben um.«

Sie seufzte und streckte die Hand nach oben, um sein Gesicht zu berühren. »Was für eine schöne Geschichte.«

31

Als Cardinal am Morgen aus der Dusche kam, war Donna schon weg.

Nach der morgendlichen Lagebesprechung hörte er seine Voicemail ab und erwiderte einige Anrufe. Obwohl er so etwas wie eine innere Blockade überwinden musste, um E-Mails zu beantworten, nutzte er die Zeit, in der er auf Mendelsohn wartete, indem er so viele Mails beantwortete, wie er konnte. Natürlich hatte Mendelsohn nicht die Möglichkeit, anzurufen und zu erklären, wieso er sich dermaßen verspätete, da sein Handy am Grund des Trout Lake lag.

Um zehn Uhr rief er im Highlands Hotel an. In Mendelsohns Zimmer meldete sich niemand. Der FBI-Mann mochte ein wenig exzentrisch und außerdem ein bisschen tolpatschig sein, doch an seiner Zuverlässigkeit hegte Cardinal keinen Zweifel. Nicht der Typ, der neun Uhr sagt, wenn er halb elf oder elf meint. Cardinal schnappte sich seinen Mantel und fuhr zum Highlands, wo er direkt neben Mendelsohns Alero parkte. Jemand vom Wartungspersonal schob eine Schneefräse vor sich her, die weiße Fontänen in den blauen Himmel stieß.

Der junge Mr Dee war über Cardinals erneuten Besuch nicht erbaut. Über die Rezeptionstheke hinweg schlug ihm eine Wolke nach Mundwasser duftender Empörung entgegen.

»Ich möchte zu einem Ihrer Gäste«, sagte Cardinal.

»Selbstverständlich, Detective. Wie lautet der Name?«

»Mendelsohn.«

Der Manager sah auf seinem Computer nach, fand die Zimmernummer heraus und wählte. Das Telefon zwischen Schulter und Ohr geklemmt, tippte er die ganze Zeit emsig weiter. Er legte auf. »Tut mir leid, Mr Mendelsohn muss weggegangen sein.« Er deutete auf die Haustelefone. »Möchten Sie eine Nachricht hinterlassen?«

»Ich muss sein Zimmer sehen.«

»Oh, ich glaube nicht, dass wir ...« Er musterte Cardinals Gesicht, und was immer er dort entdeckte, änderte seine Meinung. »Ich kümmere mich darum.«

Im Fahrstuhl sagte er: »Bitte sagen Sie mir, dass diese Ermittlungen bald vorbei sind.«

»Sind sie nicht.«

Auf dem zweiten Stock führte er Cardinal zu Zimmer 218 und klopfte an. »Wissen Sie, was komisch ist? Unsere Belegung ist im Vergleich zum Vorjahr *gestiegen.«*

»Man sollte meinen, ein Doppelmord ist nicht gerade die beste Publicity.«

»Dachte ich auch.« Er klopfte noch einmal an.

»Öffnen Sie die Tür.«

»Bitte – wir müssen nicht schon wieder diese Diskussion führen, oder?«

»Nein«, erwiderte Cardinal, »ganz bestimmt nicht.«

Der Direktor zog den Generalschlüssel aus der Tasche und öffnete die Tür. Er nahm dieselbe Stellung wie beim letzten Mal ein, den Rücken zum Flur gewandt, und hielt die Tür offen. »Klingt, als stünde er unter der Dusche.«

Die Spiegel, die Fenster, sogar der Fernsehbildschirm waren vom Dampf beschlagen.

»Mendelsohn?« Cardinal machte ein paar Schritte in den Raum und blieb stehen.

Mendelsohn lag, mit seitlich angewinkelten Beinen, zwischen Toilette und Waschbecken auf dem Boden. Neben seinem Kopf hatte sich eine Blutlache gebildet, die an eine Denkblase in einem Comicheft erinnerte. Cardinal berührte seine Schulter. Er war schon seit einer Weile tot.

Er kniete sich hin, um Mendelsohn genauer zu untersuchen.

Über seiner rechten Augenbraue befand sich ein dunkles Loch, am Hinterkopf die Austrittswunde, die ein gutes Stück Schädelknochen zerfetzt hatte. Gehirnmasse war auf die Wand über der Toilette gespritzt. Noch eine Eintrittswunde unter dem Highlands-Logo auf seinem Bademantel, und soweit Cardinal sehen konnte, gab es dazu keine Austrittswunde. Die würde das Loch in der Badezimmertür erklären. Es befand sich etwa in Taillenhöhe, wenn man stand. Saß man jedoch, wie es bei Mendelsohn eindeutig der Fall gewesen war, auf der Toilette, dann traf die Kugel auf der Höhe der rechten Lunge den Körper. Sah ihm ähnlich, sich beim Kacken ermorden zu lassen.

Cardinal rief im Präsidium an. Als er sein Handy zuklappte, erinnerte er sich an Mr Dee, der, ein wenig blass um die Nase, immer noch an der Tür seinen Mann stand.

»Wir werden noch einmal die Videos von Ihren Überwachungskameras brauchen.«

»Das wird schwierig.«

»Wieso?«

»Nach dem letzten Vorfall haben wir einen Experten beauftragt, unsere gesamte Überwachungsanlage gründlich zu überprüfen. In den letzten drei Tagen waren die Kameras nicht in Betrieb.«

»Na toll!«

»Das hier wird noch so eine sensationsträchtige, hässliche Angelegenheit, nicht wahr?«

»Sie sollten sich vielleicht auf ein paar Absagen einstellen.«

Während er wartete, stellte Cardinal die Dusche ab und blieb im Badezimmer stehen, um sich vorzustellen, wie es abgelaufen war. Mendelsohn musste den Wasserhahn aufgedreht haben, damit das Wasser heiß war, bevor er duschte. Dann hatte er sich auf die Toilette gesetzt.

Die Kugel, die Mendelsohn durch die Tür hindurch in die Brust getroffen hatte, erzählte ihm einiges. Cardinal führte so leise, dass es kaum mehr ein Flüstern war, Selbstgespräche. »Du stehst, das Ohr an der Tür, im Flur und hörst das Wasser in der Dusche laufen. Irgendwie knackst du das Schloss und kommst rein. Das Wasser läuft, die Tür ist zu. Wieso schießt du durch die Tür? Wieso zielst du auf die sitzende Zielperson?«

Nachdem er sich Handschuhe angezogen hatte, trat Cardinal aus dem Bad und zog die Tür zu. Wegen des dicken Teppichbodens gab es nur einen sehr flachen Spalt unter der Tür.

Er öffnete die Tür wieder und vermied es, Mendelsohn anzusehen. »Nein, du wusstest, dass er da hockt. Die Tür muss offen gestanden haben.« Er drehte sich zu den Faltschiebetüren gegenüber dem Badezimmer um. Mit wandhohen Spiegeln. Die linke Tür war geschlossen, sodass darin Cardinals und Mendelsohns angewinkelte Unterschenkel zu sehen waren. Die andere Schranktür stand einen Spalt offen, in dem Cardinal die Schulter von Mendelsohns Trenchcoat erkennen konnte. In dem schräg stehenden Spiegel waren das Bett und ein Teil des Nachtschränkchens zu sehen.

»Du warst unter dem Bett«, sagte Cardinal. Er stellte sich seitlich daneben. Von hier aus waren in dem Spiegel der Schranktür die Toilette und Mendelsohns nackte Füße zu sehen.

»Er lässt die Tür ein Stück offen, damit der Dampf entweichen kann. Dann will er zuerst die Toilette benutzen. Er setzt sich hin – aber nein –, die offene Tür ist ihm unangenehm, also schiebt er sie zu.

Du kriechst unter dem Bett hervor. Du stehst vor der Badezimmertür und gibst einen Schuss ab. Hast du einen Schalldämpfer benutzt? Du feuerst ein Mal und hörst ihn fallen. Als er auf dem Boden liegt, öffnest du die Tür – er wird sie nicht abgeschlossen haben – und schießt ihm eine Kugel in den Schädel.«

Cardinal kehrte zum Bett zurück. Mendelsohn schlief auf dem anderen Bett und benutzte das vordere als Ablage. Papiere waren in acht ordentlichen Stapeln sortiert. Cardinal beugte sich darüber und überflog die Beschriftung.

Er versuchte, festzustellen, ob vielleicht ein Stapel unordentlicher war als die anderen, doch auf den ersten Blick konnte er keinen Unterschied feststellen.

Die Spurensuche traf mit ihren Ausrüstungskoffern ein. Cardinal bat sie, unter dem Bett besonders gründlich zu arbeiten. »Das hier nehme ich mit«, sagte er und hielt ein winziges Notizbuch an den Ecken hoch, das er aus Mendelsohns Jacketttasche gezogen hatte.

Arsenault bestäubte es, doch es hatte eine Textur, auf der sich keine Fingerabdrücke zeigten. Er steckte eine geknickte Nummernkarte in die Jackentasche und machte ein Foto davon, bevor er ein Etikett mit derselben Nummer, der Zeitangabe und seiner Unterschrift an das Notizbuch klebte. »Liegt jetzt in Ihrer Verantwortung, es in die Asservatenkammer zu bringen.«

In der Hotellobby wimmelte es bereits von Reportern. Cardinal entdeckte Nick Stoltz vom *Algonquin Lode,* Brian Murtaugh vom örtlichen Kabelsender, ja sogar Grace Lagault von der CBC. Donna stand neben ihr und sah Cardinal einfach nur mit erwartungsvollem Blick an.

Sie bestürmten ihn. »Haben Sie ihn schon zweifelsfrei identifiziert?«

»Haben Sie schon irgendwelche Verdächtige?«

»Ist es derselbe Mörder?«

»Wir haben einen Toten in mittlerem Alter, nicht von hier, zweifelsfrei Opfer einer Straftat. Mehr kann ich Ihnen im Moment nicht sagen.«

Donna hielt sich mit Fragen zurück.

Er hatte befürchtet, dass sie etwas sagen würde wie: »Stimmt es, dass er beim FBI war?«, irgendetwas, das die anderen in hellen Aufruhr versetzen und außerdem den Verdacht aufkommen lassen würde, sie hätte einen speziellen Draht zu den Ermittlungsbeamten.

Auf dem Parkplatz blendete der Schnee Cardinal so sehr, dass ihm die Augen tränten. Er stieg ein und ließ den Motor an. Sein Handy klingelte, und er musste den Schalthebel wieder in Parkstellung bringen, um zu telefonieren.

»Mendelsohn hatte einen interessanten Kontakt.« Es war Donna. Sie stand unter dem Vordach des Hotels und blickte über den Parkplatz, wenn auch nicht in seine Richtung.

»Woher wusstest du, dass es Mendelsohn ist?«

»Wusste ich nicht. Danke für die Bestätigung.«

»Woher kennst du den Namen?«, fragte Cardinal, wütend über seine eigene Dummheit.

»Na hör mal – ich hab natürlich nicht nur eine Quelle.«

»Wendest du bei allen dieselbe Technik an?«

»Das würdige ich keiner Antwort.«

»Schon gut. Okay, tut mir leid. Was ist das für eine Kontaktperson?«

»Ein Mann, der in New York bei der Mordkommission arbeitet. Er und Mendelsohn haben ein paar Jahre lang an irgendwas zusammengearbeitet. Er heißt Stuart Nathan – wahrscheinlich ist er inzwischen zum Lieutenant aufgestiegen. Heißt das jetzt, dass wir uns später nicht sehen?«

»Na ja, es heißt, dass ich Überstunden vor mir habe.«

»Ruf mich an, wenn du kannst«, sagte sie und trennte die Verbindling.

Während er vom Parkplatz fuhr, kam er am Eingang vorbei. Sie winkten sich nicht zu.

Als er wieder an seinem Schreibtisch saß, rief Cardinal die Außendienststelle der New Yorker Polizei an und sprach mit dem Sonderermittler im Dienst, Wesley Walker. Chouinard hatte ihn bereits über Mendelsohns Tod unterrichtet, und Cardinal versicherte ihm, sie würden alles daransetzen, um seinen Mörder zu schnappen. Er bat um eine vollständige Kopie der Akte, die Mendelsohn mitgebracht hatte.

»Haben Sie die denn nicht? Mendelsohn hat kurz vor seiner Abreise alles vollständig kopiert – wir geben die Originale nicht aus dem Haus.«

»Wir haben seine Kopie, aber wissen Sie, was ich denke? Mendelsohn konnte unmöglich hier oben irgendwelche Feinde haben. Derjenige, der Ihren Mann umgebracht hat, wusste höchstwahrscheinlich, dass er unsere Morde mit anderen Fällen in Verbindung bringen würde.«

»Aber woher sollte diese Person das wissen? Wollen Sie damit sagen, er wurde von jemandem aus einem früheren Fall erkannt?«

»Wir haben eine lebhafte Berichterstattung, viel Presse

über diese Geschichte. Ich hab's nur mal kurz nachgeprüft und auf zwei Websites mit Lokalnachrichten Bilder von Mendelsohn mit mir gefunden. Sein Mörder hat nicht die ganze Akte mitgenommen, weil er damit sein Motiv verraten hätte – wahrscheinlich hat er etwas ganz Bestimmtes mitgenommen. Und wenn wir feststellen, was, könnte uns das geradewegs zu ihm führen.«

»Das ist eine kühne These. Sie müssen sich gut mit Mendelsohn verstanden haben.«

»Ich mochte ihn.«

»Sie bekommen die Akte so schnell wie möglich.«

Cardinal legte auf und machte sich daran, Mendelsohns Notizbuch durchzublättern, das sich als Sammelsurium erwies, in dem *Socken kaufen* neben *Divyris durch US-Datenbank jagen* und *Waffen des frankokanadischen Militärs überprüfen* unter *Waschbecken im Bad reparieren* stand. Auf der letzten Seite hatte er notiert: *alte Hasen im Pelzhandel befragen.*

32

Lloyd Kreeger vermutete, dass er etwa zwanzig Minuten hatte, bestenfalls. Derjenige, den sie Papa nannten, war mit dem Mädchen draußen auf der Jagd. Derjenige, der Jack hieß, war vor ungefähr einer Stunde rausgegangen; Lloyd hatte gehört, wie er den Rover anließ und damit wegfuhr.

Sein wichtigster Besitz im Moment war nicht sein Landbesitz, nicht seine Anteile an der Pelzindustrie und ebenso wenig seine Bergbauaktien. Sein kostbarster Besitz war im Moment ein zerbrochener Holzmeißel, den ein Arbeiter liegen gelassen hatte. Lloyd hatte ihn in einen Papierkorb geworfen, der sich nach und nach mit Papier gefüllt hatte. Als sie das Zimmer überprüften, hatten seine Kidnapper ihn übersehen.

Die Klinge des Meißels war nicht einmal scharf genug, um damit Butter zu schneiden. Vom Griff war nur noch ein Stummel vom Stahlstift übrig. Lloyd versuchte, die Fußfessel, die ihn an den Knöcheln mit der Kette verband, auseinanderzubiegen, aber es war schwierig, eine Hebelwirkung zu erzielen, weil die Kette beweglich war. Er drehte den Papierkorb um und hielt die Kette mit dem linken Fuß darauf fest. Doch die einzelnen Glieder verschoben sich zu stark, als dass er den nötigen Widerstand erreicht hätte.

Er legte sich die Kette so zurecht, dass das Verbindungsstück neben dem Papierkorb hing. Er sah sich nach einem anderen Gegenstand um, den er als Werkzeug benutzen konnte. In der obersten Kommodenschublade fand er ein 30-Zentimeter-Lineal. Es maß an der dicksten Stelle vielleicht einen Zentimeter und wurde zu der geraden Metallkante hin, die unter der Skala entlanglief, dünner.

Er presste die gerade Kante in den winzigen Spalt des Kettenglieds. Dann stellte er den Fuß darauf und drückte das Lineal so fest wie möglich nach unten. Auf diese Weise klemmte er das Lineal in das Kettenglied. Er versuchte, den Meißel neben das Lineal zu schieben. Es war zwar nicht schwer, die Spitze der Schneide hineinzudrücken, doch wegen des abgebrochenen Griffs konnte er darüber hinaus kaum etwas bewirken.

Er bückte sich, hob die Kette hoch und packte sie an beiden Seiten des Eisenglieds. Auch wenn er so behutsam wie möglich ans Werk ging, fiel der Meißel heraus. Erst nach mehreren Versuchen hatte er ihn wieder da, wo er ihn haben wollte. Vom Bücken tat ihm der Rücken weh. Er hob den rechten Fuß und hielt den Meißel mit den Fingerspitzen fest. Die Kette war gerade lang genug, dass er den Fuß auf den Meißelgriff stellen konnte. Und mit einer ruckartigen Bewegung, die seine ganze Operation scheitern lassen konnte, verlagerte er sein gesamtes Gewicht darauf.

Er merkte, wie der Meißel unter ihm nachgab. Als er den Fuß hochhob, steckte die Klinge fest zwischen dem Lineal und dem Eisenglied. Jetzt hob er die prekäre Versuchsanordnung wieder auf den umgestülpten Papierkorb. Mit dem linken Fuß hielt er das Ganze fest. Er schob den Meißelgriff nach rechts und spürte, dass das Eisenglied ein wenig nachgab. Er legte sich die Kette unter dem Fuß zurecht und übte wieder Druck aus.

Das Lineal wackelte, und der Meißel in seiner Hand gab nach. Die Lücke hatte sich geweitet. Er legte das nächste

Kettenglied über der Lücke zurecht und trat darauf, während er gleichzeitig an beiden Seiten an der Kette zog. Das Glied gab nach, und er fiel rückwärts aufs Bett. Er war frei.

Er lief eilig ins Wohnzimmer und sah aus dem Fenster an der Eingangsseite. Papa und das Mädchen würden höchstwahrscheinlich auf demselben Weg zurückkommen, auf dem sie weggegangen waren. Die Spuren ihrer Schneeschuhe führten in den Wald auf der anderen Seite des Sees.

Ohne nach dem Telefon und dem Computer in seinem Büro zu sehen – die Eindringlinge hatten die Verbindungen irgendwie lahmgelegt –, steuerte er sofort auf den Seiteneingang zu. Am Haken fehlten die Schlüssel zu seinem Auto und seinem Schneemobil. Ohne Schneeschuhe würde es für jeden schwierig, durch den Wald zu kommen, ganz zu schweigen von einem Fünfundsiebzigjährigen. Er zog sich seinen Parka über und trat nach draußen.

Der Fußweg zwischen Haus und Baracke war zugeschneit, auch wenn der Schnee hier nicht annähernd so tief war wie bei den Verwehungen vor dem Haupthaus. Er lief über das freie Gelände und fand den Schlüssel, den Henry immer unter den Eingangsstufen versteckte. Er öffnete die Tür. Von dem Gestank verschlug es ihm den Atem.

Er kämpfte gegen den Würgereiz an und zog die Tür wieder zu. Dann atmete er ein paar Mal tief durch, hielt die Luft an, ging wieder hinein und sah, dass keine Schlüssel da waren, weder auf dem Tisch noch an der Wand.

Immer noch mit angehaltener Luft, kniete er sich neben Henry hin und ignorierte bewusst das schwarze Loch in seiner Stirn und die dunkle, klebrige Masse unter ihm, als er ihm in die Tasche fasste. Er zog ein Taschenmesser und ein paar Münzen heraus und steckte sie ein.

Henry lag auf der linken Seite. Lloyd gelang es gerade noch, in seiner Jackentasche zu suchen, bevor seine Lunge streikte. Obwohl er durch den Mund einatmete, wurde ihm von den Verwesungsgasen speiübel, und er erbrach sich auf den Boden. Er würgte so lange, bis sein Magen leer war.

Es gelang ihm, Henry umzudrehen und in seine anderen Taschen zu greifen. Kaugummi, die Visitenkarte eines Klempners – absolut nichts, was er in seiner momentanen Situation gebrauchen konnte.

Er stand auf und übergab sich noch einmal. Das Telefon auf der Arbeitsplatte in der Küche sah intakt aus, doch als er den Hörer abnahm, stellte er fest, dass kein Freizeichen ertönte. Mit Schneeschuhen hätte er ein paar Möglichkeiten gehabt, doch Henrys Schneeschuhe hingen nicht wie sonst an ihrem Haken neben der Tür.

Lloyd sah aus dem Fenster, über die Lichtung und in den dunklen Wald. Nichts regte sich. Außer dem Summen von Henrys Kühlschrank war nichts zu hören.

Er öffnete die Tür und zog sie hinter sich zu. Dann rannte er los. Jemand aus Papas Bande hatte den ehemaligen Holzfällerpfad, der zum Highway führte, freigeschaufelt. Mit seinen verletzten Gelenken würde er es durch den verschneiten Wald nicht schaffen.

Lloyd war den größten Teil seines Lebens mit einer guten Gesundheit gesegnet gewesen, hatte allerdings nie ernsthaft Sport getrieben. Nach wenigen hundert Metern drohte seine Lunge ihn im Stich zu lassen, und so ging er in zügigen Laufschritt über. Schon jetzt taten ihm die Knöchel und Waden weh, und es konnte nur schlimmer werden. Er lief weiter.

Falls er es bis zum Highway schaffte, konnte er jemanden heranwinken. Ein alter Mann am Straßenrand – irgendjemand würde merken, dass er in Schwierigkeiten war. Irgendjemand würde anhalten.

Er hörte den Range Rover, bevor er ihn sah. Die Federung quietschte bei jeder Bodenwelle.

Lloyd stürzte sich kopfüber in den Schnee rechts von ihm, purzelte nach vorn, stand auf und verdrehte dabei Hüften und Knie. Die Kälte brannte ihm an den Handgelenken, den Knöcheln und am Hals. Er setzte sich hin und schaufelte sich Schnee über die Beine, legte sich auf den Rücken und häufte sich Schnee über den Rumpf, um das leuchtende Rotblau seines Parkas zu verdecken.

Der Rover kam um die Kurve, das Rattern und Quietschen wurde lauter. Lloyd lag still. Die Schaltung wechselte gewaltsam unter knirschendem Protest in den Rückwärtsgang. Der Motor heulte ein paar Mal auf. Der Truck kam in den Schnee, bis das Räumschild Lloyd mit Wucht gegen die Füße knallte.

Der Motor heulte wieder auf.

Lloyd rappelte sich hoch und strich sich den Schnee aus Gesicht und Haaren. Der Schnee schmolz rund um seinen Hals und lief ihm in eisigen Rinnsalen Rücken und Brust hinunter. Der mit den bösartigen Zügen, dem Dreitagebart und kantig geschnittenen Schnauzbart saß hinter dem Lenkrad. Jack. Er kurbelte die Scheibe herunter. Seine Pistole tauchte zuerst auf, dann sein Gesicht.

»Beweg dich.«

»Nein.«

»Ich sagte, beweg dich.«

»Das werde ich nicht.«

Jack klopfte mit seiner Automatik an die Türverkleidung. »Du siehst lächerlich aus. Alter Knacker im Schnee, der den starken Mann markiert.«

»Dann bringen wir's hinter uns, erschieß mich.«

»No, Sir.«

»Na los, worauf wartest du. Henry hast du doch auch erschossen. Mich wirst du auch umlegen.«

Jack sah ihn mit zusammengekniffenen Augen an. »Nicht auf deinen Befehl hin.«

»Nein, sondern erst, wenn dieser Verrückte, den du Papa nennst, es dir befiehlt.«

»Richtig.«

»Du tust alles, was er sagt.«

Jack schlug wieder mit der Waffe an seinen Rover.

Lloyd watete durch den Schnee zur Beifahrerseite. Als er die Tür erreichte, versuchte er, wegzulaufen. Jack legte den Rückwärtsgang ein und schnitt ihm mit dem Wagen den Weg ab. Die Scheibe auf der Beifahrerseite wurde heruntergelassen.

»Zurück zum Haus, Alter.«

»Lass mich gehen. Sag diesem Mann, ich wäre entwischt, während du auf der Jagd warst.«

»No, Sir, du scheinst mich mit einer Art Zollbeamten aus der Dritten Welt zu verwechseln – so einem armseligen, zweifellos negroiden Lakaien, der seine Integrität gar nicht schnell genug gegen ein paar lausige Kröten und eine Ray-Bans tauschen kann. Aber im Moment bin ich Herr über Leben und Tod, und ich lass mich von dir nicht bestechen. Du willst mich zu einem pflichtvergessenen Verhalten überreden, und auch noch zu einer Lüge. Ich lüge nie.«

»Da kannst du aber stolz darauf sein, wenn du gleichzeitig herumläufst und Leute umbringst.«

»Bei einigen Menschen ist das nötig.«

»Nun denn, erschieß mich auf der Stelle, worauf wartest du? Ich hab keine Lust, Tag und Nacht angekettet zu sein, in ständiger Angst, wann es so weit ist.«

»Wenn es so weit ist, erfährst du's als Erster. Du kannst daran nicht das Geringste ändern.«

»Möchtest du so den Rest deines Lebens zubringen? Dich verstecken? Auf der Flucht vor der Polizei?«

»Sieht ganz so aus. Sonst würde ich es ja nicht tun.«

Lloyd versuchte, um die Vorderseite des Trucks herum zu flüchten, doch der Wagen machte einen Satz nach vorn und stand ihm erneut im Weg.

»Du solltest eines verstehen, Lloyd. Falls du mich zwingst, auf dich zu schießen, dann ziele ich nicht aufs Herz oder den Kopf und mach es kurz und schmerzlos. Ich werde dir dort eine Kugel reinjagen, wo es richtig weh tut und du dasitzen und zusehen musst, wie du langsam verblutest. Alles voller Blut und Eiter. Und jetzt marschier da hübsch vor dem Truck hier den Weg entlang, bevor ich dir eine Kugel in die Eingeweide jage.«

Auf der anderen Seite des Black Lake stapften Papa und Nikki durchs dichte Gehölz. Jeder von ihnen hatte eine Flinte dabei, und sie trugen leichte Daunenjacken in einem weißbraunen, gewellten Tarnmuster. Wenn sie sich nicht bewegten, waren sie kaum zu sehen. An ihren Füßen trugen sie Stiefel, Outdoorgamaschen und Schneeschuhe.

Abseits des Pfades führte Papa. Er wusste, ohne dass sie es ihm sagte, wo sie und Lemur das Tellereisen aufgestellt hatten. Auf einer kleinen Anhöhe winkte er sie heran, und sie kam, wenn auch in ihren Schneeschuhen ein wenig unbeholfen, zu ihm. Er hatte hinsichtlich der leichten Jacke recht behalten: In dem Vliesoberteil, das sie darunter trug, war es Nikki so warm, als wäre sie im Haus. Papa hatte sie zum Einkaufen mit ins Manhattan genommen, das war der beste Einkaufsbummel ihres Lebens gewesen.

Doch als sie jetzt so nahe an die Stelle kamen, an der

sie die Falle aufgestellt hatten, musste sie an Lemur denken. In den Nachrichten hatten sie ihn wie einen gemeinen Verbrecher hingestellt. Sie kannten nicht mal seinen Namen, und es ärgerte Nikki, dass sie von diesem mutigen, freundlichen jungen Mann gesprochen hatten, als sei er ein Loser, der bekommen hatte, was er verdiente.

Sie fragte Papa danach. Normalerweise duldete er keine Fragen, doch jetzt war er gerade in Lehrmeisterlaune, und es fühlte sich an, als nähme er sie in seine starken Arme.

»Lemur kannte die Risiken«, sagte er zu ihr. »Als er in diese Organisation kam, wusste er genau, was ihn erwartete. Man wird getötet, das gehört zum Leben dazu. Das hält deine Pumpe auf Trab, das Blut in Schwung. Dir steht der Sinn nach einem gewöhnlichen Leben? Halt dich von der Familie fern. Du scheust die Gefahr? Lass die Finger von der Familie. Du willst in einem Büro arbeiten? Die Stechuhr drücken? Ein regelmäßiges Gehalt auf dem Konto? Dann hast du in der Familie nichts zu suchen. Ist es das, was du möchtest? Willst du stinknormal sein?«

»Nein, Sir.«

»Ich bin dein Papa, nicht dein Sir.«

»Ich will nicht stinknormal sein. Wollte Lemur auch nicht. Glaubst du wirklich, Jack hat ihn umgebracht?«

»Wenn er es getan hätte, wäre Jack nie zurückgekommen. Er weiß, dass ich es wüsste.«

»Meinst du, es war irgendein Irrer?«

»Ich hab da so meine Theorien, aber überlass das am besten mir. Wenn es sich später taktisch als klug erweisen sollte, kommst dann vielleicht du noch mit ins Spiel. Wie machen sich deine Stiefel? Keine Probleme mit den Füßen?«

»Sie sind richtig warm.«

»Und die Hände?«

Sie trug dünne Handschuhe unter großen Fäustlingen. Ihre Hände hatten sich noch nie wärmer angefühlt. »Sie sind fast heiß.«

»Na schön. In welche Richtung liegt Algonquin Bay?«

Sie zog einen Fäustling aus und zeigte geradeaus.

»Gut. Und Toronto?«

Sie gab wieder die Richtung an.

»Gut. Und der Flugplatz? Kannst du dich von der Karte her erinnern?«

Sie zeigte nach Westen.

»Und der Endbahnhof?«

Südsüdost.

»Die Busstation?«

»Auch dort.«

»Gut.«

»Woher kennst du die Gegend hier so gut?«, fragte Nikki. »Nur von der Karte?«

»Ich hab mal im Pelzhandel gearbeitet. Die Geschäfte haben mich mehr als ein Mal hier in die Gegend geführt. Jetzt hol dein Messer heraus und schneid mir ein paar Kiefernzweige ab. Schüttele den Schnee herunter und breite sie hier aus.« Er zeigte auf eine Mulde direkt unter einem umgestürzten Baumstamm.

In den nächsten zwanzig Minuten säbelte Nikki Kiefernzweige ab und legte sie auf den Schnee. Auch Papa sammelte welche und kleidete damit sorgsam die Mulde aus. Als sie in einer dicken Schicht gestapelt waren, erlaubte er ihr, aufzuhören. Er kniete sich auf die Zweige und zielte mit seinem Gewehr über die Spitze des umgefallenen Stamms. Nikki legte sich neben ihn.

Papa sprach leise mit ihr, als könnte jemand sie hören. »Die Zweige sind wichtig«, sagte er. »Dir ist doch warm in deinen Kleidern, oder? Also, egal, wie warm dir im Moment sein mag – wenn du dich auf eine Fläche mit einer Temperatur unter dem Gefrierpunkt legst, dann saugt es dir im Nu alle Wärme aus den Knochen, und du zitterst bald wie Espenlaub. Die Zweige sind deine Isolationsschicht.«

»Sie sind auch irgendwie warm. Wo hast du so was alles gelernt? In der Army?«

»Teilweise schon. Aber vor allem wird Wissen durch Familien und Traditionen weitergegeben. Mein Vater hat mir eine Menge beigebracht, bevor er starb, und jetzt bring ich es dir bei. Okay, geh in Stellung.«

Nikki ahmte Papa nach und zielte mit ihrem kleineren Gewehr über den Stamm. Sie trugen beide Wollmützen, die sie tief ins Gesicht gezogen hatten. Die Stille war so absolut, dass Nikki sie bedrückend fand und es ihr die Brust einschnürte.

»Es ist so still«, sagte sie.

»Genau so, wie ich es liebe.«

»Ich kann meinen eigenen Atem hören.« Und das war auch schon alles, es sei denn, man zahlte das Rascheln ihrer Jacke, das kaum hörbare Klicken ihres Abzugshahns dazu. Ihre rechte Hand wurde, nur mit dem Handschuh bekleidet, allmählich kalt.

So blieben sie vielleicht eine Viertelstunde lang liegen.

»Woher willst du wissen, dass wir irgendwas zu sehen kriegen?«

Papa deutete nach rechts.

»Was ist?«

»Spuren.«

Nikki blinzelte in die Richtung, in die er gezeigt hatte. Blasse, V-förmige Eindrücke, nicht einmal frisch. »Wow, die hab ich gar nicht gesehen.«

»Ein Hase. Sieht man an der V-Form und an dem engmaschigen Laufmuster. Wenn die Vorderpfoten auftreten, kommen die Hinterpfoten nach vorn und landen zu beiden Seiten daneben. Die kurze Schleifspur stammt vom Schwanz.«

»Papa, ich glaube nicht, dass ich einen Hasen töten kann, die sind zu niedlich.«

»Ich bring dir Überleben bei, Nikki, nicht Ästhetik. Wenn du zurück auf den Straßenstrich willst, nur zu, steht dir jederzeit frei.«

»Will ich nicht, aber ich will auch keinen Hasen töten.«

»Du isst Hühnchen, oder? Truthahn? Schweinefleisch? Kalb? Du trägst Ledergürtel und -schuhe. Das alles bringt Schmerzen und Leiden für Tiere mit sich. Es ist dir egal, solange du es nicht siehst. Du denkst vielleicht, du liebst Tiere, und deshalb willst du keines töten, aber es ist Tatsache, dass du für den Tod Hunderter Tiere pro Jahr verantwortlich bist, und zwar allein durch das Essen, Lederwaren nicht mitgezählt. Du bist nur zimperlich, weil du es nicht gewohnt bist, für das, was du isst, Verantwortung zu übernehmen.«

Nikki hatte darüber bisher noch kaum nachgedacht. Sie wusste nur, dass es sich nicht richtig anfühlte, auf einen Hasen zu warten, um ihn zu töten. Sie hatte ein mulmiges Gefühl im Bauch. Sie musste dringend pinkeln und wollte es nicht im Schnee machen, aber andererseits wollte sie Papa nicht verärgern, indem sie es erwähnte.

Papa machte *psst*, obwohl sie nichts gesagt hatte. Er nickte kaum merklich – eine leichte Bewegung mit dem Kinn in die Richtung der Spur.

Ein grauer Hase setzte sich auf seine Hinterbeine, schnupperte, wobei die rosa Nase mit der Hingabe eines Connaisseurs zuckte. Er befand sich vielleicht zwanzig Meter von ihnen entfernt.

»Wir sind in Windrichtung«, sagte Papa kaum hörbar. »Er wird uns nicht riechen. Hast du ihn im Visier?«

»Hmhm.« Es war wirklich niedlich, dieses kleine Häschen, doch Nikki spürte, wie dieser Gedanke sich davonschlich wie jemand, der heimlich aus dem Zimmer huscht. Das mechanische Problem, seinen Rumpf zwischen das V ihres Visiers zu bekommen und auf ihn zu zielen, verdrängte alle anderen Überlegungen.

»Du hältst es zu locker«, sagte Papa. »Drück dir den Schaft fest an die Schulter. Fester. Du willst, dass der Rückstoß durch dich hindurchgeht und dir keinen Schlag versetzt.«

Sie tat, was er sagte. Der Hase machte drei Hopser und blieb noch einmal sitzen, um Witterung aufzunehmen. Nikki hatte ihn im Visier. Ihr Herz pochte ihr im Hals.

»Jederzeit«, flüsterte Papa. »Nicht sinnvoll, zu warten.«

»Ich kann nicht.«

»Wenn du Hühnchen essen kannst, dann kannst du auch einen Hasen töten.«

»Ich kann nicht.«

»Kann nicht – bringt nichts, kann nicht – leistet keinen Beitrag zum Gemeinwohl. Kann nicht – bringt deinem Bruder kein Essen auf den Tisch. Kann nicht – ist etwas für Schwächlinge und Scheinheilige. Trag die Verantwortung für dein Leben. Du bist aus Fleisch und Blut, und du lebst von Fleisch und Blut.«

»Ich werde mich wie der letzte Dreck fühlen, wenn ich ihn abknalle.«

»Tu's.«

»Ich kann nicht.«

»Tu's.«

Sie drückte ab, und dann passierte alles auf einmal: der heftige Rückstoß gegen ihre Schulter, der Knall in ihrem Ohr und der Hase, den es hochgehoben und zur Seite geschleudert hatte, während ein roter Sprühregen auf den Schnee niederging.

»Und das ist unser Abendessen«, sagte Papa.

Er drehte sich zu ihr um und sah sie an, doch Nikki rührte sich nicht, sondern zielte immer noch, während allmählich das Gefühl in ihre Schulter zurückkehrte.

»Er bewegt sich noch.« Sie hörte die Panik in ihrer Stimme, die schrillere Tonlage, war den Tränen nahe.

»Geh hin und gib ihm den Rest.«

Nikki sprang auf, trat wie wild in den Schnee, um einen Stein zu finden oder einen großen Stock, egal, was. Alles lag unter einer dicken Schneeschicht. Der Hase versuchte, aufzustehen, doch er war an der Schulter getroffen, und seine Vorderpfoten funktionierten nicht.

»Mein Gott«, sagte Nikki. »Ich kann nichts finden. Hier ist nichts.«

»Schieß noch einmal auf ihn. Geh nah ran und gib ihm einen Schuss in den Kopf. Und schieß dir nicht in den eigenen Fuß.«

Nikki kletterte über den Stamm. Mit den Schneeschuhen war es schwierig, und sie verstauchte sich beinahe den Knöchel. Sie lief die Böschung hinunter, und der Hase kämpfte noch verzweifelter. Sein linker Vorderlauf glänzte vom Blut, und rings um ihn leuchtete es rot im Schnee.

Nikki zielte wieder. Das schwarze, schimmernde Auge des Tiers sah sie mit wildem Blick an, und obwohl sie erst dreizehn Jahre alt war, erkannte sie darin den universalen Schrei der Kreatur nach Leben. Sie nahm ihn ins Visier, doch bevor sie abdrücken konnte, ließ der Hase den Kopf auf den Schnee sinken, und das, was ihn zu einem lebendigen Geschöpf gemacht hatte, verließ den kleinen Körper. Das schwarze, schimmernde Auge wurde stumpf und erstarrte mitten in seinem letzten Versuch, sich zu schließen.

33

Am Donnerstag flogen Cardinal und Delorme nach Toronto und fuhren mit einem Leihwagen weiter zum Leichenschauhaus. Der Pathologe hatte wenig Überraschendes zu bieten. Irv Mendelsohn starb an einer Schusswunde im Kopf. Auch die Einschusswunde in der Brust wäre für sich genommen tödlich gewesen, hätte nicht die Zertrümmerung des Schädels vorher zum Exitus geführt.

Bei der Ballistik äußerte Cornelius Venn in seiner speziellen Mischung aus Paranoia und Feindseligkeit die Überzeugung, dass die Kugeln aus einer Browning Hi-Power .9 Millimeter abgegeben worden seien – dem gleichen Modell und Fabrikat wie die Mordwaffe bei den Bastovs, jedoch nicht die identische Waffe. Dagegen war es sehr wohl dieselbe Waffe, mit der auch der Junge am Geldautomaten getötet worden war.

Eine halbe Stunde später fuhren sie auf der 427 Richtung Flughafen.

»Wir wissen, dass der Junge mit dem Mörder der Bastovs zusammen war. Und dass sein Mörder auch Mendelsohn auf dem Gewissen hat – womit es sehr wahrscheinlich ist, dass es entweder der Mann war, der ihm geholfen hat, den Wagen am Flughafen zu stehlen, oder jemand anders, der sich später zu ihnen gesellt hat. Aber wieso sollte derjenige – oder auch diejenigen – ihn umbringen, während er gerade einen Automaten ausraubt?«

»Diebe streiten sich«, sagte Cardinal. »Passiert ständig.« Er wechselte die Spur und nahm die Abzweigung zum Flughafen.

Delorme dachte weiter laut nach. »Woher wusste diese Person oder wussten diese Personen überhaupt von Mendelsohn?«

»Na ja, dumm sind die nicht«, antwortete Cardinal. »Offenbar wissen die, wie man Leute ausfindig macht. Hab ich dir noch gar nicht erzählt, aber gestern Abend wurde die amerikanische Reporterin von einem Mann im Alter zwischen fünfzig und sechzig verfolgt – zumindest hatte sie das Gefühl.«

»Tatsächlich? Wann hat sie dir das erzählt? Und wieso hast du das nicht bei der Lagebesprechung heute Morgen erwähnt?«

»Weil sie hinterher selbst zugegeben hat, wahrscheinlich nur paranoid zu sein. Sie hat über die russische Mafia geschrieben, und vielleicht sind die Horrorgeschichten nicht ganz spurlos an ihr vorübergegangen.«

»Woher sollten die überhaupt von ihr wissen? Sie ist ja nicht gerade Diane Sawyer.«

»Sie hat über die Bastovs recherchiert. Über die Pelzindustrie. Sie ist hartnäckig, genau wie Mendelsohn. Vielleicht wussten diese Typen, dass die beiden ihnen auf die Pelle rücken. Vielleicht wurden sie sogar irgendwann einmal von ihnen befragt – wer weiß? Die Bastovs hatten zumindest gewisse Beziehungen zum organisierten Verbrechen in Russland, und solche Kerle bringen Cops oder Journalisten um, ohne mit der Wimper zu zucken.«

Delorme zeigte auf das Hinweisschild für die Rückgabe der Leihwagen, und Cardinal fuhr in die entsprechende Tiefgarage. Er stellte das Fahrzeug unter dem Avis-Schild ab, und ein Angestellter trottete herüber, um den Kilometerstand zu notieren. Während sie auf die Quittung warteten, sagte Delorme: »Ich verstehe immer noch nicht, wieso du mir nicht erzählt hast, dass Donna Vaughan das Gefühl hatte, sie würde verfolgt.«

»Ich kann dir nicht sagen, wieso. Vielleicht war ich so in den Fall Scriver vertieft.«

»Du hast keine fünf Minuten an Scriver verschwendet, seit du diesen Fall hier an der Backe hast.«

»Lise, das sollte ein *Witz* sein.«

»Ouais, ouais – t'es bizarre, tu sais?«

»Ich weiß, was das heißt.«

»Gut.«

Die Peel Regional Police, Abteilung Flughafen. Cardinal hatte im Terminal 1 ein Treffen mit Rob Fazulli verabredet. Fazulli nahm sie mit in sein Büro, das trotz der Glaswände etwas Klaustrophobisches hatte. Flughafendurchsagen hallten durch die Wände.

»Schon seltsam«, sagte Fazulli. »Ich war davon überzeugt, dass ich es nicht aushalten würde, in einem Flughafen zu arbeiten. Aber wissen Sie was? Flughäfen sind toll, wenn man keinen Flieger bekommen muss. Alle Welt zieht an einem vorbei.«

Er legte eine CD ins Abspielgerät und schaltete den Monitor ein. Das Bild war erstaunlich scharf: eine Reihe Reisender mit Schultertaschen und anderem Handgepäck, die sich in müder Resignation Schritt für Schritt vorwärtsschoben.

»Passkontrolle«, sagte Fazulli. »Terminal 2. Siebenundzwanzig Minuten, bevor das fragliche Fahrzeug gestohlen wurde. Sehen Sie sich den Jungen mit dem Kapuzensweater und dem Backpack an. Das Material aus dem Parkhaus hatte eine zu niedrige Auflösung für die Gesichtserkennung, aber er könnte einer von Ihren Tatern sein, richtig? Der Typ, der den Wagen aufgebrochen hat?«

»Möglich«, sagte Delorme. »Aber so ziehen sich eine Menge Leute an. Praktisch jeder unter zwanzig. Jedenfalls aus dieser Entfernung nicht zu sagen.«

Fazulli sah Cardinal an. »Ist sie immer so ungeduldig?«

»Immer.«

Fazulli drückte auf Schnellvorlauf. Jetzt stand der Junge vor dem Beamten der Einwanderungsbehörde, kaum weiter als einen Meter von der Kamera entfernt.

»Das ist er«, sagte Delorme.

»Auf einmal so sicher«, kommentierte Fazulli.

»Wir haben ihn aus nächster Nähe gesehen«, erklärte Delorme. »Er wurde bei einem Geldautomatenraub getötet. Das ist er eindeutig.«

»Die Flugnummer haben Sie sicher nicht«, sagte Cardinal.

»Sie scheinen vergessen zu haben, dass Sie es mit einem Ass in Verbrechensbekämpfung zu tun haben«, sagte Fazulli. Er nahm einen Aktenordner, schlug ihn auf und las laut vor: »Liam Rourke. Sechzehn. American Airlines, Flug 592, La Guardia nach Toronto.«

»Fantastisch«, sagte Delorme. »Ihr seid hier ja besser als Fernsehcops.«

»Wir sehen auch besser aus«, sagte Fazulli.

»Das ist großartig, Rob«, sagte Cardinal. »Jetzt brauchen wir nur noch nach zwei männlichen Passagieren auf diesem Flug zu suchen, die wahrscheinlich ihre Tickets zur gleichen Zeit gekauft haben.«

»Haben wir bereits getan. Und das war auch gut so, denn die Bilder aus dem Parkhausvideo hätten niemals Treffer ergeben. Ich trete schon seit Längerem für bessere Kameras da drüben ein, aber Autodiebstahl hat bei der Flugsicherheitsbehörde nicht gerade Priorität. Hier, sehen Sie selbst.« Er spulte das Video zu einer anderen Einstellung vor. Ein Mann zwischen fünfzig und sechzig, graumeliertes, kurz geschnittenes Haar. Gut aussehend und durchtrainiert.

»Die Gesichtserkennung bei dem hier brauchbar?«, fragte Cardinal.

»Niete. So viel zu den Fernsehcops. Die Jungs quetschen aus einer Postleitzahl DNA heraus. Aber fast genauso gut – derselbe Flug, gemeinsamer Ticketkauf. Das hier ist Curtis Carl Winston, achtundfünfzig Jahre alt.«

»Winston?«, sagte Cardinal. »Winston klingt irgendwie vertraut.«

»Wenn ich mich nicht täusche, gab es einen britischen Premierminister, der so hieß. Dicker Mann mit Zigarre?« Fazulli überreichte ihm mit schwungvoll eleganter Geste die Akte. »Sir! Madam! Danke, dass Sie die Peel Regional Police, Flughafenabteilung, gebucht haben. Wir akzeptieren MasterCard, American Express und die meisten Arten von Alkohol.«

Cardinal bedankte sich bei ihm. »Und hören Sie, Rob, sobald die nächste Stelle bei uns frei wird, rühre ich für Sie die Werbetrommel.«

»Das weiß ich zu schätzen, aber ich könnte nie oben im Norden leben. Zu viel Kriminalität.«

»Stimmt irgendwas nicht mit dir, John?«

Sie saßen am Gate der Air Canada und warteten darauf, an Bord zu gehen. Cardinal beobachtete einen kleinen Jungen, der einen Teddybären festhielt und zum Fenster tapste. Er antwortete, es sei alles in bester Ordnung.

»Du wirkst distanziert.«

»Dieser Fall nimmt mich völlig in Beschlag.«

»Aber plötzlich redest du nicht mit mir, du willst keine Videos mehr mit mir ansehen, du rufst nicht an. Und wenn ich es tue, bist du entweder zu beschäftigt oder gehst nicht ran. Hab ich was getan, dass du sauer bist?«

»Mich lässt nur der Fall nicht los, das ist alles.«

Delorme zog ihren BlackBerry heraus und scrollte ihre SMS herunter. Nach einer Weile sagte sie: »Ich weiß, dass wir nur Freunde sind, aber wir sehen uns oft – normalerweise zwei Mal die Woche – außerhalb der Arbeit. Das machen wir jetzt schon seit, lass mich überlegen, seit fast einem Jahr? Aber plötzlich änderst du die Regeln, und du willst nicht mal darüber sprechen. Nur weil du dich mit Donna Vaughan triffst, heißt das doch lange nicht, dass du nicht mehr mit mir reden könntest.«

»Ich hab nicht aufgehört, mit dir zu reden.«

»Ist sie der eifersüchtige Typ? Der dich ganz für sich allein will?«

»Sie hat keinen Grund zur Eifersucht. Ich hab dich nicht mal erwähnt.« Cardinal bereute seine Worte, bevor er den Satz zu Ende gesprochen hatte.

Delorme sah ihm eindringlich ins Gesicht, dann wandte sie sich wieder ihrem BlackBerry zu. Sie drückte die Wähltaste, hielt sich das Handy ans Ohr und ging zum Fenster hinüber.

34

Lloyd Kreeger sagte etwas zu ihm, doch Papa schenkte ihm nicht allzu viel Aufmerksamkeit. Im Kopf schrieb er gerade an einer Mordgeschichte. Zu Stift und Papier zu greifen, das hatte ihn nie interessiert, doch die Gewalt in Szene zu setzen, das bereitete ihm große schriftstellerische Freude. Auch wenn es sich bei seinen Opfern und Tätern um reale Personen handelte, wussten sie ebenso wenig von seinen Absichten wie fiktive Figuren in einem Buch.

»Ich hätte einen Vorschlag«, sagte Lloyd. »Wie wär's, wenn Sie folgendermaßen vorgehen würden?« Der alte Mann saß in dem Schaukelstuhl und schaukelte so heftig, dass es Papa übertrieben erschien, ja sogar obsessiv.

Papa lag auf dem Sofa und hatte die Füße auf eine der Armlehnen gestützt. Er war davon überzeugt, dass diese Körperhaltung sich positiv auf das Herz auswirkte. »Ich hatte auch mal einen Vorschlag für Sie, Lloyd.«

»Das ist nicht dasselbe. Das war nichts weiter als ein geschäftliches Angebot. Hier geht es ...«

»Worum geht es, Lloyd?«

»Sie könnten mich irgendwie im Badezimmer anbinden. Mir so viel Essen hinstellen, dass ich nicht verhungere. Eine Matratze. Und Sie könnten jemandem nach zwei Tagen eine Nachricht zukommen lassen. Muss ja nicht die Polizei sein. Einfach nur jemand, der mich rauslässt.«

Papa skizzierte in seinem Kopf gerade ein ganz und gar anderes Szenario. Der alte Mann liegt schlafend im Bett.

Nikki schleicht sich herein und schießt ihm unters Kinn. Und zwar so, dass es Selbstmord sein könnte. Das würde natürlich bedeuten, dass die Waffe dableiben müsste.

»Hören Sie mir zu?« Lloyd saß plötzlich still. »Das würde Ihnen einen gewaltigen Vorsprung verschaffen. In zwei Tagen könnten Sie in Paris, Rom, Mumbai sein – wie sollte irgendjemand Sie schnappen?«

Ein Amateur – der durchschnittliche Ehegattenmörder – würde dem Toten die Waffe in die Hand drücken. Nein danke. Papa hatte die Regel, niemals eine Waffe zurückzulassen. Er war kein abergläubischer Mann, doch ihn verband eine fast mystische Beziehung mit der Browning HP .9 Millimeter, und er hatte nicht vor, eine dem Feind zu überlassen.

Ein getippter Abschiedsbrief? Das würde sofort Verdacht erregen. Andererseits läge da vielleicht gerade der Reiz: Es so aussehen zu lassen, als versuchte ein Amateur, es wie Selbstmord hinzustellen. Ein komplexes Verwirrspiel.

»Ich will damit nur sagen, dass es nicht zwangsläufig ist, mich zu töten.«

Papa wandte den Blick von der Decke zu Lloyd. »Niemand hat was davon gesagt, Sie zu töten.«

»Sie haben Henry umgebracht. Wieso sollten Sie ihn töten und mich nicht?«

»Henry hat Drohungen ausgesprochen.«

»Das halte ich für höchst unwahrscheinlich. Henry war der sanftmütigste Mann, der mir je begegnet ist.«

»Vielleicht ist er deshalb gestorben.«

»Also, jetzt widersprechen Sie sich aber.«

»Das Leben widerspricht sich unentwegt. Im Morgengrauen rosiger Himmel, mittags Blitz und Donner. Schnee mitten im Mai. Ein stiller Postbeamter richtet plötzlich unter seinen Kollegen ein Blutbad an. Eine Mutter tötet ihre Tochter. Jeder, der die Wahrheit sagt, wird sich widersprechen.«

»Erst macht Henry eine bedrohliche Geste, dann ist er zu sanftmütig, um ihn zu verschonen. Wieso können Sie nicht einfach zugeben, dass Sie ihn umgebracht haben? Ganz offensichtlich schämen Sie sich ja nicht dafür.«

»Ich hab niemanden umgebracht.«

Die Idee mit dem unfähigen Amateur hatte etwas. Aber wenn sie das Spiel für bare Münze nahmen? Das wäre langweilig, das hätte keinen Witz. Wenn dagegen Nikki ihm eine andere Waffe in die Hand steckte, irgendeine Allerweltskanone. Die Cops wüssten sehr bald, dass es nicht die Mordwaffe war. Dann würde es *wirklich* amateurhaft aussehen.

»... könnte meinen Anwalt zwei Tage später in Kenntnis setzen. Da haben Sie das Land längst verlassen.«

»Wir machen uns keine Sorgen, das Land nicht verlassen zu können.«

»Sollten Sie aber vielleicht.«

»Tun wir aber nicht.«

Richtig clever wäre es, wenn Nikki überhaupt keine Waffe zurückließe, da würden die Leute sich Gedanken machen müssen. Sie könnte es in jeder anderen Hinsicht als Selbstmord tarnen, nur keine Waffe zurücklassen. Dann wüssten sie – es sei denn, die Polizei verfiele auf den Gedanken, irgendein Dieb hätte sie gestohlen –, dass die ganze Szene gestellt war. Geplant. Du gehst akribisch nach Plan vor, und dann untergräbst du die Wirkung. Das könnten sie nicht ignorieren. Sie wüssten, dass hier ein Verbrechen mit einem Urheber vorlag, einer unsichtbaren Hand, die Regie geführt hatte – eine Intelligenz, die dahinterstand und das Ganze dirigierte. Aber von einer erhobenen Warte aus.

Lloyd redete immer noch, um ein anderes Ende zu erzwingen.

»Lloyd«, sagte Papa, »ich werde Sie nicht töten.«

Als Papa Nikki bat, sich unter vier Augen mit ihm im Keller zu treffen, wusste sie, was kam.

»Du bist schon eine Weile bei uns, Nikki.«

»Kommt mir gar nicht so lang vor.«

»Das ist gut. Die Zeit vergeht wie im Flug?«

Nikki zuckte die Achseln.

Sie saßen jeder in einem Sessel schräg vor dem Kellerkamin. Wie ein altes Ehepaar, dachte Nikki.

»Denkst du ab und zu daran, je in dein früheres Leben zurückzukehren?« Papa sah sie nicht an, sondern starrte in die Flammen.

»Niemals. Wieder anschaffen gehen? Nicht im Traum.«

»Willst du bei der Familie bleiben?«

»Na ja, schon. Ich war in meinem ganzen Leben noch nicht so glücklich.«

»Um bei der Familie zu bleiben, musst du der Familie gegenüber loyal sein. Loyalität gegenüber der Familie ist das oberste Gebot.«

»Ich weiß. Ich bin loyal.«

»Nichts ist so wichtig wie die Familie, weder Liebe, noch Hass, noch das Gesetz. Die Familie hat allerhöchste Priorität.«

»Cool. Genau das finde ich auch.«

»Bist du bereit für einen Auftrag?«

»Ich bin bereit.«

»Mr Kreeger gehört nicht zur Familie. Er ist ein Feind der Familie. Eine Gefahr für die Familie. Sobald wir von hier weggehen, läuft er sofort zur Polizei und sagt ihnen alles, was sie brauchen, um uns alle drei für lange Zeit hinter Gitter zu bringen, vielleicht sogar lebenslänglich. Es wird die Zeit kommen – und sie kommt bald –, dass er getötet werden muss. Bist du bereit, das zu tun?«

»O Mann, ich weiß nicht. Ich glaube nicht.«

»Du glaubst nicht?«

»Na ja, nicht hundertprozentig. Ich möchte mich nicht auf eine Sache einlassen, die mir über den Kopf wächst. Ich will keinen Fehler machen und alles vermasseln.«

»Es dient der Sicherheit der Familie. Lemur hatte es eigentlich übernommen. Er hatte sich freiwillig dazu gemeldet. Aber Lemur ist nicht mehr bei uns. Natürlich könnte das Jack übernehmen. Oder ich. Aber mir wäre es lieber, wenn du es tätest. Auf diese Weise könntest du deine Loyalität unter Beweis stellen, und dann hast du für den Rest deines Lebens ein Zuhause.«

35

Zu Hause – falls man diese überhitzte, dschungelschwüle Wohnung so bezeichnen wollte – fiel es Cardinal schwer, sich zu konzentrieren. Zum einen lag es daran, dass ihm drei Frauen im Kopf herumgeisterten. Delorme, wie sie im Flughafen die braunen Augen mit diesem unergründlichen Blick auf ihn gerichtet hatte, der ihm sagte, dass er nicht der Mann sei, für den sie ihn gehalten hatte. Und Donna Vaughan. Die Erinnerungen an die Leidenschaft, an die Intensität, kamen ihm immer wieder so lebendig in den Sinn, dass sie ihn physisch erregten.

Und Catherine. Würde er es noch einmal erleben, dass er die Augen schloss und nicht Catherine vor sich sah? Jeden Abend blitzten Momentaufnahmen aus ihren gemeinsamen Jahren auf. Und jeden Abend fand er – wie ein pedantischer Buchprüfer, der sich mit einer unstimmigen Bilanz herumschlägt – seinen eigenen Beitrag zu diesen Lebensjahren unzureichend. »Ich hab mein Bestes getan«, sagte er laut, und seine Worte hallten vom Fenster, dem Kühlschrank und vom Küchentisch wider, auf dem er die zerknitterten Unterlagen des Mordfalls Scriver ausgebreitet hatte.

Er hatte Scriver aus einem einzigen Grund wieder ausgegraben: wegen des Namens Winston. Er war sicher – so gut wie sicher –, dass er in dem Stapel von Mappen mit der verblassten Schreibmaschinenbeschriftung und den zerrissenen Gummis irgendwo schon einmal über diesen Namen gestolpert war. Winston. Nicht gerade ein ausgesprochen seltener Name, andererseits auch nicht sehr geläufig. Im Telefonbuch von Algonquin Bay gab es keinen einzigen Winston – er hatte nachgesehen.

Walt Scriver, seine Frau Jenny, ihr Sohn Martin. Kein Winston dabei, auch nicht unter den vielen Nachbarn, die befragt worden waren, Leute, die in der Stadt im selben Block wie die Familie wohnten. Draußen am Trout Lake hatten sie keine Nachbarn gehabt. Ihr Cottage hatte auf der Insel am Ende der Island Road gelegen. Durchaus möglich, dass es vom Haus der Schumachers aus zu sehen gewesen wäre, hätte das Haus damals schon existiert. Cardinal sah sich noch einmal die Schwarz-Weiß-Fotos an, die das Cottage von außen zeigten. Ein kleines, unscheinbares Ferienhäuschen, das einen neuen Anstrich und eine neue Eingangsveranda hätte vertragen können. Ein großer, sorgfältig aufgeschichteter Brennholzstapel unter der Dachkragung, ein Kanu mit dem Rumpf nach oben auf ein paar Sägeböcken, Badeanzüge auf einer Wäscheleine. Ein wackeliger Anlegesteg, der hinter dem steinigen Ufer ins Wasser ragte. In der Akte ausdrücklich vermerkt, ja sogar betont, war das Fehlen des Aluminiumboots mit Außenbordmotor.

Cardinals Handy vibrierte und drehte sich auf dem Küchentisch um die eigene Achse.

»Ich wusste, dass du noch wach bist.« Donna Vaughan.

»Willst du nachher rüberkommen? Sagen wir, in einer Stunde?«

»Kann nicht. Muss was fürs *New York Magazine* umschreiben. Entweder ich schick's ihnen noch heute rüber, oder sie bringen es nicht, und ich bekomme kein Geld.«

»Über die Russenmafia?«

»Nur übers Pelzgewerbe. Ich hab ihnen den Artikel vor

Monaten abgeliefert, und sie bringen ihn erst jetzt. Ich füg eine Seitenleiste über die Bastovs hinzu – und keine Sorge, ich werde nichts erwähnen, was ich vertraulich weiß.«

Zu seiner eigenen Überraschung packte Cardinal eine plötzliche Sehnsucht, doch er sagte nichts. Verunsicherung wegen einer Frau war für ihn unbekanntes Terrain, das er seit der Zeit vor Catherine nicht mehr betreten hatte. Er war nicht sicher, ob es Sehnsucht nach Donna Vaughan war oder einfach nur die Sehnsucht, nicht in diesem Treibhaus mit einer uralten Akte und Ideen, die in die Sackgasse führten, allein zu sein. Oder auch einfach nur Sehnsucht als ein anderes Wort dafür, am Leben zu sein.

»Ich muss jetzt Schluss machen«, sagte sie, »sonst lenkst du mich zu sehr ab.«

»Gut«, sagte Cardinal.

»Ich hasse Selbstdisziplin. Sogar das bisschen, das ich aufbringen kann.«

»Vielleicht können wir es möglichst bald nachholen«, sagte Cardinal.

Die Fotos vom Inneren der Hütte boten das Bild einer Idylle, die zurückgelassen worden war. Geschirr im Spülbecken, drei Kaffeebecher auf dem Esszimmertisch, *The Algonquin Lode* geöffnet daneben. Angel- und Jagdtrophäen an einer Wand, ein verschlossener Gewehrständer sowie Angelruten und -ausrüstung an der anderen. Ein winziger tragbarer Fernseher mit Zimmerantenne, davor ein paar klobige Möbel. Ein großer Holzherd.

Die Jagdausrüstung interessierte Cardinal. In der Akte war erwähnt, dass Mr Scriver sich als Fallensteller betätigt hatte, wenn auch nur gelegentlich. Viele Kerle stellen Fallen, um einfach nur Zeit in der freien Natur zu verbringen.

Die Zeitung auf dem Tisch war auf der Seite mit den Filmen, die gerade liefen, geöffnet. Die Kinos von Algonquin

Bay waren längst in die Einkaufszentren integriert worden, doch damals hatte die Stadt noch vier Kinos gehabt – drei in der Hauptstraße und ein Autokino an der Trout Lake Road. Jemand hatte die 22:00-Uhr-Vorstellung von *Butch Cassidy und Sundance Kid* im Autokino angekreuzt. Um rechtzeitig dort zu sein, hätten die Scrivers mit dem Boot um 21:45 Uhr zum Yachthafen hinüberfahren müssen, wo sie einen Stellplatz für ihren Pkw hatten, um von dort aus zum Kino zu fahren. Sie kamen nie bis zum Wagen.

Es war auch nicht sicher, ob sie überhaupt zum Kino aufgebrochen waren. In den wenigen Cottages an der Island Road konnte sich niemand daran erinnern, sie auf dem Wasser gesehen oder gehört zu haben. Das Anwesen wurde gründlich durchsucht. Auf Fotos in der Akte waren Schichten von Grabungen zu sehen. Es gab Nahaufnahmen von Knochen, die sich aber vor langer Zeit begrabenen Elchen zuordnen ließen. Es war nicht unüblich, Teile zu begraben, wenn Jäger mehr nach Hause schleppten, als sie essen konnten. Diese Kadaver stammten aus der Zeit, bevor die Scrivers das Cottage gekauft hatten.

Ihr Haus in der Stadt bot keinerlei Hinweise darauf, dass es in jüngster Zeit bewohnt gewesen wäre. Die Scrivers zogen jeden Sommer Ende Juni ins Cottage und blieben dort bis zum Beginn des neuen Schuljahrs im September. Und so wurde der Fall Scriver in Algonquin Bay, nachdem nicht etwas anderes bewiesen werden konnte, zum berühmtesten mutmaßlichen Unglücksfall durch Ertrinken.

Taucher hatten den See abgesucht, doch nicht die geringste Spur von den Scrivers oder auch nur ihrem Boot gefunden. Mr Scriver hatte seit vielen Jahren beim Umweltamt gearbeitet, und seine Dienststelle hatte sämtliche

Hebel in Bewegung gesetzt, doch sogar ihr Echolot hatte beharrlich geschwiegen.

Cardinal blätterte einen Bericht nach dem anderen durch. Befragungen von Verwandten: Ja, die Scrivers verstanden sich alle gut. Freunde, Nachbarn, Arbeitgeber – sämtliche Zeugenaussagen bestätigten, dass die Scrivers eine glückliche Familie waren. Martin, der Sohn, der die ganze Zeit mit seinem Vater angelte und jagte, die Mutter eine gute Lehrerin, der Vater ein zuverlässiger Mitarbeiter, der eine Vorliebe für die freie Natur hegte. Martin hatte wohl ein wenig Sorgen bereitet – war in der Schule aus der Hockeymannschaft geflogen, weil er einen Schiedsrichter krankenhausreif geprügelt hatte, eine Jugendstrafe wegen Einbruchs. Und dann hatte Cardinal, was er suchte: einen Zusatzbericht von einem gewissen Detective René Proulx, der die Freundin des Sohnes, Cecilia Winston, vernommen hatte.

Martin Scriver hatte bei einer Rotwildzählung nördlich von Temiskaming einen Job für den Sommer gefunden. Cecilia Winston lebte in der Gegend. Sie wurde anlässlich eines Gedenkgottesdienstes für die Scrivers befragt, der fast ein Jahr nach ihrem Verschwinden abgehalten wurde. Unverzeihlich, dass es nicht viel früher geschehen war. Nein, sie hatte bei Martin nie irgendwelche Anzeichen von Gewaltbereitschaft oder Wut erlebt. Vielmehr hatte er ihr gegenüber in einem von Männern dominierten Umfeld einen außergewöhnlichen Beschützerinstinkt an den Tag gelegt. Nein, natürlich hatte sie nach dem Verschwinden nichts mehr von ihm gehört. *Befragte aufgewühlt und in Tränen aufgelöst. Nach eigener Aussage über Martin S.s mutmaßlichen Tod tief erschüttert. Überdies nur eine Woche nach dem Tod ihres Bruders (Kurt, 18. Leukämie).*

Cardinal zog den Ordner der Flughafenpolizei aus seiner Aktentasche und öffnete ihn auf der Seite mit dem Bild von Curtis Carl Winston, achtundfünfzig Jahre alt. Somit war er achtzehn Jahre alt gewesen, als die Scrivers verschwunden waren.

Cardinal verbrachte den ganzen nächsten Morgen mit Internetrecherchen und am Telefon. Die Zentralstelle des Standesamts bestätigte, dass ein Curtis Carl Winston aus Temiskaming, Ontario, tatsächlich am 5. Juni 1970 im Alter von achtzehn Jahren gestorben war. Auf dem Faksimile war als Todesursache Leukämie angegeben. Der Totenschein war drei Monate nach dem Tod des Jungen ausgestellt worden.

Cardinal rief Jerry Commanda bei der Provinzpolizei Ontario an. »Jerry, es gibt eine Firma in Toronto, nennt sich DeepTec, die in den Großen Seen eine Menge Bergungsarbeiten übernehmen. Die haben ein neues Gerät, Seitensichtsonar, das wir brauchen und das unser Budget sprengen würde. Könntet ihr das irgendwie machen?«

»Wieso? Hat dir Chouinard den Fall Scriver aufgehalst?«

»Hat er tatsächlich.«

»Mann, das sollte nur ein Scherz sein.«

»Es gibt eine Verbindung zu den Bastov-Morden, und falls das Boot der Scrivers auf dem Grund des Trout Lake liegt, könnte dieses Sonargerät es vielleicht orten.«

»John, der See ist zugefroren.«

»Scriver war langjähriger Mitarbeiter beim Umweltschutz. Ich denke, die wären bereit, uns zu helfen.«

»Also, du brauchst keine Privatfirma«, sagte Jerry, »das Präsidium in Orillia hat sich im Sommer selbst so 'n Ding zugelegt. Wenn es nicht gerade anderweitig in Gebrauch ist, sollte ich es euch noch heute besorgen können.«

Bei der Army lief es nicht ganz so glatt. Cardinal musste lange herumtelefonieren, bis er im Archiv endlich jemanden aus Fleisch und Blut in der Leitung hatte, der seine wenigen Fragen beantworten konnte. War bei ihnen ein Soldat namens Curtis Carl Winston in den Akten zu finden? *Ja.* Wann war er eingerückt? *Am 15. September 1970. Mobiles Kommando, Petawawa, bis 1972, als er den Rang eines Corporals bekleidete. Im Rahmen einer Joint Task Force, den Northern Rangers, nahm er an einem kurzen Ausbildungsprogramm bei den US-amerikanischen Army Rangers teil. Die Rangers waren eine Eliteeinheit, die sich auf Überlebenstraining, Sabotage und Kampfeinsatz unter erschwerten Bedingungen spezialisierte, inzwischen aufgelöst. 1974 entlassen.*

»Danke«, sagte Cardinal zu der weiblichen Zivilangestellten, die all das für ihn ausgegraben hatte. Sie klang jugendlich, und Cardinal hatte das Bild einer jungen Frau mit Laptop, iPod und Starbucks-Henkelbecher auf dem Schreibtisch vor Augen. Außerdem klang sie intelligent. Er erklärte ihr, er hätte noch eine Frage.

»Ich höre, Sir.«

»Ich müsste in Erfahrung bringen, was für eine Seitenwaffe sie damals getragen haben.«

»Bei der Mobilen Einsatztruppe?«

»Und der Joint Task Force.«

Am anderen Ende herrschte kurzes Schweigen.

»Ein bisschen viel verlangt, nehme ich an«, sagte Cardinal.

»Nein, Sir. Ich überlege nur, wie ich das am besten recherchiere. Wissen Sie was? Das ist nicht meine Abteilung, aber das könnte gut und gerne unter Logistik und Bewaffnung oder wie sie das damals genannt haben, zu finden sein. Ich will mal sehen, ob ich da etwas finden kann –

aber vermutlich geht es schneller übers Internet. Können Sie einen Moment dranbleiben?«

»Das ist genau der Punkt, den ich nicht verstehe«, sagte Delorme. Sie musste die Stimme erheben, um den Motor des Eisbrechers zu übertönen. »Ich verstehe nicht, wieso du überhaupt bei der Army angefragt hast. Wie bist du denn darauf gekommen, beim Militär zu recherchieren?«

Sie pflügten sich langsam durch das Eis rund um die Insel, auf der die Scrivers ihren letzten Sommer verbracht hatten. Ein Taucher von der Provinzpolizei saß wie ein Astronaut in einem Gewirr aus Schläuchen, den Helm auf dem Schoß, schweigend neben ihnen.

Die Sonne blitzte auf der verschneiten Oberfläche des Sees, sodass ihnen die Augen tränten.

»Es war ein Zufallstreffer«, sagte Delorme. »Gib's zu. Du hast geraten und einen Glückstreffer gelandet.«

»Es war Mendelsohns Idee«, sagte Cardinal. »Ich hab einen Eintrag in seinem Notizbuch gelesen: Waffen beim kanadischen Militär überprüfen, und ich hab eine Weile gebraucht, bis ich kapiert hab, was er damit meinte. Er hatte zwei Fälle mit Enthauptungen, bei denen auch eine Schusswaffe im Spiel war. Und in beiden Fällen handelte es sich um eine Browning HP. Nicht dieselbe Waffe, aber dasselbe Modell wie bei den Bastovs und dem Geldautomatenräuber. Und dann fragt man sich, wie und wo jemand eine solche Anhänglichkeit zu einer bestimmten Waffe entwickelt. Schließlich ist das beileibe keine Allerweltswaffe, aber in den frühen Siebzigern war sie die Standardwaffe bei den Northern Rangers.«

Am steinigen Ufer der Insel standen zwei dunkle Gestalten, Jerry Commanda und Ian McLeod. Hinter ihnen befand sich ein schönes Ferienhaus aus rotem Zedernholz anstelle des schlichten Cottage der Scrivers. Auf der anderen Seite der Eisfläche, die jetzt wie mit dem Vorschlaghammer kurz und klein gehackt wurde, war das Anwesen der Schumachers zu sehen.

Jerry Commanda konnte sehr überzeugend sein, doch um das Umweltamt dazu zu bewegen, ihren Eisbrecher herauszurücken, musste er eine Glanznummer hingelegt haben. Der Eisbrecher war nicht mit einem Boot der Küstenwache zu vergleichen, sondern ähnelte eher einem umgebauten Boot mit Außenbordmotor, das über einen verstärkten, spitzen Bug verfügte. Noch zwei Wochen Winter, und der Eisbrecher hätte nichts mehr ausgerichtet.

Auf Cardinals Bitte hin umschiffte der Steuermann die lang gezogene Spitze der Insel in der entgegengesetzten Richtung zu der, in die Familie Scriver gefahren sein musste, falls sie die Bucht überquert hatten, um ins Kino zu gehen. Cardinal klopfte an die Tür eines Aufbaus mitten auf dem Boot, der einer niedrigen Telefonzelle ähnelte, und sprach mit dem Techniker der Provinzpolizei.

»Schon was zu sehen?«

Der Techniker schüttelte den Kopf. »Nur jede Menge Baumstämme und Äste. Erstaunlich gut erhalten, wenn man bedenkt, dass hier seit über sechzig Jahren keine Holzfällerei mehr betrieben wird.«

Cardinal blickte ihm über die Schulter und hatte kristallklare Bilder vor Augen.

»Wie tief?«

»Etwa achtundzwanzig bis dreißig Meter. Warten Sie, es wird gleich wesentlich tiefer.«

»Scriver senior hat dabei mitgewirkt, die Unterwassergeografie zu kartografieren«, erzählte Cardinal Delorme, »und sein Sohn hat ein paar Sommer lang dabei geholfen, die Fischbestände zu erfassen. Sie kannten den See zweifellos beide sehr genau.«

Sie umschifften die Spitze der Insel, und der Wind frischte auf. Über eine Strecke mit offenem, schwarzem Wasser kamen sie etwa fünfzig Meter weit schnell voran.

Der Taucher meldete sich zum ersten Mal zu Wort. »Jetzt kommt der tiefste Teil des Sees. Hundert, hundertzwanzig Meter. Die Strömung bewegt sich hier in die entgegengesetzte Richtung, es ist also anzunehmen, dass sie diesen Bereich damals nicht abgesucht haben.«

»Und sie gingen davon aus, dass die Scrivers in die Stadt wollten«, fügte Cardinal hinzu.

Auf der Insel traten Jerry Commanda und Jan McLeod unter den Bäumen hervor und standen am Ufer. Beide verschränkten zum Schutz gegen den Wind im selben Moment die Arme vor der Brust, als hätten sie es einstudiert.

Die Tür des Aufbaus ging auf, und der Techniker rief ihnen zu: »Habe was.«

Cardinal beugte sich wieder hinein und staunte erneut über das klare Bild. »Delorme, das musst du sehen.«

Delorme kam näher heran. »Können wir dichter ran?«

»Und ob«, sagte der Techniker. »Wir kommen jede Sekunde näher. Es ist unter einem Felsvorsprung verhakt. Das konnten die alten Unterwasserschallgeräte unmöglich orten.«

Das Bild wurde schärfer und plastischer. Ein Ruder, das über ein Dollbord hing. Ein Außenbordmotor hinter dem Heck.

»Siebzig Meter«, sagte der Techniker. »Sehen Sie, was *in* dem Ding ist?«

»Ja«, sagte Cardinal, »allerdings.«

Sie halfen dem Taucher, seinen Helm festzumachen. Er schaltete die Lampen ein, und an seiner winzigen Videokamera leuchtete das rote LED-Kopflicht auf. Er kletterte über die Seite und ließ sich ins Wasser hinab, während sie ihm zusahen, wie er in die Tiefe sank. Auf seinem Weg nach unten musste er wegen des Druckausgleichs mehrere Pausen einlegen.

Cardinals Handy klingelte. Er zog es aus der Innentasche und klappte es auf. Es war Ian McLeod, der wissen wollte, wie lange er noch mitten im verdammten Winter an einem Seeufer herumhängen sollte. Er sah von ferne, wie ihm McLeod den Stinkefinger zeigte. »Noch ein bisschen Geduld«, sagte Cardinal.

»Ach, übrigens: Hab Divyris' sogenannte Geschäftskontakte überprüft. Der Mann träumt. Ja, er hat sich mit Leuten getroffen, mit Leuten geredet, ist Leuten hinterhergelaufen. Sie können den Kerl nicht mehr sehen. Offenbar kann er kein Nein akzeptieren. Ein Typ droht ihm, ihn wegen Nötigung anzuzeigen. Habt ihr da draußen euren Spaß?«

»Allerdings. Das hier steht morgen in der Zeitung.«

»Klar, aber positiv?«

Cardinal beendete das Gespräch abrupt und sah auf den Videomonitor, auf dem das gesunkene Boot immer näher kam.

»Können wir sicher sein, dass es die Scrivers sind?«, fragte Delorme.

»Vier Meter langes Aluminium. Evinrude fünfunddreißig am Heck«, sagte Cardinal. Er bat den Techniker, dem Taucher auszurichten, näher an den Motor heranzuschwimmen. Ein paar Sekunden später wechselte das Bild, und der Motor nahm den ganzen Monitor ein. Kälte und Tiefe sorgten zusammen für eine ausgezeichnete Konservierung, und die Buchstaben waren auch nach vierzig Jahren noch gut zu erkennen. *Evinrude 35*.

Als der Taucher sich wieder dem Boot zuwandte, hörte Cardinal, wie Delorme nach Luft schnappte, während im selben Moment sein eigener Puls sprunghaft anstieg.

»Es sind nur zwei Leichen«, sagte Cardinal. »Bitten Sie ihn, nah an die Gesichter ranzugehen.«

Der Steuermann brauchte mit seiner Antwort einen Moment. »Er sagt, sie haben keine Gesichter.« Das Bild, das sich langsam über den Monitor bewegte, bestätigte seine Worte. »Sie haben nicht mal Köpfe.«

»Wenn mich nicht alles täuscht«, sagte Cardinal, »hat das in diesem Fall nichts mit der üblichen Exartikulation zu tun, die man oft bei Ertrinkungsopfern antrifft.«

Der Techniker schüttelte den Kopf. »Zu tief. Zu kalt. Außerdem hätten sich zuerst die Füße gelöst, dann die Hände, und wie Sie sehen, sind die Extremitäten noch intakt. Vielleicht abzüglich ein, zwei Finger.«

»Vierzig Jahre«, sagte Delorme. »Unglaublich.«

Kein Laut außer dem Knirschen von Eis an ihrem Bug. Gut hundert Meter tiefer war das Wasser vollkommen klar.

Das Zoomobjektiv ruckelte ganz nah heran und schwenkte von einem Detail zum nächsten: ein gezacktes Loch im Rumpf, dann ein zweites. Das Licht des Tauchers blitzte an den Aluminiumkanten auf. Dann ein dritter Schlitz.

»Sieh sich das einer an«, sagte Cardinal. »Da steckt die Axt noch drin.«

Das Bild schwenkte zu den Leichen zurück und erfasste in einer Detailaufnahme weiße Nackenwirbel.

Im Besprechungszimmer mischte sich der Duft von frischem Kaffee mit dem von Gebäck. Das gesamte Kripopersonal war versammelt, und Chouinard war so aus dem

Häuschen, dass er sogar Police Chief R. J. Kendall eingeladen hatte, an der Nachbesprechung teilzunehmen. Die Stimmung war feierlich und siegesbewusst.

»Ich komm nicht ganz mit«, sagte Chouinard eindringlich, nicht verärgert. »Wer ist noch mal an Leukämie gestorben?«

»Curtis Carl Winston. Der achtzehnjährige Bruder von Martin Scrivers Freundin. Hatte in seinem ganzen Leben nichts Verdächtiges getan, bis er in die Army ging – was auch nicht weiter verdächtig war, wäre er da nicht schon tot gewesen.«

»Dann gehen wir also davon aus, dass Martin Scriver seine Eltern umgebracht und sich aus dem Staub gemacht hat? Er wurde unter falschem Namen Soldat?«

»Damals gehörte dazu nicht mehr als der Name eines etwa gleichaltrigen Toten. Er verbringt ein paar Jahre beim Militär, den Northern Rangers – wo er sich, nebenbei gesagt, bestens mit der Browning HP .9 Milimeter vertraut macht, ihrer offiziellen Seitenwaffe zu der Zeit.«

»Und er behält seitdem den Namen bei?«

»Wahrscheinlich hatte er keine Veranlassung, ihn zu ändern. Niemand suchte nach einem Curt Winston, und es ist schließlich kein so seltener Name, dass es nicht mehr als eine Person geben könnte, die so heißt. Außerdem ist er schon bald nach seiner Entlassung in die Staaten gezogen. Das FBI New York zieht für uns alle Register, um mehr herauszubekommen. Sie haben Winston schon mit mehreren Geschäftsunternehmungen – bis in die Siebzigerjahre – zurückverfolgt, Gerbereien, Pelzfarmen, immer irgendetwas aus dem Bereich der Pelzbranche. Lange Zeit hat er in der Nähe von Seattle gewohnt, und dann wieder nördlich von New York – beides Pelzhandelszentren. Wir haben eine Liste von Leuten aus unserer Gegend zusammengestellt, die seit Jahrzehnten in dem Gewerbe tätig sind, und morgen fangen wir an, sie zu befragen.«

»Moment mal.« Chief Kendall hob die Hand, als wollte er den entgegenkommenden Verkehr aufhalten. »Nur weil die Leiche des Jungen nicht bei seinen Eltern gefunden wurde, ist er noch lange kein Mörder. Seine Leiche könnte weggetrieben worden sein. Er könnte entführt oder auch woanders getötet worden sein.«

Cardinal zog ein Foto aus der Akte vor ihm. »Das hab ich aus dem Militärarchiv. Curtis Winstons Foto bei Eintritt in die Armee.« Er reichte es dem Chief und griff in seine Aktentasche, um ein Buch herauszuziehen. »Chippewa-Highschool-Jahrbuch 1969. Sehen Sie sich Martin Scrivers Bild an. Das wurde ungefähr ein Jahr früher aufgenommen.«

»Fantastisch«, sagte Kendall. »Das ist ausgezeichnete Arbeit.«

»Martin Scriver hatte ein paar Probleme mit Gewalt – hat zum Beispiel einen Hockeyschiedsrichter krankenhausreif geschlagen. Ich schätze, er ist gegenüber seinen Eltern ausgerastet, möglicherweise sogar aus einem trivialen Grund, und dann hat er mit der Axt um sich geschlagen. Wir haben zwei Fälle in den Staaten, bei denen ein Paar und ihr Kind ermordet wurden. Und die Bastovs wären der dritte Fall gewesen, hätte nicht der Sohn den Flug absagen müssen. Auf irgendeine abgedrehte Weise könnte er das Verbrechen immer wieder nachgespielt haben.«

»Wieso sollte er das tun?«

»Ich behaupte ja nicht, dass es dafür vernünftige Gründe gibt. Vielleicht, damit es so aussieht, dass noch andere Mörder da draußen herumlaufen, Mörder, die Paare und ihre Kinder töten und sie verstümmeln. Eine völlig verdrehte Art und Weise, zu suggerieren, dass er seine Eltern nicht ermordet hat, sondern dass es umherziehende Fremde waren.«

»Er ermordet Menschen, um seine Unschuld zu beweisen? Bis heute wusste niemand mit Sicherheit, dass die Scrivers überhaupt ermordet worden sind.«

»Er schon. Er hat wohl versucht, sich selbst davon zu überzeugen.«

Chouinard nickte Jerry Commanda zu. »Der See gehört zum Territorium der OPP. Werdet ihr uns da ausbooten?«

»Auf gar keinen Fall, Sir. Scriver ist eine gemeinsame Operation, von Anfang an. So soll es auch bleiben. Außerdem hängt das jetzt eng mit dem Fall Bastov zusammen.«

»Ich nehme an, das stammt aus Ihrer Asservatenkammer?« Chouinard zeigte auf die Ablagebox auf dem Tisch vor Jerry.

Jerry tippte mit einem Zeigefinger auf den Deckel. »Martin Scrivers Sachen aus dem Cottage. Er hat damals alles zurückgelassen, sogar seine Brieftasche – wahrscheinlich, damit es so aussah, als sei er ein Opfer. Wir haben eine Zahnbürste und eine Haarbürste mit ein paar Haaren darin, könnte sich für die DNA-Analyse als nützlich erweisen. Die wird in Orillia im Labor gemacht. Wir haben außerdem Abdrücke, die damals vom Cottage und von seiner Brieftasche genommen wurden.«

»Ich liebe das«, sagte Chouinard und drehte sich zu Chief Kendall um. »Lieben Sie das nicht auch?«

»Ich werde es mehr lieben, wenn wir jemanden hinter Gittern haben.«

36

Cardinal hatte für Partys und Feste nicht viel übrig, doch Polizeiarbeit lief selten so gut wie an diesem Tag, und so war er, als an diesem Abend Donna mit einer Flasche Champagner in einer Hand und ihrem Notizbuch in der anderen vorbeikam, für seine Verhältnisse geradezu überschwänglich.

Sie stießen miteinander an, und er saß im Sessel, sie auf dem Sofaende, den Stift in der Hand. Sie hätte gerne ein Aufnahmegerät benutzt, legte jedoch keinen Protest ein, als er sich weigerte. »Dass ich Steno beherrsche«, sagte sie, »ist etwas in meinem Leben, auf das ich stolz sein kann.«

Cardinal berichtete ihr von den Ereignissen des Tages, angefangen mit seiner Suche in der uralten Scriver-Akte. »Ist schon irgendwie erstaunlich«, sagte er. »Wenn man sich richtig reinkniet, ist eine gute Akte der beste Freund und Helfer des Polizisten. Routinemäßige Befragung vor vierzig Jahren, aber der Mann, der das Interview führt, notiert sauber und ordentlich den Namen dazu. Ganz und gar nebensächliche Angelegenheit – der *Bruder* der Freundin des Sohnes, das muss man sich mal reinziehen, nebensächlicher geht es wohl kaum –, und das springt mir vierzig Jahre später ins Auge!«

»Aber du hast überhaupt die Möglichkeit gewittert, dass es eine Verbindung gibt«, sagte Donna. »Man kann's mit der Bescheidenheit auch übertreiben.«

Cardinal zuckte die Achseln. »Bei dem Namen Winston

hat es irgendwie geklingelt, weiter nichts.« Er richtete sich auf und hob die Champagnerflasche aus dem Eiskübel, um ihr Glas zu füllen. »Champagner mitten in der Woche. Ich fass es nicht, wie dekadent ich bin.«

Der Alkohol machte ihn an diesem Abend, anders als sonst, beschwingt. Vielleicht hatte es aber auch mit dieser überaus attraktiven Frau und ihren ernsten grauen Augen zu tun. Er erzählte ihr von dem neuen Echolotgerät, davon, wie der Taucher im schwarzen Wasser versank, und von allem anderen, bis hin zu den übereinstimmenden Fotos. Dann lehnte er sich zurück und sagte: »Ich rede sonst nie über meine Fälle. Ich komm mir vor wie das letzte Plappermaul.«

»Aber du sagst doch fast nichts.« Sie lachte, indem sie den Kopf zurückwarf und diesen weißen Hals, die vollendete Skulptur aus Hals und Schlüsselbein, entblößte.

Das Telefon klingelte, und Cardinal sprach ein paar Minuten mit Jerry Commanda über ihren Plan für den nächsten Tag.

»Ich hab Ihre Liste mit den Lebenslänglichen im Pelzgeschäft«, sagte Jerry. »Sollen wir Ihnen bei den Befragungen helfen? Könnte immerhin einen Anhaltspunkt dafür liefern, wo sich der Kerl verkrochen hat. Wenn er auch nur halbwegs bei Verstand ist, hat er sich natürlich längst aus dem Staub gemacht.«

»Glaube ich nicht«, sagte Cardinal. »Ich schätze, er hat hier noch was zu erledigen. Er hat Mendelsohn umgebracht, und er könnte auch hinter einer amerikanischen Reporterin her sein, die seit ein paar Jahren über die Pelzbranche und über die Bastovs berichtet.«

Er sah Donna an, während er sprach. Sie kam herüber, kniete sich neben seinen Sessel und fing an, sein Hemd aufzuknöpfen.

Jerry fragte, ob die Reporterin Personenschutz bekäme.

»Ich arbeite daran.« Ihre warmen Finger auf seiner Haut, als sie seinen Gürtel öffnete. Er packte ihre Hand und hielt sie fest, während er das Gespräch mit Jerry zu Ende führte. »Hören Sie, morgen hab ich die vollständige FBI-Akte da. Müsste vor zehn Uhr eintreffen. Ich werf einen kurzen Blick darauf, und dann fahr ich zu Lloyd Kreeger raus. Er ist der Älteste auf unserer Liste.«

Jerry erklärte sich einverstanden, ein paar andere Veteranen den Detectives der Provinzpolizei zu überlassen, und am Nachmittag würden sie sich wieder treffen.

»Was für eine Liste?«, fragte Donna, als er aufgelegt hatte. Sie kniete immer noch, die Hände auf seinen Oberschenkeln, vor ihm am Boden. »Wer ist Lloyd Kreeger?«

»Lloyd Kreeger ist der älteste lebende Mann in der Pelzbranche, zumindest hier in dieser Gegend. Außerdem der Reichste. Wir haben eine Liste mit Oldtimern in dem Gewerbe, die das Foto, das der Flughafensicherheitsdienst von unserem Verdächtigen gemacht hat, vielleicht jemandem zuordnen können. Bis wir eine heiße Spur zum Versteck des Burschen haben, heißt es, weiter schuften.«

»Du hast ein Foto von deinem Verdächtigen und wolltest es mir nicht zeigen?«

»In der ganzen Aufregung über den Fall Scriver hab ich überhaupt nicht daran gedacht. Wir haben jetzt sogar einen Namen. Ich kann's dir zeigen, aber du bekommst keine Kopie, und du darfst niemandem davon erzählen.«

»Sicher, geht klar. Zeig's mir, wenn dir danach ist. Im Moment würde ich dir lieber diesen Gürtel öffnen.«

Als sie sich später anzog, bat Cardinal sie zu bleiben. »Sieh mal, der Kerl könnte dir schon mal gefolgt sein. Er versucht es vielleicht wieder.«

»Er hat ein paar Leute zerhackt, er hat einen Polizisten und diesen Automatenjungen getötet – glaubst du im Ernst, der ist noch in der Gegend?«

»Die OPP geht nicht davon aus. Ich halte es für möglich.«

»Ich nicht.«

»Okay, aber du hast auch gedacht, wir hätten es mit der russischen Mafia zu tun.«

»Der Punkt geht an dich.« Sie zog den Reißverschluss ihrer Jeans hoch und streifte ihren Pullover über.

»Im Ernst, Donna, du bist da draußen vielleicht in Gefahr.«

»Schon gut, schon gut. Das reicht.« Ein Funken Ärger in diesen grauen Augen. »Tut mir leid«, sagte sie, und ihre Züge entspannten sich wieder. »Ich hab mit Leuten, die mich beschützen wollen, schlechte Erfahrungen gemacht. Hab wohl etwas überreagiert. Bleib liegen. Was machst du da?«

»Ich begleite dich zu deinem Wagen.« Cardinal zog sich Hose und Pullover an. »Und bitte nicht überreagieren!«

Am Morgen hatte Cardinal Mendelsohns Fassung der FBI-Akte neben der neuen Akte, die soeben eingetroffen war, auf dem Tisch des Besprechungszimmers ausgebreitet. Mit beiden Händen gleichzeitig blätterte er die Seiten einzeln weiter – die alte Akte zur Linken, die neue zur Rechten.

Ebenfalls offen auf dem Tisch lag Mendelsohns Notizbuch. Er hatte es noch einmal durchgeblättert und darin eine Bemerkung entdeckt, die ihm nicht mehr aus dem Kopf ging, während er die FBI-Akten durchsah. *Zeitgleiche Straftaten,* so lautete die Notiz, *von Kapitalverbrechen zu Kleinkriminalität. Überprüfen. DENK NACH!* Mendelsohns Notizen waren ebenso emphatisch wie seine

Art zu sprechen, und Cardinal kam es so vor, als säße der Mann in Morgan's Chop House leibhaftig vor ihm und erläuterte ihm, indem er einzelne Wörter hervorhob und mit seiner Gabel gestikulierte, einen Sachverhalt.

Mendelsohn hatte mit den parallel durchgeführten Verbrechen natürlich recht. Sie wussten, dass die Automatenraubüberfälle von Winstons jungem Partner begangen wurden. Aber andere Verbrechen? Vielleicht in New York, in Algonquin Bay bislang nicht. Jedenfalls nach ihrem Kenntnisstand.

Eine Hand auf jeder Akte, hielt Cardinal plötzlich inne. Unter beiden Händen eine handschriftliche Notiz auf einer ansonsten leeren Seite: Begelman – Fotos an ViCap, die Sammelstelle für aufgeklärte Verbrechen.

Unter seiner linken Hand eine Akte mit ungefähr tausendfünfhundert Seiten. Unter der rechten Hand das Gleiche – plus ein brauner Umschlag. Er zog ihn unter dem Stapel hervor, öffnete ihn und nahm Scans von Originalfotos heraus. Die Scans waren von überragender Qualität und sprachen für die erheblich bessere finanzielle Ausstattung der US-Bundesbehörden gegenüber einer kleinen Kripodienststelle in Ontario. Selbst die Legenden unter den Bildern waren scharf.

Bei einigen handelte es sich um Tatortfotos, welche die New Yorker Polizei zur Verfügung gestellt hatte. Neun-Millimeter-Patronenhülsen, ein kopfloser Rumpf, ein eingeschlagener Computermonitor. Cardinal blätterte den Stapel zügig durch. Dann kam er zu einem Foto von einem baufälligen alten Haus, das teilweise hinter Bäumen versteckt lag, mit der Bildunterschrift *Zabriskie Farm. Durchsuchung nach Telefonhinweis.*

Cardinal las die Notiz über die Durchsuchung. Sie fahndeten nach einem jungen Mann namens Jack. Der laut dem anonymen Anrufer auf der Zabriskie-Farm lebte und eine Menge über die Elmira-Morde wusste. Die Farm wurde von einer Gruppe junger Leute bewohnt, die meisten von ihnen Studenten an der bundesstaatlichen Universität ein paar Meilen den Hudson hinauf. Jack war zur Farm gekommen, nachdem er in einer nahe gelegenen Bar einen der Studenten kennengelernt hatte. Er war nur zwei Tage geblieben, und niemand trauerte ihm nach. Auf Fotos von seinem Zimmer waren eine unbezogene Matratze, ein blanker Boden und ein abgegriffenes Buch mit dem Titel *Die Kriegskunst* zu sehen.

Es gab Fotos von den Bewohnern – drei saßen auf den Eingangsstufen, zwei weitere in der Küche. Cardinal konnte die polizeiliche Vorgehensweise nachvollziehen. Sie hatten keinen Grund, diese Leute zu verhaften, doch sie wollten etwas über sie in ihren Unterlagen haben – Gesichter zu den Namen –, und so hatten sie die Leute da, wo sie gerade standen oder saßen, abgelichtet. So etwas machten Cops, um ihre Akten zu vervollständigen. Es handelte sich um zwei junge Frauen und zwei junge Männer, alle zwischen Anfang und Mitte zwanzig, und keiner von ihnen entsprach der vagen Beschreibung durch den anonymen Anrufer: achtzehnjähriger weißer Mann, eins achtundsiebzig groß, kurzes Haar. Doch Cardinal kehrte zu dem Foto der Gruppe auf der Eingangsveranda zurück und sah genauer hin. Er saß ganz still und hielt es lange in der Hand.

Nach Lise Delormes Meinung benahm sich Cardinal seltsam. Sie hatten geplant, zusammen zu Kreeger rauszufahren, doch statt gemeinsam aufzubrechen, hatte er sie gebeten, ihn im *Highlands Lodge* abzuholen; er müsse aus irgendeinem Grund da raus und den Manager noch einmal befragen. Es wäre viel sinnvoller gewesen, einfach auf ihrem Weg einen Abstecher zu machen, doch er wollte nichts davon wissen.

Da saß sie also auf dem Parkplatz des *Highlands* und sah den Skifahrern hinterher, die auf die Spitze des Steilhangs fuhren. Sie trugen alle Skianzüge der neuesten Saison, manche sogar Balaklavas. Die Temperatur sank stetig, aller Wahrscheinlichkeit nach auch für den Rest des Tages. Über den Bergen brauten sich Gewitterwolken zusammen, die laut Wetterbericht Richtung Parry Sound zogen.

Als Cardinal endlich herauskam, zeigte er auf seinen roten Camry. Delorme stieg aus und schloss ihr nicht gekennzeichnetes Polizeifahrzeug ab. Sie ging zum Camry hinüber. »Sollten wir nicht den Dienstwagen benutzen?«

»Meiner hat bessere Winterreifen.«

Sie stieg ein, und er fuhr los, bevor sie den Gurt festschnallen konnte. Auf der Sutton bog er nach rechts ab, fädelte sich in den Verkehr auf dem Highway ein und fuhr Richtung Norden. Sie war neugierig wegen seines Besuchs im *Highlands* und hätte normalerweise nicht gezögert, ihn danach zu fragen. Doch Cardinal sagte kein Wort und sah sie nicht mal an, sondern presste die Lippen zusammen. Sie hatte es satt, Antworten aus ihm herauszuquetschen, und so schwor sie sich, den Mund zu halten, solange er nichts sagte.

Sie kamen an den ersten Vororten vorbei, bis sie zu ihrer Rechten Trout Lake erreichten.

»Es wird schon dunkel«, sagte Delorme und erinnerte sich im selben Moment an ihr Schweigegelübde.

Cardinal antwortete nicht. Sie konnte nicht sagen, ob er sauer oder besorgt war. In kleinen Dingen konnte man ihn leicht durchschauen; wenn er gereizt oder ungeduldig war, dann wusste sie es sofort. Doch wenn er starke Gefühle hegte, wurde er am verschlossensten. Immer wenn seine Frau in die Klinik gekommen war, hatte man es ihm in seinem Alltagsverhalten nicht angemerkt. Vielleicht war er ein wenig stiller gewesen, weiter nichts.

Die einzige Ausnahme hatte sie erlebt, als seine Frau gestorben war. Das konnte nicht einmal ein Stoiker wie er für sich behalten, und es brach einem das Herz, es mit anzusehen. Trotz seiner Trauer arbeitete er natürlich die ganze Zeit weiter – seine Art, damit umzugehen. Delorme schätzte, dass sie es genauso gehalten hätte, nein, korrigierte sie sich, dass sie versucht hätte, es genauso zu halten.

Sie fuhren an der Island Road und der Clayton Crossroads vorbei immer weiter, bis sie die bebauten Gebiete hinter sich gelassen hatten. Zu beiden Seiten des Highways gab es nur noch Wald; auf den Kanten der Felsspalten glitzerte Schnee. Ein graues Einerlei senkte sich über die Landschaft, wurde immer dunkler und schien die Straße zu erfassen. Ein Gewitter.

»Das sieht böse aus«, sagte Delorme. »Ich denke, es sollte Parry Sound erwischen und nicht uns.« Normalerweise schreckten Unwetter sie nicht, doch dieses hier brach so unerwartet und plötzlich herein, und die Veränderung der Lichtverhältnisse war dramatisch

Cardinals Gesichtsausdruck beziehungsweise dessen Ausdruckslosigkeit veränderte sich nicht, und er sagte kein Wort. Er hielt sich die ganze Zeit knapp ans Tempolimit und fuhr, ohne ein Wort darüber zu verlieren, erst langsamer, als es zu schneien begann. Die ersten Flocken waren groß und schaukelten wie Blätter im Wind. Doch mit zunehmender Kälte wurden die Flocken kleiner und fielen in schrägen Linien zu Boden.

Delorme war noch nie am Black Lake gewesen, hatte bis zu diesem Morgen auch noch nie davon gehört. Sie hatte den See gegoogelt und festgestellt, dass es nicht viel mehr als ein schwarzer Fleck inmitten einer weißen Fläche war, ein Punkt auf einer leeren Seite. Nur dass es sich bei der Seite um Wald handelte.

Sie wusste nicht einmal, wie Cardinal das Schild gesehen hatte, so klein und schneebedeckt, wie es war, doch er verließ den Highway und fuhr auf eine Straße, die unter dem Schnee tiefe Furchen aufwies.

»Was für Geländewagen«, sagte sie und stützte sich am Armaturenbrett ab.

»Hier kommen eine Menge Leute raus«, sagte Cardinal. »Die Gegend ist bei Jägern beliebt.«

»Aber nicht bei diesem Wetter.«

Der Wagen holperte so heftig, dass Cardinal nur noch im Schneckentempo weiterkam. Der Schnee fiel so dicht und fein, dass man glaubte, man hätte Nebel vor Augen.

Cardinals Handy klingelte, und er zog den Reißverschluss seiner Winterjacke auf, um hineinzugreifen. Er sah aufs Display, doch in dem Moment stießen sie auf eine Bodenwelle, und er musste das Lenkrad festhalten. »Es ist Chouinard. Geh du ran.«

»Wo stecken Sie?«, fragte Chouinard. »Und wo ist Cardinal? Wieso erreicht man Sie nicht über Funk?«

»Wir fahren gerade in Johns Wagen zum Black Lake raus.«

»Das ist aber schade – dann verpassen Sie beide die große Show. Der Verdächtige wurde auf der 124 gesichtet, große Pelzfarm da unten. Ein Sondereinsatzkommando von der OPP müsste in ungefähr einer Viertelstunde dort sein.«

»Verdammt«, sagte Delorme, »das schaffen wir nie. Einen Moment, bitte.« Sie sagte Cardinal, was los war, und fragte ihn, was er zu tun gedachte.

»Jetzt sind wir schon mal hier draußen, da können wir ebenso gut Kreeger befragen. Falls er Winston von früher kennt, könnte das vor Gericht nützlich sein.«

Delorme gab seine Auskunft an Chouinard weiter.

»Dann bleiben Sie am Ball«, sagte der DS. »Ach so, und halten Sie die Augen offen – wir haben eine Meldung zu zwei vermissten Jägern. Tony und Gary Burwell. Als die Familie das letzte Mal von ihnen hörte, glaubten sie, in der Nähe des Black Lake zu sein, aber sie waren sich nicht sicher. Ich dachte, heutzutage hat jeder GPS, aber offenbar nicht. Undenkbar, bei diesem Wetter einen Suchtrupp loszuschicken. Wie sind die Straßenverhältnisse?«

»Scheiße.«

»Dachte ich mir.«

Delorme klappte das Handy zu und steckte es in Cardinals Außentasche. »Der DS sagt, wir sollen nach zwei Jägern Ausschau halten, die sich verirrt haben.«

»Eigentlich habe ich das Gefühl, wir sollten lieber umkehren. Offensichtlich war der Wetteransager bekifft, als er mit diesem Bericht rauskam.«

»Wenn du eine Stelle findest, wo du wenden kannst.«

Er lenkte ein wenig nach rechts, dann nach links und hielt an.

»Hörst du das auch?«, fragte Delorme.

Ohne die Hand vom Schalthebel zu nehmen, rührte er sich nicht. Delorme kurbelte ihre Scheibe einen Spalt herunter. Schnee wirbelte herein.

Wieder der Schrei, die Stimme eines Mannes. So weit weg, dass sie schwach klang, doch nah genug, um die Panik herauszuhören.

»Kommt von dort«, sagte Cardinal und zeigte nach Westen, in den Wald.

»Ich hoffe, du hast Schneeschuhe im Kofferraum.«

»Fehlanzeige.«

37

Sergeant Tyler Adams von der OPP zog mit der rechten Hand seinen Ärmel zurück und sah auf seine Militäruhr. Er war einsatzbereit – zusammen mit fünf anderen Beamten des Rettungsdienstsonderkommandos, drei Männern und zwei Frauen, in einem gepanzerten Fahrzeug. Sie waren so durchtrainiert und gut ausgebildet, wie es ein SWAT-Team nur sein kann. Sie alle kannten sich mit Spezialwaffen und Sprengstoffen aus und waren Scharfschützen.

Sie saßen dicht gedrängt in dem gepanzerten Wagen, der auf einem Feld hinter einer Scheune unweit des Highway 124 stand, und warteten auf den Hubschrauber, der die andere Hälfte des Trupps einfliegen sollte. Das Sondermodell des Einsatzwagens war ein umgerüsteter Hummer, der durch so ziemlich alles hindurchfahren konnte. Er verfügte über eine hydraulische Hebebühne, die sich als nützlich erweisen konnte, wenn man den Feind überraschen wollte, indem man das Erdgeschoss ignorierte und das Personal direkt in ein Schlafzimmer im zweiten Stock absetzte.

Das Team überprüfte noch einmal Ausrüstung und Waffen, die Blendgranaten und Stinger-Granaten, die 9 und 10 Millimeter Heckler-&-Koch-Maschinenpistolen sowie die Scharfschützengewehre und schließlich einen sperrigen Infrarotbewegungsmelder, der den größten Teil des Wageninneren ausfüllte. Adams sah noch einmal auf die Uhr. Der Hubschrauber musste in drei Minuten da sein.

Ihre Informationen waren eher spärlich. Ein Mann Ende fünfzig, bis an die Zähne bewaffnet, hatte die Magnet-One-Ranch drei Meilen die Straße rauf besetzt, eine der größeren Nerzfarmen in der Provinz. Ehemann auf der Auktion in Algonquin Bay, Frau und Kinder mögliche Geiseln. Dem Notruf eines verängstigten Farmarbeiters zufolge brüstete der Kerl sich damit, in Algonquin Bay Köpfe abgehackt zu haben.

Adams war noch nicht lange Leiter des Sonderkommandos. Sein Vorgänger, Glenn Freitag, hatte erfolgreich viele zäh verteidigte Cannabisgewächshäuser dem Erdboden gleichgemacht und eine stattliche Anzahl übler Geiselnahmen erfolgreich abgewickelt, doch bei seinem letzten Einsatz war es darum gegangen, einen Park zurückzuerobern, den militante Mohawks in ihre Gewalt bekommen hatten, und es war schrecklich schiefgelaufen. Ein paar Indianer wurden erschossen, und Freitag wurde abberufen und gefeuert, lange bevor die SIU und sämtliche öffentlichen Ermittlungsbehörden überhaupt richtig mitbekommen hatten, was vorgefallen war.

Ein SWAT-Team ist keine Einrichtung, mit der man eine Show abzieht, dachte Adams. Es ist wie eine geladene Waffe, die nur dann zum Einsatz kommt, wenn man es ernst meint.

Er hörte das rhythmische Dröhnen der Rotorblätter und stieg aus dem Truck. Der Schnee blendete, und er kniff die Augen zusammen. Der Eurocopter TwinStar erschien scharlachrot vor einem azurblauen Himmel über den Baumwipfeln und kam so tief herunter, dass die Wucht der zwei Motoren Adams den Schnee ins Gesicht wirbelte. Seine Nummer zwei meldete sich über Funk und war auf der neuen Fleet-Net-Frequenz laut und deutlich zu hören. »Und – wo bleibt der Blizzard?«

»Den haben wir nach Algonquin Bay verlagert. Die haben sich mit einem völlig durchgeknallten Typen revanchiert.«

Cardinal und Delorme waren nur ein paar Hundert Meter in den Wald vorgedrungen, doch schon hier wäre niemand darauf gekommen, dass sich ein Highway ganz in der Nähe befand. Der Schnee reichte ihnen bis zur halben Wade, war aber hoch genug, um in ihre Stiefel zu dringen. Cardinal zeigte nach Westen, wo eine Reihe Strommasten über eine leichte Erhebung im Gelände führte. »Merken wir uns die als Wegmarkierungen. Falls wir völlig die Orientierung verlieren, können wir denen immer noch nach Hause folgen.«

»Ich habe nicht die Absicht, die Orientierung zu verlieren, danke schön.«

Sie stapften weiter durch die tiefe Stille des Schnees, in der sie nichts anderes hörten als das Rascheln des Nylonstoffs ihrer Parkas, das gelegentliche gedämpfte Knacken eines Zweigs und ihren eigenen keuchenden Atem.

Sie kamen an einer verfallenen Hütte auf der linken Seite vorbei, die fast ganz hinter den Bäumen verschwand. Im Sommer musste sie völlig unsichtbar sein.

»Eine Trapperhütte«, sagte Cardinal. »Zweifellos vollkommen illegal.«

Eine Weile schien der Wind gegen den Wald machtlos zu sein, und nur eine gelegentliche Brise wirbelte eine Schneefontäne auf. Doch dann machte der Blizzard ernst und trieb ihnen den Schnee ins Gesicht. Cardinal konnte weder ihrer beider Schritte noch Delormes Atem hören, sondern nur noch den eigenen. Sie blieben stehen und horchten. Cardinal rief laut – einmal, zweimal –, und sie warteten auf eine Antwort, doch es blieb still.

»Das gefällt mir ganz und gar nicht«, sagte Delorme.

Cardinal zeigte auf die kaum noch sichtbaren Stromleitungen. Ein Kabel hing herab. »Das muss zu Lloyd Kreegers Haus führen. Black Lake ist in dieser Gegend so ziemlich die einzige Markierung auf der Landkarte.«

»Also, falls diese Jäger hier irgendwo herumlaufen, werden sie das auch spitzkriegen.«

Der Pelzbesatz an Delormes Kapuze war ganz und gar weiß, ebenso ihre Augenbrauen und Wimpern.

»Ich kann immer noch keine Spuren entdecken. Nicht, dass die sich bei dem Wetter lange halten würden. Außerdem könnten sie weiter vorn sein. Falls nicht, machen wir bei Kreeger halt und wärmen uns auf, während wir einen Such- und Rettungstrupp anfordern. Die werden dann kommen, sobald das hier vorbei ist.«

Cardinal bog ab und folgte dem neuen Stromkabel. Das Schneegestöber wurde immer heftiger, die Leitung war immer schwerer zu erkennen.

Cardinal blieb stehen und rief noch einmal. Obwohl jetzt eindeutig Minusgrade herrschten, schwitzte er. »In diesem Sturm dringt die Stimme nicht durch. Kannst du noch? Wir können in die Trapperhütte zurück und warten, bis die Sicht besser wird.«

»Wir müssen ziemlich dicht an Kreegers Haus sein, oder?« Delormes Augenbrauen sahen wie Bühnen-Make-up aus. »Ich würde sagen, wir laufen weiter.«

Sie drängte voran.

Alle paar Meter mussten sie stehen bleiben und warten, bis der Wind sich legte oder die Richtung so weit änderte, dass sie das schneebedeckte Kabel sehen konnten. Nicht weit vor ihnen war eine eingeknickte Birke zu erkennen, an der ein Ast bis zum Boden herabhing. Dankbar für jede Markierung in der Landschaft, prägte Cardinal sie sich ein. Er rief noch einmal. Sie warteten. Hörten nichts. Liefen weiter.

Als der Schrei ertönte, war er so laut, so unmenschlich, dass Cardinal ihn nicht sofort mit Delorme in Verbindung brachte. Sie taumelte und fiel vor ihm zu Boden, doch er glaubte, das sei nur die Reaktion auf den Schrei. Er suchte den Wald ab, aber die Welt ringsum versank in einem grauweißen Einerlei.

Delorme wand sich auf dem Boden. Sie schrie wieder, versuchte jedoch, den Schrei zu unterdrücken, sodass er sich wie ein verzweifeltes Knurren anhörte.

Cardinal lief zu ihr. Die Eisenbügel einer Bärenfalle waren an ihrem Schienbein zugeschnappt.

»Versuche, stillzuhalten«, sagte er.

Cardinal war kein Jäger. Er hatte noch nie eine Bärenfalle aus der Nähe gesehen. Er wischte Schnee weg. Das Ding sah museumsreif aus, ein raubtierartiges Maul aus schwarzem Eisen.

Delorme hyperventilierte und stöhnte, die Zähne zusammengebissen.

Cardinal suchte zwischen den Federn und Hebeln nach einem Öffnungsmechanismus. Er fand eine rostige Metallschlinge und zog daran. Als er die Klemmen auseinanderklappte, verlor Delorme das Bewusstsein, und ihr Kopf sackte zur Seite. Cardinal tastete behutsam über ihr Schienbein. Er fühlte den Bruch durch ihre Jeans.

Ihr Gesicht war kreidebleich. Das musste der Schock sein – das Blut zog sich in die Körpermitte zurück. Die Ohnmacht war ein gnädiger Umstand, andererseits lief sie eher Gefahr, zu unterkühlen und sich Frostbeulen zu holen.

Cardinal ging in die Hocke und zog Delorme in eine sitzende Stellung hoch, sodass ihr Kopf über ihren ausgestreckten Beinen hing. Er rieb ihr die Handgelenke und schlug ihr leicht ins Gesicht, um die Durchblutung anzuregen.

Sie kam zu sich, würgte und erbrach. Cardinal drehte sie auf die Seite, sie schrie erneut und erbrach sich ein zweites Mal in den Schnee. »Tut mir leid«, sagte sie. »Tut mir leid. Scheiße, es ist wirklich schlimm, John.«

»Wir müssen zusehen, dass wir dich zu dieser Trapperhütte zurückbringen. Ich könnte versuchen, dich zu tragen.«

»Nein, das würde noch mehr wehtun.«

»Kannst du dich auf ein Bein aufrichten?«

Delorme beugte sich vor und packte hinter ihrem Erbrochenen eine Handvoll Schnee, wusch sich damit das Gesicht ab. Sie nahm eine zweite Handvoll und säuberte sich damit den Mund.

»Zieh mich hoch.«

Cardinal stand auf. Er zog seinen Handschuh aus und bückte sich. Delorme nahm einen ihrer Fäustlinge, steckte ihn sich in den Mund und biss darauf. Sie verschränkten die Hände.

»Bei drei«, sagte Cardinal. »Eins, zwei …« Bei drei zog er fest, und Delorme stellte sich auf ihr gesundes Bein, während sie durch den Lederhandschuh stöhnte.

Sie wankte gegen ihn, und Cardinal dachte, sie wäre wieder kurz vor der Ohnmacht, doch sie hielt sich tapfer. Delorme legte eine Hand auf Cardinals Schulter und er einen Arm um ihre Taille. Jedes Mal, wenn sie einen Schritt machen musste, hielt er sie fest und stützte sie ab.

Ihre Spuren waren schon fast ganz verweht. Sie brauchten über eine halbe Stunde für eine Strecke, die sie vorher in zehn Minuten zurückgelegt hatten. Delorme musste nach jedem Schritt eine Pause machen und tief durchatmen. Heftige Böen wirbelten ihr den Schnee in die Augen, sodass sie immer nur die unmittelbar vor ihnen liegenden Fußspuren erkennen konnten. Cardinal schwappte eine Woge der Panik durch den ganzen Körper. Endlich sahen sie die in Weiß gebettete Hütte vor sich. Sie war mit Brettern gesichert und mit einem Vorhängeschloss versehen.

»Möchtest du dich hinlegen, während ich versuche, das Schloss aufzubekommen?«

»Wenn ich mich hinlege, muss ich nur wieder hoch.« Sie lehnte sich an einen Baum. Cardinal zog ihre Kapuze nach vorn und band die Schnur zusammen.

Er sah sich das Schloss an. Es war das größte Vorhängeschloss, das er je gesehen hatte, doch er hatte nichts dabei, womit er es aufschlagen konnte. Unter dem Vordach gab es nur Brennholz. Er zog den Reißverschluss seines Parkas auf und griff nach seiner Beretta. Der erste Schuss versetzte dem Riegel eine Kerbe, der zweite sprengte das Schloss auf.

Die Hütte war äußerst bescheiden, zwei winzige Räume mit je zwei Feldbetten und einem Holzofen in der Mitte. Cardinal ließ die Tür offen, um etwas sehen zu können, dann half er Delorme hinein und auf das nächste Feldbett. Er wollte ihr gebrochenes Bein auf dem Bett ein wenig ausrichten und entlasten, doch sie ließ ihn nicht. Sie lag, nur halb bei Bewusstsein, da und schmiegte sich in ihren Parka.

Cardinal ging wieder hinaus und zog etwas Brennholz aus der Mitte des Stapels. Er fand eine kleine Axt und spaltete damit einen Scheit zu kleinen Zündspänen. Er tränkte sie mit ein wenig Anzündflüssigkeit, hielt ein Feuerzeug daran und schloss die Ofentür.

Auf einem der Feldbetten waren Decken gestapelt.

Cardinal breitete eine davon über Delorme. Er fand eine Coleman-Laterne, in der noch Kerosin war, und machte Licht. Auch wenn es jetzt in der Hütte heller war, wirkte es bei geschlossener Tür und Brettern vor den Fenstern wie Mitternacht.

»Soll ich versuchen, dir die Stiefel auszuziehen?«

Delorme öffnete die Augen nicht. Ihre Wangen waren nass von geschmolzenem Schnee. Cardinal holte ein beinahe sauberes Handtuch und wischte ihr damit das Gesicht trocken. Schatten tanzten durch die Hütte.

Im Moment gab es nichts mehr zu tun, als das Ende des Unwetters abzuwarten.

Er legte sich auf das andere Feldbett und schlief gegen seine Absicht im nächsten Moment ein.

»John, John, wach auf!«

Es war inzwischen wärmer. Er wusste nicht, wie lange er geschlafen hatte.

»John, wach auf.«

Er fuhr hoch und rieb sich das Gesicht.

»Ich hab was gehört.« Delorme sprach hastig im Flüsterton, als könnte jemand sie hören. »Offenbar jemand in Schwierigkeiten.«

Cardinal zog sich die Stiefel an.

Der Ruf drang deutlich bis zu ihnen, wenn auch vom Wind gedämpft.

»Muss in der Nähe sein, sonst würden wir nichts hören.«

Cardinal trat in den Sturm hinaus. Der Schnee blies ihm heftig in seine Kapuze. Er hatte ein beschränktes Gesichtsfeld. Er lief denselben Weg wie beim ersten Mal bis zu der Birke. Der Schrei ertönte wieder. Cardinal versuchte, durch den Schnee irgendetwas zu erkennen, und entdeckte etwas Orangefarbenes.

»Warten Sie dort«, sagte Cardinal. »Polizei.«

Die Gestalt, ein Mann in einer Jägerweste, kam taumelnd auf ihn zu, während er unverständliche Wörter ausstieß.

»Keine Angst«, sagte Cardinal. »Ihnen passiert nichts. Polizei.«

»Da ist ein Mann. Sie müssen mir helfen. Ein Mann. Er hat meinen Bruder umgebracht. Er ist wahnsinnig. Er wird mich auch umbringen.« Der Mann kam auf Cardinal zugerannt, stolperte und fiel der Länge nach hin.

»Sind Sie einer von den Burwells?«, fragte Cardinal.

»Was?« Der Mann hatte sich auf die Knie hochgerappelt und schien unter Schock zu stehen. »Ja, Tony Burwell. Bitte, Sie müssen mir helfen. Da läuft ein vollkommen Irrer herum. Noch ein paar andere. Die haben meinen Bruder erschossen. Die haben auch versucht, *mich* zu erschießen.«

»Schon gut, jetzt passiert Ihnen nichts mehr.« Cardinal hatte seine Beretta gezogen, ohne sie zu entsichern. »Wo ist dieser Mann?«

Burwell schien ihn nicht zu hören. Er rappelte sich hoch. »Sie haben uns die Brieftaschen und die Waffen weggenommen, einfach alles. Dann haben sie meinen Bruder getötet! Holen Sie mich, um Himmels willen, hier raus!« Der Mann brach in Schluchzen aus. »Oh, Gott …«

»Schon gut. Jetzt passiert Ihnen nichts mehr. Hier in der Nähe gibt es eine Hütte.«

»Gott, mein Bruder. Völlig irre Typen da draußen.«

Cardinal führte ihn zu der Hütte. Kaum hatte er die Tür geöffnet, sank der Mann in eine Ecke und zog die Knie an die Brust.

»Machen Sie die Tür zu, Mann. Machen Sie bloß zu, sonst finden die uns.«

»Was ist passiert?«, fragte Delorme.

»Mr Burwell wurde zusammen mit seinem Bruder überfallen. Sein Bruder ist tot.«

»Sie müssen mich hier rausholen«, sagte Burwell. Er schien nicht zu merken, dass er schrie. »Ich halt es hier keine Minute länger aus. Können Sie nicht über Funk einen Helikopter anfordern oder so? Ich pack das nicht länger.«

»Bei diesem Sturm fliegt hier keiner. Es bleibt uns nichts anderes übrig, als zu warten, bis er vorbei ist. Erzählen Sie uns, wie es passiert ist.«

»O Gott, wir haben uns verirrt. Es war meine Schuld. Ich sollte mein GPS mitnehmen und hab's vergessen – ich hab's schlicht und einfach vergessen. Wir hatten keinen Kompass, rein gar nichts. Das Unwetter kommt immer näher, und wir sehen eine Überlandleitung. Wir folgen ihr 'ne Weile, bis wir an diesen winzigen See gelangen. Haus auf der anderen Seite. Richtiges Haus, nicht bloß 'ne Hütte. Wir also nichts wie hin – Himmel, ich kann's immer noch nicht glauben –, und mein Bruder hat auf einmal sein Bein in einer Falle. Können Sie sich das vorstellen? Eine Scheißfalle.«

»Ziemlich gut«, sagte Delorme matt.

»Fahren Sie fort«, forderte Cardinal ihn auf.

»Mein Gott.« Der Mann kniff die Augen zu. »Mein Gott. Ich bin in Panik geraten. Ich bin total in Panik geraten.« Er richtete einen flehentlichen Blick auf Cardinal. »Er hat geschrien. Mein Bruder hat geschrien, und ich hab versucht, rauszukriegen, wie diese verdammte Falle funktioniert, aber ich hab's einfach nicht kapiert. Ich meine, ich hatte schließlich noch nie so 'n Ding gesehen! Also renne ich zu diesem Haus, rufe, brülle um Hilfe und hämmere an die Tür. Ein Typ macht auf. Groß, vielleicht fünfzig, fünfundfünfzig oder so, und er hat eine Knarre in der Hand. Da hätte es bei mir eigentlich klick machen müssen.«

»Haben Sie sonst noch jemanden gesehen?«

»Ein Mädchen von vielleicht dreizehn Jahren.«

»Gehörte sie zu ihm? Oder war sie eine Geisel? Wie kam Ihnen die Situation vor?«

»Mann, woher soll ich das wissen? Mein Bruder steckte in dieser verfluchten Falle, ich war total in Panik. Ich wollte doch nur Hilfe holen.« Burwell kniff die Augen zu und drückte die Stirn an die Knie. Als er wieder aufsah, standen ihm Tränen in den Augen. »Sie hat ihn Papa genannt.«

»Papa.«

»Papa. ›Soll ich gehen, Papa?‹ Aber er sagte nein, zieht sich einen Anorak an und kommt mit.« Er brach erneut in Schluchzen aus.

Cardinal fand eine Flasche Whisky und goss etwas in ein Glas. Er reichte es dem Mann, der es in einem Zug leerte. Er goss ihm noch mal ein und bot das Glas Delorme an, doch sie schüttelte nur den Kopf.

Der Mann beruhigte sich allmählich. »Tut mir leid«, sagte er, »hatte nicht die Absicht, hysterisch zu werden.«

Cardinal ging zur Tür und öffnete sie einen Spalt. »Der Sturm legt sich ein bisschen, ich geh da mal rüber.«

»Tun Sie das ja nicht! Ich kann da nicht noch mal hin, Sie kriegen mich nicht dazu, noch mal da hinzugehen!«

»Müssen Sie ja auch nicht.« Cardinal deutete auf die andere winzige Kammer. »Da ist noch ein Feldbett drin. Sie legen sich besser hin. Sie haben einen schrecklichen Schock erlitten.«

»Oh, Mann, Schock trifft es nicht ganz. Ich glaube, ich drehe durch.«

»Dann legen Sie sich hin.«

Der Mann ging in die zweite Kammer und warf sich auf die untere Koje.

»John«, sagte Delorme leise, »du kannst nicht allein da hinübergehen.«

»Die wissen ja nicht, dass ich allein bin. Und die rechnen sowieso nicht mit der Polizei. Genauer gesagt, rechnen die mit niemandem, nicht bei diesem Wetter. Mit dem kommst du schon klar.«

»Ich mach mir keine Sorgen wegen ihm. Ich mach mir Sorgen um dich.«

»Die haben einen alten Mann als Geisel genommen. Ich muss wenigstens hinüber und nach dem Rechten sehen.«

»John, wir müssen Verstärkung anfordern.«

»Die werden jetzt nicht kommen. Sieh mal, wir haben es mit einem Mann und einem Mädchen zu tun. Und die wissen nicht, dass wir hier draußen sind.«

Sobald Cardinal die Tür geschlossen hatte, hörte Delorme nur noch das leise Zischen der Lampe, das Pfeifen des Windes draußen und das gelegentliche Knistern im Ofen.

Von ihrer Koje aus konnte sie in die dunkle zweite Kammer sehen. Sie rief: »Alles in Ordnung?«

Keine Antwort. Sie lag da, horchte und kämpfte mit dem tiefen, pochenden Schmerz in ihrem Bein. Der Wind und das Knistern im Ofen erinnerten sie an Campingausflüge, die sie als Kind mit ihren Eltern unternommen hatte. Der Mann im anderen Zimmer fing an zu schnarchen.

Nach einer Weile wurde ihr bewusst, dass sie Hunger und vor allem großen Durst hatte. Zu essen gab es in dieser kargen Hütte zweifellos nichts, doch auf einem Regalfach neben dem Ofen standen ein paar Wasserflaschen, daneben eine Dose Lipton's-Tee.

Sie stemmte sich in eine sitzende Haltung hoch und verlor vor Schmerzen fast das Bewusstsein. Sie hielt sich am Eisengestell ihres Feldbetts fest und wartete, bis die Schmerzen ein wenig abgeklungen waren. Dann stellte sie sich hin, indem sie ihr Gewicht auf das gesunde Bein verlagerte und sich an die Wand lehnte. Es war nicht viel schlimmer als im Sitzen.

Der Ofen und das Wasser waren nur wenige Meter entfernt. Mit dem ersten Hopser kam sie bis zum Türrahmen zwischen Haupt- und Nebenzimmer. Sie packte die Pfosten und sog die Luft zwischen den Zähnen ein.

Der Mann lag mit leicht geöffnetem Mund flach auf dem Rücken. Er war nicht besonders alt, vielleicht dreißig, doch er wirkte völlig erschöpft. Er hatte noch seine Jacke an, die orangefarbene Jagdweste darüber.

Delorme atmete drei Mal tief durch und machte den nächsten Hopser. Sie fiel beinahe hin und musste sich an einer Strebe festhalten.

Sie griff nach einer Flasche und drehte den Deckel auf, goss Wasser in einen Topf und stellte ihn auf den Herd. Es gab einen gewaltigen Donnerknall, und es musste geblitzt haben, doch durch die zugenagelten Fenster war von draußen nichts zu sehen.

Cardinal blieb stehen, um sich den Schnee aus den Augen zu wischen. Inzwischen war er mit Eisregen vermischt, der auf der Haut brannte, dafür wurde die Sicht ein wenig besser. Er konnte das Stromkabel wieder erkennen – viel weiter weg, als er vermutet hatte. Er hatte nasse, kalte Füße und fragte sich, wie lange es dauern würde, bis er Frostbeulen bekam.

Eine seltsame Gestalt tauchte zwischen den Diagonalen des Schneetreibens auf, etwa zwanzig Meter weg. Dunkelgrau vor hellgrauem Grund hing sie wie ein Tintenklecks zwischen den Bäumen.

Sowie Cardinal näher kam, sah er, dass es ein Mensch war, ein Mensch, der mit dem Kopf nach unten baumelte, die Hände über dem Kopf, als wollte er sich ergeben.

Eines seiner Beine war abgeknickt, das andere hing straff an einem Seil, das zu den oberen Ästen des Baumes reichte. Die Leiche schaukelte und drehte sich im Wind.

Cardinal griff nach seiner Beretta. Das nach unten gewandte Gesicht des Mannes befand sich etwa auf Augenhöhe mit ihm. Cardinal packte einen Arm, damit die Leiche nicht mehr hin und her schwang. Die Augen waren geöffnet, in der Stirn befand sich ein schwarzes, glänzendes Loch.

Rechts von Cardinal führte eine verwehte Fußspur im Schnee in die Richtung der Trapperhütte. Unmöglich zu sagen, ob es sich um eine oder zwei Fußspuren handelte. Er wandte sich wieder in seine ursprüngliche Richtung. Da lag etwas Orangefarbenes auf dem Boden – möglicherweise die Sicherheitsweste des hängenden Mannes. Cardinal ging hin und machte sich daran, den Schnee wegzuscharren.

Es war nicht nur eine Weste. Cardinal griff unter die Schulter und drehte die Person um. Die Mütze fiel vom Kopf, der Schnee glitt vom Gesicht. Wieder eine Einschusswunde zwischen den Augen. Cardinal fand eine Brieftasche in der zugeknöpften Tasche der Cargohose. Tony Burwell. Die Ähnlichkeit mit dem hängenden Mann ließ nur den Schluss zu, dass es sich um Brüder handelte: der gleiche spitze Haaransatz, das gleiche aschblonde Haar, die gleichen leicht vorstehenden Augen, eine lange, ein wenig nach oben gebogene Nase, kleine Ohren. Brüder.

Cardinal griff in die Innentasche seines Parkas. Sein Handy war nicht da. Er fand es in seiner Außentasche – nicht gut bei diesem Wetter. Er drückte die Schnellwahl zu Delormes Nummer. Er hörte es fünf, sechs, acht Mal klingeln. Das winzige Display zeigte einen guten Empfang, doch eine schwache Batterie an. Das musste von der Kälte kommen; er hatte sie gestern Abend aufgeladen.

»Delorme.« Ihre Stimme ging fast im atmosphärischen Rauschen unter.

»Was macht dein Gast? Kannst du reden?«

Er bekam kaum eine Antwort. Er glaubte, das Wort »schläft« herausgehört zu haben. Cardinal sprach so ruhig, wie er konnte. »Kannst du nach draußen kommen? Die Verbindung ist sehr schlecht.«

Es knackte im Handy. Dann Delormes abgehackte Stimme: »Hör dich.«

Er wiederholte seine Botschaft. »Die Jäger – die Burwells – sind beide tot. Sie sind beide tot. Ermordet. Kannst du mich hören? Leg ihm Handschellen an, falls du kannst. Ich bin gleich bei dir.«

Keine Antwort außer dem Zischen toter Luft.

Er steckte das Handy in die Innentasche. Vielleicht konnte seine Körperwärme die Batterie wiederbeleben.

Zwischen seinen Stiefeln und den Beinen steckte Schnee. Er bückte sich, um einen Schnürsenkel zuzubinden, und spürte im selben Moment einen brennenden Schmerz am Ohr. Den Knall hörte er eine Sekunde später. Eine starke Waffe, aus einiger Entfernung abgefeuert. Der Schneefall hatte für den Moment nachgelassen, sodass sich die Sicht verbessert hatte. Cardinal suchte hinter einem Baumstamm Schutz, der nicht dick genug war, um ihn ganz abzudecken.

Der Schuss kam von irgendwo zwischen ihm und der

Trapperhütte. Böen veränderten immer wieder die Sicht. Er glaubte, eine Gestalt mit Kapuze zu sehen, die geduckt durch den Schnee lief. Er zielte und drückte ab. In einer überschaubaren Situation war er ein guter Schütze, doch unter diesen Umständen hatte er wenig Vertrauen in seine Fähigkeiten. Und was nun?, fragte er sich. Was ist dein nächster brillanter Plan?

Er suchte die Bäume ab. Außer Schnee und Eisregen bewegte sich dort nichts. Ein Baumstumpf und ein umgefallener Stamm etwa zehn Meter vor ihm auf dem Trampelpfad. Falls er daran vorbeikam, hatte er vielleicht genügend Deckung, um es zu Delorme zurückzuschaffen. Tief geduckt schlich er langsam vorwärts und sorgte dafür, dass der Baum zwischen ihm und der Stelle war, an der er den Schützen vermutete. Als er nahe genug herangekommen war, machte er einen Satz und landete unsanft hinter dem Baumstumpf.

Noch eine Kugel zischte vorbei. Dann der Knall. Näher. Wenn er jetzt zur Hütte rannte, war er eine leichte Beute.

38

Nikki bürstete sich das Haar und drückte es mit der linken Hand glatt. Dann bürstete sie es wieder, doch egal, was sie tat, es stand ihr in drahtigen Büscheln vom Kopf ab. Gut sah es nur aus, wenn es nass war, doch selbst dann dauerte es höchstens ein paar Minuten, bis es sich wieder kringelte.

»Spasti«, sagte sie zu ihrem Spiegelbild. Als sie das letzte Mal im Jugendknast so genannt worden war, hatte sie das Mädchen – eine absolute Schlampe namens Charlene, zwei Zellen weiter – um ein Haar erwürgt. Dabei sagte sie es andauernd zu sich selbst. Eine Zeitlang hatte sie einen Laptop gehabt – natürlich gestohlen, aber deshalb tat es trotzdem weh, wenn er einem selbst geklaut wurde –, auf dem gab es eine Software, mit der man sein Haar, sein Make-up, seine Kleider verändern konnte. Sie wünschte sich, sie könnte das alles wirklich machen – ihre Nase ersetzen, ihre Wangenknochen, ihre Schweinsäuglein und vor allem dieses widerwärtige Haar.

Nikki rollte sich auf dem Bett ein und hielt Lemurs iPod in der Hand. Wie sich herausstellte, hatte er zu einem großen Teil dieselben Songs gemocht wie sie. Im Moment hörte sie nichts, weil sie vergessen hatte, ihn aufzuladen, aber sie hielt ihn trotzdem in der Hand.

Die Familie ging in die Brüche. Lemur war tot, und jetzt hatten Papa und Jack schon wieder Streit gehabt. Diesmal sogar noch schlimmer. Jack hatte wohl angenommen, Papa sei auf der Jagd, weil er sich im denkbar falschesten Moment an sie herangemacht hatte. Sie war gerade aus der Dusche gekommen, hatte sich abgetrocknet und war – im Bademantel – direkt in ihr Zimmer zurückgegangen. Dort hatte Jack ihr aufgelauert und im Bruchteil von Sekunden die Tür hinter ihnen verschlossen, ihr den Bademantel ausgezogen und seine großen Hände auf ihre Titten gedrückt, bevor er sie aufs Bett warf.

Schon irgendwie komisch – schließlich war sie schon so oft gefickt worden, dass sie wahrscheinlich freiwillig, um des lieben Friedens willen, mit ihm ins Bett gegangen wäre, hätte er sie nur gefragt. Oder sie hätte es getan, bevor Papa ihr von wegen Selbstachtung und so in den Ohren gelegen hatte. Aber Jack fragte nicht, und so wehrte sie sich, und es wurde laut, und Papa stürzte herein.

Gewöhnlich dauert so ein Kampf vielleicht eine halbe Minute. Ein paar wilde Fausthiebe, ein Tritt in die Eier, und es ist vorbei. Doch die beiden hörten einfach nicht auf. Sie dachte, Jack würde gewinnen, weil er jünger war als Papa, und wütender. Er hob den Couchtisch hoch und schleuderte ihn Papa entgegen, woraufhin Papa – so was von cool – einen Schritt nach hinten trat und dann zum Angriff überging, indem er Jack mit dem Kopf zuerst gegen die Wand stieß. Jack zückte daraufhin ein Messer und erwischte Papa nicht zu knapp am Unterarm. Überall Blut. Papa nahm ihm das Messer ab, doch als Jack nach dem Schürhaken griff, dachte sie, Papa sei so gut wie tot.

Doch Papa holte sich auch den Haken. In dem Moment hätte er Jack den Rest geben können; er hatte die Gelegenheit. Hätte ihn nichts weiter gekostet als einen Schlag auf den Kopf mit dieser Eisenstange, aber das wollte er offenbar nicht – es war, als hielte ihn etwas zurück. Er packte Jack von hinten – so wie der auf einmal schlappmachte, höchstwahrscheinlich an den Eiern – und warf ihn Richtung Seitentür. Machte sie auf, gab ihm einen Tritt mit dem Stiefel in seinen Allerwertesten und warf ihm seine Winterjacke hinterher.

Dann klopfte es an der Schlafzimmertür, und Nikki sagte: »Herein.« Papa kam nie herein, ohne vorher anzuklopfen. Er trat ein, setzte sich neben sie aufs Bett und legte ihr eine Hand auf die Schulter, als wäre sie diejenige, die Trost nötig hatte. Er hatte ein frisches, gut gebügeltes Hemd an – das Bügeln seiner Hemden war ihm heilig, und man wäre nie auf die Idee gekommen, dass er gerade eine Schlägerei hinter sich hatte, bei der ihm der Arm aufgeschlitzt worden war.

Nikki fragte ihn, was der Arm machte.

»Kein Problem. Nichts weiter. Und wie geht's *dir*? Danke, dass du zu mir gehalten hast«, sagte Papa. »Mir geholfen hast.«

Nikki hatte keine Ahnung, was er meinte. Manchmal stellte Papa die Dinge auf den Kopf. »Ich hab doch nichts getan«, sagte sie.

»Nikki, Nikki, was mach ich nur mit dir?« Er drückte ihre Schulter. »Nie lässt du ein gutes Haar an dir. In dem Moment, als Jack zur Tür hinaus war, hast du dich um mich gekümmert. Whisky in der einen Hand, sauberes Handtuch in der anderen. Du warst mein Sanitäter auf dem Schlachtfeld. Ich weiß wirklich nicht, wie ich dir danken soll.«

»Hätte ich einen kühlen Kopf bewahrt, hätte ich mir das Jagdgewehr geschnappt und ihm über die Rübe gezogen.«

»Jack ist dein Bruder. Das will niemand.«

»*War* mein Bruder.«

»Oh, sollte mich nicht wundern, wenn Jack wieder angeschlichen käme. Wäre nicht das erste Mal, und in diesem Unwetter kommt er ohnehin nicht weit. Wenn er dann vor der Tür steht, braucht er Vergebung. Und weißt du was? Die kriegt er auch.«

Er reichte ihr die Kleenex-Schachtel, sie schneuzte sich und versuchte, ihrer Gefühle Herr zu werden.

»Jetzt setz dich schon. Du hast nicht den geringsten Grund, verzagt zu sein.« Er packte sie am Oberarm und hievte sie hoch. Dann legte er ihr kameradschaftlich einen Arm um die Schultern. Sie saßen gegenüber dem Kommodenspiegel. »Du siehst heute so hübsch aus. Hast du was mit deinem Haar gemacht?«

Sie drückte sich den Krauskopf flach. »Mein blödes Kraushaar.«

»Schönes Kraushaar. Das Haar strotzt vor Leben, Mädchen, genauso wie du.«

Sie erwiderte seinen Blick im Spiegel und lächelte.

»Ich kann dir nicht sagen, wie stolz ich bin«, sagte er, »wie dankbar ich bin, dass du deine Schönheit und dein Leben mit mir geteilt hast. Ich weiß, dass ich das nicht verdiene.«

»Aber du tust doch alles. Du kümmerst dich um jeden.«

»Wie's in letzter Zeit aussieht, nicht immer so gut.«

»Jack ist einfach nur durchgeknallt. Du kannst nichts dafür.«

»Ich hatte gehofft, einen besseren Einfluss zu haben.«

»Das hast du doch auch, Papa. Das hast du wirklich. Du sagst ja selbst, dass er wahrscheinlich zurückkommt.«

»Meinst du?«

Sie nickte.

»Du bist ein feiner Mensch, Nikki the Kid. Bist du wirklich, und ich bin richtig stolz auf dich.«

Nikki ging das Herz über, und sie wollte ihm etwas geben. Sex war das Einzige, was sie zu bieten hatte, und sie hätte ihm wirklich gerne gezeigt, was sie in dieser Hinsicht konnte. Doch Papa wollte keinen Sex mit ihr.

»Ich möchte dich um einen Gefallen bitten, Nikki.«

»Klar, was du willst.«

»Wir haben schon mal darüber gesprochen. Es ist etwas für die Familie. Es sollte Lemurs Aufgabe sein, aber Lemur ist nicht mehr bei uns.«

»Worum geht es?«

»Na ja, es ist schwer, und es ist äußerst wichtig, und es muss unbedingt sein. Und um ganz ehrlich zu sein, Nikki…« Er sah sie mit diesen ehrlichen blauen Augen an, und sein Blick trübte sich vor Sorge. »Um ehrlich zu sein, ich bin nicht hundertprozentig sicher, dass du schon so weit bist.«

Delorme versuchte es noch einmal mit ihrem Handy. Sie bekam ein Knistern und Rauschen und sonst nichts. Cardinal hatte versucht, ihr etwas zu sagen. Etwas, das der Mann, der nebenan schlief, nicht hören sollte. *Geh raus*, hatte er gesagt.

Sie stand wieder auf und stützte sich an der Wand ab, während sie darauf wartete, dass die Schmerzen nachließen. Das geschah zwar nicht, doch sie hopste trotzdem lautlos ins andere Zimmer.

Der Mann hatte sich auf die rechte Seite gedreht und den Mund geöffnet, doch er hatte aufgehört zu schnarchen. In der Linken hielt er eine Automatik. Nun ja, man konnte eine Automatik dabeihaben, für den Fall, dass man ein Tier nur verwundet hatte und ihm den Gnadenschuss geben wollte, sagte sich Delorme. Nicht gerade eine Sportwaffe, aber möglich. Sie stützte sich am Türrahmen ab und hüpfte nach vorn, was lauter war als geplant.

Der Mann bewegte sich, wachte aber nicht auf.

Noch ein Hopser. Delorme fiel beinahe hin und stützte sich mit den Fingerspitzen am Kopfende des Feldbetts ab. Sie hielt den Atem an. Der Mann rührte sich nicht. Ohne das Kopfende loszulassen, beugte sie sich über das Bett, um das Fabrikat der Waffe erkennen zu können. Es ähnelte wie ein Ei dem anderen der Waffe am Geldautomaten, doch sie musste ganz genau hinschauen, um den Herstellernamen zu erkennen: Browning Hi-Power.

Der Mann öffnete die Augen. »Haben Sie ein Problem?«

»Ich wollte nur nachsehen, ob Sie wach sind. Wollen Sie auch einen Tee?«

»Dachte, Sie hätten sich das Bein gebrochen.«

»Ich habe Durst. Ich koche Tee.«

»Sie sehen aus, als hätten Sie Schmerzen. Vielleicht legen Sie sich besser wieder hin.«

»Geht schon.«

»Hier ist eine Menge Platz.« Er klopfte mit der Waffe auf seine Koje.

»Ich glaube nicht.«

»Haben Sie sich nicht so. Schauen wir mal, ob wir was für das Bein tun können.«

»Wollen Sie nun Tee oder nicht?«

»Tee, na klar. Wieso nicht? Wo ist Ihr Partner denn hin?«

»Er wollte nach dem Haus sehen«, sagte Delorme und bereute ihre Worte noch im selben Moment. Wünschte sich, sie hätte etwas gesagt, das auf seine baldige Rückkehr schließen ließ.

»Falls er es findet, wird er sich wünschen, er hätte eine Armee dabei.«

Delorme drehte sich um und machte einen Hopser zur

Tür. Hinter ihr knarrte es, der Mann hatte sich aufgerichtet.

Sie hüpfte, so schnell sie konnte, ins andere Zimmer, doch der Mann warf sich mit seinem vollen Gewicht auf sie, sodass sie mit Wucht zu Boden fiel und vor Schmerz einen Schrei ausstieß.

Er zog fest an ihren Haaren. »Halt still.«

Delorme drehte sich auf den Rücken und trat ihm mit dem unversehrten Bein ins Gesicht. Er wich zurück und ließ ihre Haare los, riss jedoch an ihrem gebrochenen Bein, sodass sie vor Qual schrill aufschrie.

Als Delorme wieder zu sich kam, hatte er ihre Gürtelschnalle geöffnet und versuchte gerade, ihr die Hose herunterzuziehen. Die Waffe hatte er neben sich auf den Boden gelegt. Delorme griff danach, doch er erwischte sie zuerst und schlug ihr damit gegen die Schläfe.

Die konterte mit einer harten Rückhand und schlug ihm mit den Knöcheln ins Auge.

Er holte noch einmal mit der Pistole aus, traf aber nur den Boden. Delorme packte den Lauf und drehte ihn, bis der Mann losließ. Die Waffe flog ihr aus den Fingern und landete irgendwo hinter ihrem Kopf. Der Mann stürzte sich darauf und kam ihr mit dem Gesicht so nahe, dass sie seinen Atem riechen konnte. Sie zog ihn zu sich heran und biss ihm in die Wange. Plötzlich fühlte sie sein warmes Blut auf ihrem Gesicht.

Der Mann brüllte auf und griff sich an die Wange, das Blut quoll zwischen seinen Fingern hervor. Delorme streckte sich noch einmal nach der Waffe, doch der Mann packte sie an der Kehle und boxte ihr ins Gesicht. Seine Knöchel glitten auf dem Blut ab.

Delorme packte ihn an der Taille und fühlte den Messergriff. Während ihr Widersacher sich nach der Pistole streckte, öffnete sie den Schnappverschluss und zog das Messer heraus. Er richtete sich über ihr auf und hielt ihr im selben Moment die Pistole ins Gesicht, als sie ihm das Messer in die Achsel stieß.

Er schrie, ließ die Waffe fallen und sackte seitlich zu Boden. Als er erneut nach der Pistole griff, drehte sich Delorme auf die Hüfte und stieß ihm das Messer in die Schläfe. Der Knochen splitterte, und sie spürte, wie die Klinge stecken blieb.

Sie hielt den Griff fest, während seine Kräfte schwanden. Es war, als schrumpfte er unter ihren Händen. Er lag halb zusammengerollt am Boden und atmete noch. Sein Blick schien sich durch Delorme hindurch auf irgendeinen Punkt hinter ihr zu richten. Das Blut floss ihm ins Auge, doch er zwinkerte nicht. Delorme hielt den Messerschaft fest, bis der Mann nicht mehr atmete, und auch noch eine Weile danach.

Sie rollte sich zurück und schleppte sich zum Feldbett. Sie hob die Pistole auf und hielt sie, nachdem sie sich umgedreht und mit ausgestreckten Beinen hingesetzt hatte, vor sich auf dem Schoß.

»Scheißkerl«, sagte sie heftig keuchend. »Da siehst du, wohin das führt.«

39

Wenn Sie ständig auf die Nase fallen, kommen wir nie zum Highway«, sagte Nikki. Der alte Mann stolperte direkt vor ihr her. Der Sturm hatte ein wenig nachgelassen, doch der Schnee wirbelte immer noch durch die Luft und blieb an Nikkis Wimpern hängen, sodass sie Mühe hatte, etwas zu sehen. Und der Schnee war tief. In den höchsten Verwehungen sanken sie mit ihren Schneeschuhen mindestens fünfzehn Zentimeter tief ein, sodass selbst Nikki, ganz zu schweigen von einem alten Knacker wie Mr Kreeger, Mühe hatte, voranzukommen.

Er taumelte zur Seite, fiel um ein Haar um und fing sich im letzten Moment.

»Je schneller ich Sie zu diesem Highway bringe«, sagte Nikki, »desto schneller kann ich zurück und es mir vor dem Kamin gemütlich machen.«

Der alte Mann drehte sich zu ihr um. »Falls wir wirklich zum Highway gingen, hätten wir die Straße genommen. Vorn am Range Rover ist ein Schneepflug, weißt du.«

»Ich bin zu jung für den Führerschein.«

»Aber ich nicht.«

»Wir gehen hier entlang.«

»Selbst zu Fuß wäre die Straße schneller.«

»Zum letzten Mal, die Straße können wir nicht nehmen. Da kommt Papa vorbei, und wenn er sieht, wie ich Ihnen dabei helfe, von hier wegzukommen, war's das für uns beide. Außerdem könnte Jack auf dem Weg zurückkehren, und ich möchte nicht sterben, Mr Kreeger, Sie?«

Papa sagte, der alte Mann müsste sterben, doch wie sie es anstellte, sei ihre Sache. Also hatte sie sich diesen angeblichen Fluchtplan ausgeheckt. Es gab keinen Grund, wieso der Mann unglücklich sterben sollte. Auf diese Weise würde er wenigstens glücklich sein. Er denkt, er kommt endlich frei, und – peng – schießt sie ihm in den Hinterkopf, und er schläft einfach ein.

»Wann ist dein sogenannter Papa rausgegangen? Ich hab nicht gehört, wie er das Haus verlassen hat.«

»Haben Sie denn den Kampf nicht gehört? Er hat Jack rausgeworfen und ist dann auch gegangen.«

»Hmhm. Ist in den Blizzard rausgefahren, ja?«

»Wenn Sie's unbedingt wissen wollen, jemand ist gekommen und hat ihn abgeholt. Typ in einem Jeep.«

Der alte Mann sah sie an und schüttelte angewidert den Kopf.

»Allerdings, die sind direkt nach Jack los. Schätze, die Reifenspuren von diesem Jeep sind ziemlich schnell wieder eingeschneit. Ich hab keine Ahnung, wo sie hinwollten und wann sie zurückkommen, ich weiß nur ziemlich sicher, dass dies hier das erste und letzte Mal sein wird, wo ich mit Ihnen allein bin. Würden Sie das also freundlicherweise ausnutzen und Ihren dürren Arsch bewegen? Ich dachte, alte Leute wären klug.«

»Stimmt. Und junge Leute sollten unschuldig sein.«

»Na schön, dann sind wir ja quitt.«

Der alte Mann sah sie weiter unverwandt an. Er hatte ein schmales, längliches Gesicht, und die pergamentdünne Haut an seinen Wangen war von der Kälte rot gefärbt. Er erinnerte Nikki an einen Hasen, und sie war kurz davor, ihn anzubrüllen, er sollte sich gefälligst umdrehen, als er es schließlich von sich aus tat – sich zu ihr umdrehte, einen Schritt durch den Schnee machte, dann noch einen und breitbeinig wie eine Ente vor ihr stand.

»Seh'n Sie, ist doch gar nicht so schlimm«, sagte Nikki. »Wir sind in kürzester Zeit auf diesem Highway. Da kommt früher oder später irgendeiner vorbei und nimmt Sie mit.«

Sie wusste, dass das nicht wirklich logisch klang. Welchen Grund sollte sie wohl haben, ihn wohlbehalten in die Stadt zu schicken. Sie hatte ihm das feierliche Versprechen abgenommen, dass er einen Tag warten würde, bis er die Polizei verständigte, dabei wäre das natürlich das Erste, was er machen würde. Er musste wissen, dass Papa im Haus auf ihre Rückkehr und ihre Bestätigung wartete, dass sie es getan hatte. Bis dahin hatte sie Angst, Jack über den Weg zu laufen. Jack war so verrückt, dass man nicht immer sagen konnte, ob man lebend davonkam oder nicht.

Der alte Mann blieb stehen. Selbst durch seinen schweren Parka sah sie, wie sich seine Schultern hoben und senkten. Er drehte sich erneut zu ihr um.

»Alter, sind Sie auf Crack? Oder ist Ihnen einfach entgangen, dass wir in den Ausläufern eines Blizzards stecken?«

»Wie alt bist du, junge Dame?«

»Im Februar werde ich vierzehn.«

»Vierzehn im Februar.« Er lächelte und entblößte lange Hasenzähne zwischen leuchtend rosa Wangen. »Im Februar werde ich sechsundsiebzig Jahre alt.«

»O mein Gott, da haben wir ja eine Menge gemein! Hätten Sie wohl die Güte, weiterzulaufen?«

Der alte Mann rührte sich nicht, sondern starrte sie und ihr Jagdgewehr – für den Fall, dass sie irgendwo einen Fasan fürs Abendessen entdeckte, hatte sie ihm gesagt – an. »Dieser Mann ist nicht dein Vater.«

»Und ob er das ist, in jeder Hinsicht, die zählt.«

»Hat dich großgezogen, ja? Von klein auf? Hat dir die Windeln gewechselt? Hat dich zur Schule gebracht? Dafür gesorgt, dass du deine Hausaufgaben machst? Dir abends eine Gutenachtgeschichte erzählt? Dir Lesen und Schreiben beigebracht und wie man mit anderen Leuten klarkommt? Hat also alle Aufgaben eines Vaters erfüllt?«

»Mich großgezogen? Nein. Mich gerettet, ja. Ich war völlig am Arsch, Mr Kreeger, ich hätt's nicht mehr lang gemacht, und Papa hat mich vor der dicken Ziegelmauer bewahrt, an der ich mir mit Sicherheit die Birne eingeschlagen hätte.«

»Du hast auf der Straße gelebt?«

»Stellen Sie sich allen Scheiß vor, den man machen kann, und Sie können drauf wetten, ich hab ihn gemacht. Und jetzt gehen Sie endlich weiter, bevor ich sauer werde.«

»Ich würde allerdings das, wo du jetzt bist, nicht gerade als ›gerettet‹ bezeichnen.«

»Was?«

»Ich würde das, wo du im Moment gelandet bist, nicht als die Rettung bezeichnen.«

»Sie wissen nicht, wo ich vorher war.«

»Und ich kann in Papa nicht die geringste Ähnlichkeit mit einem Vater erkennen.«

»Weil Sie den Mann nicht kennen.«

»Hast du mal in die Baracke geschaut, Nikki?«

»Nein, wieso sollte ich.«

»Du meinst, man hat es dir verboten.«

»Mir ist egal, was da drin ist.«

»Nicht ›was‹ – sondern ›wer‹. Er hieß Henry. Er war Indianer – First Nations –, er selbst hat sich immer als Indianer bezeichnet. Er muss so vierundvierzig, fünfundvierzig gewesen sein. Um einiges jünger als dein selbst ernannter Papa. Er war vermutlich so in deinem Alter, als ihm klar wurde, dass er Alkoholiker ist. Kam einfach nicht davon los. Er trug einen tiefen Schmerz in sich, der ihn nie losließ und der nur unter Alkohol besser wurde. Außer Alkohol half gar nichts, andererseits machte der alles natürlich noch schlimmer.«

»Okay. Und wieso sollte mich dieser Säufer interessieren?«

»Stell dir vor, dir tut ständig etwas weh. Wie eine Brandwunde, sagen wir mal – deine Haut fühlt sich an, als ob sie brennt. Vielleicht auch nicht ganz so dramatisch. Du hast einfach das Gefühl, dass es dir das Herz bricht. Die ganze Zeit, Tag für Tag, aus keinem besonderen Grund – und die einzige Zeit, in der dieser Schmerz nicht mehr zu spüren ist, unter Alkohol. Das war Henrys Leben. Es machte ihn mürrisch und arbeitsunfähig. Deshalb ist er auch aus dem Reservat rausgeflogen. Er kam x-mal in den Knast. Und die ganze Zeit diese Wunde, diese Qualen. Dann schaffte er es eine Zeit lang, trocken zu bleiben. Dank einer unglaublichen Willensanstrengung ist ihm das gelungen. Er hat sogar geheiratet und einen Job bekommen. Den Job hatte er nicht lange – die Art von Job ist immer von kurzer Dauer. Also fing er wieder an zu trinken. Daraufhin hat seine Frau ihn verlassen.«

»Ein Loser. Sie beschreiben da einen Loser.«

»Ich beschreibe einen Menschen. Henry hat das Trinken aufgegeben. Und, nein, das kam nicht über Nacht. Er brauchte viele Anläufe, es gab viele Rückschläge, aber der Mann hat mit dem Trinken aufgehört. Wenn er nüchtern war, hatte Henry geschickte Hände, er war gelernter Schreiner. Er hat einiges am Haus getan. So hab ich ihn kennengelernt. Er kannte sich mit vielem aus: Elektro-, Klempnerarbeiten, Jagd, Fischen. Und er las unheimlich gern. Liebte Bücher. Liebte eine gute Geschichte. Liebte einen guten Witz. Hatte einen tollen Sinn für Humor. Irgendwie trocken.

Er kam dann zu mir, um ganz für mich zu arbeiten, das, was gerade anfiel. Ich zahle ihm nicht viel – hab ihm nie sonderlich viel gezahlt –, dafür hatte er freie Unterkunft, und er mochte die Stille. Mochte den Wald. Vielleicht mochte er sogar mich. Schien zumindest so. Einmal hab ich ihn gefragt, was er gegen all diesen Schmerz getan hätte – wie der verschwunden sei. Und er hat geantwortet, er sei nie verschwunden. Er sei immer noch da. Jeden Tag. Er versuchte nur einfach nicht mehr, dagegen anzugehen. Er ließ es dabei bewenden, und ab und zu vergaß er ihn sogar. Er hatte ein hartes Leben. Für jemanden wie mich, der so viel Glück gehabt hat, ein unvorstellbar hartes Leben. Aber irgendwie konnte er jetzt wieder lächeln. Lachen. Und sich an kleinen Dingen freuen – Frühstück zubereiten, eine Tür einhängen oder einem alten Mann Gesellschaft leisten. Ich kann nicht behaupten, er wäre ein glücklicher Mensch gewesen – Henry –, aber er war ein anständiger Mensch, und er meinte, er hätte noch nie so schön gewohnt wie in dieser Baracke. Und jetzt liegt er mit einem Loch im Kopf da drinnen, weil dein sogenannter Papa es so haben wollte. Es gab nicht den geringsten Grund dafür, doch damit war Henrys Leben zu Ende.«

»Das wissen Sie nicht.«

»Oh, doch. Und du auch.«

»Der Highway ist da vorn, Mr Kreeger. Würden Sie sich jetzt bitte umdrehen?«

Er drehte sich um und machte genau einen Schritt, blieb

stehen und sah sie wieder an. »Möchtest du wirklich so sein?«

»Mich hat keiner danach gefragt, was ich sein will.«

»Aber was du machst – was du machst, das bestimmst du.«

»Wenn Sie das Leben wirklich so rosarot sehen, wieso fällt es Ihnen dann so schwer, mir irgendetwas von dem zu glauben, was ich Ihnen sage? Sehen Sie einfach, wo Sie hintreten, und setzen Sie mit diesen Schneeschuhen hübsch einen Schritt vor den anderen, und wir kriegen Sie sicher zum Highway. Wissen Sie was? Wie wär's, wenn wir ein bisschen singen würden? Sie kennen nicht zufällig irgendwelche Mit-Schneeschuhen-durch-den-Wald-Wald-Wald-Lieder? Wenn wir für den Rest des Weges singen, wird uns schön warm, und ich kann mir keine bessere Möglichkeit denken, das hier hinter uns zu bringen, ich meine … was auch immer.«

40

In geduckter Haltung schaffte es Cardinal bis zum Rand der Böschung und sprang. Er kam ins Rutschen, und spitze Steine schnitten ihn in die Oberschenkelknochen und ins Schienbein. Die Baumreihe gab ihm ein wenig Deckung, solange der Schütze nicht ebenfalls den Abhang herunterkam. Diesmal hast du dich selbst reingeritten, sagte er sich. Delorme gleich mit.

Die Böschung endete an einem kleinen Bach, der nur halb zugefroren war. Schnell strömendes, schwarzes Wasser, das an Stellen, wo es Felsen überwand, silbern sprudelte. Cardinal hockte sich hinter ein dichtes Gebüsch und versuchte, noch einmal zu telefonieren. Mausetot. Fast im Kriechen schaffte er es schließlich bis zur Hütte zurück und betete, dass Delorme noch am Leben war.

Diesmal streifte der Schuss tatsächlich seinen Arm und zerriss den Ärmel seines Parkas. Er traf nicht auf Knochen, nicht einmal ins Fleisch, sondern brannte ihm nur direkt über dem Ellbogen eine Furche in die Haut. Er warf sich flach auf den Boden und spähte durch den Busch zum oberen Rand der Böschung. Der Scharfschütze war ein Geist, eine Gespenstererscheinung aus der Folklore der Ureinwohner, die geräuschlos durch den Wald huschte.

Falls es sich dabei um den Mann handelte, der sich durch seinen Bluff in die Hütte eingeschlichen hatte, war Delorme entweder schon tot, oder sie hatte ihn hinausgejagt. Ein weiterer Schuss peitschte durch die Zweige über seinem Kopf. Cardinal stürzte denselben Weg zurück, den er gekommen war, von der Hütte weg. Falls er es bis zum Kreeger-Haus schaffte, konnte er sich diesem Irren gegenüber vielleicht einen Vorteil verschaffen und hinterher zu Delorme zurückkehren. Der Gedanke hätte keiner vernünftigen Analyse standgehalten, und so versuchte er es gar nicht erst. Er arbeitete sich einfach weiter durchs Gebüsch, über die Felsen und durch das Wasser. Nach einer Weile öffnete sich die weiße Platte eines Sees, auf dessen anderer Seite er die blassen Konturen des Hauses erkennen konnte. Ein Donnerschlag zerriss die Luft, und Blitze sprühten Funken über die Bäume. Falls derjenige mit dem Gewehr hier herunterkommt, möchte ich nicht ohne Deckung über die Eisfläche laufen, dachte Cardinal. Ganz bestimmt nicht.

Und so arbeitete er sich – immer im Schutz der Bäume – im Uhrzeigersinn um den See herum. Auf diese Weise würde er von hinten zum Haus gelangen, sodass es ihm Schutz bot. Bis er die Bäume dort erreicht hatte, waren auch die Blitze nach Westen mitgezogen, als hätten sie mit ihm persönlich eine Rechnung zu begleichen. Mehrere gingen zwischen den Bäumen nieder, und der Donner schickte ihm Schockwellen durchs Zwerchfell. In einem der schneebedeckten Fahrzeuge vor dem Haus löste er Alarm aus.

Der Schnee war jetzt fast in Regen übergegangen. Cardinals Parka war nicht wasserdicht. In wenigen Minuten waren die Schultern mit eiskaltem Wasser vollgesogen.

Er umkreiste das Haus so weit, bis er die Seitentür sehen konnte. Links von ihm eine Baracke. Wenn du eine Geisel genommen hättest, fragte er sich, wo würdest du sie aller Wahrscheinlichkeit nach einsperren?

Er lief zur Hütte und spähte in beiden Richtungen

durch die Bäume. Von dem Schützen war weit und breit nichts zu sehen. Immer noch dröhnte der Autoalarm. Er trat ans rückseitige Fenster und schaute hinein. Er blickte in einen Schlafraum. Niemand da, nur spärlich ausgestattet. Ein Tisch. Es war dunkel, aber nicht so dunkel, dass er die Leiche auf dem Boden nicht gesehen hätte. Er konnte genug erkennen, um sich davon zu überzeugen, dass es nicht Lloyd Kreeger war und dass der Unbekannte schon geraume Zeit tot war. Damit war klar, dass in dieser Hütte sonst niemand mehr sein konnte – nicht auszuhalten.

Er trat in den Schatten zurück. Donnergrollen, das sich allmählich verzog, Regen, der ihm bis auf den Rücken und die Brust drang. Sein Arm brannte. Der Autoalarm setzte plötzlich aus, und der Regen prasselte laut auf die Blockhütte und die Bäume. Er spähte noch einmal in den Wald und rannte zur Seitentür des Hauses.

Er drückte die Klinke. Nicht abgeschlossen. Er schob die Tür auf.

Drinnen Dämmerlicht. Direkt vor ihm ein Tisch, dahinter das Wohnzimmer, rechts im Hochparterre ein, zwei Schlafzimmer. Es war ein Szenario, das sie sich an der Polizeiakademie in Aylmer ausgedacht haben könnten. Sei bereit zu schießen, und falls du es tust, dann schieß mit der Absicht zu töten – aber sei dir darüber im Klaren, dass durch diese Türen jederzeit ein Opfer oder Unbeteiligter kommen könnte.

Cardinal trat in den Küchenbereich und war sich dabei der Treppe in der Ecke hinter ihm, die in den Keller führen musste, nur allzu bewusst. Das Bad war leer. Er kam zu der ersten Schlafzimmertür, machte sie auf und sah ins Zimmer. Niemand da. Er stand im Rahmen und wusste, während er angestrengt horchte, dass dieses Zittern in den Knien nur zum Teil von der Kälte kam.

Er ging weiter zur letzten Tür am Ende eines kurzen Flurs.

Eine Stimme hinter ihm sagte: »Legen Sie die Waffe ab.«

Cardinal wirbelte in einer einzigen Bewegung herum und ging, die Beretta schussbereit, auf ein Knie.

»Sehr beeindruckend«, sagte der Mann. Er war etwa Ende fünfzig, beträchtlich größer als Cardinal, hatte kurzes Haar und auch sonst etwas Militärisches in seinem Aussehen. Eine Schrotflinte an der Schulter – die ideale Waffe für diese Situation. Schieß eine ganze Ladung Schrot in den Raum, und niemand entwischt dir.

»Curtis Winston«, sagte Cardinal.

»Unerheblich, wer wir sind. Es zählt nur, *was* wir sind.«

»Ich weiß, was Sie sind, und ich verhafte Sie.«

Der Mann kam näher heran. »Cop«, sagte er. »Der Lakai der Gesellschaft. Speichellecker. Eine nutzlose Stütze des Status quo.«

»Irgendjemand muss den Müll wegräumen.«

»Müll ist Material, das Sie persönlich nicht zu schätzen wissen. Andere sehen das vielleicht anders.«

»Legen Sie die Waffe weg.«

»Nein.«

»Sie kommen hier nicht raus.«

»Vielleicht überschlagen Sie noch mal, wer hier im Vorteil und wer im Nachteil ist. Schrotflinte gegen Pistole. Erbärmlicher kleiner Cop gegen … was? Eine Naturgewalt. Eine Familie, die zusammensteht.«

»Ich würde Sie nicht als Familie bezeichnen.«

»Sondern als was?«

»Legen Sie einfach die Waffe weg.«

»Negativ. Wie würden Sie uns nennen?«

»Ich kann keine ›uns‹ sehen. Ich sehe nur einen Gangster ohne Gang.«

»Familie, nicht Gang. Unsere Loyalität geht tiefer. Und jetzt lassen Sie die Beretta fallen.«

Eine Gestalt mit Kapuze kam durch die Seitentür herein. »Vor dem Mädchen musst du dich in Acht nehmen«, sagte sie zu Cardinal. »Nicht vor Papa.«

»Hallo, Donna«, sagte Cardinal.

»Du bist offenbar nicht überrascht, mich zu sehen.«

Der Mann, den sie Papa nannte, war es umso mehr. »Christine«, sagte er, während er weiterhin auf Cardinal zielte. »Christine, was machst du denn hier? Hast du die Regeln vergessen?«

»Ich kenne die Regeln«, sagte sie. »Wenn du die Familie verlässt, ist es für immer.« Sie drehte sich zu Cardinal um. »Wie hast du's rausgekriegt?«

»Mendelsohn. Du hast ihn getötet, weil du wusstest, dass er dich erkennen würde. Du hast die Fotos aus seiner Akte genommen. Allerdings verstehe ich nicht, wieso du den Jungen am Geldautomaten ermordet hast.«

»Er wollte mir nicht sagen, wo Papa steckt.«

»Du tötest ein Kind? Um Papa-Bär ganz für dich allein zu haben? Bist du so verzweifelt darauf versessen, dich diesem Kerl noch mal an den Hals zu werfen?«

»Nicht an den Hals zu werfen. Ihn zu töten.« Sie drückte Papa ihre Pistole an den Kopf. »Er wird nicht schießen. Papa schießt nie auf jemanden.« Sie nahm Papa die Schrotflinte weg und trat um ihn herum. Er sah sie mit hasserfüllten Augen an. »Du bist nicht gerade leicht zu finden«, sagte sie.

»Du hast einen Cop hierhergeführt? Bist du eine derartige Verräterin, Christine?«

»Es war andersherum«, sagte Cardinal. »Sie ist mir gefolgt. Hat auch versucht, mich zu erschießen, falls das für Sie irgendwie von Trost ist.«

»Um dich abzuschrecken«, sagte Donna. »Wenn ich dich hätte töten wollen, wärst du jetzt tot.«

»Das stimmt«, bestätigte Papa. »Darf ich Sie mit Christine Rickert bekannt machen – der besten Schützin, die ich je gesehen habe. Beste Fährtenleserin, beste Kämpferin, die Beste, die ich je ausgebildet habe. Es hat mir das Herz gebrochen, als du die Familie verlassen hast.«

»Familie«, sagte Donna. »Immer Familie. Was für ein Witz.«

»Was willst du, Christine?«

»Ich will mein Leben zurück, *Papa*.«

Papa lachte. »Ich hab dir dein Leben zurückgegeben. Vor Jahren. Was warst du denn? Eine jugendliche Straftäterin. Eine Kleinkriminelle. Drogendealerin, Stricherin, menschlicher Abschaum. Wir haben dich aufgenommen, dir ein Zuhause gegeben, das Gefühl, dazuzugehören, etwas, woran du glauben kannst. Du hättest alles werden können bei einer Spezialeinheit, oder du wärst Undercovercop geworden, unfehlbarer Todesschütze. Wir haben dich so lange trainiert, bis du das Beste aus dir herausgeholt hast.«

»Mich darauf abgerichtet, gnadenlos zu töten.«

»Darin warst du gut. Du warst die Beste.«

»Mich dazu erzogen, dass eine Kugel die Antwort auf die kleinste Unannehmlichkeit ist.«

Winston zuckte die Achseln. »Dann hast du es also weggeworfen. Und was bist du jetzt?«

»Daddys Mädchen.«

»Du bist nichts. Du bist eine Null.«

»Du hast mich nach deinem Bild geformt. Mich zum Abschlachten von Menschen erzogen. Ich hab nie gelernt, der Welt anders zu begegnen. Was machst du, wenn dich dein Liebhaber ärgert? Du bringst ihn um. Was machst du, wenn du nicht den Job bekommst, den du haben wolltest? Du bringst jemanden um. Was machst du, wenn dein Ehemann kein Heiliger ist? Du bringst ihn um. Ich hab gerade acht Jahre im Gefängnis hinter mir.«

»Nicht für irgendetwas, das du bei mir getan hast.«

»Es war der Höhepunkt von allem, was du mir beigebracht hast.« Sie sah Cardinal an. »Das stimmt, John. Mein Mann hat mich nicht verlassen. Ich hab ihn zum Teufel geschickt.« Sie gestikulierte mit der Waffe. »Mit dem Ding hier. Es ist eine Sache, einen Fremden zu töten. Damit kommt man relativ einfach davon. Wenn man dagegen in einem Wutanfall seinen Ehemann tötet, wird man leicht geschnappt.«

»Wie bist du darauf gekommen, wo du den Geldautomatenjungen findest.«

»Papa hier ist ein Gewohnheitstier. Sagt ihnen immer, sie sollen sich ein zweites Mal über den ersten Automaten hermachen, nach dem zweiten kommt immer wieder der erste. Jedes Mal. Der Kleine wollte mir nichts verraten. Aber wie gesagt, Papa ist ein Gewohnheitstier. Ich weiß nicht, wie weit Mendelsohn damit gekommen ist, aber wenn du noch mal nachprüfst, wirst du feststellen, dass Papa, abgesehen von seiner Gewohnheit, Leute, über die er sich ärgert, zu enthaupten, auch gerne bei jemandem ins Haus stürmt, um jeden Cent von jedem Konto abzuräumen, das diese Leute je eröffnet haben. Als du gesagt hast, Kreeger sei wohlhabend, im Pelzgewerbe, wusste ich, dass er hier ist. Der Junge hat mir nichts gesagt. Einfach nur dagestanden und darauf gewartet. Er wusste, dass ich ihm folgen würde, wenn er in seinen Wagen steigt.«

»Lemur war loyal«, sagte Papa. »Im Unterschied zu dir.«

»Und sieh selbst, was ihm das gebracht hat«, sagte Donna. »Bist du stolz auf deine Kinder, Papa?«

»Donna – Christine«, sagte Cardinal. »Was auch immer du jetzt vorhast, tu's nicht.«

»Ohne mich«, sagte Papa, »und die Familie, die ich dir gegeben habe, wärst du schon mit fünfzehn tot gewesen.«

»Ihr seid ein Fließband für Mörder. Du wirst nur noch mehr Leute wie mich produzieren. Dich zu erledigen wird das einzig Gute sein, das ich je zustande gebracht habe.«

»Tu's nicht«, sagte Cardinal.

»Wieso nicht, John? Hast du ein Happy End für mich im Ärmel? Mich heiraten und aus all dem Schlamassel hier herausholen? Wohl kaum. Gewissermaßen bist du sogar mit verantwortlich dafür. Für einen Moment hast du mir gezeigt, was echte Liebe, echte Treue ist. Du hättest mich ohnehin bald durchschaut – aber es war so offensichtlich, dass du deine Frau geliebt hast. Nicht das, was Papa dafür ausgibt, sondern echte Empfindungen. Das habe ich nie gefühlt, werde ich auch nie fühlen. Du kannst dir nicht vorstellen, wie das ist.«

»Du bringst einen Jungen und einen Gesetzeshüter um, und Gott weiß wen alles noch«, sagte Cardinal, »und schiebst das alles auf deine Kindheit?«

»Du kannst dir nicht vorstellen, was ich alles gesehen habe. Keiner von euch beiden. Du hast nicht die leiseste Ahnung davon, in welche Abgründe man blickt, wenn man Papas Ausbildung genossen hat. Ich habe Väter gesehen, die flehentlich die Hände heben und dich anbetteln, sie zu verschonen – nicht für sich selbst, sondern um ihrer Kinder willen. Ich habe junge Mütter gesehen, die auf dem Boden ausgestreckt lagen, denen das Blut aus dem Kopf sickerte, während nebenan ihre Babys schrien. Ich habe

Teenager gesehen, eine Lehrerin, einen Architekten, mindestens einen Arzt – die alle aus ein und demselben Grund sterben mussten. Immer wieder ein und derselbe, simple Grund. Weil Papa es so wollte. Es gab nie einen wichtigen Grund, irgendein halbwegs nachvollziehbares Motiv. Sie sahen ihn schief an, sie machten keinen Kotau vor ihm, sie behandelten ihn nicht wie einen Gott, also hatten sie ihr Recht zu leben verwirkt. Ich verlor das Interesse, als er anfing, den Leuten die Köpfe abzuschlagen. Nicht mit eigener Hand, versteht sich. Wieso sich selbst die Hände schmutzig machen, wenn du einen Sohn oder eine Tochter hast, die das für dich erledigen können?«

»Sieh dich an«, sagte Papa. »Du bist großartig. Eine unbändige Kraft. Komm mit mir in den Norden. Wir arbeiten zusammen. Wir bauen zusammen eine Familie auf, wie sie die Welt noch nie gesehen hat, und wir übernehmen das, was von der Welt noch übrig ist.«

»Große Worte von jemandem, der noch nie selbst getötet hat.«

»Doch, das hat er«, sagte Cardinal. »Martin Scriver – der sich später den Namen Curtis Carl Winston zugelegt hat. Dieser Martin Scriver hat vor vierzig Jahren seine Eltern ermordet. Hat sie zu einer Bootsfahrt auf den See mitgenommen, ihnen die Köpfe abgeschlagen und das Boot versenkt. Wieso haben Sie das getan, Martin?«

»Das habe ich nicht, ich habe meine Eltern nicht umgebracht«, sagte Papa. »Ich habe noch nie jemanden umgebracht.«

»Das hat Ihnen niemand abgenommen«, fuhr Cardinal fort. »Bei diesem ersten Mal nicht. Das waren Sie ganz allein.«

»Meine Eltern sind gestorben. Ich habe sie nicht ermordet.«

»Was haben Sie mit den Köpfen gemacht, Martin? Auch wenn wir sie wohl kaum noch finden werden.«

»Das war ich nicht. Ich hab überhaupt nichts getan.« Für einen kurzen Augenblick schien alle Arroganz und Autorität den Mann im Stich zu lassen, der sich nur noch an beharrliches Leugnen klammerte.

»Wieso haben Sie dann den Namen Curtis Winston angenommen? Wir haben übrigens die DNA.«

Papa schüttelte den Kopf.

»Auf irgendeine abstruse, psychotische Weise haben Sie das seitdem immer zu beweisen versucht. Es sind immer die anderen, die töten, nicht wahr? Sie befehlen ihnen, das Ehepaar zu ermorden. Sie befehlen ihnen, das Kind zu ermorden. Sie hätten auch den Sohn der Bastovs ermorden lassen, wenn er nicht krank geworden wäre und seinen Flug verpasst hätte. Aber damals beim ersten Mal hat Ihnen niemand das Töten abgenommen. Das waren Sie ganz allein.«

»Nein«, sagte Papa und schüttelte immer noch den Kopf. »Nein.«

»Auf die Weise haben Sie auch erfahren, dass das Haus zum Verkauf stand, richtig? Mal zur Island Road rausgefahren, um einen Blick auf das alte Cottage zu werfen? Der letzte Ort, an dem Sie Ihre Eltern lebendig gesehen haben? Von dem Haus der Schumachers aus hätte man es sehen können.«

Ein Mädchen von ungefähr dreizehn Jahren kam von der Kellertreppe herauf in die Küche. Sie hatte eine Waffe mit beiden Händen im Anschlag, die sie auf Donna richtete. Selbst aus der Entfernung sah Cardinal, dass sie zitterte, doch ihr Eintreffen schien Papa neues Leben einzuhauchen. »Nikki«, sagte er, »töte diese Frau.«

Donna drückte ihm immer noch den Lauf ihrer Waffe

an die Schläfe. Sie musterte das zitternde Mädchen von oben bis unten. »Du lässt nach, Papa. Die Kleine ist nicht bereit, irgendjemanden zu töten.«

»Da irrst du«, sagte Papa. »Das hat sie schon getan.«

»Das glaube ich nicht.«

»Tu's, Nikki.«

Nikki schluckte. Sie zielte weiter auf Donna.

»Tu's«, sagte Papa wieder.

Nikki ging in Stellung.

»Du liebe Zeit«, sagte Donna. »In ihrem Alter hatte ich schon mindestens zwei Menschen für dich umgelegt.«

»Christine, diese Familie steht an der Schwelle zu etwas ganz Großem. Einer reinen Existenz in der Klarheit des Nordens. Wir können gemütlich abwarten und zusehen, wie der ganze Planet zur Hölle geht.«

Donna lachte. Sie sah das Mädchen an. »Seit Jahrzehnten faselt er schon vom ›reinen weißen Norden‹. Hat er dir auch die Geschichte vom sogenannten gelenkten Chaos aufgetischt? Erst mal für Aufruhr sorgen und sich dann in den Norden zurückziehen, um den Weltkrieg auszusitzen?«

»Was für ein Jammer«, sagte Papa. »Wir haben dich zu etwas wirklich Fassbarem gemacht, Christine. Tödlich, ja, aber fassbar. Wir haben dich zur wandelnden Finsternis gemacht, dem Erfüllungsgehilfen des Schicksals, dem personifizierten Tod. Du hattest die Macht, nicht ich, nur ein paar Schritte von Gott entfernt.«

»Nicht menschlich, mit anderen Worten.«

»Eine Macht, mit der man rechnen muss.«

»Und jetzt rechne ich mit dir ab.«

Donna schoss ihm in die Schläfe, und er sackte zu Boden. Arme und Beine zuckten noch wenige Sekunden. Bevor Cardinal sich rühren konnte, hatte sie die noch rauchende Waffe auf eine Stelle zwischen seinen Augen gerichtet.

Das Mädchen versuchte schluchzend, Donna im Visier zu behalten.

Donna ignorierte sie. »Du hast schon so manchen Mord aufgeklärt, John. Jetzt bist du bei einem hautnah dabei gewesen. Wie gefällt dir das? Lust, dir das zum Beruf zu machen?« Als er nicht antwortete, sagte sie: »Dachte ich mir. Ist gewöhnungsbedürftig. Dieses Miststück da sorgte dafür, dass jeder in seinem Umfeld sich ziemlich schnell daran gewöhnte.«

»Meinst du, ich lass dich damit durchkommen, weil wir miteinander geschlafen haben?«

Sie schüttelte den Kopf. »Nie im Leben. Tut mir leid, John.«

»Wenn du mich tötest, kommst du damit nicht davon.«

»Wer sollte es erfahren? Ich möchte wetten, du hast das, was du über mich herausgefunden hast, für dich behalten. Du stehst damit einfach zu blöd da. Was hat dich eigentlich darauf gebracht?«

»Zabriskie-Farm. Die Fotos, die du aus Mendelsohns Zimmer gestohlen hast.«

»Seit wann weißt du es?«

»Seit ein paar Stunden. Nur eine Frage der Zeit, bis es auch andere wissen.«

»Ein Jammer«, sagte Donna. »Ich hab dich gemocht. Hab dich bewundert. Ich bewundere dich immer noch.«

Das Mädchen machte eine Bewegung – es war nur ein Schluchzen, doch ihre Schusshand zuckte –, und Donna fuhr blitzschnell herum. In diesem Bruchteil einer Sekunde konnte Cardinal nicht beurteilen, ob sie das Mädchen tatsächlich erschießen würde oder nicht. Er folgte seinem Instinkt. Seine Waffe schnellte hoch, und er drückte ab.

Donna stolperte und fiel rückwärts gegen den Tisch. Sie hob den Arm, um die Browning noch einmal auf Cardinal zu richten, und er schoss noch einmal, traf sie in den Arm. Sie hob die Waffe zum dritten Mal. Ihre Knie sackten weg, und Cardinals letzte Kugel traf sie dicht über der linken Augenbraue.

41

Nun sieh sich das mal einer an, alles beschlagen.« Cardinal zog mit dem Zeigefinger auf der Scheibe seines Panoramafensters einen Strich und setzte einen Punkt darunter. Daneben malte er ein Fragezeichen. »Meinst du, ich sollte noch mal umziehen?«

»Wieder an den See raus? Du würdest wahnsinnig viel Geld verlieren, oder?«

Delorme lag in blauer Jeans zum roten Weihnachtspullover auf seinem Sofa. Sie hatte das linke, in einer Hülle aus Plastik und Schaumstoff ruhig gestellte Bein auf die Rückenlehne der Couch gelegt. Ihr honigfarbenes Haar breitete sich über die Kissen. »Zieh nicht wieder um. Mir würde was fehlen, wenn du nicht mehr ein Stück die Straße runter wohnen würdest.«

Mir auch, hätte Cardinal beinahe gesagt, doch er sprach es nicht aus. Dann wünschte er sich, er hätte es getan. Doch da war es schon zu spät. Stattdessen erzählte er ihr von Sam Doucette. Sie und ihre Mutter waren wieder in die Stadt zurückgekehrt. Er war bei ihnen vorbeigefahren, um sie über den neuesten Stand der Dinge zu informieren.

»Ich hab auch ihren Vater kennengelernt. Er ist wieder aus Yukon, oder wo er sonst gesteckt haben mag, zurückgekehrt. Sagt, er versucht, Sam einen Sponsorenvertrag mit einem Armbrusthersteller zu beschaffen. Ich bin mir nicht sicher, aber ich glaube, er hat nur einen Witz gemacht. Noch einen Kaffee?«

Delorme hob ihren Henkelbecher vom Boden auf und hielt ihn Cardinal lässig entgegen. »Könnte mich daran gewöhnen, mich den ganzen Tag von einem Mann bedienen zu lassen.«

»Tut Shane das nicht?« Cardinal nahm die Becher mit in die Küche, griff nach der Kaffeekanne.

»Shane und ich haben uns getrennt.«

Cardinal stellte die Kanne wieder hin und kehrte zur Tür zurück.

Delorme zwirbelte sich gerade eine Haarsträhne um den Finger und betrachtete sie im Licht, als sei sie unendlich viel interessanter als ihr Liebesleben.

»Er hat mit mir Schluss gemacht.«

»Dann ist er ein Idiot.«

»Ja«, sagte Delorme, immer noch in den Anblick der Strähne vertieft, »finde ich auch.«

»Bist du wütend darüber?«

Sie hielt das Haar in der Hand und ließ es schließlich wieder auf die Kissen fallen. »Ja.«

»Aber allzu angetan warst du auch wieder nicht von ihm, hast du gesagt.«

»Es tut immer weh, wenn mit einem Schluss gemacht wird – auch wenn ich eine Menge Erfahrung damit habe. Ich bin auch nicht gerne derjenige, der Schluss macht, aber es ist allemal besser, als derjenige zu sein, der abgeschoben wird.«

Cardinal kehrte in die Küche zurück, goss den Kaffee ein und reichte ihr ihren Becher.

Delorme richtete sich mühsam auf, indem sie das gebrochene Bein zu einer Seite ausstreckte.

»Möchtest du dich nicht in den Sessel setzen?«, fragte Cardinal. »Du hättest es bequemer.«

Sie nippte an ihrem Kaffee und schüttelte den Kopf. »Das ist dein angestammter Platz.«

Cardinal wollte sich gerade hinsetzen, als das Telefon klingelte. Einige Minuten lang sprach er mit McLeod und war sich dabei bewusst, dass Delorme versuchte, in seinem Gesicht zu lesen.

»Und?«, fragte sie, als er aufgelegt hatte.

»Erinnerst du dich an unseren Anti-Pelz-Aktivisten? Chad Pocklington? Der OPP ist gerade gedämmert, dass sie mit ihrem SWAT-Team über den hergefallen sind.«

»Oh. Ich wette, sie sind stocksauer. Irgendwas Neues von dem Mädchen – Nikki?«

»Sie haben ihre Eltern immer noch nicht ausfindig gemacht. Vielleicht wollen sie auch nicht gefunden werden. Vorerst ist sie in Gewahrsam. Kreeger will sie offenbar nicht anzeigen, aber die Staatsanwaltschaft wird Entführung und Freiheitsberaubung nicht einfach auf sich beruhen lassen, auch wenn sie den alten Mann gehen ließ.«

»Was hören wir von der Forensik?«

»Die DNA aus dem Cottage der Scrivers stimmt mit der von Curtis Winston überein. Es existiert weder unter seinem echten noch unter dem falschen Namen ein Vorstrafenregister, aber er ist jetzt der Hauptverdächtige in einer ganzen Reihe grausiger Morde in den Staaten – bei denen überall nur eine oberflächliche Verbindung zwischen ihm und den Opfern besteht und kein offensichtliches Motiv zu erkennen ist.«

»Er ist über jemanden verärgert und hackt ihm den Kopf ab.«

»Das überlässt er seinen sogenannten Kindern. Bei dem Kerl, der dich angegriffen hat, handelt es sich um einen gewissen Jackson Till. Er hat wegen Vergewaltigung, Totschlags und schwerer Körperverletzung in Texas eingesessen. Alles okay?«

Delorme war blass geworden. Sie schloss die Augen

und schüttelte den Kopf. »Ich muss einfach ständig daran denken. Ich seh's vor mir. Immer und immer wieder.«

»Du hattest keine Wahl, das weißt du.«

»Ja, das weiß ich. Aber irgendwie hilft das nicht.«

»Falls es dich tröstet, die Staatsanwaltschaft geht klar von der Annahme aus, dass du ihn in Notwehr getötet hast. Der endgültige Bericht wird Wochen dauern. Dasselbe gilt für mich und Donna Vaughan.«

Eine Woge der Übelkeit erfasste Cardinal, und er setzte sich neben sie aufs Sofa.

Eine ganze Weile sprach keiner von ihnen ein Wort. Schließlich sagte Cardinal: »Ich hätte nie gedacht, dass ich mal eine Frau erschieße.«

»Du sagst ja selbst«, antwortete Delorme, »du hattest keine Wahl.«

Wieder Schweigen.

Schließlich sagte Cardinal: »Weißt du, ich hab mit der echten Donna Vaughan gesprochen. Sie arbeitet in New York als freischaffende Journalistin, und zwar nur im Bereich Mode; für die russische Mafia interessiert sie sich nicht die Bohne. Sie hatte auch keine Ahnung, dass Christine Rickert sich, als sie vor zwei Wochen auf Bewährung aus dem Knast kam, ihre Identität geborgt hat. Ich sag dir, Lise, wenn ich daran denke, was für ein Idiot ich gewesen bin, bleibt mir die Luft weg. Ich fass es einfach nicht, dass ich sie nicht durchschaut habe.«

»Wieso, John? Aus welchem Grund hättest du in ihr etwas anderes als eine engagierte Journalistin sehen sollen?« Delorme legte Cardinal ihre warme Hand auf die Schulter. »Und schließlich ist es noch nicht so lange her, seit deine Frau gestorben ist. Du warst anfällig.«

»Dämlich, meinst du.«

»Du hast einen ganz großen Fall gelöst. Zwei ganz

große Fälle. Ich glaube nicht, dass ›dämlich‹ der richtige Ausdruck dafür ist.« Sie drückte ihm freundschaftlich den Arm. »Heute Abend Lust auf ein Video? Mit Popcorn und allem Drum und Dran?«

Cardinal zuckte die Achseln. »Ich weiß nicht …«

»Sag schon. Worauf hättest du Lust? Auf einen alten Klassiker? Eine Komödie?«

»Ist mir eigentlich egal«, antwortete Cardinal. »Solange keine Monster vorkommen.«